《潮汕文库》大型丛书编委会

潮汕文库·文献系列

郭子章涉潮诗文辑录

（明）郭子章 撰
周修东 辑校

暨南大學出版社
JINAN UNIVERSITY PRESS
中国·广州

图书在版编目（CIP）数据

郭子章涉潮诗文辑录/（明）郭子章撰；周修东辑校．—广州：暨南大学出版社，2016.8

（潮汕文库．文献系列）

ISBN 978－7－5668－1544－6

Ⅰ．①郭…　Ⅱ．①郭…②周…　Ⅲ．①古典诗歌—诗集—中国—明代②古典散文—散文集—中国—明代　Ⅳ．①I214.82

中国版本图书馆CIP数据核字（2015）第155863号

郭子章涉潮诗文辑录

GUOZIZHANG SHECHAO SHIWEN JILU

（明）郭子章　撰　周修东　辑校

出 版 人：徐义雄
项目统筹：黄圣英
责任编辑：何镇喜　杨雪瑾
责任校对：黄志波
责任印制：汤慧君　王雅琪

出版发行：暨南大学出版社（510630）
电　　话：总编室（8620）85221601
　　　　　营销部（8620）85225284　85228291　85228292（邮购）
传　　真：（8620）85221583（办公室）　85223774（营销部）
网　　址：http：//www.jnupress.com　http：//press.jnu.edu.cn
排　　版：广州市天河星辰文化发展部照排中心
印　　刷：广东信源彩色印务有限公司
开　　本：787mm×1092mm　1/16
印　　张：12.75
字　　数：307千
版　　次：2016年8月第1版
印　　次：2016年8月第1次
定　　价：35.00元

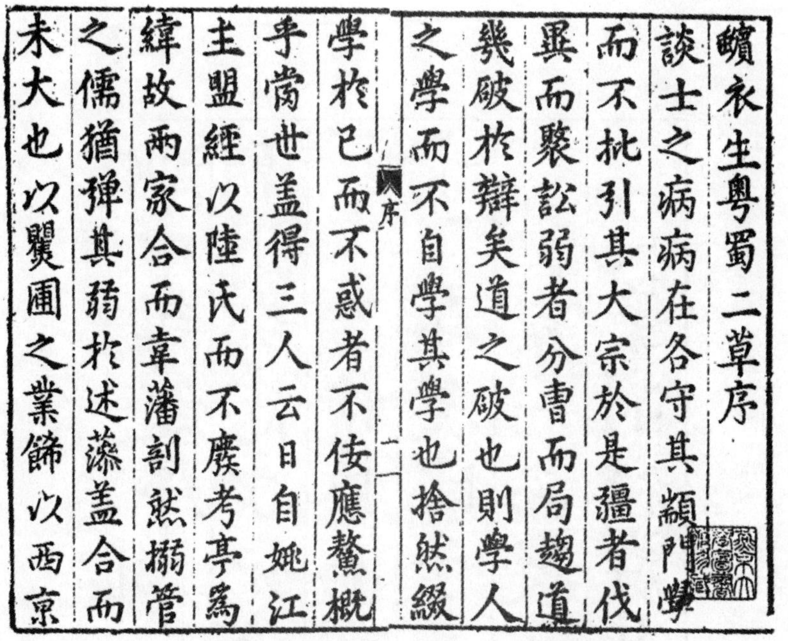
蠙衣生粵蜀二草序
談士之病病在各守其顓門學
而不扺引其大宗於是疆者伐
異而聚訟弱者分曺而局趨道
幾破於辯矣道之破也則學人
之學而不自學其學也捨然綴
學於己而不惑者不佞應鼇概
乎當世盖得三人云曰自姚江
主盟經以陸氏而不廢考亭爲
緯故兩家合而韋藩剖然擗管
之儒猶彈其觭於述蕤盖合而
未大也以虁圃之業飾以西京

图一　蠙衣生粤草十卷蜀草十一卷　明郭子章撰
明万历十八年周应鳌合刻本影印本，四库全书存目丛书，齐鲁书社，1997 年。

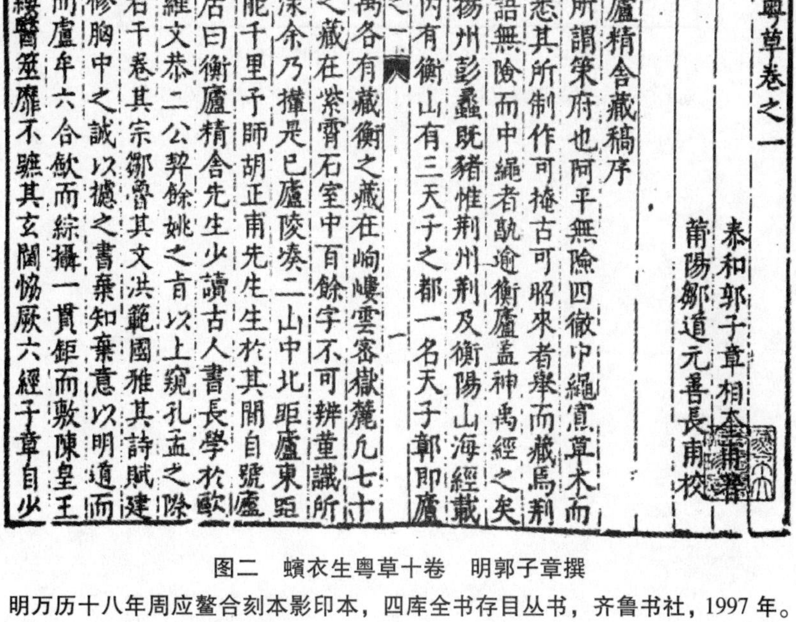
蠙衣生粵草卷之一
泰和郭子章相奎甫著
莆陽鄒道元善長甫校
序
衡廬精舍藏稿序
先王之所謂策府也阿平無險四徹巾繩直草木而
無鳥獸悉其所制作可掩古可昭來者舉而藏焉荊
揚之間語無險而中繩者孰逾衡廬盖神禹經之矣
尚書惟揚州彭蠡既豬惟荊州荊及衡陽山海經載
南海之內有衡山有三天子之都一名天子鄣即廬
山也而禹各有藏衡之藏在岣嶁雲密嶽麓凡七十
七字廬之藏在紫霄石室中百餘字不可辨董識所
謂洪荒漾余乃撵是已廬陵湊二山中北距廬東距
衡俱不能千里予師胡正甫先生生於其間自號廬
山名其居曰衡廬精舍先生少讀古人書長學於歐
陽文莊羅文恭二公契餘姚之旨以上窺孔孟之除
所著書若干卷其宗鄒魯其文洪範國雅其詩賦建
安大曆修胸中之誠以攄之書棄知棄意以明道而
略物閎而盧牟六合歛而綜攝一貫鉅而敷陳皇王
纖而箴縷瞽笙靡不臚其玄闓愓厥六經子章自少

图二　蠙衣生粤草十卷　明郭子章撰
明万历十八年周应鳌合刻本影印本，四库全书存目丛书，齐鲁书社，1997 年。

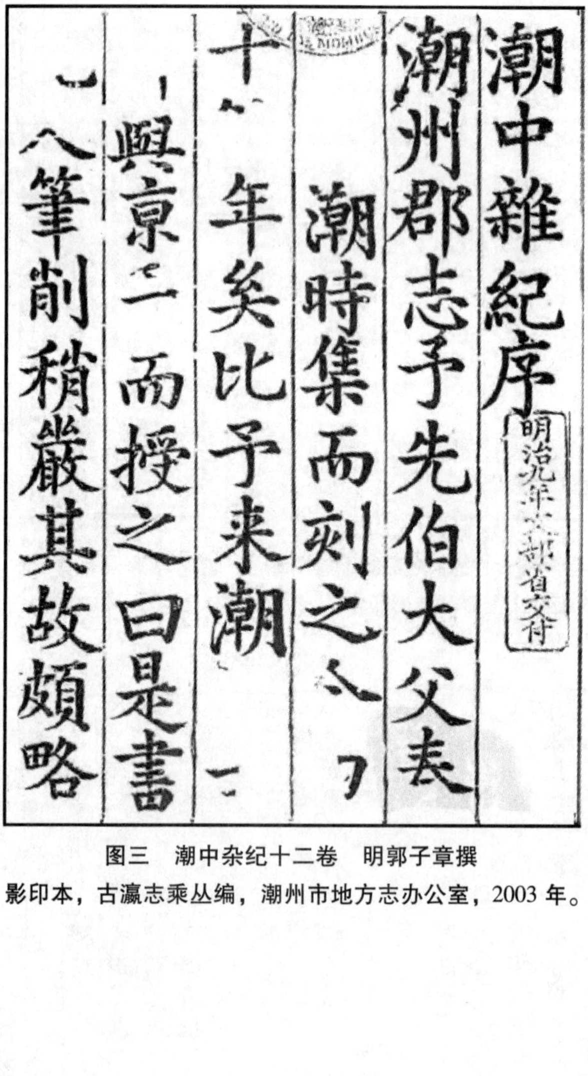
潮中雜紀序

潮州郡志予先伯大父表
潮時集而刻之〻
十〻年矣比予來潮
興京〻一而授之曰是書
一入筆削稍嚴其故頗略

图三　潮中杂纪十二卷　明郭子章撰

影印本，古瀛志乘丛编，潮州市地方志办公室，2003 年。

总　序

潮汕文化历千年久远，底蕴渊深，泱泱广袤，又伴随着潮人的迁播而兼收并蓄，独树一帜，是中华文明中的重要一脉。

秦汉之前，潮汕囿于海角一隅，与中原殆少来往；自韩愈治潮，兴学重教，风气日开，人文渐著。宋朝文教兴盛，前七贤垂范乡邦；明朝人才辈出，后八贤称显于时。明清以来，粤东地区借毗邻大海的地理优势，与域外商贸频仍，以陶朱端木之业，成中西交汇之势，造就多元开放的文化格局。饶宗颐等学界巨匠引领风骚，李嘉诚等商海翘楚造福民生，俊采星驰，郁郁称盛。

而今国家稳步发展，蓬勃兴盛，潮汕地区凭借深厚的历史积淀，务实进取，努力发展传统文化及其产业，如潮剧、潮乐、潮菜、工夫茶、陶瓷、木雕、刺绣等，保持并革新精巧特色，在世界各地广泛传播，备受青睐。更有海外潮人遍布全球，为经济文化交流引桥导路，探索共赢模式，拓宽发展空间。

为促进潮汕文化的传承与创新，进一步推动潮汕文化"走出去"，在广东省委宣传部的大力支持下，海内外学者编写《潮汕文库》大型丛书。本丛书包括文献系列和研究系列，涉及历史、文学、方言、民俗、曲艺、建筑、工艺美术等多方面，囊括影印、笺注、点校、碑铭、图文集、口述史等多种形式，始终秉承整理、抢救传统文化的原则，尊重潮汕地区的家学渊源和治学传统。以一腔丹心，在历史沿袭中为文化存证，修旧如旧，求新而不媚俗于新；以一笔质朴，在字斟句酌中为品质立言，就事论事，求全而不迷失于全；以一纸恳切，在纷扰喧嚣中为细节加冕，群策群力，求深而不盲目于深。惟愿以此丛书，提升潮汕文化品位，凝聚海内外潮人，齐心发展，助力腾飞。

在成书过程中，广东省委宣传部高度重视，协调汕头、潮州、揭阳、汕尾市委宣传部，委托潮汕历史文化研究中心、韩山师范学院、暨南大学出版社组织编写与出版。海内外潮学研究专家倾注笔墨，潮汕历史文献收藏机构及热心人士鼎力襄助，更蒙粤东籍一批著名艺术家慷慨捐赠宝贵书画作品助力出版，在此一并致谢！

《潮汕文库》大型丛书编委会

2016 年 7 月

前 言

郭子章（1543—1618）先生，字相奎，号青螺，又号蠙衣生，明江西吉安府泰和县人。隆庆五年（1571）进士，授福建建宁府推官，升南京工部主事、署郎中事主事，历任潮州府知府、四川按察司提学副使、浙江右参政、山西按察司按察使、湖广右布政使、福建左布政使、都察院右副都御史巡抚贵州，官至兵部尚书兼都察院右都御史。

先生为官四十馀年，宦辙所至，绰有政声。虽久在官场，但读书不辍，随地著书，著述几于汗牛，《明实录》称其“文章、勋业亦烂然可观矣”。据其《蠙衣生传草》卷十六《著述总目》所作统计，其著作总计达七十种，共六百九十卷。另据笔者统计，其中入录《明史·艺文志》中的著作就多达二十五种、二百四十六卷，《四库全书》中则存目二十一种、二百九十六卷。

先生于万历九年（1581）十一月升广东潮州府知府，十四年（1586）五月升四川按察司提学副使，则其担任潮州府知府时间长达四年半；若从其万历十年正月末入潮至十三年九月（1582—1585）考绩上京而计，则其履职时间超过三年半。在潮期间，其政事、文章两不误，相辅相成，撰有《粤草》《潮中杂纪》《韩山校士录》《潮州府季考录》《四贤潮语》《赌诫》和《稀痘方集》等书，传世尚有《粤草》十卷、《潮中杂纪》十二卷，涉及潮州史志、人文风俗、军政建置和人物传记，具有重要的潮学研究价值。综合周少川、谢辉《〈粤草〉与明季潮州》[①] 和陈其泰《郭子章〈潮中杂记〉的文献价值》[②] 两篇文章的研究成果，《粤草》和《潮中杂纪》的重要价值主要体现在以下几个方面：一是保存了关于万历年间潮州的社会生产活动和明代潮州海防、经济等有价值的史料；二是记载了潮府仕宦的政绩、活动和游寓以及乡贤的厚德和善行；三是保留了潮州的文教、物产、风俗等方面的珍贵记载；四是提供了比较完备的晚明万历以前潮州文化的文献著述目录；五是对于《粤草》与《潮中杂纪》两个版本的互相校勘，可以补正清代几种《潮州志》和其他方志有关记载上的缺误，也颇有文献考辨价值。

据先生次子孔延所撰《资德大夫兵部尚书郭公青螺年谱》（下称《青螺年谱》）[③] 记载，《粤草》成书于万历十三年（1585）十月，然收文则迟至万历十四年（1586）五月郭子章升任四川按察司提学副使入蜀之前。如《〈刘氏忠贞录〉序》称“予自燕还里，乃公

① 周少川、谢辉：《〈粤草〉与明季潮州》，《潮学研究》新二卷第一期，潮州：国际潮团联谊年会秘书处，2012年，第14页。

② 陈其泰：《郭子章〈潮中杂记〉的文献价值》，《学术研究》2009年第2期。

③ （明）郭孔延：《资德大夫兵部尚书郭公青螺年谱》，北京图书馆编：《北京图书馆藏珍本年谱丛刊》第52册，北京：书目文献出版社，1999年，第520页。

驰使再四，固申前请”，则作于万历十四年初自京返乡时；《易州节判南岩族祖八十序》称“及予以潮守入觐还家，迁西蜀，展墓道”，则作于万历十四年五月升任提学副使之后入蜀之前。

据《〈粤草〉与明季潮州》考证，《粤草》大约初刊于万历十四至十七年（1586—1589）先生任四川提学副使期间，为七卷单行本，其门人吴子玉作有《〈粤草〉序》；并认为《蠙衣生传草》卷十六《著述总目》所载《粤草》十四卷，可能是七卷本而每卷又分上下。此后先生于万历十七年（1589）八月离蜀赴任浙江右参政，于浙江又刊刻一版，许孚远为之作序，该卷帙情况不详，但大致亦应是沿袭蜀本。迨至万历十八年（1590），泰和人周应鳌汇编《粤草》《蜀草》二书合刻，其中《粤草》厘为十卷，与原刻卷数不同，其原貌当有所变更。此刻本为《粤草》传世之本，其后有书坊加以翻印或翻刻。王重民先生曾著录国家图书馆所藏《粤草》《蜀草》合刻本，其封面题“新刻郭青螺先生自学编，金陵□□堂梓”，卷内校刻人名字悉为铲去，疑为金陵某书坊购得万历十八年版，剜去校刻人姓名。明末徐𤊹《徐氏家藏书目》卷七载“郭子章蠙衣生《粤草》十卷”[①]，但不详其为十卷合刻本或翻印、翻刻本。清代纂修《四库全书》时，所采进者即为翻印或翻刻本。“今海内外所藏《粤草》，所知者共有六本，分藏于国家图书馆、中国科学院图书馆、北京大学图书馆、上海图书馆、日本国会图书馆、日本内阁文库，也都无一例外地均为万历十八年合刻本或其翻刻本。而最初的七卷单行之本则未见有流传。”[②]

《潮中杂纪》十二卷编成于万历十三年（1585）五月，先生自序，其落款即为“万历乙酉夏五庐陵郭子章撰”[③]。但该书卷六《请捄荒议》，文章称其“待罪三年以来”“及今七月”，以其万历十年（1582）二月初旬到任，则该《议》作于万历十三年七月，乃在先生自序之后；卷八《艺文志下·碑目》所载《廉室铭》，则作于万历十三年九月，见之《青螺年谱》所载：“（万历十三年）九月，公题潮阳二千石署太守燕息之所曰‘廉室’，取韩子‘受于室则非廉’之句而倒名之，为二千石勖，有《铭》”，则其收文最迟至九月。据此可知，《潮中杂纪》当刻于万历十三年九月或稍后。《千顷堂书目》卷七《地理类中》及《明史·艺文志·史类九·地理类》就著录有“郭子章《潮中杂纪》十二卷”。

《潮中杂纪》十二卷万历十三年（1585）刻本，现日本国立国会图书馆藏有该书完帙[④]，上海图书馆存残本六卷（一至六）[⑤]。饶宗颐先生曾恨未能觅得《潮中杂纪》，后其“门人李锐清从东京谋得景本，前有万历乙酉（十三年，西元一五八五）子章自序，字大如钱；全帙十二卷，犹是万历间原刊本，前钤‘明治九年文部省交付’印，知其书清时流入东瀛。朱士嘉《方志综录》所未著录，诚可宝也”[⑥]。1993 年香港潮州商会第三十八届会董会据以影印，2003 年潮州市地方志办公室编入《古瀛志乘丛编》，再次扫描缩印刊行。

---

① （明）徐𤊹：《徐氏家藏书目》卷七《别集类·江西吉安府》，冯惠民、李万健等选编：《明代书目题跋丛刊（下册）》，北京：书目文献出版社，1994 年，第 1814 页。

② 周少川、谢辉：《〈粤草〉与明季潮州》，《潮学研究》新二卷第一期，潮州：国际潮团联谊年会秘书处，2012 年，第 17 页。

③ （明）郭子章：《〈潮中杂纪〉序》，《潮中杂纪》卷首，潮州：潮州市地方志办公室，2003 年，第 3 页。

④ 日本国立国会图书馆藏《潮中杂纪》十二卷本，http：//iss. ndl. go. jp/books/R100000002 – I000007583689 – 00。

⑤ 中国古籍善本书目编辑委员会编：《中国古籍善本书目·史部下》，上海：上海古籍出版社，1993 年，第 987 页。

⑥ 饶宗颐：《〈潮中杂纪〉序》，《潮中杂纪》卷首，香港：香港潮州商会第三十八届会董会，1993 年。

在此传世《潮中杂纪》影印本中，卷七《艺文志上·书目》所载“韦庵守潮文集四卷王源著”条下之“万历十六年御史龙岩蔡梦说、副使豫章王民顺序刻郡署”，明显为后人挖补，但该版仍是万历镌刻原貌，则传世日藏刻本当为万历十六年（1588）之后原版翻印本。

《粤草》收录先生于万历十年至十四年（1582—1586）入蜀前所撰序记、传铭、行状、祭文、策论、考辨、公移和杂著等文章，共计有103篇，其中涉及明季潮州史实者有60馀篇；《潮中杂纪》为先生续补其同宗叔祖父郭春震嘉靖《潮州府志》而作，内容涉及地理沿革、职官、人物、海防、建置、教育、艺文、风俗及物产等方面，与《粤草》比照，多有重复。据《〈粤草〉与明季潮州》统计：“相重之文共计二十四篇，其重复又具体分为两种形式：一种是《潮中杂纪》与《粤草》之文完全相同，如《潮中杂纪》卷一《象纬解》与《沿革考》二文，《粤草》收于卷十；《潮中杂纪》卷六自《诸有司教》以下十四篇文章，除《请捄荒议》一篇外，均见于《粤草》卷九。另一种是《潮中杂纪》中的一些篇目引用《粤草》所收之文，如《潮中杂纪》卷四《韩江韩山韩木》，全文引用《粤草》卷一《〈韩山校士录〉序》，《韩公二祠沿革》则全引《粤草》卷十《告韩文公藏土像易木主文》。”①

笔者见《粤草》《潮中杂纪》两书收录大量潮州文献史料，具有重要的潮学研究价值，故有志汇集此两部著作中之涉潮诗文，并益以潮州府、县志收录零散文章，且搜及《蜀草》《黔草》《传草》《青螺年谱》《青螺公遗书》及民间传世《周玉泉先生孝廉赠录》《（梅州）熊氏族谱》《（潮州）凤陇薛氏族谱》等谱牒史料，并与《明经世文编·郭青螺文集》所录有关文章及各书重见文章互相校勘，以成本书《郭子章涉潮诗文辑录》。

本书所辑录先生涉潮诗文，俱与明代潮州府有关，包括现潮汕三市及梅州市所属梅县（程乡）、大埔、平远、蕉岭（镇平）四县，并酌量收及《海丰县新开杨桃岭路记》。海丰县明属惠州府，20世纪50年代末至80年代初曾先后属汕头专区与汕头地区管辖②，且以惠潮接境，《记》中多涉潮事，故入录。对于为官或巡行潮州之各类官宦有关赠送序跋、传铭，以其有关潮事宦迹，有助知人论世，故亦尽量予以入录。策论类中《保甲》《钱法》《弭盗》等三篇，论说虽及于全省，然于当时潮中治政颇有裨益，并可征见其吏治之才。潮中物产，《粤草》仅录4则，而《潮中杂纪》则专立一节为《物产志》，有24则之多，俱为其笔记体原创，亦为入录。

至于《粤草》卷三《乐山吴长公七十序》一文，称吴长公为海阳人，然细品该文，此海阳非潮州府海阳县，乃徽州府休宁县也，其“介吴君瑞毂走书燕中，属余不佞之言以寿”。吴瑞毂即休宁人吴子玉，万历十六年（1588）贡生，授应天训导。吴子玉著有《大鄣山人集》五十三卷，其文规橅李攀龙，近年有《四库全书存目丛书》影印本刊行于世。是知吴长公为徽州府休宁县人，并非潮州乡贤，且事迹未及潮事，故此文摒弃不录。

---

① 周少川、谢辉：《〈粤草〉与明季潮州》，《潮学研究》新二卷第一期，潮州：国际潮团联谊年会秘书处，2012年，第23页。

② 据史为乐编著《中华人民共和国政区沿革（1949—2002）》（北京：人民出版社，2012年）第292～293页“汕头专区、汕头地区”条，海丰县，1959—1970年属汕头专区，1970年汕头专区改称汕头地区，此后至1983年属汕头地区。1983年12月，汕头地区撤销，海丰县划归惠阳地区。

《潮中杂纪》中所载《郡县释名》《国朝文武官沿革》《国初潮州归附》《郡邑志补》及《国朝平寇考》诸文，大都为摘录史料；《艺文志上·书目》《艺文志下·碑目》二卷则为著作、碑刻条目的著录，俱属于志书体例，故亦不予入录。

此次辑录整理，以明万历十八年（1590）周应鳌合刻本《粤草》为底本，《粤草》未录诗文则以所见版本最早者如明万历十三年（1585）刻本《潮中杂纪》为底本，其他各书录有相重之文者予以互相校勘，并予标点整理。具体做法是：

一、校勘。有简体字者径用简体；作者喜用古体字、异体字，对于部分稀见或易生歧义者予以出校，为保持原貌，其重出者一仍其旧，但一般不再出校；于通假字初见、重出，视情况予出校。如"竟"，通"境"，重出者若不出校，易生歧义，故不惮其烦而出校。版刻之误、缺、衍字，除明显易误之形近字径改外，或据他本改正，出校；或依文义改正，出校；作者引文多有异文，大都予以注明出处，以助阅读。于文中所涉人物，酌量予以注释。校勘、注释俱附于脚注，不别分校记、注释。

二、标点。本书使用新式标点。原文夹注在正文中用仿宋字体，加括号。

三、分段。本书诗文，俱依文义分段处理。

四、重编。所辑涉潮诗文，其中录自《粤草》有文章67篇，占该书103篇有一半多，录自《潮中杂纪》除与《粤草》重复之外有文章35篇（则），录自府县志等书有关诗歌12题15首，其他文章8篇。《青螺公遗书》《（梅州）熊氏族谱》所录各2篇分别得到陈嘉顺兄、孙道平兄友情提供，庶臻完美，实为铭感。因录自《粤草》各卷文章数量不一，未能据其原编目分类排序，因综合15首诗歌和105篇（则）文章，重新分类编排为诗歌、文章两大类，诗歌按时为序，文章类复分为序跋、碑记、传铭、祭文、策论、文移、考辨、杂著八类。并搜集《粤草》原序3篇，涉潮赠送诗歌11题16首、文章12篇，作为附录一。

为便于读者了解郭子章先生入潮文章、政事之次第，笔者搜集有关史实行迹，并解读其于守潮期间所撰诗文，予以经年纬事，铺排考证，撰成《郭子章先生守潮事迹系年》，起自万历九年（1581）十一月升为潮州府知府，止于万历十四年（1586）五月升四川按察司提学副使，有六万馀字，以作《辑录》之附录二。

由于本人学识尚浅，辑录校勘容有舛误之处；诗文中尚有个别漶漫耗夺者，未能觅得别本增补，只能以空格"□"代之；据《潮中杂纪·艺文志上下》《青螺年谱·己酉十三年九月》提及，郭先生尚分别撰有《重修府学明伦堂记碑》《〈春秋别典〉序》《〈稀痘方集〉序》，以及《却馈玉砚、玉图书诗》等涉潮诗文，但《粤草》未见收录，他书尚未能查获，其他书籍有关其涉潮文章或有遗珠，因时间关系和涉猎所限，未能尽收囊中，引以为憾。敬希专家、读者予以赐教增补为幸！

周修东

二〇一五年二月二十六日

总　序 …… 001
前　言 …… 周修东 001

上编　诗歌

双忠庙 …… 002
张许二公铜铰（俗云铜锟） …… 002
韩公手植木 …… 002
却鹦鹉诗 …… 002
闻皇太子生喜赋 …… 003
重建宝积寺（有序） …… 003
重建南山寺（有序） …… 003
贺薛吕阳清修纯孝 …… 003
发潮州 …… 004
隮隍夜宿 …… 004
题王尚吾卷（有序） …… 004
寿海阳林封君八十（林掌科仰晋父，仰晋曾从予游） …… 005

下编　文章

一　序跋
《衡庐精舍藏稿》序 …… 008
《韩山校士录》序 …… 009
《潮中杂纪》序 …… 010
《刘国征文集》序 …… 011
《潮州府季考录》序 …… 012
《赌诫》序 …… 012
《荔枝亭稿》序 …… 013
《徐进士窗稿》序 …… 014
《四贤潮语》叙 …… 015
《书法三昧》序 …… 015
《柯尧叟窗稿》序 …… 016
《铁山稿》小序 …… 017
《刘氏忠贞录》序 …… 017
拟《广东壬午乡试录》后序 …… 018
赠观察郑谦斋先生考绩序 …… 020

赠何学闵郡丞还郁林序 …… 022
赠于肖泉总戎八闽序 …… 023
赠陈忠甫还南海序 …… 024
赠司理王尚吾终养序 …… 025
赠梅道源别驾致政序 …… 026
少参韩怀愚年丈寿序 …… 027
王母段太安人八十序 …… 029
康母宋太安人八十序 …… 030
《渡泸藁》序 …… 031
《熊氏重修家谱》序 …… 031
题何学闵诰命后 …… 032
题《东阳卢氏家宝卷》后 …… 033
题《黄涪翁书布袋颂》后 …… 033
题陈忠甫《岩墙记》后 …… 034
《潮阳生祠图》跋 …… 034

二　碑记

愿丰亭记 …… 036
重建汉寿亭侯祠碑记 …… 037
程乡县凌风楼记 …… 038
平远县开新河记 …… 039
海丰县新开杨桃岭路记 …… 041

三　传铭

梅登仕公传 …… 043
刘母方太淑人传 …… 044
熊氏复贞传 …… 045
赠奉政大夫何公墓志铭 …… 046
吾友康高行先生墓碑 …… 048

四　祭文

勑赠先安人告文 …… 050
潮州府告城隍驱独鬼文并跋 …… 050
告韩文公藏土像易木主文 …… 052
崇祀名宦摇毋馀、史定、杨嗣复、李宗闵、吴潜、狄青、文天祥、陆秀夫、张世杰、王纲、毛吉、刘湛、刘魁诸公告文 …… 053
祈雨太湖文 …… 053
谢晴文 …… 054

告城隍逐疫文 …… 054
祭潮尉高仁文 …… 054

五　策论
保甲 …… 055
钱法 …… 058
弭盗（壬午广东乡试程策） …… 061

六　文移
诸有司教四条 …… 064
府首领、县佐以下各官教 …… 065
校官、诸生教 …… 066
诸役教 …… 066
复参将议 …… 067
复通判、县佐等官议 …… 067
崇祀名宦议 …… 068
查渔课议 …… 069
定惠来县五都赋议 …… 070
城普宁县议 …… 071
请捄荒议 …… 072
囚粮议 …… 074
开盐路议 …… 074
增盐甲补京银议 …… 075
南澳、程乡议 …… 076
给冠带文 …… 077

七　考辨
潮州象纬解 …… 078
潮州沿革考 …… 079
韩公二祠沿革 …… 081
韩祠从祀 …… 083
城南书庄 …… 083
韩文公与大颠书及别传辨 …… 084
宋陆秀夫丞相墓辨 …… 085

八　杂著
廉室铭（并序） …… 087
海阳白乌 …… 087

拟广东海阳县守臣进二白乌表（宣德四年） 088
何元成字说 089
潮州建凤凰塔募缘疏 089
杨主簿梦 090
物产志 090

附录一

一　原序
《粤草》序略 吴子玉 096
《粤草》序略 许孚远 097
蠙衣生粤、蜀二草序 周应鳌 097

二　涉潮赠送诗文
（一）诗歌
赋渭滨渔隐为郭相奎使君尊甫寿 周光镐 099
平蛮饮至之日郭相奎学宪贻赠大篇，用韵酬答 周光镐 099
齐王孙园饯郭相奎曹长出守潮州 欧大任 100
寄郭相奎潮州 梅鼎祚 100
金山引为潮州郭使君寿 林大春 100
九日陪郭使君、梅别驾饮少峰池亭，使君有诗四首，因用其韵各得一字和之 林大春 101
题《云海遥瞻卷》为郭使君 林大春 101
七夕承郭使君枉过，于谢家池馆，有诗见贻，依韵奉答 林大春 101
顷岁卜居郡南，至是始辞郭使君还山，怅然有作 林大春 102
游凤皇塔谒郭祠 林熙春 102
郭公祠（代家君） 林熙春 102
（二）文章
潮州府平远县凿石通河碑 林大春 103
贺潮州郭使君寿序 林大春 104
贺郭潮州考绩序 林大春 105
潮州太守青螺郭先生考绩序 叶春及 106
报郭青螺 林大春 106
上太守郭公请营建普城启 邓修贤 107
右司马螺川郭公前守潮郡凤皇塔生祠记 周光镐 107
答郭青螺学宪端阳 周光镐 108
与郭青螺虞部 周光镐 109
谢郭青螺贺平蛮 周光镐 109

与郭青螺中丞 …… 周光镐 109
独鬼记 …… 林　崇 110

附录二

郭子章先生守潮事迹系年 …… 周修东 112

参考文献 …… 179

后　记 …… 周修东 182

上　编　诗　歌

双忠庙[①]

练水睢阳千万浔，忠魂绕缭此山岑。潮来海对县城阔，日落云封古庙沉。
生负刚肠寒贼胆，死为厉鬼竭臣心。英雄壁上题犹湿，读罢悠悠泪不禁。

——录自顺治《潮州府志》卷十一《古今文章部·诗部》

张许二公铜铰（俗云铜锟）[②]

二公守睢阳，□[③]为东山上。忠魂随潮来，铜铰出山傍。
生为□羯殒，没与明神伉。谁知千秋后，匈奴更飞飏。
读罢《沁园春》，收泪空惆怅。

——录自康熙《潮阳县志》卷二十《艺文·诗》

韩公手植木[④]

南登昌黎山，俯视昌黎木。结实垂离离，开花郁簇簇。
千载握文机，兴衰从此卜。庾岭张相松，雷阳寇公竹。
其人虽已亡，不亡者谡谡。

——录自康熙《潮州府志》卷十六《艺文·诗部》

却鹦鹉诗[⑤]

頳藻缃葩下海腴，凤凰台畔和提扶。辉含火德三文并，色映金精五纬符。
敢望颍川[⑥]翔彩凤，那知东郡集朱乌。却将付尔南宫去，鹦鹉篇成献上都。

——录自《潮中杂纪》卷十二《物产志·五色鹦鹉》

---

① 该诗约作于万历十年（1582）秋，详见附录二《郭子章先生守潮事迹系年》万历十年秋条。

② 该诗约作于万历十年（1582）秋，详见附录二《郭子章先生守潮事迹系年》万历十年秋条。

③ □：该字耗夺，以空格代之。下同。

④ 该诗约作于万历十一年（1583）秋，详见附录二《郭子章先生守潮事迹系年》万历十一年九月条后。

⑤ 据《潮中杂纪》卷十二《物产志·五色鹦鹉》。郭孔延《资德大夫兵部尚书郭公青螺年谱》载：“（万历十一年）秋七月，却献鹦鹉……是时公有《却鹦鹉诗》。”

⑥ 颍川：原作“颖川”，“颖”为“颍”之误，径改。

闻皇太子生喜赋[1]

前星横少海，协气丽天潢。元鸟鸣商禖，苍龙梦汉祥。
鸾旗纷列仗，奚戟快分行。汎扫文华地，重开大本堂。
铜楼通象辂，丙殿锁仓琅。未论标天策，还应戒□囊。
丝纶传岭外，歌舞遍炎荒。

——录自郭孔延《资德大夫兵部尚书郭公青螺年谱》甲申十二年四月条

重建宝积寺（有序）[2]

潮之南宝积寺废旧矣，僧道裔谋复之，予韪其请。今年夏告落成，予与二三僚友避暑其上。或言大颠之交贻讥后世，得无为灵山之游乎？因噱而咏诗：

卓锡重开劫外缘，化城奕奕凤城前。琱宫旖旎莹珠薏，绀宇玲珑卧水莲。
韩木晨滋花散雨，金山夜听铎鸣禅。息心暂向丹丘地，莫笑当年访大颠。

——录自顺治《潮州府志》卷十一《古今文章部·诗部》

重建南山寺（有序）[3]

潮城东宜塔，南宜梵寺，以壮形胜，予因士民请资建塔于凤洲之东城。南故有宝积、南山二寺，业已劫灰，顷僧道裔复宝积矣，南山未兴，僧如凤葺修之。世尊有言，能补故寺，二梵之福。时与二三僚友，问俗至寺，僧拭壁索题，因咏以壮其成：

诸天滥海郁氤氲，二梵重新气象分。潮涌磬钟双落月，山衔殿阁半侵云。
金刚相现空中色，罗树花开劫后芬。更有浮图雄鼎峙，千年三宝凤江溃。

——录自顺治《潮州府志》卷十一《古今文章部·诗部》

贺薛吕阳清修纯孝[4]

毓秀梁河岂偶然，凤鸣玉冶庆蝉联。政声三事称能述，载石归吟绿野天。

——录自《（潮州）凤陇薛氏族谱》之《图赞诗联》[5]

---

① 据郭孔延《资德大夫兵部尚书郭公青螺年谱》："（万历十二年）四月，喜皇太子生，赋诗。"题为笔者所拟，以该诗作于潮中，故录。

② 该诗作于万历十二年（1584）五月，详见附录二《郭子章先生守潮事迹系年》万历十二年五月条。

③ 该诗作于万历十二年（1584）十月，详见附录二《郭子章先生守潮事迹系年》万历十二年十月条。

④ 薛吕阳：名洪，字粱南，吕阳为号，海阳人，户科给事中宗铠之子，以荫选授武定州同知。该诗作于先生守潮期间。

⑤ 《（潮州）凤陇薛氏族谱》，潮州市潮安区庵埠镇薛陇村薛氏家庙所藏手抄本，第445页。

发潮州[1]

一官淹瘴海，再觐上金台。绿树牵舟缆，青山照酒杯。
牛羊空受牧，耳目岂皆孩？父老那堪别，潮声聒夕催。

——录自康熙《潮州府志》卷十六《艺文·诗部》

蹓隍夜宿[2]

产水驿前洄，蹓隍路已开。海云随浪卷，竹月破窗来。
猿鹤时相狎，鳄鲸不用猜。秋声飘岭树，归梦绕乡台。

——录自康熙《潮州府志》卷十六《艺文·诗部》

题王尚吾卷[3]（有序）

王尚吾司理潮阳，以谗归，予为书卷寿其太孺人，比予入黔，兵戈扰扰，不得一问司理。亡几何，司理卒，有子行甫访予贵阳，出卷示予，不觉潸然，因赋二绝，以当絮酒：

东岭南滇万里程，壮图忽逐鳄鱼倾。我来鬼国音书断，望望天涯墓草青。

飙轮久碾蓬莱去，絮酒空怜孺子伤。展卷不胜今昔恨，滇南黔北树苍苍。

——录自《黔草》卷十五《诗》

附：

送王行甫还滇

七载淹留谁问我，八番流浪可怜君。君家自有贤臣颂，万里昆明结彩云。

诸葛祠边寻旧业，曲江城下淬青萍。相期早献河东赋，莫向深山采茯苓。

——录自《黔草》卷十五《诗》

---

① 该诗作于万历十三年（1585）九月，详见附录二《郭子章先生守潮事迹系年》万历十三年九月条。

② 该诗作于万历十三年（1585）九月，详见附录二《郭子章先生守潮事迹系年》万历十三年九月条。

③《黔草》目录题作“题王尚吾卷”，正文作“题卷（有序）”。作于郭子章万历二十七至三十年（1599—1602）任贵州巡抚期间。王尚吾，名国宾，云南蒙自人，举人，曾任潮州府推官。

寿海阳林封君八十（林掌科仰晋父，仰晋曾从予游）①

罗浮山上好翩跹，中有仙人似偓佺。养鹤乘风翔海外，种芝成锦漾湖边。
符迎九九璜为瑞，畴锡三三字是玄。秘检已传金简诀，大千奚必问椿年。

仙郎初试文园令，献赋长安奏大人。补衮向回宸殿日，舞斑留得掖垣春。
万年觞祝餐红雪，百顺庭开脯紫鳞。谩②道申公归鲁国，汉家会已下蒲轮。

忆昔分符岭海阳，韶华弹指廿馀霜。种成韩木森桃李，梦到金城狎凤皇③。
谔谔茶陵饶谏草，苍苍椿树拂林塘。遥闻宣室虚前席，还促贾生谒未央（仰晋以直谏谪茶陵）。

——录自《黔草》卷十五《诗》

① 作于郭子章万历二十七至三十年任贵州巡抚期间。林掌科仰晋父：即林熙春之父林乔楫，号晋斋，诰赠通议大夫、太常寺卿。熙春字志和，别号仰晋，万历十一年（1583）进士，曾官工科都给事中，疏救同官左迁，引疾归。后官至户部左侍郎，赠尚书，谥忠宣。

② 谩：通“漫”。

③ 皇：“凰”之古字。下同。

下　编　文　章

一　序跋

《衡庐精舍藏稿》序

先王之所谓策府也，阿平无险，四彻中绳，寡①草木而无鸟兽，悉其所制作，可掩古、可昭来者，举而藏焉。荆扬之间，语无险而中绳者，孰②逾衡庐？盖神禹经之矣。《尚书》，惟扬州，彭蠡既猪；惟荆州，荆及衡阳。《山海经》载，南海之内有衡山，有三天子之都，一名天子鄣，即庐山也。而禹各有藏，衡之藏在岣嵝、云密、岳麓，凡七十七字；庐之藏在紫霄石室中，百馀字，不可辨，堇③识所谓“洪荒漾，余乃撵”是已。

庐陵凑二山中，北距庐，东距衡，俱不能千里，予师胡正甫先生生于其间，自号庐山，名其居曰衡庐精舍。先生少读古人书，长学于欧阳文庄、罗文恭二公，契馀姚之旨，以上窥孔孟之际，所著书若干卷。其宗邹鲁，其文《洪范》《国雅》，其诗赋建安、大历，修胸中之诚，以摅之书，弃知弃意，以明道而略物，闳而卢牟六合，敛而综摄一贯，巨而敷陈皇王，纤而箴缕医筮，靡不跖其玄阃，协厥六经。

子章自少从先生游，得而卒业焉，间请付之剞劂。先生曰：“非吾志也。吾名吾书，曰藏之衡庐耳。”子章曰：“有藏则有副，以俟后世圣人君子。”乃谋之二三子而刻之。

嗟乎！衡庐之藏，佻自神禹，文不尽解，大都纪决排、叙疆理，至其见知尧舜，为万世文命之祖，说在“人心惟危，道心惟微”“精一”“执中”数语④。予观先生所藏，不禹之绩，而禹之心，其教子章曰：“圣学始于仁，而要在无欲。语学至于无，至矣。克伐怨欲，不行，不得为仁。有所恐惧、忧患、忿懥、好乐，则心不在。有所未、无，不行；未尽无，而何以名仁？孟子论养心在寡欲，养浩然之气在无害，故曰：‘无适无莫，君子也；无意无必、无固无我，圣人也；无声无臭，天也。’至于无，则道心微而中执，是乃所谓仁。”是先生藏稿之大都也。

楚周元公论圣学，以一为要，而直以无欲当一。先生之教，恍若券合。而说者谓元公产于衡，止于庐；先生宅于庐，缔于衡，其迹亦若片合。岂二山之灵，佻于禹婴，薄于元公，而凝翕于先生耶？嗟乎！禹之学以柏翳光，元公之学以洛阳衍，今所为先生柏翳、洛阳者，属之谁乎？子章不敏，敬告吾党诸君子，相与共淬砺焉。

——录自《粤草》卷一《序》

---

① 寡：原作“寊”，为“寡”异体字，径改。
② 孰：原作“孰”，为“孰”异体字，径改。
③ 堇：假借为“仅”。下同。
④ “说在……数语”句：语出《尚书·虞书·大禹谟》：“人心惟危，道心惟微；惟精惟一，允执厥中。”

《韩山校士录》序[①]

癸未秋月，予偕二三僚友苍梧何君敢复、石门梅君鹜、滇南王君用宾，[②] 息[③]诸文学诸生，讲业韩山之阳。日亭午，振衣山椒，求《志》所称韩木，不可得。

予惟鲁桧、秦松，今尚蓊翳[④]，岂唐之植而潮独遗？稍勌[⑤]坐翠微，父老折木枝，并进其实。予孰[⑥]眎[⑦]之，橡也；以眎三君，三君曰橡也。橡凡植，在在著地，潮人何神其名曰“韩木”？且韩子奚取焉？父老曰：“不然。潮无橡，橡始韩子，韩植橡兹山，移其种之佗[⑧]山，不橡也。故名曰韩木。木华于春，簇簇附枝如桃，邦人以卜科第兴衰。”

予反复惟之，物莫病于华而无其实者。孔子先黍后桃；曾皙弃脍炙，嗜羊枣；周子独君子池莲。岂桃、牡丹无足羡，而恶脍炙而逃之哉？处其实不处其华耳。《图经》载，杼、栩，皆橡、栎通名[⑨]。橡，一曰栩实，一曰栎实。《尔雅》曰：“栎，其实梂。”“实橡，有梂汇自里也。”其大蔽牛絜之百围，故蒙庄曰栎社。河内人谓木蓼为栎，其叶辛，初生可食，故应劭曰采木。秦人谓柞栎为栎，周拔柞棫，汉宫五柞。而管子亦云，五粟、五沃之土宜柞。其馥艳纤丽，即不得埒于扶苏[⑩]屈龙[⑪]，而其实可宫、可食、可蔽牛。堇实桔梗，鸡廱豕零，犹时为帝，而矧其在橡者？[⑫]

夫诸士文亦若是矣。气靡鸿渐，言必鹏运，假珎[⑬]玉树，而颠坠鬼神，华也；旷而不溢，奢而无玷，有实而无乎处，有长而无乎本，剽文之橡也。韩子植橡，百千年后犹称曰韩木；予植士，士稍改柯易叶，十年不中椽，廿年不中屋，百千年后不曰郭士，羞乎！而焉用文之？

诸文学诸生湛思若有深省，予与三君取其文，四分校之，约曰：“最其橡者，殿其非橡者，进之则周之莲、曾之枣也，又进之则孔之黍也。”嗟乎！夫使予登黍矣，又毋论橡矣。

——录自《粤草》卷一《序》

---

① 按：《潮中杂纪》卷四《韩江韩山韩木》全录该《序》，前加按语：“自韩公过化之后，江旧名恶溪，改曰韩江；山俗名笔架山，改曰韩山；木本橡木，改曰韩木。今江山如昨。予尝校士山祠，求韩手植木不可得，今山中橡树，特其所遗种耳，详子章《〈韩山校士录〉序》。序曰。”

② “苍梧何君敢复”句：《潮中杂纪》卷四《韩江韩山韩木》所录该《序》作“苍梧何君、石门梅君、滇南王君”。何敢复，字学敏，号铁楼，广西兴业人，举人，万历中以兵部郎中谪别驾，九年（1581）迁潮州府同知。清介自矢，嘉惠学校。置市租于海阳以佐祀，建韩昌黎祠于澄海，时延诸生校课。所至皆有惠政，潮人配祀韩祠。梅鹜，字道源，石门县人。隆庆岁贡。任监利教训，升国子监学政，特简内阁侍读，升任潮州府粮捕通判，在潮二年，致仕去。

③ 息：古同“暨”。

④ 蓊翳：《潮中杂纪》卷四《韩江韩山韩木》中所录《〈韩山校士录〉序》作“蓊藹”。

⑤ 勌：古同“倦”。

⑥ 孰：古同“熟”。

⑦ 眎：古同“视”。下同。

⑧ 佗：代词，“他”书面语。下同。

⑨ 杼、栩，皆橡栎通名：《图经衍义本草》卷二十五作：“柞栎也，杼也，栩也，皆橡栎之通名也。”

⑩ 扶苏：小树。语出《诗·国风·郑风》：“山有扶苏，隰有荷华。”

⑪ 屈龙：语出《淮南子·地形训》：“海闾生屈龙，屈龙生容华。”高注：“屈龙，游龙，鸿也。”

⑫ “堇实”句：语出《庄子·徐无鬼》：“得之也生，失之也死；得之也死，失之也生。药也，其实堇也，桔梗也，鸡廱也，豕零也，是时为帝者也，何可胜言！”

⑬ 珎：古同“珍”。下同。

《潮中杂纪》序

潮州郡志，予先伯大父春震守潮时集而刻之，今四十馀年矣。比予来潮，博士叔与京手而授之曰："是书先人笔削稍严，其故颇略。春秋弥旷，子其卒之。"子章敬诺。入潮三月，校士于帘。越月，入觐于燕，逾年始还潮。目眯簿书，手桎朱墨，舌敝犴狴，折腰逢迎。朝而堂皇以罢[1]其肢，夕而床笫以焦其思。发[2]毵毵，齿摇摇矣。

年馀，日稍隟[3]，始修博士叔语，下令搜十邑之故而来其籍，至贮之于簏，堇堇耳。闻之人言："多备规轴，减溜大成。"[4] 备不多则成不大。又搜之山穴残碑、故族半编，久之簏盈。解之曰："是可以志矣。"稍次之，已事七八，后事二三，不大增于先《志》，始歇其役。无何，而予持[5]三年牍入奏矣，又计之倏[6]而场，倏而觐，黜陟去留，不可前识。回睐簏中纸，犹鸡肋然。遂杂次其略，凡《通志》、前《志》载者不书，书其逸者、新者若干卷，命之曰《潮中杂纪》，而托之剞劂。

嗟乎！是非予初志也，埶[7]也。潮剧郡，地员千里，比于古诸侯国。志即史也，不备不该，不核不信。孔子作《春秋》，至老始定；司马迁《史记》，自十三乘传行天下，遭李陵之辱而后就；孟坚《汉书》，藁[8]且未脱。予乃欲以一二年之力，就一方之故，固亦不量矣。虽然，有鲁《春秋》，而后有孔氏《春秋》；有《左》《语》《国策》《短长》，而后有司马《史记》；有二刘《新序》《说苑》《杂记》，而后有班《书》。夫事固必有为之前，而后其后者善也；亦必有为之杂，而后其精者出也。匹夫匹妇，离而听之则愚，合而听之则圣。虽有尧舜之德，复合于市人之言，令后有志潮者，是编即杂，不足当于鲁《春秋》《语》《策》二刘诸书邪？不足当于市言邪？《诗》有之："浩浩者水，育育者鱼。"[9]管子采之，以进桓公，而宁戚用。此其善用杂言者，予又何患乎后志者之智不管子若也？万历乙酉夏五庐陵郭子章撰。[10]

——录自《粤草》卷一《序》、《潮中杂纪》卷首

---

① 罢：古同"疲"。
② 发：《粤草》原作"髮"，为"髮"异体字，径改。
③ 隟：古同"隙"。下同。
④ "多备"句：语出《管子·宙合》。减，古瀛志乘丛书版《潮中杂纪》作"滅（灭）"，盖误。
⑤ 持：《潮中杂纪》缺。
⑥ 倏：同"倏"。下同。
⑦ 埶：通"势"。《粤草》原作"执"，据《潮中杂纪》径改。
⑧ 藁：同"稾（稿）"。
⑨ "《诗》有之"句：语出《管子·小问》。
⑩ "万历乙酉"句：据《潮中杂纪》卷首补。

《刘国征[①]文集》序

予始为闽李，初得晋江苏君禹[②]，以词相镇，以义相攻，驩[③]甚。已直指孙使君檄都试郡诸生，之莆得柯尧叟[④]，之漳得刘国征，国征复介君禹，倾所为博士家语示予。予卒业之，曰："甚矣，刘生之言，似君禹也！"已国征起家，如君禹、尧叟成进士，及读二生古文词，间尝窃评国征文如干将、莫邪，不可向迩，即丰狱延水，愈湛愈久；尧叟清厉峭急，如丝弦登焦桐，听之爽人耳，愳[⑤]其易绝。

及予守潮，尧叟来令海阳，国征读礼还漳浦，相距寻常间，词镇义攻，亦如君禹，予又驩甚。不逾年，国征赴[⑥]来，尧叟寻殁[⑦]。嗟乎！予收二生于一日之试，不握手而评其必庸[⑧]，言何券合；评齿之修短，于十年之交，盈帙之语，而有然不然，数矣。夫荠以冬美，而芬以夏成。荠，甘味也，乘冬而美者，甘胜寒也，故春无美荠；芬，苦味也，乘夏而成者，苦胜暑也，故秋无成芬。盖予读国征文，而喜其美且成也；又悲夫国征之死，而恨其美且成也。

国征赴未至，海上沴气，弥漫潮漳间，迴落穷圉、遥山、绝浦，人触之，亡[⑨]不肠回膺满，而卒无恙。予占之，在既济而变革之上，意短狐为灾，人豹且变，必有文人当之者，而不虞在国征也。国征殁而沴遂歇。嗟乎！鵩[⑩]鸣而主人去，岁在龙蛇。而贤人嗟西州石折而智士亡，炊甑裂而樊川焚，国征如数何？

国征之生，其征以兰，其死以沴，彼其以荠芬之质，遘春秋之交，奈何令予言然邪？董生有言："天不重与，有角不得有上齿。"[⑪] 故已有大者，不得有小者，亦天之数也。刘长公[⑫]计部急收其弟遗文刻之，国征之大存矣。国征文甚侈，而邮其大者在，偕顾、魏二吏部上申相国一书，扶人纪也；上许相国召魏陈州一书，开言路、汲士类也。而予初读其所为圣学，"一"为要，论说"一"最彻。至启手足、去药饵、求静摄，几不负此"一"邪？彼年者，小物乎！八千之椿，一朝之蕣；达人旷视，迅若一息。而国征宁必兼之？梁

---

① 刘国征：名廷兰，福建漳浦人。万历四年（1576）解元，万历八年（1580）进士。张居正专政，灾异见，而中外方竞颂功德。廷兰上书座主申时行，劝之补救。时行不能用。廷兰兄廷蕙、廷芥亦皆举进士，有名。世所称"漳浦三刘"者也。廷兰服父丧，竟死不及官，士林嗟叹。

② 苏君禹：名浚，号紫溪，晋江人。万历元年（1573）解元，万历五年（1577）会魁，初授南刑部主事，忧归。起补工部。寻改礼部，擢浙江督学佥事。累迁陕西参议、广西按察副使、参政，升贵州按察使，不赴。卒于家。有《紫溪集》三十四卷。

③ 驩：古同"欢"。下同。

④ 柯尧叟：名茂竹，字绳希，尧叟为号，福建莆田人，万历十一年（1583）进士，授潮州府海阳知县。有《柯亭诗文初稿》四卷，又《柯论》六卷。

⑤ 愳：古同"惧"。下同。

⑥ 赴：通"讣"。下同。

⑦ 殁：同"殁""歾"。下同。

⑧ 庸：古同"用"。

⑨ 亡：音 wú，古同"无"。下同。

⑩ 鵩：为"鹏"异体字。

⑪ "天不重与"句：语出汉·董仲舒《春秋繁露·度制》。

⑫ 刘长公：名廷蕙，廷兰从兄，万历八年（1580）进士。尝任户部署郎中，云南提学佥事、右参议，广西右参议。

州九十九峰，予尝讶其阙一，读国征文，屹然乔岳，今以还梁州之峰百矣。

——录自《粤草》卷一《序》

《潮州府季考录》序

余来守潮，校官、诸生有《教》矣，会文、社学有《约》矣。及校士韩山，刻其文，序之矣。大都引之诵法韩子，进之孔子，而要之立诚，辟之椽，登之黍，而归之惇实。顾未合郡邑诸生都试之也，及今试之矣，尊令甲也。

夫令甲，守令必季试诸生，何也？在《月令》，四季之月，招摇之指，昏旦之中，其位、其日、其盛德、其数、其音臭，俱不能无变，以中于令。岂以三月天道小变之节，诸生当其时问学，消息理义融塞，文气沛滞，必于此稽之与[①]？虽然，令甲之试与余之录，在文；而所以试、所以录，不耑[②]在文。诸生亦知文之所以文乎？于乎不显文王之德之纯，文之所以文也。文武既没，文在孔子，孔子盖自幸其得与于纯与不显之精者，而岂任乎礼乐制度之麤[③]迹乎？必不然矣！刚柔交错，天文也；观夫天文，以察时变，文明以止，人文也；观夫人文，以化成天下，彼二曜五星，三经五纬，特其麤者。

余执其麤者，以收诸生，而必欲辨其精者，以仰副朝廷，区区举子业，直骨皮相尔。夫子诱颜子博文约礼，而孟子曰："礼之实，节文斯二者是也。"[④] 则文者，礼之条理也，而文词者，又泄宣乎礼之条理，以垂教开来也，非頖然若绳与准二物也。今读诸生文，言人人殊，亦既井井纶纶矣，而恶知礼所生乎？非礼所生乎？

嗟乎！颜子三月不违仁、不违礼也，予试诸生且三月矣，将复举令甲从事，辨诸生之违不违何如颜子，诸生亦幸自闵免，毋宜自处于"日月至焉"者。

——录自《粤草》卷一《序》

《赌诫》序

潮故无博，起于二三豪家，浸淫[⑤]成俗。嘉靖间，倭奴入寇，山贼内讧，民捄[⑥]死扶伤不赡，毋暇博。隆、万以来，竟[⑦]内稍敉定，又以制钱雍滞，遂竞出钱赌，名曰"盖宝"，即古掩钱意。至于今，填闾巷、蔽市井矣。识者称"盗往往从博徒起"，余忧焉。

始严栅门之禁，以遏夜博者之无所归；继严庙寺场窝之禁，以散昼博者之无所聚。自是赌徒渐息。诸士大夫犹曰："未也！狐鼠敛迹，豺虎尚雄，阛阓悍少年易与耳。其巨者寝虞氏之高楼，呼东府之百万，其权力足以凌轹宦竖，其奸慝足以接济岛夷。逻者巡逡，

---

① 与：古同"欤"。下同。
② 耑：古同"专"。下同。
③ 麤：古同"粗"，粗略、大略。下同。
④ "礼之实"句：语出《孟子·离娄上》。
⑤ 淫：原作"滛"，为"淫"异体字，径改，下同。
⑥ 捄：古同"救"。下同。
⑦ 竟：通"境"。下同。

不得问捕。官嗫嚅不敢吐，而士之权谲磊落负俗之累者，间从附焉。”

夫巨室，一国之慕，而士氓萌之表也。表枉则影无繇[1]正，慕向颇僻，国胥诪张，余一人无方收也，爰集古今博事，厘为上、下二篇，起大明律，至左祥复[2]，凡五十九条，皆圣贤厉博禁语；下篇起井公，至《樗蒱经》，凡六十四条，皆愚不肖罹博祸语。命之曰“赌诫”，而刻之郡中。

嗟乎！是岂为悍少年设哉？悍少年不得读，即读弗解也。冀巨室与士昼而讲贯，夕而习复，夜而计过无憾，而后即安易慕正，表以化诲齐庶耳。先民有言曰：“沃土之民不材，淫也。”而富岁子弟多赖。“瘠土之民莫不向义，劳也。”[3]而凶岁子弟多暴。岂天地之故二耶？就其中所以成其赖，俾无即于淫；易其暴，俾习于劳。二千石与有责焉。嗟乎！夫二千石官长，纪纲人伦，佐天子烛幽隐、厉烝庶、崇乡党之训，而不能弭郡人之博，至籍[4]乎古人为诫，大声以色，未怀明德，则余甚愧之矣。

——录自《粤草》卷一《序》

《荔枝亭稿》序

予守潮，郡斋隙圃故有荔枝亭，予延友人康用光为儿辈师，讲业亭下。

用光自潮还豫章，自豫章入潮，往来有感，抒之乎诗。一日解其囊于亭下，示予，骨神稜[5]爽，音响玲珑，采光陆离，枝叶扶疎[6]，繇贞元、大历而上，遡[7]于建安、黄始[8]，亡不擥[9]镜而融结之。用光家在古瑞山下，与珠林刘尚书相距寻尺。尚书故以诗雄元、明间，用光自以病蠲举子业，日夕步趋，故其词远宗魏唐，而近范珠林。予卒业之，忻[10]然有当予心也。

时维夏五，荔子正丹，紫罗衬壳，白璧填瓤，缃缥裁叶，醴酪和浆，而龙鳞干霄，芬香袭庭。鹤巢其巅，鹿蟠其根，予孰睬之，又忻然有当予心也。予朗吟用光诗，提如意舞，鹿鸣鹤和，恍若有解。蕙风时畼[11]，荔子垂垂，如绀珠火齐，飘然欲声。因题之曰“荔枝亭稿”。

嗟乎！荔生五岭、八闽、九真之间，处炎野，华赤海，不得与五柞玉树并植宜春、乐

---

① 繇：古同“由”。下同。

② 左祥复：“祥复”应作“详覆”，详议审察。语出《宋史》卷一百六十三《职官志三》：“刑部郎官分为左右，左以详覆，右以叙雪。”

③ “沃土之民”“瘠土之民”句：语出《国语·鲁语下》。

④ 籍：通“藉”。

⑤ 稜：古同“棱”。

⑥ 疎：原作“踈”，为“疎”异体字，古同“疏”。径改，下同。

⑦ 遡：古同“溯”。下同。

⑧ 黄始：疑为“黄初”之误。黄初（220—226），三国魏文帝曹丕之年号，上接东汉献帝年号建安（196—220）。“繇贞元、大历而上，遡于建安、黄始”与下文第二段的“故其词远宗魏唐”对应，贞元、大历分别是唐德宗、唐代宗的年号，而“黄初”是魏文帝的年号，且与东汉年号建安时间相接（建安年间其实也是曹魏奠基人曹操专权时期）。

⑨ 擥：古同“揽”。下同。

⑩ 忻：古同“欣”。下同。

⑪ 畼：古同“畅”。

游诸苑，而岁时放丹，不改柯易色。用光与予共席，三顾双凤下，才十倍予，而予邀天幸，通时籍，用光犹然衡门布衣，不受人怜，无几微不堪之状。又何以异岭外之荔，弥逖弥丹乎？虽然，汉破南越，自交州移植，起扶荔宫贮之，则又恶知无好用光者，如汉故事植之承明金马门？而用光当斯时，所以对公车、献天子者，不为上林、甘泉之赋，则必有痛哭流涕长太息之策；不为明堂之图、封禅之书，则必有正心诚意之对。区区荔子词，邓林一枝焉耳。

——录自《粤草》卷一《序》

《徐进士窗稿》序

始予习博士语，见谓物莫旨此者；已学为古文词，稍敓[①]其好；二三之官，莅政如嚼木篱，澹然亡遗味，直欲捐之。晋文公读书于臼季，三日，曰："吾不行也咫，闻则多矣。"[②] 夫闻之不可行，自古记之，而持博士家语，亿宁百神，柔和万姓，辟[③]其犹诸搏攫抵噬之兽，而使之飞，责吴艑晋舶日陆驰千里也，此必不能。予之不达于政，亡惑也。

既捧檄而越越[④]，海阳令为吴中徐君[⑤]。徐君故以博士语甲东吴，予疑夫主爵者，潮剧郡，海阳壮哉县，奈何以畀二书生？徐观海阳之政，其张也，若川然有原，以卬[⑥]浦而后大；其弛也，若韦藩木楗，守而不泄。论其巨者，发故屋、辟故窌以假贷；修封畺[⑦]、正千伯[⑧]毋失赋额。甃横序以屋士，正津梁不黩其货。民曰星德。禁博塞，圉小辩，鬪[⑨]译諰[⑩]，慎旅农，趣聚收[⑪]，令民毋发山川之藏，毋见五兵之刃。民曰众父父。盖五年所而政成，民日夜恐其去，孺慕不置。

予日与语理道，其言常是。成不觉其猥大，久不觉其倦욕[⑫]，烦不觉其纷员，而可不可不觉其呫嗫。乃超然曰："钧治博士语，何独窒[⑬]于予海阳之行？且周八极，岂直咫哉？"已而反复惟思凝神，虑求其故，而以昔圭蓬[⑭]治博士语之心，施之庶慎庶狱之际，恍然若相为用，而毋甚盭[⑮]夫。然后悟曰：八观一匡，毋二也；文学弦歌，毋二也；起八

① 敓：为"夺"本字。

② "晋文公读书"句：语出《国语·晋语四》："文公学读书于臼季，三日，曰：'吾不能行也咫，闻则多矣。'"

③ 辟：通"譬"。

④ 越：通"粤"。下同。

⑤ 徐君：即徐申，字维岳，苏州府长洲人。万历五年（1577）进士，授潮州府海阳令。性侃直，豪右敛戢。辛巳大成殿坏，申倡修之。累官至通政使。

⑥ 卬：古同"昂"。

⑦ 畺：古同"疆"。

⑧ 千伯：为"阡陌"本字。

⑨ 鬪：古同"斗"。下同。

⑩ 諰：应作"踶"。

⑪ 趣聚收：原文缺"聚"字，据《管子·四时》径补。

⑫ 욕：古同"卻"。《文选·上林赋》曰："与其穷极倦卻。"郭璞注曰："穷极倦卻，疲惫者也。"

⑬ 窒：疑通假为"至"。

⑭ 蓬：应作"篷"。"圭蓬"即圭窬蓬户，语出《礼记·儒行》："儒有一亩之宫，环堵之室，筚门圭窬，蓬户瓮牖，易衣而出，并日而食。"

⑮ 盭：古同"戾"。下同。

代之衰，济天下之溺，毋二也。始而甘之，既而捐之，二也，今而后于徐君乎一之矣。

徐君名申，吴人，成丁丑进士，所为博士家语若干首，刻之海阳署中。

——录自《粤草》卷一《序》

《四贤潮语》叙[①]

四贤者何？韩公愈、苏公轼、文公天祥、王公思也。韩、文、王三公寓潮语潮，苏公寓惠语潮也。古今寓潮惠者多矣，宁独四公？寓潮惠语者亦多矣，宁独四公？贤不必文，文不必贤，贤而文则四公也。四公之文亦富矣，弃其全而堇堇潮语，何也？

孔子在鲁曰《鲁论》，在齐曰《齐论》；孟子作七篇，在梁曰《梁》，在滕曰《滕》；《左氏春秋外传·晋语》《越语》等类，皆是例也，不必其全也。

或曰韩、苏之文，文、王之忠，若是班乎？非也，易其地为之，其辨王庭凑、志范滂者，可文可王也；读《制策》、读《猎虎疏》，可韩可苏也。幸则文，不幸则忠，其为百代殊绝人物，一也。嗟乎！是其风于潮者远也。

婆娑海水，簸弄明月，斌斌邹鲁矣；蔡迪功[②]死梅、马寨正[③]死潮，炳炳忠义矣。则四公之烈也，余与韩、苏同宦其地，而文、王，余乡先也，旧国旧邑，望之畅然，矧其人也，见见闻闻者也，是子章所为刻《潮语》也。

——录自《粤草》卷一《序》

《书法三昧》序

佛说三昧，或云三摩提，或云三摩地，或云三昧火。此云正定，谓任缘一境，离诸邪乱也。亦云等持，等者，正也，正持心也；持谓持诸功德也。此佛法三昧之说也。

乃林生[④]书法亦称三昧，何也？柳公权曰："用笔在心，心正则笔正。"正也。王右军曰："凝神静虑，预想字形。""意在笔前，字居心后。"定也。正则不邪，定则不乱，不邪不乱，书法臻妙。林生自少工书，游京师，入中秘；不偶，出丞孝丰；又不偶，归闽。而临武刘尚书[⑤]填抚三山，爱其书，辟之左右。予时为闽李，林生以予粗知点画，间就予论书，始繇文太史，入赵承旨，杂之黄涪翁，而以己意综洒于笔。已乃集古今书法，自下笔至用笔，曲尽临池之妙，名曰"三昧"，刻之莆中，而来问序于潮。

郭子曰：不法法则事毋常，法不法则妙不入。要妙入则法可也，不法可也。鱼得忘筌，柯得忘斤。《华严经》曰，世尊得三昧，智力虽超魔道，而现行魔法；虽随顺世间，而常行出世间法。知此可以论书矣。当其伸纸捉笔、十曲五直之际，恶得不法法；及其心手遗情、笔书忘言之后，恶得必法于法。字各有法，各具三昧，由法入三昧，三昧忘法，

---

① 叙：古同"序"。

② 蔡迪功：即蔡蒙吉。

③ 马寨正：即马发。

④ 林生：福建人，工书，尝入中秘，出为孝丰县丞。余则未详，查光绪《孝丰县志》未载。

⑤ 临武刘尚书：即曾任福建巡抚，广东总督，户、兵二部尚书的刘尧海。

即右军、公权辈复起，不易予言矣。

林生初见予于闽，专论书；既见予于潮，又论石函金笥之旨。嗟乎！息息归根，存存成性，此老氏之三昧也，不甚异于释氏。林生果得乎？则书小技也，行且日进矣。

——录自《粤草》卷一《序》

《柯尧叟窗稿》序

司马谈既为太史公，子迁年十三，使乘传行天下，求古诸侯史记，续孔氏古文，序世事，共五十万字。司马氏世掌太史，业已博极群书，甫在髫龄，周游历览，是何其廑[①]廑孜孜也，岂非谓“无忘吾所欲论著”[②] 乃“孝之大者”[③] 乎？

莆中有柯计部[④]先生，成进士，即解官归，隐壶公之阳，噫元脱脱所著《宋史》疣赘纷员，殚力二十馀年，作《宋史新编》。予昔为闽李官，得卒业之。而先生是时已捐馆舍，不可见，见先生冢孙尧叟诸生中。余时方捧直指使者檄，都试莆生，则推高尧叟。尧叟弱冠，著为《柯论》等书类，曰“闻之先王父”。其成进士，年适与计部同，莆中人谓突[⑤]生海人，海人生若菌，窃比之汉司马氏焉。

虽然，闻一言以贯万物，谓之知道，多言不当，不如其寡[⑥]。司马氏言侈矣，予病其未知道。谈留滞周南，不得与封禅事，此何滑性灵，而竟发愤以卒；迁志欲续《春秋》，以列于孔氏之林，乃其传孔门弟子，莫樊于端木赐，谭吴越事悉具，而无及于仁圣立达；莫略于曾参，而一贯忠恕、格物致知，所为圣门要领语，芟而弗书。嗟乎！司马氏堇堇守史局耳。

史者，道之藩篱户牖也。柯先生屏居壶阳五十馀年，屡荐不就，中遭倭燹，家徒四壁立，而无几微不堪之色，《宋史》所载濂洛关闽之秘，阐扬无馀。尧叟来令海阳，出所为举子业，以式潮士，抒之五内，泽之六气，而御正于《四经》，举业即秇[⑦]苑小鸣耳而已。若是，是得而大衍之，以及于仁圣立达、一贯忠恕、格物致知之旨，不治而辩，不言而嬗，与世之凑学者异矣。语曰“针成幕，蔂成城”[⑧]。余知柯氏之论不局于史也，卜诸其所小鸣者也。

——录自《粤草》卷一《序》

---

① 廑：通“勤”。下同。

② “无忘吾”句：语出《史记·太史公自序》。

③ 孝之大者：语出《史记·太史公自序》。

④ 柯计部：名维骐（1497—1574），字奇纯，莆田人，柯茂竹祖父。嘉靖二年（1523）登进士第，授南京户部主事。未赴，即引疾归。著有《经义答问》及《宋史新编》。

⑤ 突：原作“寏”，异体字，径改。

⑥ 寡：原作“寡”，异体字，径改。

⑦ 秇：古同“艺”。下同。

⑧ “针成幕”句：语出《淮南子·说山训》。

《铁山稿》小序[①]

邓希父教谕普宁三年矣，以台臣[②]娄[③]荐，天子召为国子博士。希父且行，手其诗文一编示予，曰："入长安，将以此羔雁诸公，祈弁之一言！"予卒业之。

诗若开皇、贞观之际，而亡盭于志；文出入老、庄、吕、刘百家，而不诡于道；四六语绝似宋梁间，而能抒其欲吐。普宁新辟草莱，汇在菹泽，其所训诱诸生，皆三阳士，时时北面受经，若[④]稷下、碣石。而希父读书处在铁山下，因名其所著书曰《铁山》。

闻之大禹，天地出铜之山四百六十七，出铁之山三千六百六十，戈矛之所发也，刀铩之所起也，是谓国用；而《管子·地数》又亟称之，《山经》所载猨翌[⑤]堂亭[⑥]之玉，虖勺、鹿吾[⑦]之金，会稽砆石，鸡山丹雘，小华、瑀浮[⑧]、大次垩、碧，禹顾略不之称，而独铁云云，岂特饥不足饱、寒不足衣，即戈矛刀铩之用，何所短长于黑金耶？

夫文亦若是矣。《南华》《冲虚》《大人》《上林》之文，非不极美丽，山之金玉也；《六经》、孔孟诸书，非不称朴质，山之铁也。则用无用之辨也。虽有朱草神芝，不先稻粱；虽有玄寉[⑨]威凤，不加马牛。希父繇所著，竟所诣，不止于孔孟，不止则佗日之用希父，与希父之用于天下，当自铁山始；不然，金山、凤城、锡泉、钱澳著于潮者，在在皆美名，希父胡独不援之自贤，而铁之好耶？希父之意远矣。

——录自《粤草》卷一《序》、万历《普宁县志略》卷九《遗文上》

《刘氏忠贞录》序

《忠贞录》者，六安《刘氏家谱》也；《谱》曷以《录》？《录》曷以"忠贞"？吾邑欧阳文庄公守六时，颜刘氏堂曰"世笃忠贞"，《录》从堂名也。《录》中不直载刘家系掌故，并纶綍典言毕书，故不曰《谱》，曰《录》也。《录》作于今大将军大勋，刘之八世苗裔也。公总戎潮漳，秉节钺，制暹倭。予承乏守潮，会有天幸，海若不波，鲸鳄徙万里，沈[⑩]楼船，偃干草。而公说诗敦礼，恂恂一儒者，稍隟，出是《录》视予，且匄[⑪]予序，予卒业之。

太原肇基，臮[⑫]于总戎，代有皇纶，罔厥威雄，作《诰勑[⑬]类》第一；山后振振，迄

---

① 万历《普宁县志略》题作"题铁山稿小引"，乾隆《普宁县志》题作"铁山稿序"。
② 台臣：万历《普宁县志略》作"两台"。
③ 娄：假借为"屡"。万历《普宁县志略》作"屡"。下同。
④ 若：万历《普宁县志略》作"者"，"若"为是。
⑤ 猨翌："猨"，《粤草》作"傁"，查《山海经》有猨翼山，"猨翌"当作"猨翼"。
⑥ 堂亭：万历《普宁县志略》作"堂庭"，《山海经》亦作"堂庭山"，"庭"为是。
⑦ 鹿吾：万历《普宁县志略》作"鹿吴"。
⑧ 瑀浮：乾隆《普宁县志》作"瑀琈"。
⑨ 寉：古同"鹤"。
⑩ 沈：通"沉"。
⑪ 匄：古同"丐"。
⑫ 臮：原作"臯"，据文义当为"臮"，古同"暨"，径改。
⑬ 勑：古同"敕""敕""勅"。下同。

今八叶，不援远祖，不遗近祐，作《世系列传类》第二；仁者送人以言，家藏仁言，文献足矣，作《诗文类》第三；孔氏识防，若斧若堂，五里九里，三台若坊，作《丘墓类》第四；礼参于朱，丧去其易，合人宜俗，靡数以剧，作《家礼考》第五。简而核，详而不漫[①]，是足以谱矣；公复自引其端，以诏后人，是足以训矣。予复何言？

予自燕还里，乃公驰使再四，固申前请。予惟穆王之命君牙曰："惟乃祖乃父，世笃忠贞。""纪于太常"。而毕之曰："缵乃旧服，无忝祖考。""由先正旧典"，"率乃祖考之攸行"。[②] 晋献公使荀息傅奚齐，对曰："臣竭股肱之力，加之以忠贞。"公曰："何谓忠贞？"对曰："公家之利，知无不为，忠也；送往事居，偶俱无猜，贞也。"[③] 由是言之，欧阳公名□[④]，与大将军名《录》之意，渊乎微矣。

考刘之故始祖兴，脱万死，就百战，树功洪、永间，其子聚死难于南，其孙威殉节于□，故胙延子孙，世世鸠刘宗，以及大将军，而寝耀明□天启之心也。刘之子孙，其策名委质者，纂修其身，以受先业，无谤于国，以无誖[⑤]于穆王、荀息之旨；即岩居川观者，丰兄弟而长长，敬学而不敢媠[⑥]易，有故必顺于典刑，而访咨于耈[⑦]老，而后行之，是《书》所谓笃[⑧]也。脱或幼是私志，长弃祖烈，以宗庙之牺为畆[⑨]畎之勒，岂惟失欧阳公意，即大将军之《录》，几于肉[⑩]谱，予言日啍啍[⑪]，犹蒙耳也，故即憖[⑫]刘之贤子孙，寘[⑬]予言于耳，而规为瑱也。

——录自《粤草》卷一《序》

拟《广东壬午乡试录》后序

今年秋，天下复当大比士，某实应御史聘，来主东粤试。事竣，士既籍奏，谨序诸末简。

窃惟皇上尹天下，造士作人，于兹十年矣，廑励学官，娄布功令，端士习、正文体之诏，率三岁一下，上之薪槱士也，诚士被服驯化、濡摩上教也深。东粤即逖，当无殊中土[⑭]，鹤鸣和在阴，蟋蟀俟秋唫[⑮]皷[⑯]，宫宫应皷，角角动气，召声比南，暨于海五岭，未

① 漫：古同"漫"。
② "惟乃祖乃父"等句：语出《尚书·君牙》。
③ "晋献公……贞也"句：语出《左传·僖公九年》，"偶"作"耦"。
④ □：此字佚夺，疑为"堂"字。
⑤ 誖：古同"悖"。下同。
⑥ 媠：古同"惰"。
⑦ 耈：古同"耇"。
⑧ 笃：原作"𥳑"，为"笃"之异体字，径改。
⑨ 畆：古同"畮（亩）"。下同。
⑩ 肉：原作"宍"，为"肉"之异体字，径改。
⑪ 啍：通"谆"，形容恳切教导。
⑫ 憖：同"慭"，愿意。
⑬ 寘：同"置"。
⑭ 土：原作"圡"，为"土"之异体字，径改。
⑮ 唫：古同"吟"。
⑯ 皷：古同"鼓"。下同。

足鄣[①]已。

某下庾岭以来，伏波临蔡之伐，峭然岩壁间；泛棹曲江，张子寿风度，颙颙在焉。比绝南海，汪洋溢溢，雷奔电逸，恍若过昆仑疏圃，而饮其湍濑。回顾罗浮诸岳，隐见东圉，天清云玄，纯温以沦，而徜徉以游其中。此东南巨观也，得无有瑰玮不群之士出而像之乎？

迳蹑[②]五羊之鄙[③]，长稠疏穗，彧彧原壄[④]，异于他日。问之农者，农者曰："曩吾粤之耕也，始而地窃之大甽小亩，为青鱼肤苗，若直猎；已而苗自相窃也，种而无行，耕而不长；已而草窃之也，弗除则芜。今去此三窃，而后谷若是茂也。"某乃瞿然悟曰："树人树谷，何异哉！粤之士且日茂矣。"当嘉、隆之际，罗山未剃，潮海尚波，粤罢[⑤]于四战，士无宁椠，赖主上威灵，庙堂胜筭[⑥]，文武大吏，朋心比力，草薙[⑦]而锄之，不啻农者之去三窃已。今幸称完土，民不寝耒于野，士得操觚修先王之业而绍明之，比肩横序，固宜其彧彧茂哉。

已入帘，阅诸士所为文类，皆抒发性灵，扬搉今昔。其大言是也，小言是也；远言之是也，近言之亦是也。某顾御史相与诧曰："是可以奏乎？"已而惟之兹言也，能必其若篆之于涂，抑之方则方，圆则圆乎？若五种之著地，各应其类，黍黍而菽菽乎？是未必然也。孔子曰："所信者目也，而目犹不可信；所恃者心也，而心犹不可恃。""知人固不易矣。"[⑧] 某于诸士耳而未之，目口而未之，心则恶乎无惧？

某不□远引，请以产于粤者喻：合州之浦，夜光明月，出蠬蜄媚川岸者，珠玑也；沿海之裔，男女吾子，伐菹薪、煮沸水者，盐筴[⑨]也。盐筴之与珠玑，其直相万也，一恒人辨之矣，乃高宗告傅说曰："若作和羹，女惟盐梅。"[⑩] 管子告桓公曰："齐有渠展之盐；燕有辽东之煮。"[⑪]"海王之国，谨正盐筴。"[⑫] 齐威不以照乘易四臣，汉元不以珠崖捐士马，其贵贱而贱贵，何也？以饰五谷而光孺子之首，则鹾曷以如珠？以和五味而养百姓之力，则珠之视鹾直芥之于驷耳。诸士与二物者并产于乡，孰贵孰贱，孰华而无当，孰质其有实，用辨之蚤[⑬]矣，宜何如择焉。

诸士躬际明盛，久籍陶埏，主上南顾，尽夷萑苇[⑭]之孽，脱之锋镝，还以冠裳，恩至

① 鄣：同"障"。
② 蹑：原作"躡"，为"蹑"之异体字，径改。
③ 鄙：原作"鄙"，为"鄙"之异体字，径改。
④ 壄："野"之讹字。下同。
⑤ 罢：古同"疲"。
⑥ 筭：古同"算"。下同。
⑦ 薙：同"剃"。下同。
⑧ "孔子曰……不易矣"句：语出《吕氏春秋·审分览·任数》："孔子曰：'所信者目也，而目犹不可信；所恃者心也，而心犹不足恃。弟子记之，知人固不易矣。'"
⑨ 筴：古同"策"。下同。
⑩ "若作和羹"句："羹"，原作"羮"，为"羹"之异体字，径改。该句语出《尚书·说命下》："若作和羹，尔惟盐梅。"
⑪ "齐有渠展"句：语出《管子·地数》。
⑫ "海王之国"句：语出《管子·海王》。
⑬ 蚤：古同"早"。下同。
⑭ 萑苇：一义为蒹葭，一义为竹之类。此处或为"萑苻"之误，萑苻，泽名，引申为草寇。

沃矣。罗浮、南海之精，尽毓之士，而崔巍大扈之象，浑涵容受之度，不肖其山川，以上负天子，又安所责其实用而効[①]之。语曰："为政不在多言，顾力行何如耳。"[②] 吾夫子为委吏，则会计当；为乘田，则牛羊壮；为鲁司寇，则男女别涂[③]，羔豚不餙[④]贾。辄试辄效，岂有言哉？诸生业已脱表薄，入对公车，出为天子使，奔走于四方，毋掌典故而以声律岐心，毋会计而以脂膏自腴，毋折狱而徤[⑤]于磔鼠，毋典伍符而吻[⑥]闇暗于庀赋，毋莽乎自贤以狭人，毋悍乎毁法以亏令，毋觖觖乎横议以游绳之外，毋依违选愞而持禄，毋曹好恶而翼私门，毋快身图而妨公家大计。此之为用，若挹于河海，若输之牛骥，是海壖之鹾，傅、管之所以佐王霸也。若徒晶晶荧荧，握之而映于手，含之而光于口，而责以肩巨则骇而走，是合浦之珠，齐、汉之所弃也，于国家奚以赖焉。《志》有之，卞子悲玉，"悲夫玉而题之以石，贞而名之为诳"[⑦] 也。

某为诸士惧，则异于是，惧夫石而题之以玉，诳而名之为贞也。异日者，盭于理无适于用，有司操三尺而随其后，诸士诚无所逃法，有如上按籍而问曰："是孰题之？而孰名之？"则某何辞以对。顷四方奏贤书，上手摘讹舛，下礼臣议。比者言官陈士习，上曰："诸生经义不纯于孔孟而钩诡谲者，亟黜之，毋令计偕。"某伏读夙夕，汗淫淫下踵，所恃者，恃诸生之必为玉而毋诳乎，则幸矣。

——录自《粤草》卷一《序》

赠观察郑谦斋[⑧]先生考绩序

古者有考课之法，有年劳之法，说者谓二法相似而实相反。子章不谓然，犹之日月也，考课以日月验职业之修废，年劳以日月计资格之浅深，我国家实参用之。职业修而资格浅，不遂陟也；职业废而资格浅，不遂置也。总计三十六月，自宰相以下，悉程于期而后考，则犹虞廷考绩、周官计吏遗意也。顾外而藩、臬二大夫，非出自台谏，则迁自部郡，率不盈其月日而迁。而自隆、万以来，又酌行久任之法，于考课、年劳之内，而二大夫考者十之七焉。

今年夏六月，我惠潮观察郑公考臬大夫满。始公以谏议大夫出臬于滇，既读礼三年，起补于越，而分察惠潮二郡，其为年劳深而任久矣。故事：臬司满，檄所部郡县书所事事为牍，以上之铨部，入奏天子。

公檄甫下，子章聚二三郡倅、十邑长吏，以及水陆二帅、诸卫万户长，而进之曰：

① 効：同"效"。下同。

② "为政不在所言"句：语出《汉书》卷八十八《儒林传》。

③ 涂：古同"途"。下同。

④ 餙：古同"饰"。

⑤ 徤：古同"健"。下同。

⑥ 吻：原作"曶"，为"吻"之异体字，疑为"曶"之误。"曶"，古通"忽"。

⑦ "悲夫玉而题之以石"句：语出《韩非子·和氏》："悲夫宝玉而题之以石，贞士而名之以诳。"

⑧ 郑谦斋：名岳，字峻甫、永翰，谦斋为号，福建长乐县人。隆庆二年（1568）进士，授华亭县知县。五年（1581）授工科给事中。万历元年（1573）升吏科右，改刑科左。三年（1575）改云南副使，九年（1581）迁广东副使，十二年（1584）官至云南右参政。

“公为政于潮有年矣，辟[①]诸星焉，星掌发，发为风，风而三年，即隐窭且人；辟诸岁焉，岁掌和，和为雨，雨而三年，即硗陋且漏其细者。其循故者，其无所利患于竟[②]者，置勿论；其巨政宏犹[③]，下寿百姓，而上和国家者，诸君各以职事告子章，子章请备书之。”郡司海曰：“某从公防海三年矣，雄风不浪，毋沈[④]楼橹，毋倾人门闾，倭奴、暹奴毋躏我畺[⑤]土。于法得曰‘边境清肃，镇防之最’。”郡司捕曰：“潮昔憝国，林莽薮盗，自公入竟，民毋见五兵之刃。某兼司赋，法五谷不赋，而潮独赋，公请蠲之，以饱吾民。于法得曰‘盗弭民阜，保绥之最’。”郡司李曰：“俗健于讼，公圉小辩，禁译謜，自殊死以下皆亲裁。于法得曰‘交断平允，文毋害之最’。”十邑长曰：“公有大利于邑者三：一料田而则壤以定赋；一弃澳田而诤盐课以代逋；一岁大计及二直指核吏，而公不摈长吏以愉上。于法得曰‘薄赋繇[⑥]，正千伯[⑦]，怜吏士，封疆之最’。”寨帅及诸万户曰：“漳寇震于邻，公谨斥堠，而四鄙入保；程乡之役，兵不血刃，而寇元凶尽殲[⑧]；军兴月予，屯畝家给。于法得曰‘兵士调习，戎伍充备，为督领之最’。”

书既具，子章进诸君曰：“诸君所书者，公治潮之最也，非公所以最；公所以最，其本本原原在修之于家，持之于邑，而澄之于胸臆。”子章为闽理官，行役长乐，是时守道韩公为令，子章因闻公家居枕方寝绳，式其里间，似康成之乡。已子章入留都，闻公华亭政，华亭徐相国与高新郑公有郤[⑨]，而高方张，公不媚高以抑徐，士论交韪之。召入谏垣，议论矫直，卒忤于时，出臬南韶，有介夫之风。顾子章未获执鞭櫜于左右，兹吏于潮，窥公胸臆三年矣，智故消灭，一任纯白；食苦攻淡，以倡诸属；去鞭弃策，以敉四竟，则乃公所以最者也。诸君明于小动之迹，而不知大节之所由著也。唐考功之法，于二十七最之上叙以四善，吾夫子自叙曰：“三年有成。”[⑩] 而继之曰：“善人为邦百年，胜残去杀。”[⑪] 则子章论公于最之外，而及所以最，非唐制之所叙四善而夫子之可赖于百年者乎？由斯以谈潮人之永怙恃于公者，匪直今三年也。若夫最奏而注上考，下玺书，赐黄金，入为公卿，则铨司上之，天子主之，子章岭外远臣也，非所敢私议焉。

——录自《粤草》卷二《序》

① 辟：通“譬”。下同。
② 竟：通“境”。下同。
③ 犹：通“猷”。
④ 沈：通“沉”。
⑤ 畺：古同“疆”。
⑥ 繇：通“徭”。
⑦ 千伯：通“阡陌”。
⑧ 殲：古同“歼”，下同。
⑨ 郤：古同“隙”。
⑩ “三年有成”句：语出《论语·子路》：子曰：“苟有用我者。期月而已可也，三年有成。”
⑪ “善人为邦”句：语出《论语·子路》：子曰：“善人为邦百年，亦可以胜残去杀矣。”

赠何学闵郡丞还郁林序

余始来潮，是时同寅诸君郡丞大夫郁林何君敢复、别驾予邑康君梦禹①、司李蒙自王君国宾，已而楚梅君鸷、梁君义卿②、延平郑君奇璩③后先至，盖相与周旋凤城、鳄溪间，共六人，不三年，而康、梅、王三君解组去；今何君复去，归郁林。嗟乎！是何宦潮者之多隐也，予能不于邑哉！

或问之曰："儒者'时则动，不时则静。是以古之士有意而未可阳也'④。沈抑以辟罚，净嘿以侔免⑤。何君辟时与？岭以外多湿疫，短狐为菑⑥，飞鳄为厉，韩子所谓涨海连天，毒雾竟日⑦，何君薄之与？地负山阻海，民悍黠喜鬪，何君固弗程督之，难教化与？煮海铸山，铁盐甲十州，俗富侈，而何君好修洁与迮，避嫌而远利与？不然，台臣、监司闇于其为人与？"予应之曰："天地变化草木蕃，何君诚审时者，潮风气开爽，瘴疠销歇，非贞元比；干戈隐遁，诗书盈城野，邹鲁如故，非嘉隆间比。仲尼不缁于涅，夷齐不易贪泉，盖自何君倅潮，上之人尉⑧荐而奖赏之者，岁不虚牍，无不曰'廉介贞诚'云。"

或曰："如君言，则何君何以去？"嗟乎！何君恶能不去？不去何以为何君？何君之去，非其才之罪也，非君相之闇、监司之蔽不引手也，非山川之阻、民萌之鄙、俗尚之薄不可州处⑨也。难言哉，难言哉！盖所以中之者悠悠，而听之者汶汶也。而君质直无沈心，口呐呐不出声，而无佞词；无沈心则不堤人之中，而不佞则无以回人之听。何君即欲一日安于潮，得乎？

君欲去久矣，而不即去，其先大夫封诰滞于燕，不果来，君迟之年馀。使者自燕负二轴至，君喜而俶装曰："是足归而奏之先人墓下矣。"予与二三僚友勉留之，何君曰："何某数奇，无能脂韦世路，今之归矣，即家徒四壁立，冰井春草，足甘食饮；火山夜光，足洞肝肺。铁城铁门，据而楗之，吾室也；勾漏稚川，金石道士，招而狎之，吾侪也。晋之而陈氏之春秋，柳州之词赋，可味也；又晋之而张敬夫、吕成公之问学，可寻也。皆吾越西之所有，而郁林之足乐者。彼中者与听中者趣吾归，以还吾乐，吾益友也。如或人言，吾且坐驰，恶得归而行乐乎？"子章曰："达哉何君！君昔病，病在床笫，哦诗别妻子朋辈，无几微不堪状。夫细死生，则薄去就，此之谓县解。"于是抗手韩江而别。已乃次第其语为序，遗何君且以解或人之疑。

——录自《粤草》卷二《序》

---

① 康梦禹：字子成，泰和人。选贡，潮州府督粮通判。

② 梁义卿：字质夫，靖州人。选贡，万历十三年（1585）曾任潮州府捕盗通判。刻印《西京杂记》六卷、《三辅黄图》六卷。

③ 郑奇璩：福建大田人。贡生，潮州府推官。

④ "时则动"句：语出《管子·宙合》。

⑤ "沈抑以辟罚"句：语出《管子·宙合》："沉抑以辟罚，静默以侔免。"沈，同"沉"；嘿，同"默"。

⑥ 菑：古同"灾"。

⑦ "涨海"句：语出韩愈《潮州刺史谢上表》："州南近界，涨海连天；毒雾瘴氛，日夕发作。"

⑧ 尉：为"慰"之本字。

⑨ 州处：聚居。《国语·齐语》："处工就官府，处商就市井，处农就田野，令夫士群萃而州处。"韦昭注："州，聚也。"

赠于肖泉[1]总戎八闽序

于少保当正景间，持大忠絫[2]巨功，竟开衅牙以危其身，首解石亨于圜墙，而黥卤遏；继阻徐有贞南迁妄议，而京师根苑[3]固。其后偈“社稷为重君为轻”之说，以定燕云抢攘之执，而弭匈奴溪壑之欲，公以此功，亦以此隟。予读史至此，未尝不发竖涕洵也。已绝钱唐，谒怜忠祠，知茂陵洞爥公冤；既读肃愍谥议，则泰陵已表忠直。愧回邪而旌崇烈伐，公于是称社稷臣。

万历拾年，予出守潮阳，公嗣孙肖泉将军席公荫，副总兵于南澳，周旋且三年。将军坐楼船，利橹楫，九上九下于巨浸雄风之表；而予深沟增垒，曳柴裹粮，以赞将军于城隍。所谓同舟济而遇风相援若左右手，予与将军似焉。而将军橛橛梗梗，孜孜淑淑，能除累，能禳过，能止乱，能应卒，能慎浊而好善，能博众谋而忍詬[4]含辱，谭及国家事，若饥寒著其肢腹，有烈祖风。予然后知若敖氏之鬼不馁，而赵宣子之宗以鸠也，其天定也。

主上念将军久海屿，下诏就南澳拜大都督，总八闽兵，假节钺，勑符便宜从事。将军行，予二三僚友及邑长吏交驩将军者，佥曰宜有言；将军之属水陆二寨帅及诸万户长，佥曰故事当乞言，而交征于予，予无以应也。进诸君曰：“诸君亦知汉王子阳、来君叔乎？子阳佐昌邑为天子，及其废，子阳减死，髡为城旦；君叔忧国忘家，忠孝章明，而刺于蜀。塞人言，信见疑，忠见戮，宁独少保？史称王之后曰崇者，禄位弥隆，徙卫尉、扶平侯；来历显于永初、建元之间，拜执金吾，则君叔曾孙也。语曰：‘天之所启，十世不替。’[5] 少保之胙淳耀于将军，天启之矣。将军起家淮漕，立奇功于西越，而前后居闽，为日最久，始分阃建州以防山，今建牙彭湖以防海，熟其山川险夷，如数一二辨苍素，今其入闽握重兵也，如驱坚策，良以走五都之衢，瞬息周八极，岂第千里，天意昌于氏，而将军会其泰。将军熟全闽，而新命适其疆，予言何以裨将军哉？即予有言，岂能加于少保？”

少保喜吟诗，予尝循环读之，皆将略也。“人间玉石铭勋业，天上银河洗甲兵”[6]，其犹远矣；“羽镞穿云夸电疾，戈矛映日斗霜明”[7]，其武事动矣；“却笑酒酣毡帐暖，谁怜漏永铁衣寒”[8]，其忧士卒挚矣；“兔挟冰轮澄性海，龙衔火炬照心田”[9]，其恬澹冲素久矣。恬澹冲素则不可事以财，爱士卒挚则千人尽斗、万人齐刃，武事动则不可夺其帅于猝，犹远则功成而不可疑，执此以往，即古名将如武侯、卫公，莫之逾也。故曰：“私志

---

① 于肖泉：即于嵩，肖泉为号，少保于谦承嗣裔孙，浙江杭州人。历任邳州守备指挥同知、福建行都司、广西永宁参将。万历九年（1581）三月升南澳副总兵，倡修《南澳志》；万历十二年（1584）二月升署都督佥事充总兵官镇守福建，后官至南京后府佥书署都督佥事。

② 絫：为“累”之本字。

③ 根苑：同“根菀”，谓根本。

④ 詬：同“诟”。

⑤ “天之所启”句：语出《国语·郑语》。

⑥ “人间玉石铭勋业”句：语出于谦《闻甘州等处捷报有喜》。

⑦ “羽镞穿云夸电疾”句：语出于谦《阅武》。

⑧ “却笑酒酣毡帐暖”句：语出于谦《夜坐念边事》。

⑨ “兔挟冰轮澄性海”句：语出于谦《题湛虚卷》。

虽衷，不敢谓是也，必长者之由。”[①] 将军其毋忘家长者之训哉，予言赘矣。

——录自《粤草》卷二《序》

赠陈忠甫[②]还南海序

陈将军忠甫者，南海人也。其先大夫[③]为温陵司马，温陵人好文，将军从之游，善属文。司马坳，将军尽发所藏书读之，喜太史公语，文日益娴。既游吴下，吴人好书，将军初习赵承旨，晋于黄庭，而运以己意，粲粲斌斌，吴人称墨妙。已游京师，以诗干[④]承明诸公，善近体，工杜、刘。已又习为黄老语，石函、金笥、参同、悟真诸书，废眠食以绎其旨，顾未尝一口及剑侠也。

有胡僧者善相人，一日诣将军曰：“君虬髯燕颔，固颐正眎，穆如惊倏，旄如濯丝，武容也。”将军始谭剑术事，故蒲州杨尚书[⑤]、宜黄谭尚书[⑥]无不竟其驩。遂起家金吾，出把总狼牙，行都指挥事。以却胡功，进守备潮中。

是时潮中山海颇敉定，而予少时亦习将军诸好，隙与将军泛韩江，登金山，矢口捉笔，文而文，诗而诗，书而书，黄老而黄老。客有疑而问者曰：“陈忠甫，博士也；冠黄衣白，山人也；顾湢然肃然，缨曼胡而衣短后也，精以厉，庄以猛，固植虎张，屏气折声，若真将军然，何也?”将军咲[⑦]不应，予应之曰：“其工于文词音画也，是所以武；其旨于黄老也，是所以孔武。有文事者有武备，故曰‘我战则克’。讨奇正，论刑德，开阴阳，辨主客，时以春夏秋冬，文法也，陈[⑧]法也；律音之声，可以知三军消息、胜负之决，宫商角徵羽，正声也；金木水火土，各以其胜攻也。龟文龙鳞，鹰跱鸟震，若绝若连，如悬如编，大娘舞剑，张生悟书，其机彻也。虽然，此犹其迹者。读黄石《三略》与老氏《俭武》《偃武》之章，为将而委命于敌则已，为将而欲前驱旁驰，万战必胜也，是可非黄老乎哉?”

将军备潮中且二年，程乡之变，地非其辖，而大司马议复参将，有诏趣将军赴部。将军行，予与二三僚友祖之凤城。将军谓：“某发种种矣，不能迟司马门，归而寻浮丘，宅朱明，以求侣于黄且老者，而间以其隙，娱于声律楮画以自老。”予曰：“将军如以国恩重、温陵公志未抒也，出而毕力于忠孝，惟将军；如浮丘、朱明移文且至，则诗赋、黄老之好，将军之素也，知当不以彼易此。”

——录自《粤草》卷二《序》

---

① “私志虽衷”句：语出《国语·晋语八》。

② 陈忠甫：名经翰，字忠甫，增城人。泉州府通判尧典次子，以军功累官狼牙总镇。倜傥仗义，光富文学，有古儒将风。官潮时，以备倭筑堤，障潦浚淤，民无荡析，先生甚重之。

③ 其先大夫：经翰父名尧典，泉州府通判。

④ 干：干禄、干仕，原作“千”，当是误植，径改。

⑤ 蒲州杨尚书：即杨博，字惟约，山西蒲州（今运城永济）人。明嘉靖八年（1529）进士，官至兵部尚书，太子太师。

⑥ 宜黄谭尚书：即谭纶，字子理，号二华，江西宜黄县谭坊人。明嘉靖二十三年（1544）进士，官至兵部尚书、太子少保。卒于任上，赠太子太保，谥“襄敏”。

⑦ 咲：古同“笑”。下同。

⑧ 陈：通“阵”。

赠司理王尚吾终养序

潮司理王尚吾君，滇蒙自人也。蒙自距潮万馀里，隔罗施，下巴渝，绝洞庭，泛宫亭，度庾岭，遵扶胥之口，上罗浮之椒，历蓬辣、恶溪之险，而后游鳄渚，至止凤城。古分哀牢、南越，风马牛不相及，邈乎遥矣。司理初谒选部，授潮郡，辄欲具疏内禄，归休于樊[①]。滇士大夫止之，曰："虽有骊虢，仰刍于主，不得辞千里；母命入官，不官而返初服，俱无可。"司理闻而就道。

比至潮，不得将母太宜人，使使遗其内宜人于滇，曰："吾母春秋高，五飦[②]浆酒，以累吾子。"而时时阒寂公署，辄歌陶令《归去来辞》，不佞闻而止之，曰："神一则王[③]，志分则滑。君念止住潮，念起往滇，憧憧往来风瘅、客浮万里外，不宜以身诒太宜人忧。"司理闻而深省，殉诚廛事，毕力于民。夷程乡乱寇，清海阳赋籍，督惠来逋积，雪氓之冤而肉其骨，亭[④]法之疑而遏其奸。十部称平，而潮豪家子谗矣。

无几何，太宜人寿八十，司理念之殷，夕十起不交睫，诘旦，趍[⑤]而告不佞："某归矣。彼袁夏甫[⑥]杜门深处，日朝母氏，挥绝宾侣。某弃亲天涯，无能上尊酒为寿，焉用子为？"不佞闻而止之，曰："君归一人祝，孰与潮十部人祝？"士民闻而乞言不佞书曼寿[⑦]词，司理归词于滇，而停辙于越。

无几何，谗者愳司理肮脏，不惠其慝，飞为恶语闻上。司理咲曰："是吾谒选日初志也。"于是庀车秣马，行且有日。会家使者自滇来，传太宜人以少子子殀，于恸之甚，令司理还持门户、谷孙子。司理曰："吾以一官，遂譖[⑧]人之口；而譖人以其口，遂吾之高。是两幸也。"竟解其绶以去。

二三僚友及十邑长臮[⑨]诸士民，杂然留之，不佞曰："是其退勇，其义高，非好爵所能羁，非游辞所能縻，则亦遂之已耳。孟子处齐，有忧色，孟母见之曰：'子色若有忧，何也？'孟子曰：'轲闻君子称身就位，不为苟得而受赏，不贪荣禄。诸侯不听，则不达其上；听而不用，则不践其朝。今道不用于齐，顾行而母老，是以忧也。'孟母曰：'夫妇人有闺内之修，而无境外之志。故无夫则从子，礼也；今子成人也，而我老矣，子行乎子义，吾行乎吾礼。'君子谓孟母贤而孟子孝。今王太宜人以礼召，司理以义行；礼召无诺，义行不终日，若之何泥之？不佞生一寒暑，先安人见背，二三僚友俱不及禄事其母，纵行以

---

① 樊：笆篱，代指乡间。

② 飦：古同"饭"。

③ 王：通"旺"。

④ 亭：正也，如亭决（公平判断）。

⑤ 趍：古同"趋"。

⑥ 袁夏甫：据汉·应劭《风俗通义·愆礼》："公车征士汝南袁夏甫，少举孝廉，为司徒掾，人间之事，无所关也。其后，闭户塞牖，不见宾客。清旦，东向再拜朝其母，母念，时往就之，子亦不得见，复逾拜耳。头不着巾，身无单衣，足常木蹻，食止壃菜，云'我无益家事'，莫之能强。及母终亡，不列服位。"

⑦ 曼寿：长寿。曼，延也。

⑧ 譖：同"谮"，诬陷，中伤。下同。

⑨ 臮：原文作"衆"，古同"臮"，为"暨"之异体字。

义，彼北堂慈闱谁为礼召乎？司理幸厚矣，归而奉篮舆、嬉莱衣，定元直[①]之方寸，将茅容[②]之鸡黍，自不佞辈眎之，宇内极乐，何以博此？而诸君乃欲说以五斗，是之谓‘以鲁养养鸟也，非以鸟养养鸟也’[③]。夫被鹤以文绣，乐鶢以九韶，而鹤、鶢不休怿，栖之深林，浮之江湖，食之以委蛇[④]，驯之以平陆，是司理今日之去也，善哉！轵里聂政之辞严仲子也，曰：‘有母在，政身未可许人。’司理君之不以身许潮人以此，而况乎谗夫之遂之也。”

诸僚友、邑长闻不佞语，不复强留，司理举白挟膳，与之别河梁，而不佞次第其说为序。

——录自《粤草》卷二《序》

赠梅道源别驾致政序

余读楚《石门志》，吴永安中，山石砉然开，若门阙，高三尺，孙休祥之，置天门郡。东入澧水，西通邛崃。说者谓地脉奇秀，多纾之贤儁[⑤]。及予守潮二载，而石门梅道源以国子先生别驾于潮。

别驾故长者，不就利，不喜求，芼然不怒，其德甚贞。至语道理，商搉[⑥]古今事故，若游刃于空，批大郤[⑦]，导大窾，謋然而解。别驾职耑督赋，兼督捕，又间督搉，潮逋累千万，经倭讧后，人化锋刃，田芜稾[⑧]莱，日桁杨而囹圄之，终亡以得十一。别驾曰：“吾安忍鞭笞吾赤子，以就吾名？”令自乱以前负者，姑置不问。潮剧盗已夷，而林、诸[⑨]余孽，犹糊口攘臂山谷中，名曰“抚民”，城邑良家子昔丽[⑩]其毒者，娄牍泣愬。别驾曰：“彼罪可诛，朝廷业已曲赦不诛，况诛之不胜诛，而抚者复贼，谁执其厉？”乃令自乱以前盗者，姑置不问。潮长桥搉金佐军兴，四方商贾辐凑，一饮贪泉，名身俱刑。别驾曰：“祸重乎地，莫之知避。其斯桥之谓乎？”乃与盐贾、铁贾约无跖吾门，无伤吾行。故二年以来，赋入而民不急，盗息而户不楗，税盈而市不止，四民相呴以湿，相濡[⑪]以沫，而别驾攻苦茹澹，衣弊乘罢[⑫]，以操虑于上。

余然后喟然叹曰：“嗟乎！此天门之储而孙氏所谓祥也。天阙峙金陵，王谢安江左，龙门峻峃，晋阳司马父子独擅汉史，地之杰人类如此。矧夫天门囊山带江，兰水前陈，仙

---

① 元直：徐庶之字。

② 茅容：字季伟，东汉贤士，河南陈留人。郭林宗尝寓宿，旦日，容杀鸡为馔以供其母，自以草蔬与客同饭。林宗起拜之曰：“卿贤乎哉！”因劝令学，卒以成德。

③ “以鲁养养鸟”句：语出《庄子·外篇·至乐》：“昔者海鸟止于鲁郊，鲁侯御而觞之于庙，奏《九韶》以为乐，具太牢以为膳。鸟乃眩视忧悲，不敢食一脔，不敢饮一杯，三日而死。此以己养养鸟也，非以鸟养养鸟也。”

④ 委蛇：神话传说之巨蛇。

⑤ 儁：古同“俊”。

⑥ 搉：同“榷”。下同。

⑦ 郤：古同“隙”。

⑧ 稾：疑为“蒿”，为手民之误。

⑨ 林、诸：指海寇林道乾、林凤、诸良宝。

⑩ 丽：通“罹”。

⑪ 濡：当为“濡”之误。

⑫ 罢：古同“疲”。

洲外蔽，灵均、申鸣、车渚、群玉肩背相望，今睹别驾矣。”

居无几何，别驾诣予谋致其仕以去，明日称病笃，予讶而留之，曰：“洞庭、君山，类多大隐；药圃、萤台，不系缨绋。君真爱岳而薄吾潮乎？吾闻梅子真始登文石，陟丹墀，一朝弃妻子，变姓名，为吴门市卒，君岂其苗裔而欲绳祖武乎？不然，君尝对吾言，澧仙媪与君比邻落[①]，淖[②]约冰雪，吸风饮露，翩翩然有王母、麻姑之约，君欲弃朱毂而乘青鸟，远魏阙而会幔亭乎？则何以遽言去也？”别驾曰：“否否！先忧后乐，盟在岳楼；天王圣明，远迈西京。斯人可徒，何必仙侣。乃某所以必去者，某为人弟子二十年，为人师十年，今为人牧又二年，力殚矣，发种种矣。神不耐剧，被土木文绣，何补民氓？且先大人力学赍志以殁，某幸邀上恩，貤赠如某官，而不躬奏诸墓下，非子也。倘归休于樊，不一日填沟壑，择粪土息教之义方，以终事主上，某又恶敢窃箕商之名于唐虞之朝？”余闻而韪之，为言之两台、二司，诸大夫交口韪之，听别驾去。

先是，司理王尚吾君以母老乞休归滇，予祖之韩江上；不浃月，别驾归楚，予又祖之韩江上。于是，潮士民环江之滨，相与叹曰：“贤哉二大夫！令韩公而在，不宜独羡杨巨源也。”

——录自《粤草》卷二《序》

少参韩怀愚[③]年文寿序

万历癸未，子章繇潮阳守觐主上，陛辞还东越，历金焦，绝钱唐，则闻今少参韩公繇谏议大夫分守岭东。是时公方持节出封大藩，昼绣吴兴，子章畏简书，无能迂涂还谒，直趋金华，造赵太史[④]先生，赵先生故子章与公共严事为师者。

先生曰：“子过吴兴，见韩谏议乎？”子章曰：“未也。”先生曰：“谏议有岭东之命，吾道幸甚，地方幸甚！吾子幸厚哉。子守潮三月而觐，未谙潮理，予承匮东越三年，于潮详矣。枕山面海，昔称憝国，今其民萌距城而舍，耕壄废著，皆昔斩木揭竿未尽骚[⑤]除者，诘盗而孚豚鱼难，俗樊侈，不幸以富，闻前守迂[⑥]迂墨败，上疑易缁，又其郡极岭东，际鬲[⑦]龙川，蟠凤城，距会省若绝域，春秋行人车盖所不道。守善闻，上不必然；守不善闻，上不必不然，祛疑而获上难。故其机在藩臬二大夫，而藩大夫镇于惠，只尺番禺，当路所不能耳而目于潮者，讬[⑧]之镜焉。子姑务为诘盗、孚豚鱼之政，有谏议在，即疑子者，子行且获之，谏议智足以为源泉，行足以为表仪，衷理不辟，据当不倾，令子佐其下风，

---

① 落：此字疑为衍字。

② 淖：通“绰”。

③ 韩怀愚：名绍，怀愚为其字或号，浙江湖州归安人。隆庆五年（1571）进士，授福建宁德知县，调长乐。万历五年（1577）擢刑科给事中，转吏科右、兵科左，忤张居正，出为广东参议，转广西副使，备兵府江，迁湖广参政，终太仆寺卿。

④ 赵太史：即赵志皋，字汝迈，号濲阳，浙江兰溪人。隆庆二年（1568）探花，授翰林院编修。万历初迁侍读，因忤逆张居正，贬为广东副使，于广州城西浮丘建吹笙亭，与粤中士大夫赋诗。历任国子监祭酒，吏部左侍郎。官至礼部尚书兼东阁大学士，入参机务，万历二十年（1592）为首辅，二十九年（1601）卒于官。谥文懿。

⑤ 骚：通“扫”。

⑥ 迂：原作“迃”，“迃”为“迂”之异体字。

⑦ 鬲：通“隔”。

⑧ 讬：同“托”。

‘如羹焉，水火醯醢盐梅，以烹鱼肉。’[①] 予昔坐浮丘，窥南海，教化未东渐，今以副二君，吾道东矣，□□□也，行之而后为臧。”子章唯唯，辞赵先生，度庾岭还潮。

不浃月，公实节钺临之，子章从文武吏受约束。后公复致赵先生语，且曰：“吾与君共僶俛加志，毋忘先生训也。”顾是时，程乡诸钟贼内讧，顷之观察郑公讨贼销既[②]，四竟[③]大敉定。事闻于朝，大司马颇疑贼白昼攫金，恐繁有徒，城破帑毁，金难猝获。公解之曰：“贼惟白昼入也，故徒不繁；徒不繁，故金不越屑[④]而猝完。”顷之，凶党阴喝良家子弟曰：“县官怒程人不若，旦且株送。”夜三五怖。公下令曰：“渠魁已尽殲，吾子勿问。”程人始安枕。

顷之，直指公行县，则意之曰：“岭东令踈地腴，彼能皆辞利刻廉、悬鱼置水乎？俗嚣民好侠，彼能皆回心易虑、卖剑投戈乎？”公从容为说，解之曰：“是故也，今则不尔。”故长吏不即一斥，而间间[⑤]不大捍于文罔[⑥]。顷之，赋册未竣，岁金未输，过期者久之，会省疑潮辟吏老胥得夤缘为奸，鸷软啮良，擅易民数，匿课入私家。公趣之毕策内赋，而解之曰：“是其人钝鄙，勿娴数一二；其涂遥，舟车未易即至。”故赋入而吏得逭一岁之罚，册成而民得享十年之利。

公为政惠潮甫期月，道德造物，政教适民，不暇枚举，兹举其巨者，皆券合于赵先生云云。程江之乱，守者诘盗、孚豚鱼之谓何？乃公所为维持调护，令子章方寸之丹得信当路，载鬼之车，终归说弧。国憝而若治，地富而若贫，郡远而若近，疑近祛而上终获。嗟乎！公岂私一子章哉！上不疑则获，上疑则不获；上不获，则守者不能一日据其位；守者不能一日据其位，则公之道德政教将雍淤而弗举。今三年于潮，稍举公之道德政教，弗甚雍淤者，子章也；所以举而弗至雍淤者，公也。则赵先生所云吾道幸、地方幸，非独子章幸也。

公以是月廿四日为览揆之辰，潮郡倅及十邑长晋而告子章曰：“当以词祝。”子章乃术[⑦]赵先生当日金华之语，以及公今日岭东之政，于是诸僚吏、邑吏、阖郡万姓杂然进曰：“夫使某辈之么麽，不即于摈却者，韩公也，韩公百岁；夫使十邑民萌之钝鲁，不终于盗寇，不罹于锋镝，不阱于文法者，韩公也，韩公百岁。”子章阖诸吏民而进曰：“是足寿韩公矣。”德之理尽施于人，其在人也，内而难见，是以先王举德之颂，而为辞语，以畅其理，陈之四方，垂之后世，令人观焉。子章不佞请括吏民语，而以潮之江山草木，昔受名韩昌黎子者，著为公颂三章，章六句。颂曰：

韩之山，维石岩岩。岂弟[⑧]君子，畏是民碞[⑨]。君子万年，伊耆杖函。

韩之江，维水淙淙。岂弟君子，循是海邦。君子万年，申甫岳降。

---

① “如羹焉”句：语出《左传·昭公二十年》。

② 既：古同“祸”。

③ 竟：古同“境”。

④ 屑：疑为“宵”之误。

⑤ 间间：好伺察人过之意。

⑥ 罔：古同“网”。

⑦ 术：通“述”。

⑧ 岂弟：通“恺悌”。下同。

⑨ 碞：古同“岩”，山石高峻。

韩之木，维椽谡谡。岂弟君子，民顾民复。君子万年，永绥百禄。

——录自《粤草》卷三《序》

王母[1]段太安人八十序

盖不佞之为理于闽也，先王父是时春秋高矣，进不佞而庭诲之曰：“孺子知理道乎？老子曰：‘天地不仁，以万物为刍狗。’而《易》曰：‘乾元资始，坤元资生。’夫老氏非知言者，仁者天地之心也，一岁之运，阳行而熏育几何日？阴行而清溧几何日？九月物成，出溧下霜；十月以还，而雪始降。董子曰：‘霜加物，雪加空，空者着地而已，不逮物也。’六合之内，东南熏育之地几何所？西北清溧之地几何所？至七闽而绝雪，至两越而绝霜，则并其加空者而空之。故清溧之于物，夏楚之于民，若酸醎[2]之于味也，仅有而已。孺子之闽，毋少鳌阴阳以伤天地心。”不佞敬诺。理闽四载，即亡大功绪，终不敢毙匹夫于棰笞下。

比出守潮，家大人又申前戒曰：“是王父所云霜雪不加之郡也。”不佞敬诺。入潮，与司理王君抵掌谭理道，术[3]先王父语，司理曰：“天有大阴，有少阴，在人亦然。天之行阴气也，少取以成秋，其馀以归之空；圣人之行阴气也，少取以明刑，其馀亦以归之空。”不佞跃然，何哉君之说与先王父券合也。司理曰：“滇故霜雪不加之乡，先人读《易》，晰于阴阳之旨，间与某兄弟诵说，某时方在孺未解，而家安人从旁窃闻之。某今幸理于潮，家安人辄援以为训。”不佞曰：“善哉王安人之训子也！”隽曼倩[4]行县录囚徒还，其母辄问有所平反活几何人，得报则喜，咲为饮食语言，不则不食。欧母训文忠曰：“吾少侍而[5]父，丙夜持烛，书罪人辄泣曰：‘求其生而不得，则彼与我皆毋憾。’”以今观王安人之训司理，睎二母何以异焉。

东越故事，监察有稽囚簿，臬司有刑名簿，而比岁幸遘旷典，赦罪隶。不佞循环稽之，司理君出踣市者若干人、间左若干人、奴男子若干人、女子入舂稿若干人，潮人诵司理岂弟父母，而恶知皆父母教也。安人以年高不及就潮署养，司理君语辄不自怿，不佞时时尉[6]之：“君留家孥以养母，而施母教以惠海邦，安人闻之，当为君喜加飧[7]如隽母；而君以三年之政，慱[8]翟褕之贵，以宠于慈帏如郑国，旦且莫[9]矣。”

明年，安人寿八十，司理局于官，不得戏膝下为驩。于是同寅何君、梅君与陈将军交

---

① 王母：潮州府推官王国宾之母。

② 醎：古同“咸”。

③ 术：通“述”。

④ 隽曼倩：名不疑，曼倩为字，渤海人也。治《春秋》，为郡文学，进退必以礼，名闻州郡。官至京兆尹。传见《汉书》卷七十一。

⑤ 而：古同“尔”。

⑥ 尉：“慰”之本字。

⑦ 飧：同“飱”。

⑧ 慱：古同“博”。

⑨ 莫：古同“暮”。

征言不佞，不佞故术[①]昔理于闽，与司理今理于潮，其学皆出祖父、父母，而不佞家世世多寿考，以是卜安人之日犹尚羊之维也。抑闻之安人母于王，而女于段，滇之有段，犹楚诸屈、景，洛阳诸姬，齐诸田，江左诸王、谢，自唐骠信起南诏，迄今为强宗，而临安判丈之山，实思平遗迹。《语》曰："深山大泽，龙蛇宅焉。"段生安人，安人生司理，其母儿俱贤，岂偶然哉。诗人之祝愿也，一则曰"君子万年"，二则曰"君子万年"，而终之曰"厘尔女士，从以孙子"。乃知古人之所为寿，在此不在彼。

——录自《粤草》卷三《序》

康母[②]宋太安人八十序

予既捧檄而潮阳也，便还豫章，过家为家大人寿。康伯子子成，别驾潮阳，书来趣予曰："某所不即拂衣去，俟子来，共振衣金山之椒，俯睇大海。子为我存老母，母儿聚匪朝伊夕耳。"

予过凤冈，登康太安人堂，纳屦韝[③]，侍酒于前，为安人寿，安人春秋高，齿八十矣。予以伯子语语安人，安人曰："异日在横序米廪，孺子雁行先子。子今且兄，孺子而弟之，犹家督然，出入仕处，子其以义裁之，毋恣孺子意。孺子未闻处道乎？物动则萌，萌而生，生而长，长而大，大而成，成乃退[④]，退乃藏，处之经也。孺子甫动萌甲拆，奈何遽言处？其籍口云云，徒以老妇故。老妇齿未落，尚良食，日含饴弄曾，夜篝火，臮[⑤]诸孙妇，分茧称丝，戏如也。顷者天子诏诸明经，漂除毋得拘挛故局，子今且往，出朋心合犹[⑥]谭理议政，入而抵掌道六戚、话四隐，亦宛然在枌巷。予闻谋得于胸，动适于彼，故心得而听得，听得而事得，事得而功名得。愿子为孺子之孰[⑦]谋之也。"子章敬诺。

辞而之潮阳，又以安人语语伯子，伯子曰："是母志也，非子志也。"予曰："母志，志也；子志，志也。抑母以就子，孰与夫屈子以信母？"伯子嘿然无以应。已而二三僚友及诸属邑令以事会郡庭，予复以安人语语诸君，诸君杂然进曰："非若是也。即潮亦恶能□□[⑧]去别驾君哉？太安人所以旗覆十邑生灵，甚渥也。君督课捕贼，其事权异他郡，他郡取敖庾盈，讨诸偷儿有窃疾者耳。潮产盐铁，桥孔道以绾毂之，而摧其什一。君执管钥以来，额羡而商不羸。潮盗横戈海上，居城市为人囊囊，昔时飞鸟铩翼，走兽废脚，今即稍夷芟，其渠未生得者，天子尚宵旰忧之。君入潮而狗生牦，野户不楗，田不争畔，渔不争隈，摧以赡军兴，军以保轨里连乡。二三年来，人与人相畴，家与家相畴，繄谁为之？诸下邑得枕枕上治其氓，而守四竟[⑨]，君为之屏。君恶能一日去潮哉？"

---

① 术：通"述"。
② 康母：潮州府通判康梦禹之母。
③ 韝：古同"鞲"。
④ 退：原文作"逷"，为"退"之异体字，径改。
⑤ 臮：原文作"臮"，古同"臮"，为"暨"之异体字。
⑥ 犹：古通"猷"。
⑦ 孰：古同"熟"。
⑧ □□：此两字漫漶不清，疑为"一日"。
⑨ 竟：通"境"。

于是，伯子闻诸君语，始坚决不去，潮之商民大悦，讙舞称百岁。诸君又晋商民语之曰："是太安人令，而守赞之也，商民又称太安人百岁。"子章于是次第其语，以复太安人；太安人大悦，为加一匕箸。伯子闻而诣予曰："善哉，子之为吾母寿也！"

——录自《粤草》卷三《序》

《渡泸藁[1]》序

西京以下，评文与诗，率右武侯《出师》二表及杜少陵《集》，至埒于训诰，标曰诗史。侯表伐魏时，业已相蜀；少陵避难，依严武成都，卜居浣花里，诗半蜀藁。今错几而两读之，气凌剑阁，色流锦江；扬马让雄，王严谢采矣。顾所以度越千古者，不独其词也。

予丙戌入蜀，时建越诸羌[2]弗靖，友人周国雍[3]由果州守迁观察，监军南征。历沉黎，渡泸江，浴兵邛海，挂旆雪山，扫白马之鼎鱼，夷青羌之穴螘。归而饮至于锦城，予壮而觞之。解其奚囊，得所为诗若干首，国雍自名曰《渡泸藁》，予卒业之。穷国雍驻师转战，深入不毛，皆昔侯所经历处，而其横槊赋咏，悲啸雄峭，即《草堂》《夔府》《赤甲》《白帝》诸作，曾莫是逾，庶几追葛、杜而三之矣。

当羌夷难起，道涂四塞，诸将争言罢兵便；国雍拜命，慨慷赴敌，携二三苍头往。今其诗曰："何意握兵符，南征六月徂。""艰危百战在，羽檄一身忙。"非其赤心足蹈白刃，无以异于葛、杜，何能收雍闿、禽[4]孟获若是遄乎？故读是诗者，亦不独以其词焉已耳。

嗟嗟！侯比管乐，识者方之伊吕失萧曹；少陵许身稷契，似若稍过。子瞻、元晦评之，皆以为近。遭时弗辰，未卒所厝。今所传诵独表与诗耳。国雍际圣明，非章武、天宝之季，吾辈相期许，亦不宜独后二公。是刻其戋戋者，未足槩[5]国雍也。

万历丁亥秋日年弟庐陵郭子章撰[6]。

——录自郭子章《蜀草》卷一《序》、周光镐《明农山堂集》卷首

《熊氏重修家谱》序

癸丑秋杪，莼鲈正熟，复贞熊君攸然欲解黄绶归，走人赍其《旧谱》及《新谱·义置节略》以寄于予，并陈币乞言于予。予时已焚鱼挥尘，泊乎楼心法云定水间也。

接遗《谱》手教，为之展阅再四。因知熊氏祖从南北宋来，称鼎盛矣。其为第一世祖者，曜公也，官参军，少以行能文章，为奚珣、王淮友。为十七世祖者，刚大公也，官大司马，允文符于允武。为十九世祖者，皎公也，视册耀于垂文。皎公之后有节公，又拜大

① 藁：古同"稾（稿）"。

② 羌：《蜀草》原作"羌"，为"羌"之异体字，径改。

③ 周国雍：名光镐，广东潮阳人。郭子章同年进士，时任四川兵备副使，官至大理寺卿。

④ 禽：古同"擒"。

⑤ 槩：古同"概"。下同。

⑥ "万历"句：《蜀草》缺，据周光镐《明农山堂集》卷首补。

司马。节公后则胡元倡乱矣，裔是为二十四世祖者，凤仪公也。凤仪公官奉议大夫，身缘万死而得一生，《谱》缘万绝而得一系。而其《谱》之修，则始于皎公，续于凤仪公，今又大汇纂于复贞熊君者也，予则又因是重有感焉。

夫累若簪缨，等于西河柳[①]、丙[②]更漏耳。独有世德名家，名贤墨迹，为天地明神所呵护者，则秦宫之炬不能灭，沉羽之水不能湮也。今观《熊氏谱》，其始纂于皎公也，敕诰相望，宝墨淋漓，更得宋代名儒，如朱、如范，如程、如张，为之诗歌传赞，以扬休美，猗欤盛哉！向令天不生凤仪公，裒收远辑，则所谓名卿相贤墨妙者，已委顿于断草残烟中，安得于今有如线一脉？又令天不生复贞君，举孝廉，笃亲亲，则凤仪以前，凤仪以后，虽遗《谱》尚在，已付之若存若亡，又安得汇此新、旧二《谱》熳灿以有今日耶？

《谱》重辑矣，祖系明矣，昭穆序矣，而不得复贞君捐赀义置，以光兹《谱》，则何以令后人广孝思，尊祖恤宗兴贤，以永之振绳也。熊君官绩，即远不及刚、皎祖，而以修谱义置一事，又前数十世所不能讲者，而熊君讲之也，则谓非数十世先德所呵护而阴隲[③]之者不可。

方熊君在诸生时，余每贻书勉之曰："吾赏子不独以文，以修德也。"而以今熊君视之，夫德孰有善于为官，为天子子惠元元，俾岩人歌而舞之，尸而祝之，永慕恋恋，如隔[④]慈妪者乎？德孰有善于居家，为祖宗率亲亲，俾前百世血食重光，后百世宗盟用藉者乎？德又孰有善于为清白官，明决不减二苏，为贤良裔，义置不愧于希文者乎？一举而三善备，则无予言犹光也，予何以言为《熊氏家乘》光，第喜其能不负先德也，修数言以弁诸简。

兵部右侍郎、泰和青螺郭子章撰。

——录自《（梅州）熊氏族谱》续修本[⑤]

题何学闵诰命后

士大夫谁无欲貤[⑥]宠于其亲，而丁此时难矣。在嘉靖间，限于年；在隆万间，格于制。迁不俟三年，即最，将焉奏？任久而最，奏矣，制曰："三载内姓字厄于荐剡者，禁勿予；服官始廉而终盭者，即予且敓。"国家于名爵敬戒之甚重如此。

而予僚友何君学闵娄得之，以宠其先人。英德公始为国子先生，勑赠英德公文林郎；今同知潮州，诰赠英德公潮州同知，称大夫。母蔡氏宜人，则又宜若无难焉。《易》曰："鸣鹤在阴，其子和之。我有好爵，吾与尔靡之。"[⑦] 何氏父子鹤鸣子和，国家即戒重，恶得靳此好爵，不以縻贤者耶？且也始封而必于潮也，余卜之矣。昔尧赐禹姓曰姒，封之于

---

① 西河柳：意当与沈璟改汤显祖《牡丹亭》为《同梦记》中唱词"河东柳氏替缨裔，名门最"同。

② 丙：疑为"四"之误，然于"丙（四）更漏"出处不详。

③ 隲：古同"骘"。

④ 隔：此字或后世移录有误。

⑤ 梅州市续修熊氏族谱理事会编委会编：《（梅州）熊氏族谱》续修本，梅州：梅州市印刷厂，1996 年，第 39 页。梅州市剑英图书馆藏，由友人孙道平兄提供文章复印件。

⑥ 貤：古通"移"。

⑦ "《易》曰"句：语出《易·中孚》，"靡"原作"縻"，盖误，径改。

夏，韦昭曰：“夏，大也。以善福，殷富天下，为大也。”① 晋以魏封毕万为大夫，卜偃曰：“毕万之后必大。万，盈数也；魏，大名也。以是始赏，天启之也。”②

夫潮浮天载地而来，时应子午，不爽其候，循环联络，万禩一朝。余以卜、韦之见臆之，何氏之世世相起也，若潮也，姒典毕可覆视也。

——录自《粤草》卷十《杂著》

题《东阳卢氏家宝卷》后

子章读《涿郡志》，卢尚书植受学绛帐，为东京巨儒，至唐而卢氏寖③昌，当时有“晋王谢”“唐崔卢”语，入明而东阳之卢甲于南北，顾其始皆涿枝也。

子章守潮，得事今岳伯公④，稍隟，出一卷示子章，谱卢之先，繇宋迄明，绳绳井井。中藏宋制者三，制锡⑤参知政事多逊、起居舍人一龙、侍御史洵，宝墨犹鲜；图像者五，廪廪然犹存生气。名人题跋最侈，若朱晦翁、苏学士、刘德秀、文丞相、方逊志，皆真迹，虬苍玉润，不可向迩。公曰：“是卷得之涿中族人。”则公固尚书苗裔邪？

史称尚书通古今学，不守章句，而公摛文赋诗，直追贞观、开元，为嘉隆赤志⑥。尚书性刚毅，有大节，始忤窦武，继忤董卓；而公当江陵之季，拂衣归隐天真。尚书身长八尺，饮酒一石；公体貌魁然，一浮白，落笔不休。尚书子毓，毓子钦，显汉晋间，三世冢宰⑦。公嗣君宗伯大夫、金吾将军及诸孝廉方矫矫驾螭起，何祖孙之大相似邪？

卷详于宋，略于汉，故子章术⑧尚书之槩，以推原本始，非□也。太史公自序当“唐虞之际，绍重黎之后”。沈休文溯其先少皞之裔，封诸汾川，国于沈，子古名卿右族。其本本原原类如此，则卢氏在汉唐盛际，是卷未图者多矣。

——录自《粤草》卷十《杂著》

题《黄涪翁书布袋颂》后

黄涪翁起豫章分宁，筮仕为泰和令，故翁墨妙在下邑为多，其著者，“缺月挂疎桐”与“市声在耳”二章，家传人翫⑨。宋元之季，邑罹兵燹，真迹逸存亡者什一。

东阳卢岳伯公博古精六书，太夫人郑出义门故族，尤嗜墨翰，携其家世藏涪翁书《玉泉皓禅师布袋颂》手授公，公珍之，重离寝处。其来观察潮阳，子章请得而纵观之。卷凡

---

① “夏，大也”句：语出《国语》卷三《周语下》，“以善福”作“以为善福”。

② “毕万”句：语出《左传·闵公元年》，“天启之也”作“天启之矣”。

③ 寖：古同“浸”。下同。

④ 岳伯公：即广东副使卢仲佃，字汝田，号怀莘，东阳人。嘉靖三十五年（1556）进士，尝官岭东兵备分巡道副使。

⑤ 锡：通“赐”。

⑥ 志：通“帜”。

⑦ 冢宰：原作“家宰”，盖误。卢植、毓、钦三代官居吏部尚书，“冢宰”为吏部尚书古称。径改。

⑧ 术：通“述”。

⑨ 翫：古同“玩”。

二百九十六字，缺一字。风神洒荡，笔锋苍劲。端严处如梁父松，亭亭千载；尖秃处如渴伽兽，棱棱一角。沉莹如孤月流天，而云绝翳；嵯驻如千里驰坂，而神更闲。枪折翻飞而欲动，盘诘回联而若续。宛而不媚，刚而不涩。至于拗者、让者、疑者、掬者，不离于晋而不局于晋，窃意宋人笔，翁当称上乘。翁手书此卷，已入三昧。尝试评之，朱苍瘦而色未腴，苏敦重而肉稍肥，米襄阳豪而神锋太峻，蔡端明整而结构似踈。乃《宣和书谱》遗翁不录，而当时复有“苏黄写坏”一语。嗟乎！此非夏虫疑氷[1]，则美女入而下陈者嫉矣。子章读《佛祖统记》，布袋，唐僧，客闽中。或问师年几何？师曰：“我此袋与虚空齐年。”师既化，复有人见于东阳山[2]中。涪翁颂此，似得尝如来法味，而笔力埽[3]素，无所触娆，则此卷又当与此袋齐年；而师之神与涪翁之笔，流落人间千百年，不出东阳，竟望赤岩、白鹿之间，山川爽垲，古今神物，往往依之邪。

——录自《粤草》卷十《杂著》

题陈忠甫《岩墙记》后

予观夫古名将相，曷尝不滨于死而亨発[4]乎？范叔当魏齐之怒，胁折齿折，卷以箦，置厕中。宾客饮者醉，更扇叔。守者乘魏齐醉，请出弃箦中死人，齐曰：“可矣。”叔得出。卫大将军青为堂邑大长公主捕囚，欲杀之，其友骑郎公孙敖与壮士篡之以去，得不死。而二人者，为秦汉将相，天之所申，谁能压之。陈将军几罹岩墙之厄，何以异于厕中、堂邑时，而余蒙两人谒，以收守者、骑郎之功，岂非天哉？

虽然，墙之墙，险孰与夫无墙之墙为庚[5]险？人情高于秋天，险于太行、孟门，深于大浸积洿，各恃诈伪，迭相嚼啮，言饴蜜，心蛮厉，则衣冠之墙也；形生有极，嗜欲莫限，达鼻耳，开口眼，百矛集体，万恼婴身，方寸之地，为九折坂，则肺腑之墙也。此二墙者，其能毒人，甚于岩墙，释[6]氏所谭“火宅爱河”是已。世人自立其下，而不自知，余与将军今而后敬避之哉，敬避之哉！

——录自《粤草》卷十《杂著》

《潮阳生祠图》跋[7]

予昔守潮阳，建潮阳塔，为潮阳堪舆计耳；寺以翼塔，田以赡僧，为塔计耳。

不谓予去潮，而潮人俎豆予于塔之侧，令予为杓之人，然犹与诸君族也。予门人杨郡

---

① 氷：古同“冰”。

② 山：《粤草》模糊不清，据文渊阁四库全书本陈邦彦《御定佩文斋书画谱》卷七十七《历代名人书跋八》补。

③ 埽：古同“扫”。

④ 発：同“发（發）”。

⑤ 庚：通“更”。

⑥ 释：原作“绎”，盖误，径改。

⑦ 此文为友人陈嘉顺兄倩其师弟抄录于江西省图书馆。《青螺年谱》己酉十三年条末载：“又按：公有题《〈潮阳生祠图〉跋》，潮本公过化旧地，公题是图，在归田之日，潮父老感公汪泽不置，故建祠于凤塔，兹录于纪潮谱中，知东粤人思召棠意耳。”

丞可成至，又从而张之而族，益以禊；予同年周国雍又从而记之[1]，跻予于韩公，称二典午。

予自黔东归，寺僧凤明、妙恩、海宁绘塔寺祠为图来谒请，予昔之公举，几为私矣，敬谢不敏。凤曰："不然。潮人之言曰：'自建塔后，潮文士㸚㸚獭獭；而同乡中丞、两台省、外藩臬长毂相奏，高峰相群，兰芬菊耀，无绝于凤城。昔韩公守潮，止得一天水先生，千载后江山乔木悉举而韩之；今群贤济济，什伯[2]天水，何爱塔下方寸地，不以尸祝社稷公？即私亦公也，公亦听矣。'"予辗然笑曰："有是哉？"乃次第其语书之上方。

——录自《青螺公遗书》卷二十八《题跋书后》

① 周国雍从而记之：即周光镐《右司马螺川郭公前守潮郡凤皇塔生祠记》，详见附录一。

② 伯：通"百"。

二　碑记

愿丰亭记

水，一也。三代而上不以堤堤之，亦治；三代而下不以堤堤之，不治。则曷以故焉？时也。鲧迷于时，而息石于鸿水泛滥之日，故绩用弗成，而决排凿辟待于禹兴；贾让迷于时，而欲施禹绩于鸿嘉之秋，徙民决堤，猥云上策，亦竟托诸空言。时乎时乎，其微乎？不佞反覆惟之，时者天也，天者人也，三代人徒鱻①少，疋②夫百畝田足于人，捐其卑湿以予水，不与竞尺寸之地，何所事堤；吴楚秦汉而后，生齿既蕃，聚落日侈，田不益甽③，民萌稯稯，势不得不疆理其卑湿为田以澹人，而又不得不堤防其犇④湍以卫田。嗟乎！此后世之堤所以日崇也，犹之井田封建，秦以来不得不阡陌之、郡国之也。明兴，堤防之繁，莫甚于今，高宝维扬，达于徐沛，遥堤、缕堤、老堤、新堤，堤之上有亭，自鳌极以下，不可名数。此其堤与亭之巨者。国家受漕利，而坐享百万艘以訾军兴，其明效可睹已。

我潮蕞尔，辟⑤在东岭，沿河治堤，自宋迄今，长岐、城北、南桂、登隆、东津、秋溪、上莆、下莆，在在而堤。郡以上崇冈复岭，田多在岭迳河壖。河水自大埔、程乡三河而下，如建屋瓴，埶⑥直射田；郡以下百里外，南临裨海，海水潮汐寖灌，雄风卷浪，醎⑦水漫汗⑧，厥田不秋，遂成舄卤⑨。故内堤防河，以亡受其迅流之射；外堤防海，以拒其咸流之人。潮之堤，如户枢楗，如身毡裘，楗不下则盗入之，裘不重则寒侵之，堤不厚则水啮之，其可以死一也。

万历十一年⑩夏，惠阳大水，漂自长乐，滥于海阳，两河堤畔崩塌溃决。不佞秋以试事入省，冬以觐入燕，未及筑砌而去。同知何君署郡篆，日惟堤是棘。相其阴阳，观其流泉，乃自负薪，塞其隟窦。令下甫旬，百姓驩趋，起竹篙至浐溪，共长若干丈，阔若干

① 鱻：古“鲜”字。
② 疋：同“匹”。
③ 甽：古“畎”字。
④ 犇：同“奔”。下同。
⑤ 辟：通“僻”。
⑥ 埶：古通“势”。
⑦ 醎：同“咸”。
⑧ 漫汗：原文“汗”字形似“汙”，“漫汗”意为广大貌，“漫汙”意为污蔑、诬陷，当以“漫汗”为是。
⑨ 舄卤：同“潟卤”，含过多盐碱不适于耕种之田。
⑩ 十一年：应为“十年”。详见附录二《郭子章先生守潮事迹系年》万历十年（1582）三月丙戌条。

丈，卫堤以内，田共若干亩，不樊[1]官帑，崔然石菑[2]。公乃筑庙其上，以祠水神。筑亭庙傍，名曰“愿丰”，意以堤固，则水不盗浸；水不盗浸，则田不殚为河；田不殚为河，则民得稻黍菱牧其中，而乐其室家。嗟呼！公之所以为潮民挚矣。

明年夏，水自惠来如故，而潮无逢其灾害，两岸坚堤，垂垂如长虹，南东亩其彧彧[3]。冬，公病漏枕，枕上二月馀，潮民扶老幼，杂然祷诸城隍曰：“公寿吾潮，奈何以吾潮死公？公僊渠之漏，止泛溢，不愁吾民。吾民听公病漏，不一救药，无德不售，矧是父母！”已而巫者、医者佥曰：“公亡恙。”民大说[4]。

又明年春，公病瘳。不佞众[5]公及别驾梅君、节推王君、守备将军陈君泛舟韩江，登堤亭，酌兕觥为公寿。酒酣，公起赋《甫田》，不佞赋《大田》，公谢不敏。不佞曰：“是役也，太守事也；公代守以福潮民，而守代潮民以祝公。释诗者曰：‘曾孙以我田既臧，报农夫以介福，农夫祝曾孙享祀，以介景福。’上下之情，所以相赖相报者如此。匪邻之水，曷以昭公明德；匪公病，曷以见匹夫匹妇之情。呜呼！非盛德，其孰能当之。”

公名敢复，郁林州人，以司马郎谪治潮。其丰吾民甚夥，堤其大者。故不佞为公大书，以纪诸河之堧。

——录自《粤草》卷四《记》

重建汉寿亭侯祠碑记

世传汉寿亭侯关云长，当战阵中，手《左氏春秋》不释。夫春与秋，天也，天道大数相反之物也，不得俱出。春，出阳入阴；秋，入阴出阳。故常一而不灭，一而不二者，天之行也。春秋之法，以人随君，以君随天。故曰：“天无二日，民无二君。”侯之言曰：“日在天之中，心在人之中。”心在人之中，忠也。持二忠者为患，患人之忠不一者也。故不一者，患所从生。目二视则盲，耳二听则聋，左手画方，右手画圆，莫能成人，况一心事二君者乎？侯学春秋，一心于刘氏，其旨微矣。

东汉日落，当时与侯相周旋者三人，玄德中山裔，故兄焉。后臣曹氏，弑后王魏，去洛迁许，僭加九锡。孙氏席父兄，据江东，因而自王。万世而下，谁不知右孙左曹，而侯独不然，庐其庐，食其食，报效而后去。赤壁之战，老瞒气夺，华容相遇，不发一镞。么麽仲谋若乳臭儿，讲昏[6]不可，索荆州不可。侯岂贤世之奸，奸世之贤者哉？侯自负重矣。侯恶知玄德，恶知曹、孙，知汉而已。臣玄德，非臣玄德也，臣汉也。曹生侯，并贷玄德妻孥，非生侯也，生汉也。荆，汉土，孙氏以为坚、策土，而自张官置吏。侯以为夺汉也，故怒权而予操，而权卒夺荆而袭侯，非袭侯也，袭汉也。权于是重得罪天下后世，而操轻矣。朱子曰：“人皆知操为汉贼，不知权真汉贼。孔明先生正做得好时，又为其坏

---

① 樊：疑为“费”之误。

② 石菑：堵塞决口立楗时所用臿石。

③ “南东亩其彧彧”句：语出《诗·小雅·信南山》：“我疆我理，南东其亩……疆埸翼翼，黍稷彧彧。”

④ 说：古同“悦”。

⑤ 众（眾）：疑为“从（從）”之误。

⑥ 昏：古同“婚”。

了。”岂非谓麦城之役乎？《春秋传》曰，重为轻，轻为重，济桓[①]之立，弗受之先君，刃弟子纠，罪亦重矣。然而知三酌管仲以自覆，盖不背要盟，以自湔浣。《春秋》予之，此重而轻者。赵宣子，世大夫也，穿弑灵公，宣子亡不出竟[②]，返不讨贼。《春秋》诛其忘晋，书曰赵盾弑君，此轻而重者。《春秋》予桓，侯予操；《春秋》诛盾，侯拒权，其法一也。嗟乎！侯于《春秋》深矣。

潮故有侯祠，在卫东角，湫隘喧溷。南海陈将军经翰守备潮州，谒侯祠，叹曰：“噫！非所以肃明威而荐抱蜀也。”卜地于卫左，长若干丈，横若干丈，饬材鸠工，经始于某年某月某日，已事于某年某月某日。中为祠，祀侯；左右为两翼，前为池梁；其上以通于门。会不佞自觐还，将军属记不佞，并请题其庙，题曰“汉寿亭侯祠”，一切武安、壮缪等号捐不书。呜呼！系侯于汉，庶几明侯之心，而毋盭于《春秋》之旨者与。

——录自《粤草》卷四《记》

程乡县凌风楼记

子章读《文信国公集》，宋氏之季，公提勤王师，出入江闽，往来梅州，后系燕狱，追往忆故，至集杜句，眎梅州不无并州之慨焉。其言曰：“予至汀，汀兵非素所拊循，寇兵自赣、自剑交[③]。予引兵趋漳，谋入卫，漳潮道阻，乃入梅州。时麾下顽不循法，斩二都统，军政一新，而系之以诗：楼角凌风迥，孤城隐雾深。万事随转烛，秋光近青岑。”嗟乎！公于梅何卷卷[④]也。

公自丽[⑤]虏难，毁家从戎，及至梅，母子兄弟始相见。时弟璧知惠州，母夫人游二子间，处之怡愉。公自梅复潮，趋潮阳，[⑥] 以及五坡岭之祸，始浮南海，叹零丁，说皇[⑦]恐，以成仁于柴市，而公为赵氏之念，至是始毕，则所以成公忠孝大节，梅与潮也。公得无意于吾潮乎？《沁园春》词沛塞苍溟，至今留镇东山；而梅州廿言，即郡县《志》脱略不书，何也？

万历癸未[⑧]，余繇觐还越[⑨]，入罗浮，闻程乡诸钟贼乱，趋榜人绝龙川。至则观察郑公业已讨贼剪逆，扶伤捄死，拊辑黎甿，招徕胁从，予与司理王君国宾及钱丞谷，受郑公方略，布岭之东，四远日缚其未尽殲者绎至。月馀，程大敉定。因念公所云“梅州都统顽不循法”，以今观之，岂其习俗倡乱，从昔以然耶？形家又言城南门抱负少诐，门外河流湍悍，失其故道，是用梯乱。予登之怅然，因摘公诗“楼角凌风迥”之句，颜之曰“凌

① 济桓：当为“齐桓”之误。

② 竟：通“境”。

③ 交：顺治《潮州府志》作“变”。

④ 卷卷：忠诚貌，恳切貌。《汉书·贾捐之传》：“臣幸得遭明盛之朝，蒙危言之策，无忌讳之患，敢昧死竭卷卷。”颜师古注：“卷，读与‘拳’同。”

⑤ 丽：古同“罹”。

⑥ “公自梅复潮，趋潮阳”句：顺治《潮州府志》作“公自梅复趋潮阳”，误。

⑦ 皇：古同“惶”。

⑧ 万历癸未：即万历十一年（1583）。

⑨ 顺治《潮州府志》缺“还”字。

风楼”。

嗟乎！退之守潮而潮趋文，周元公提刑入潮而潮知学。岂必易民而后化哉？顾子瞻一《记》[1]，韩祠逾光；元晦“拙窝”数语[2]，周《赋》[3]始显。公驻梅日久，其忠义之气，岂亡过化于此乡者？莫为之后如子瞻、元晦，令遏抑不白，志乘莫载，予故刻公梅州篇于石，以配[4]潮阳东山之词，而借“凌风”二字贻之楼角，俾程乡民萌过此楼者，得亡回心涤虑，激忠赴义，湔袚其所为，不即于二都统与诸钟之淫而求亡负于公，如潮人之向文学，日陶铸于韩公、元公者邪？夫风氾也，其气博氾而动物也。细则细，夏则夏，沨沨而泱泱则沨沨而泱泱[5]，莫得而违也。公灵爽凌厉风云，予以公之风风程人，辟[6]之明庶逐寒而阊阖排暑也。瞬息周八极，岂第四竟[7]。昔予视榷真州，于公度[8]江处，葺大忠祠；今来守潮，上书督学大夫，请公及同死义者人祀名宦，而况梅州又公生所注属之乡，假公片语，以[9]褫庸回而夺之魄，挽浇薄而趋之醇，或者其在此楼乎？毋令程义化[10]独专美故乘可也。

——录自《粤草》卷四《记》、顺治《潮州府志》卷十二《古今文章部·文部·下帙》

平远县开新河记

平远非故邑也，而邑于兹且二十年所，逼于盗，夷其窟以为国也。昔也圮地[11]，今也家邑。邑依民，民依食。夫民上不属天，而下不着地，以肠胃为根苑，不食则不能活。五谷盐筴，民之司命也；蓄贾[12]游市，民之通施也。而平邑诎焉，水绝壤断，舟舆为梗，不得曰衢国。地十分，山得其七，而田堇堇者三，又率再易[13]，不得曰饶野。东距南海、鬲[14]于罗浮；西距澄海，阻以程江。去煑沸[15]者二千馀里，不得曰海王[16]。夫为国者，不通

---

① 子瞻一《记》：指苏轼所撰《潮州昌黎伯韩文公庙碑》。

② 元晦“拙窝”数语：指潮州金山南麓有石刻“拙窝，晦翁为子晦书”。晦翁即朱熹，子晦为潮州通判廖德明字，廖为朱弟子。该石刻存。

③ 周《赋》：即周敦颐《拙赋》，廖德明于庆元四五年间刻于潮州金山石崖间，今佚。

④ 配：顺治《潮州府志》作“记”，误。

⑤ 顺治《潮州府志》缺“则沨沨而泱泱”，误。

⑥ 辟：通“譬”。

⑦ 竟：通“境”。

⑧ 度：通“渡”。

⑨ 顺治《潮州府志》缺“以”字，误。

⑩ 程义化：即程旼，生于南齐，入隋，有行谊，乡人化之。后人志思，名其都曰义化乡，隋大业三年（607）置县，曰程乡。

⑪ 圮地：行山林、险阻、沮泽，凡难行之道者，为圮地。

⑫ 贾：《明经世文编》作“价”。

⑬ 再易：谓三年中休耕两年。《周礼·地官·大司徒》：“不易之地，家百晦；一易之地，家二百晦；再易之地，家三百晦。”郑玄注引郑司农曰：“再易之地，休二岁乃复种，故家三百晦。”

⑭ 鬲：古同“隔”。

⑮ 煑沸：“煑”同“煮”。“煑沸”，即“煮沸水为盐”，此代指海。

⑯ 王：通“旺”。

于轻重，不可为笼以守民；不能调通民利，不可以语制为大治。[①] 故今为平计，亡[②]若执其通施，以御其司命。而通施之执，在水陆二衢。陆则民苦于任担，而罢[③]于林麓，一夫之力，堇[④]足供朝夕；水则民逸于舟楫，而力纾于涧沚，一舟之载，足以供十人。故使吾民为登降之萌也，孰与使为菹泽之萌也。此平邑新河之议所由[⑤]起也。

予壬午春入潮，时照磨廖汝栢署邑事，以父老议闻，予甚韪之。民方剸耜耒，趋芸壅，不给。秋，予入觐，郡丞何君敢复、司理王君国宾，覆议上之观察郑公，公报曰可，出锾金倡之，平民子来云集。廖以忧去，今令黄君郁桂来，督典史张廷章日夕开批，彻壅通堙，遂竟厥工。河起东门青云桥，至石窟，会濂子渡，入三河，凡二万三千一百馀丈。凿湍峰梗险，凡三巨石，开乌战眼、紫葛藤石、头横石、杨仙、杨船、合溪七里，犁壁沙石凡十滩，遡地防[⑥]挑浚土石，凡七千六百六十七工，会费劳匠，募民凡二百三十馀金。经始于万历十一年春正月，已事[⑦]于明年三月，凡四百四十六日。观察公复令造官舫四，置守者二，以代邮递[⑧]。守道韩公行县，复命凿大峰、剑门二滩，以夷水道。

平民争以轻舠试新河，水溜石坻，沙漂壑漱，往来如织。一切货贿，俱从舟载。虔、汀商贾，络绎凑合。平城不路而民雍于衢，不海而盐溢于釜，不野而谷周于廪。垒嶂深箐，莫碍舟楫；恒风淫雨，市不翔踊。民力逸而国用饶，则河之为利博也。

河既济，予适从觐还。黄令来谒，以工成告，且征言以纪其事。予读《河渠书》，李冰守蜀，凿离堆，穿二江，渠皆可行舟，百姓飨[⑨]其利。西门豹为邺令，凿十二渠，民少烦苦不欲，豹曰："百岁后，期令父老子弟思我。"水之为国利，其较著矣。平所足者山，所不足者在田与海。是渠就，则山之利，如矿铁薪蒸，得从渠出；他国田海之利，如米粟鱼盐，得从渠入。以羡易无，以逸代劳。平即界万山中，通财交般，犹乐国也。且平之民，昔时斩木揭竿甘为盗者，又恶知非以米盐不通施，无以延其司命，而掠之他竟[⑩]乎？故是役也，不独通商贿，引灌溉，而并以塞盗源。此其所急于民者，犹在蜀与邺上。

某不佞会觐去，无能执役，坐享事成，则无爱一语，以书藩臬二公之伐，昭郡邑诸君之勤劳、父老子弟之辛苦，而又以告后之吏民，时时浚之俾勿堕。嗟乎！此亦贤者之法式，不可更也。

——录自《粤草》卷四《记》、《明经世文编》卷四百二十《郭青螺文集》二《疏·杂著·记》

① "夫为国者"句：语出《管子·国蓄》："凡将为国，不通于轻重，不可为笼以守民；不能调通民利，不可以语制为大治。"

② 亡：古同"无"。

③ 罢：古同"疲"。

④ 堇：古同"仅"。《明经世文编》径作"仅"。

⑤ 由：《明经世文编》作"繇"。

⑥ 防：《明经世文编》作"防"。

⑦ 已事：《明经世文编》作"已巳"。

⑧ 递：原作"遆"，古同"递"。

⑨ 飨：通"享"。

⑩ 竟：古同"境"。

海丰县新开杨桃岭路记①

越岭东之多盗也，岂独其民犷悍哉？盖亦山川若为藏焉。藏垢内秽者，地也；湔祓②其垢秽而疏鬯③之者，人也。彼地即辟④逖，设为官司治之，设为城郭卫之，设为市巷门渠通之，设为野涂⑤以达其道路。道，蹈也；路，露也。蹈且露，即野之横行径逾者禁，而山川无能为藏，鼠社狐城、鹿蹊马迹、足胫车毂，缘踵而踏之。故道路之设，岂第便往来，所以破山川之藏，而攻奸宄之窦也。

《周官》司险，周知山林川泽之阻，设国之五沟五涂，而树之林以为阻。国有故，则藩塞阻路而止行者，以其属守之，惟有节者达之。先王之意微矣。赵佗将自王，语⑥其下曰："盗兵且至，急绝道，聚兵自守。"汉击吕嘉，先开道于牂牁、越巂，曰："此制南越一奇也。"故越盗多好径负道之险，而制越盗者，莫急于开道以夷其险。

海丰，越剧邑，而当惠潮之凑。盗寇潮，潮急之，则走丰之西，合惠党以拒潮；佗日寇惠，惠急之，又走而之丰之东，以合潮党而拒惠。若杨桃岭一带，故逋逃薮也。岭故有路，下达惠广，上彻潮漳，亦丰之剧旁乎？凿于汉，塞于孙吴，通于晋明帝之六年，而自六朝以及唐、宋、元，大盗据为坚窟。明兴，政教旁罗，讫于海隅。景泰间，运司砌驿路，大蹊亭础犹存。蹊与岭连，遆⑦通遆塞。正德间，邑令杨君继荣始甃杨桃。嘉靖末，盗起复塞，行人从间道，繇⑧新岭、鹿坑、南山，抵观音堂，绝江日莫，苦亡舟楫，露宿野次，盗遇而收之，如委饥虎。

今天子神武，芟夷群盗，丰民始复循陟故道。顾狭者蜗角，回者羊肠，崛垒者灶突，峭急者锯齿。或起或伏者，云腾而波涌。山椒巀嶭，中洞外逼。左不得以右，右不得以左。俯瞰翠微，如身历紫虚⑨，令人亡不目眩舌桥而郤⑩前步。良亦险矣。已郡丞廖君宪、邑令王君惟翰后先增葺，稍去其甚。

万历壬午，姑苏黄公时雨繇⑪比⑫部郎出守惠州。期年，政平化通。下令除道，而丰父老以杨岭道梗状闻。黄公乃捐适⑬金，檄别驾木君某董其役。未竣，而予同年陈君汝凤来令是邑，批岩突砥逆拆⑭，伐石筑土，程日核工。盘纡二十馀里，列树置亭。五达六达，

---

① 按：海丰县明属惠州府，但20世纪50年代末至80年代初曾先后属汕头专区与汕头地区管辖（1959—1970年属汕头专区，1970年汕头专区改称汕头地区，此后至1983年属汕头地区），且以惠潮接境，《记》中多涉潮事，故入录。

② 祓：《明经世文编》作"拔"。

③ 鬯：同"畅"。

④ 辟：通"僻"。

⑤ 涂：古同"途"。

⑥ 语：《明经世文编》作"给"。

⑦ 遆：古同"递"。

⑧ 繇：古同"由"，《明经世文编》径作"由"。

⑨ 虚：《明经世文编》作"虗"。

⑩ 郤：古同"却"，《明经世文编》径作"却"。

⑪ 繇：古同"由"，《明经世文编》径作"由"。

⑫ 比：《明经世文编》作"北"，盖误。

⑬ 适：《明经世文编》作"讁"，同"谪"，为是。

⑭ 拆：《明经世文编》作"折"。

比于康庄。陈君谓是役也不可无纪，而属言子章。

在《易》有之："伏戎于莽，升其高陵，三岁不兴。"① 解之者曰："安行也。"杨桃为戎伏，自汉、晋到今矣。刈其榛莽，排为方轨，高陵既升，戎将焉兴？此最得《周官》司险之意。而展车马，通商贿，其区区者。先王之教曰："司空视涂②，司寇诘奸。"③ 夫涂之视也，而亡不奸之诘也。五岭目惠潮曰憝国，惠潮目丰曰逋薮。兹路之辟，岂直幸惠？唇厚齿固，指完臂健。所以幸吾潮者侈也。

陈君柔惠镇定，子章故兄事之；兹守潮幸与之俱，又幸与黄公俱。而黄公有直质而无沈心，恒④示我周行，子章亦婉以从令，和安而好敬。昔东海徐吾⑤借烛邻妇⑥，夜与合绩。子章不佞无能为公裨，而以邻故坐受事成，则亦时时为公徐吾处下，去后一扫陈席焉。

——录自《粤草》卷四《记》、《明经世文编》卷四百二十《郭青螺文集》二《疏·杂著·记》

---

① "在《易》有之"句：语出《易·同人》。

② 涂：古同"途"。

③ "先王之教"句：语出《国语·周语中》。

④ 恒：《粤草》《明经世文编》俱缺末笔。

⑤ 徐吾：齐女子名。有辩才。尝夜织，家贫而烛屡不给，欲与邻女李吾之会烛，李辞之，徐责以大义，李莫能应，遂夜与合绩，终无后言。事见汉·刘向《列女传·齐女徐吾》。

⑥ 妇：《明经世文编》作"媍"。

三 传铭

梅登仕公[①]传

梅登仕公者，楚岳州石门人，其先殷梅伯苗裔也。名应才，字廷用，自号云溪。父某，仕于闽，知德化县事，有善政；母安人某。生公，童而淳重恭谨，无与比。德化公不令就外傅，偲滑。公素以放其天倪，自师之教，以驯行择言，居常訢[②]訢如也，即过，毋谯让，终成公长者。德化公殇，公事母安人以孝闻。弱冠，补邑弟子员，督学使者行县，辄第高等，遂廪于庠，儁[③]名日益起，邑诸生睎为楷式。而公自谓我大似不肖，锄矜容，楗利齿，下荧目，不失于兑，而与物为春，终不处上处前，以凌乡郡。乡郡谓公果长者，乐推而不厌。常戒子弟曰："夫礼者'自卑而尊人'，在'丑夷不争'。夫礼名知世之所习也，而名起则轧，知用则争，必将乘人而斗其捷。二者凶器，非所以完活也。"而又时时称古圣贤忠孝仁义、绳墨大节，以风迪诸子，如德化教公。公娄省试，不第，年五十以次将贡对公车。无几何病，竟不起，嗛未卒德化志。及瞑，手一编授四子，曰："嗟乎！孺子勉矣。"伯子鹰，早殇；仲鹙，即于[④]僚友、今潮州别驾也。叔鹍、季鹏，俱有声横序。别驾初起家明经，征入为国子学正。万历壬午，会皇嗣诞，覃恩百官，别驾疏请，得赠公登仕郎，如其官，故称登仕公云。

郭子章曰：余读屈平《离骚》："沅有芷，澧有兰，思公子兮未敢言。"[⑤]"捐余玦兮江中，遗余佩兮澧浦。"[⑥]石门固澧下邑哉。余观梅登仕公一质行长者，幽比芷兰，温埒玦佩。籍令得究于用，所谓"始作也简，将毕也巨"[⑦]。非斯人邪？嗟乎！德厚信虹[⑧]，若别驾，彼其未毕者，余又恶知其终巨邪？细邪？

——录自《粤草》卷六《传》

---

① 梅登仕公：潮州府通判梅鹙之父。

② 訢：古同"欣"。

③ 儁：古同"俊"。

④ 于：原作"扵"，但联系上下文意，疑为"予"之误。

⑤ "沅有芷"句：语出《九歌·湘君》："沅有茝兮澧有兰，思公子兮未敢言。"

⑥ "捐余玦兮中"句：语出《九歌·湘君》。"玦"原文右旁作"央"，盖误，径改。

⑦ "始作也简"句：语出《庄子·人世间》："其作始也简，其将毕也必巨。"

⑧ 虹：误，应作"矼"。

刘母方太淑人传

余守潮，六安刘将军大勋来副总南澳，天幸海邦，琉珠臣，吕宋款，倭、暹诸奴寝伏，岛屿楼船馀艎，岁不一二出。刘将军时时过予郡斋，予过将军署，排闼径入，止一二苍头司阍。予诘将军："丈夫子几人，曷为不与俱来？"将军对："粪土息一，方胜冠。老母在嫠帷久，且耄，某无能醳[1]甲胄，留妻子问视于家，犹某之身之也。"言竟而涕。异日者，又言："刘氏将谱其世，太淑人劳苦拮据，未有传。"又言："六李大夫志六，为《太淑人传》，堇堇其槩。"子章乃次第将军语而述之。

太淑人姓方氏，年十五，嫁刘昭勇将军，官昭勇。祖指挥使骐，子三人：长芳，次芃，又次芹。昭勇，芹子也。刘之先，山后南关人，始祖兴，随高皇帝驱胡，立战功，授指挥使。洪熙间，卫于六，令世世袭之。至骐，传子芳，芳传子定。昭勇以季胤，例不得越次袭。而自方淑人归，日者言："新负[2]有贵征，且将亢而嗣。"昭勇咲曰："吾，刘馀子耳，奈何贵？"无何，定绝，伯芃亦绝而老，将军芹不任据鞍。嘉靖三十八年，昭勇果袭定爵。

明年卒。淑人年才二十六，将军才七岁，二妹俱在文葆[3]，而祖老。将军在堂，淑人哭曰："吾分当引决，从死者地下，而属累累未死者谁乎？"辍涕，尉[4]尊章，以妇代子。落妆靓，供甘膬[5]，不少郄[6]。又自以母代父，教将军亡态纨绮，亡习媟黩，亡疏长者，朝夕陈说君臣大谊，廪廪惟谨。

嘉靖末，倭讧江南，庐、凤以北，征良家子弟为守，推将军将之。将军以淑人故，不欲轻试行间。淑人曰："女[7]将种，不以此时驰骛犯矢刃，报国二百年巨恩，而以老妇故，甘牛竖马洗，沾沾儿女子语乎？"将军感泣受任。自是防倭虏，夷矿盗，制九溪洞蛮，净闽粤海寇，皆淑人指画焉。

隆庆五年，以将军功，祖、父俱赠昭勇，淑人受诰封太淑人。万历十二年，六士民上淑人贞行于部使者，部使者下之州核而旌之。会温陵李大夫《六志》成，传淑人，大书曰"节母"。

赞曰：予乡先欧阳文庄公守六时，上《何节妇状》，席宗伯书读之曰："疏文而朗，此妇不核可旌。"文庄繇此改直承明，竟表何閰。自是而潘、而印、而滕、而陈俱，继何起，岂文庄一疏风之邪？然予读《刘氏家乘》，三世聚，宣德间从征交州；四世威，正统间北征，俱以血战殉王事。臣天于君，妇天于夫。天不可逃，一也。淑人妇于刘久，岂闻之庭诰者夙邪？抑文庄所云无文犹兴、不赏而劝者邪？呜呼贤矣！

——录自《粤草》卷六《传》

---

① 醳：古通"释"。
② 负：通"媍"。
③ 文葆：亦作"文褓"。
④ 尉：为"慰"之本字。
⑤ 膬：古同"脆"。
⑥ 郄：古通"隙"。
⑦ 女：通"汝"。

熊氏复贞传

复贞熊君，殆古所谓文章气节士也。熊君以《易》起家，韦编不计几绝，沉心于盈虚消息之玄，欲以研夫真性命而批伪事功。以其馀摭稽六籍、畋渔子史，同涉成趣，下笔可千百言，非洛[①]川、考亭名理不道也。其躬孝友、慎检柙，得《遯》《晋》《壮》《夷》而善用之，行尽称是，盖深有得于《易》云。

甫垂髫，则为县[②]秦川武先生赏识，谓是虬而角，立可蜚[③]天。迨余[④]潮时，以一日试儒童，得熊君文大异之。撤弥封，则固县元立潮中士矣。嗣是，屡试屡高第，汇考饶，可成帙行世。比余藩三楚，会与秦川先生共事。酒后耳热，抵掌谭潮士，及熊君，交口最之。

居亡何，会李别驾之便，熊君以文求政，致释[⑤]曰："老师，今天下名人也。为潮刺，人言昔有韩，今有郭。驱厉鬼，化与驱鳄鱼者神；筑巍塔，功与筑浮桥者并峙。则又何靳一化匠，以声施小子？"其笔挟宁馨，以至于是。余详为品定，附金币劳之曰："吾子文章浓淡中程，致青云唾手耳。遇而晚，造物不谓无意？予赏子不独以文，盍修德以须自至？"盖兰臭欢相投，百千里外不忘靳勖如此。

丁酉，而熊君荐于乡矣。闻其本房师张司理，最熊君深于《易》，欲举以首东粤，后以主者芰触异嗜，竟亚前额。已而入试春官，会余修觐典，聚首燕中。见熊君握手观曰："余道而[⑥]必中，而果中。余言于此券矣。以子文学，即以赋长门、视草銮坡，当无不可。然遇不遇，有冥司主者。"相与叙款慰劳，不觉日晷之移。

无何，余以督抚云贵军务，膺阃命，即常悬熊君。而睽阔已若干年，熊君竟难一第，拂袖起曰："士不愧吾羽仪可耳，奚必朵颐一红绫哉！"趣铨次而得黄岩宰。余业已夏官乞归田里矣，时方憬然复如来身，皈依性命，息数十年宦矣。熊君甫莅岩，即走役候问于余。寄言勖之曰："天出高贤，一第而又难于此道取不次之擢者乎？顾言力于官，余将计瓜期望焉。"熊君亦不薄为令，而以素位服官，政不逾期，即成台南治最。其士民讴歌，监台荐剡，已有蜚七越、嘈呟于余耳者。余盖私尝其能以不负官者不负余三简。闻其邑有以私干者再四，而麾之愈严，遂嗔然衔熊君，谓君袒独左于民，审为市虎弓蛇之谤，以蜚诸司。而民转恋恋为之建生祠，勒功德，至又率耆老数百千人，遮道啼泣，欲赴当道一白。熊君然曰："余虑保罪吾发不耳[⑦]。吾民而雅白余心，已是白于皇天后土，而又何以五斗米腰[⑧]，烦二三子嗷嗷也已。"解绶归，而以修谱事，赍币请序于余。余高其义，援笔而为之序，不强之留。

噫嘻！宦途九折坂耳，其甘宦若饴者，奴颜婢膝，希博一美官，而不知夫石火弃身，

---

① 洛：原文佚，径补。
② 县：其后疑缺"令"字。
③ 蜚：古同"飞"。下同。
④ 余：其后疑缺"守"或"刺"字。
⑤ 释：疑误。
⑥ 而：古同"尔"。
⑦ "余虑"句：原文如此，疑为错漏。
⑧ 腰：其前疑缺"折"字。

竟归乌有。此直捐其真性命、啚[①]伪事功者也。今以视熊君晚而登仕，闲适家居，饶于事生事死，为天地间作孝友完人，一出而看官路崎岖，即修然而赋莼鲈。盖余归迟而燥火难消，熊君明决而净根已复。于是乎见天地盈虚消长之心，而以真性命先于而[②]室矣。五柳先生何人乎？近代称名卿相不乏人，一读《归去来辞》，则人人惶汗，独熊君深于《易》，故能跃能潜，能跃足于彭泽之溪。如予者，即文章臭味，雅相投契也，视熊君尚须向净室一坐。《传》于熊君犹蚤，而念余垂□之九年，恐先一日而不能传君千古也，亟摭实传焉。

熊君晚举丈夫子四：长暹，次昱，次晃，又次星。振振昌炽，其未有艾者。

赞曰：有熊氏后，夔足蜚英。文章郁郁，气节峥峥。从予尝试，号曰得朋。昔在措大，庶几灭明。士习披靡，□独复贞。用《易》之占，育德于恒。岂惟文艺，脍炙芳名。今人宦路，庶几渊明。抚民如子，植节如冰。循良课家，宠辱无惊。《易》是知几，鸿举冥冥。皓首考轴，月皎风清。颐养元卜[③]，问道于彭。观于手植，香馥充庭。

兵部右侍郎、通家侍生泰和青螺郭子章撰。

——录自《（梅州）熊氏族谱》续修本[④]

赠奉政大夫何公墓志铭

予来守潮，与何大夫学闵共事三年。大夫以考绩最，得赠其先大夫古田公如大夫官，铨曹移文下大夫，予荣而跋其后[⑤]。大夫曰："先公新被命，未阐于珉，置之幽闼，宗祊何稽？"而征言子章。子章追惟嘉隆之际，郁林称二何，俱起家国子先生。其后大何以尚为比部，尚书捄琼山海主事瑞，谪雄州；小何即大夫，为驾部，与同舍郎有郤冢宰眷，同舍郎谪，驾部判姑孰。二何名益爽爽，而不知膺保而训淑之者，古田公也。大何，公从弟；小何，公季子也。嗟乎！所繇来姚[⑥]长矣。

按《状》，何公名世纶，字伯起，世为兴业人。自其先以孝弟力田闻，至公父瑄，始繇儒术为太学生，娶庞孺人，生公。童时严重，不与邻儿嬉。甫髫，授《尚书》，补博士弟子员。正德己卯举于乡，计偕娄上春官。曩太学公以需次捐燕舍，公一入燕，辄儿哭几绝，如不欲生。已卒业南均，事东湖吴祭酒、增城湛尚书二先生。增城之教"随处体认天理"，公曰："理，天之主也；心，天之舍也。舍不洁则主不处，所以整摄其舍。体认其主者，齐也。"取"心齐[⑦]坐忘语"，自号心斋。隟攻古文秇，与钱唐田公汝成友善。

嘉靖壬午谒选，就广东英德县令。始至，葺龙山书院，祀宋唐介、洪皓二公，以为宗。邑寇桥起片合[⑧]，公廉剧者温宗琳、苏亚凤，械送军门诛之，山海大敉。浈水绾毂百

---

① 啚：古同"图"。

② 而：疑为"人"之误。

③ 元卜：疑为"元元"之误。

④ 《（梅州）熊氏族谱》续修本，第39页。该文由友人孙道平兄提供复印件。

⑤ 跋其后：即《题何学闵诰命后》（《粤草》卷十《杂著》）。

⑥ 姚：古同"遥"。

⑦ 齐：原作"齊"，为"齐"繁体字，通"齋"（斋）。

⑧ 桥起片合：语出《庄子·则阳》："欲恶去就，于是桥起；雌雄片合，于是庸有。"成玄英疏："桥，起貌也。"桥起，勃然兴起。片合，义同"牉合"，特指兵符合契，即用兵。

越，宾客盖至，英产酒旨，山石峣嵴[①]，前令樽箪遗过者，闾阎厉之。公屏不以私，亦绝不以觋人。伐巨石桥西溪，民走如逵市，至今呼“何公桥”。三年政成，邻封争质成，其勘钱、胡二强宗田畔，与清广州四卫屯，界其畛域，砥其远近，民倚为籍。亡何，庞孺人病喘，公卧起扶翼，竟不愈场。公以忧去，归庐。服竟北上，道英德，英父老遮道雍[②]留之，月馀不忍去。

己亥，补令福州古田。邑在林莽中，公至，壹以治英者治古。首复李延平、张学士祠。邑故有僧田若干顷，御史某假以赂邻邑执[③]家，公庭诤曰：“某古令，不能守古田而畀之邻，则何以令为？”御史不能夺。林太保庭㭿壮之，大书“梧山高”贻公。梧山，苍梧郡名山也。先是，邑采矿者百费倚办富氓而缓其偿，公曰：“有司务肥国而瘠吾子，不可。”给以帑金而籍封其馀，民大悦。亡何，病渴。辛丑，以疾乞休，章四上，闽两台坚不令公去，而友人田公时方督学，恳言之两台，公始得去。去之日，古父老遮道雍[④]留之如英父老，至有泣下者。嗟嗟！公何以得此两邑人若是勤哉。

既归病病[⑤]，明年闰五月某日卒于家。后十馀年，而学闵为国子博士，穆皇帝覃恩赠公文林郎。制曰：“性资雅重，问学渊宏。百姓服其神明，二邑恃之保障。”盖实录云。万历壬午，兴业令冯君文炤上公乡行[⑥]于督学大夫袁公昌祚，如其议，崇祀公乡贤祠。癸未，驾部以潮州上绩最，复得赠公奉政大夫、潮州府同知。嗟嗟！公之学不竟于身而究于子，公之秩不崇于生而加于场，若有天乎？故曰：“天之所支，不可壊[⑦]也；其所壊，亦不可支也。”[⑧] 不然，不足以遗后之人。郁林之何，太学以儒佻，始畅于公，张于比部、驾部。驾部判姑孰，余摧姑孰；驾部倅潮，余守潮。其植大节，旉[⑨]惠政，予习之，俱亡愧于公。而公长孙孝廉耿，复以万历己卯举西粤，与公举同年，公之泽不可壊，而可遗者尚赊也。余读苍梧故唐尧时，何侯隐苍梧山，事五帝，家三百口，后为太极侯。公家岂其苗裔耶？公五世祖万二，高祖景九，曾祖江亮，祖应珠，俱隐不仕；父即太学公，母庞孺人。公元妃[⑩]蔡氏，赠宜人，有淑节，后公一年卒。子男五人：长敢居，广东布政司都事，娶吴氏；次敢欺，岁贡生，娶陈氏，知县荣女，继杨氏；次敢任，廪生，娶庞氏；次敢复，即学闵，先任南京兵部车驾司员外郎，今为潮州府同知，娶李氏，封宜人；次敢望，殇。女三人：一适卢子祜；一适莫佥宪孙、庠生能名；一适梁玉甫。孙男十人：震、盖，廪生；耿，举人；凤，宾，星，右，巨，痈，枢。曾孙五人：乔宗，乔宋，乔寀，乔宪，乔宇。嘉靖壬寅，诸子奉公柩葬凤岭，乙巳奉蔡宜人柩葬绿阴山，越庚戌十二月十一日，改卜合窆于高祖茔铺背岭原之侧。万历甲申，以公赠官告墓，而子章为之铭：

---

① 嵴：同“峥”。
② 雍：古同“拥”。
③ 执：疑为“势”之误。势家，有权势之家。
④ 雍：古同“拥”。
⑤ 病病：原文如此。
⑥ 乡行：在家乡之德行。
⑦ 壊：古同“坏”。下同。
⑧ “天之”句：语出《国语》卷三《周语下》。
⑨ 旉：古同“敷”。
⑩ 元妃：即元配。

铭曰：何之先，侯太极，郁郁者林。谁为之殖，太学树兮不穑，古田力兮未食。兰幽而馥，松藏则珀。凤原空谷，而背之岭是宅。城也虎踞，泽也燕翼。或之使，莫之为，子孙千亿。

——录自《粤草》卷五《墓志铭》

吾友康高行先生墓碑

万历己酉夏，予从黔归养，吾友康公用光病，予省之，握手道故，论至生死处，不羡大椿，不殇朝菌，庶几与太虚而肆□炉。亡何，竟卒。予即位而哭，三孤绍庭、绍玄、绍京皆予门□，奉公遗勅，属邹给谏尔瞻铭其墓，而不佞碑以象其生平①，□②儿延、太、陵又公门人，乃捡公遗文并生平历履，挨岁月而缵排之为谱。三孤将窆公于□山之阳，予二儿以公《年谱》进，擎之涕落。

予尝铭公之考寿③宰公良顺墓，臮④叙《康氏谱》，而知康之先世行谊惇固，其□寿宰公者，尚德也。娶于刘，以嘉靖戊戌冬十月壬子诞公，生而颖慧，中膝下驩。七岁母病，随诸兄侍汤药，如成人。八九岁，能属文。及髫，与予从子孔遇、友人单汝诲共师于兄子祯公。性愿朴，县⑤肝胆，与人语予庚相，信于制科外，尤嗜竹贲，与予有曹好。居四岁，予三人后先入黉序，公不偶，而郡侯周公之屏、万安令刘公继文尤奇之，且曰："夫夫，今之康希诜也。"已病疠甚，予劝之释业，公笑曰："宗经抒传属之子，辨骚诠赋属之予。至原道征圣，予与子共图不朽者。"自是一意讲学注经，题壁云："人中合下浑无我，地上原来都是天。"时吾邑王布衣有训，罗文恭公入室弟子也，公友事之，语有契，北面禀学郭平川先生于萃和。家贫，教授于虔，归事二亲，养志承欢，调寒温，适轻重，食即稗九粝十，若粱肉矣。章闻之曰："猗以其粗，颜以其精；猗以其回，颜以其贞。"⑥ 信夫！亲坳殓葬，俱如礼。予时宦南水部，建、延二子稍长，礼公为师。四方从予游者，晋江苏君禹、休宁吴瑞谷、江夏丁元父争友公，公与切磋为诗，诗益宏丽。比归，瑞谷送之行，有"拭来五土华阴色，挥就千花吉水文。此别漫歌河上曲，僧渊名已似徐君"之句，俨然以孺子、僧渊期公，公亦以"天游子"自况。

比予守潮，太、陵二子稍长，又礼公为师。公入潮，馆于荔枝亭下，有《荔枝亭稿》。其后，予之蜀，之吴、越、晋、楚以及闽、黔，昕夕不能离公，公亦不能离予。而在黔平播，公筹画居多，诗文日富，所至有《金陵吟》《蜀吟》《浙吟》《三晋吟》《楚泽吟》《七闽吟》《熙圃吟》，尔瞻编次，题曰"天游草"，故赠诗有"青山到处留诗草，彩笔当年几梦花"谓此。公交游日广，如吉水尔瞻，丰城徐献和，庐陵彭化中、刘静之，予邑则萧希高、王元卿、杨义叔、刘君东、萧直卿、周如春、公从子予赉，交相倡和，更以道义

---

① 平：原字漶漫，据文意增补。

② □：该字漶漫，疑为"予"字。

③ 寿：该字原文漶漫，据下文"寿宰公"知为"寿"字，径补。

④ 臮：古同"暨"。

⑤ 县：古同"悬"。

⑥ "猗以"句：语出汉·扬雄《法言·学行》，该书作"彼以其粗，颜以其精；彼以其回，颜以其贞"。

相淬砺。公亦不为媕婀臾媚状，称神交者徧[①]天下，诸名公闻其贤，争下南州榻而不可得。郡邑大夫益高龙丘之节，如张侯大来讲乡约，礼公为长；金侯鲵桓表其庐曰西昌逸士；徐侯惺勿以乡饮礼公宾席，固辞；太守吴公恒初、司李毛公具茨署公“清行”、“鹑居自乐”；豫章柱史行县，悉表其庐；宜兴吴公安节、姑苏徐公振雅、金坛史公企愚，俱赐书赉粟帛。其为诸大夫推高如此。公自黔归，齿六十，不复之四方，辟熙圃自老，孝友为政，诗书为友，若捐祭田，封孤冢，倡建人瑞祠，纂家谱，著家箴，筑瑞山堤，殆非百年树德者欤？所著有《义肥堂存草》若干卷，《天游山人赋》一卷行于世。

公名祥卿，字用光，别号瑞麓，享年七十有二，己酉夏五月卒于正寝。予三儿及诸门人私议谥公，问义于予，予曰：“古人之谥，不以布衣遗，不以师生私。法高卿得谥玄德，荀叔慈得谥玄行，刘彦度号为玄贞，王仲淹易名文中，卓矣。用光可废斯礼?”或曰淹贯五经，洗洞坟籍，其文高矣；或曰铣质无改，�心不变，其义高矣；或曰身挫道胜，时屯情泰，其器局高矣。予曰：“然，总之行高，怀五岳而犹卑，吞九埏而不梗，应谥曰‘高行’。”会予著白下逸事，为作《高行先生传》，二三子奉其主而易之。嗟乎！蔡中郎云：“予为人作碑，惟郭有道无愧，而犹未免稚川之正；鲁黔娄先生其妻谥为康，而犹未免子舆之疑。”吾碑用光，竖之孔道，异日读予文者，谁疑谁正，如鲁如葛耶？是可以百世矣。

公配刘孺人，与公齐德，有鹿门缺野[②]风，三孤足世其家。其婚娶详《志铭》，予不具论。其辞曰：

惟康之先，肇自人瑞。三生西来，由筮而地。峨峨蛊峰，为派则季。树德百稔，以蕃以芘。吾友用光，尤钟灵秘。人伦之表，学林之帜。恣游宇宙，公卿倒屣。瓦砾荣名，德乃玉粹。其言一家，将藏宛委。潜心道奥，身肥以义。晚息熙圃，孝友锡类。殚力祠谱，宗盟不坠。友尽乡国，月旦归美。所部郡邑，下榻交至。公独渊潜，远利如腻。岁在起起，公卧床笫。诀无乱辞，年齐徐稺。社失祭酒，士陨赤志。门墙佥议，高行为谥。我题于石，永识遐思。嗟千百世，是则是式（叶[③]）。

——录自《传草》卷之又二《文》

① 徧：古同“遍”。下同。

② 缺野：疑为“巨野”之误。

③ 叶：即叶韵音（叶字读“协”音亦通），乃韵脚字为押韵不拗口而读另音，非字之正音。此《墓铭》中韵字押去声“四置”韵部，而“式”字在入声“十三职”韵部，故特地注明“式”读另音以叶韵。

四　祭文

敕赠先安人告文

万历十年岁次壬午某月某日，南京工部都水清吏司郎中、今升广东潮州府知府、不肖男子章，谨办牲醴处，告于敕赠孺人、晋赠安人显妣萧氏神主：

子章待罪虞衡，曾未几时，会上嘉礼成，覃恩百工，得晋赠母安人。故事：六七品官同，不得二典。子章七品，已叨恩纶，即主事考最，埶[1]难复滥，竟际熙遇，重贲夜台，主上殊恩，捐糜不可为报矣。兹复叨荫，出守潮阳，过家便省老父，父以皇嗣诞恩，得晋四品服色，并告老母幽明共驩。

惟儿么麽，娄邀天幸，以宠于母；惟母慈明，幸相儿躬，以忠于国。潮鳄虽逐，山瘴尚疠；大盗且夷，民俗好径[2]。启迷导悮[3]，于母攸赖。子章不任祈祷之至！谨告。

——录自《粤草》卷十《杂著》

潮州府告城隍驱独鬼文并跋[4]

万历[5]十年十月初五日，潮州府知府郭子章入觐天子，舟驻三河，谨牒同知何敢复、通判康梦禹、推官王国宾，敢告于潮州府城隍之神：

自昔圣王治天下，以民神杂揉为惧。故司天司地，各设其官；理阴理阳，不溷其职。至于民不肖之尤者，迺[6]投之逐之，以御螭魅魍魉[7]，所以顺幽明之故，辨[8]人鬼之区，以安阜天下也。今天子圣明慈武，柔和百神，拊辑万姓。潮即在岭海外，民弦歌，士读书，埒于邹鲁，赟赟称望焉。

自知府三月入竟[9]，屡祈神佑。五月，惠州大水，稽天寖灌我潮，神驱水入海，民免

---

① 埶：通“势”。

② “大盗”句：《老子》五十三章作“大道甚夷，而民好径”。

③ 悮：同“误”。

④ 《潮中杂纪》题作“驱独鬼文”及“后跋”，顺治《潮州府志》题作“驱独鬼文”及“又跋”。

⑤ 按：《潮中杂纪》于“万历”二字前有“府城之南有一独鬼，潜住三年，予人觐始闻，乃为文告城隍以驱之。其文曰”句，以其为释文而不作增补。

⑥ 迺：同“乃”。下同。

⑦ 魍魉：《粤草》原作“罔两”，《潮中杂纪》作“魍魉”，径改。

⑧ 辨：顺治《潮州府志》作“辩”，盖误。

⑨ 竟：古同“境”，《潮中杂纪》作“境”。

鱼鳖。既而泥沙漫田，草芜壄生，神芟芜植谷，年称大有。七月，倭奴四十艘潜住彭湖[1]，震于其邻，神反风御寇，十邑安堵。八月，知府滥与棘围，神默助文昌，多士入彀，得魁者三。神之福于潮丰矣，潮之受福于神奢矣。

潮自称兵[2]以来，知府不入觐者四十馀年，今知府始复修觐典，亦以兵革既隐，疮痍渐起，持太平牍入奏天子。辞神之夕，有来告知府者曰："城南一鬼，自称曰'独'，日暮能言，占人祸福。"知府意谓此物之偶然者，亡足异也。登舟三日，又有来告者曰："独鬼依杨氏家，不直言语，且能饮食，投之饭则饭，投之酒则饮，投之炰羞[3]，亡不罄者。"知府意谓此或杨氏神其事，以荧惑齐庶耳，亡足异也。舟主[4]三河，又有来告者曰："鬼夜现手足，淫及其婢；间持金帛，以赂其主。今且二年，莫计其去。"已得二三僚友同书曹恶，知府始艴然愤怒，恨不回舟按剑斩之。

顾知府行矣，知府与神分理阴阳，凡民间有淫者盗者，有司有贪饕者，不即驱除，知府之罪也。今独鬼淫人子女，窃人金帛，饕人饮馔，潜依城南，其近也咫，历二年所，漫亡顾忌，神其谓何？岂神能为民御大菑、捍大患，以为此区区者亡足与计耶？抑杨氏藏妖畜厉，能召此[5]鬼耶？抑独鬼多金，赂神左右不以闻耶？知府有闻，不敢不以告神，神其召而诛之于庭，或驱而走之于海，亡令魍魉杂揉[6]我土，幽以伤神之威灵，明以乱知府之政教。昔孔子不语怪，而韩子常原鬼，其言曰："有鬼有物，漠然无形与声者，鬼之常也。民有忤于天，有违于民，有爽于物，逆于伦，而感于气，于是乎鬼有形于形，有凭于声以应之，而下殃祸焉，皆民之为之也。其既也，又反乎其常。"是物也，其鬼耶？其民之为之耶？神[7]其以质之前刺史昌黎子。知府即行，日昔望神之反乎其常焉。如神依违不即驱除，知府还潮，奉圣天子之三尺，鼠磔之，支祈锁[8]之，神亦何颜以临知府乎？惟神亟图之。谨告[9]。

跋[10]

予既入觐，辞陛下还潮，翼[11]日，淳濯飨醴，祀城隍毕，进祝史问独鬼状。僚友何君、王君曰："某等捧公檄，祓除告神。明日，独鬼语所私杨氏女曰：'郭使君自三河以牒告城隍，城隍怒而将缚我，我去矣。'自是，杨氏女复为人妇。"予再问祝史，祝史亦云云。予再拜谢神。二君谓当镌其文于庙，以昭神功，且以杜独鬼之腾趡。

---

① 彭湖：即"澎湖"，《潮中杂纪》作"闽海"。
② 潮自称兵：《潮中杂纪》作"潮用兵"。
③ 羞：同"馐"。
④ 主：《潮中杂纪》作"至"。
⑤ 此：《潮中杂纪》作"独"。
⑥ 魍魉杂揉：《粤草》"魍魉"原作"罔两"，《潮中杂纪》作"魍魉"，径改。
⑦ 神：顺治《潮州府志》缺此字。
⑧ 锁：《潮中杂纪》作"鎖"，古同"锁"。
⑨ 谨告：此二字《粤草》缺，据《潮中杂纪》径补。
⑩ 跋：《潮中杂纪》作"后跋"，顺治《潮州府志》作"又跋"。
⑪ 翼：古同"翌"。

嗟夫！大傩设而江虎犇，梓社伐而茸头怖，侲子[①]和而穷奇[②]食，《东京赋》[③] 而耕父[④]囚。曼倩[⑤]撰骂鬼之书，文考[⑥]序梦战之词。矧兹夔魖，何足以辱神之威灵。顾四竟[⑦]十邑，有有司而独者乎？有民萌而独者乎？予懵于兹，神其予告，予当投之海岛，以御魍魉[⑧]，与神交相治焉。

——录自《粤草》卷十《杂著》、《潮中杂纪》卷三、顺治《潮州府志》卷十二《古今文章部·文部·下帙》

告韩文公藏土像易木主文

呜呼！天下读《唐书·佛骨疏》，而知公刺潮；天下读苏文忠《韩祠碑》，而知潮庙。公移太山[⑨]于岭外，揭北斗而南耀。公于潮重矣。子章守潮，三日庙见，睹公之貌，俨若浮屠。退而思之，窃不谓然。

土偶桃偶，载在《国策》；金人法轮，梦自汉明。故木土形骸，佛之馀也。公一生精力，酷排二氏，至其坳而俎豆，乃桃土其形，金碧其貌，袭佛之迹，受世供养，此必非公所欲也。天水赵公，潮产也。守潮者即世异，犹邦大夫；而赵公以乡先生箕踞于旁，坐受其献，此亦非赵公所安也。肃皇帝时议礼贞[⑩]教，洗刷元习，凡学宫贮孔子像，悉毁而易木主。而二公以孔子之徒，犹然安胜国之故；而守潮者亦諄于从周之义，无能改于[⑪]其旧，则亦非王制所宜也。且神之格思，不可度思。故君子三日齐[⑫]，思见所祭者，今一举目而颀乎口耳，逢乎衣冠，则亦非鬼神之为德也。

权此四者，谨因修公之庙，藏公之像，新易木主，肃将祀事。庶几上以遂公排佛老之心，下以安赵先生居乡党之义；明以昭国家典礼之制，幽以顺鬼神幽黯之意，且令潮人亦知子章非乐于纷更也。谨告[⑬]。

——录自《粤草》卷十《杂著》、《潮中杂纪》卷四

---

① 侲子：又称侲僮，大傩礼中逐鬼之童男童女。
② 穷奇：与饕餮、混沌、梼杌为古代传说中之四大凶兽。
③ 《东京赋》：汉·张衡所撰《东京赋》："囚耕父于清泠，溺女魃于神潢。"
④ 耕父：《山海经》中神名。
⑤ 曼倩：东方朔之字。
⑥ 文考：即周文王，武王尊之为文考。
⑦ 竟：古同"境"。
⑧ 魍魉：《粤草》原作"魍两"，《潮中杂纪》作"魍魉"，径改。
⑨ 太山：即泰山。
⑩ 贞：《粤草》原刻模糊，据《潮中杂纪》卷四《韩公二祠沿革》所录告文补。
⑪ 于：《潮中杂纪》缺，疑衍。
⑫ 齐：古通"斋"。
⑬ 谨告：此二字《粤草》缺，据《潮中杂纪》卷四《韩公二祠沿革》所录告文补。

崇祀名宦摇毋馀、史定、杨嗣复、李宗闵、吴潜、狄青、文天祥、陆秀夫、张世杰、王纲、毛吉、刘湛、刘魁诸公告文

令甲，郡国有祠，祠名宦以死勤事、以劳定国、法施于民、御灾捍患者，咸在祀典，广则滥，遗则偷，是故议礼者眘之。

子章承乏潮州，窃稽宦迹，以为法程，则自海阳侯而下，或启华风，或苏民瘼，居则拊循，变则致命，豺虎屏迹，闾阎案堵。主今考，信古志，炳炳乎麟麟乎。

夫奉天子命吏于兹邦，即一善犹得而奖之，况曩哲遗风，皆吾师也，而不有表扬，义将何择？且籍名宦而俎豆之，茂勋孤忠，阙焉未举，何所贵有司矣。

兹奉督学大夫檄，诹吉迎主，崇祀春秋，以启我后人，以福我黔首，则子章之上愿也。惟神灵监之。

——录自《粤草》卷十《杂著》

祈雨太湖文

万历十三年春三月十日辛巳，潮州府知府郭子章，同知何敢复，通判梅鹫、梁义卿，推官郑奇瑑，谨遣税课司大使萧沔，以豕一羊一，昭告于太湖东龙潭之神曰[1]：

考之月令，仲春之月雷始发，声始电；季春之月，甘雨至三旬[2]。今二月不雷，三月不雨，守大愳。顾业已与诸生约，讲艺武场，又愳雨为污，先期祷于城隍："六日校艺为士也，幸无雨；七日乞泽为农也，幸无霁。"至期俱如约，守谓可以逊[3]于戾矣。八日以厉祭出视原野，田畝瘠亢，桔槔纷纭，守复大愳。

岂讼牒蕃与？则下令自守到任前二年讼者置勿问；岂囹圄冤与？则下令出郡邑囚者若干人；岂方春禽兽杀伤过侈与？则下令禁屠酤；岂催科勤与？则下令自京料完者姑停征。乃竟不雨，岂守之罪有出于此数者外而守不省与？若然，罪在守者，民又何辠[4]？城隍与守朔望相临，苟可谴守，何必厉民？岂城隍所司者又不专在雨泽与？

访之父老，佥言潮竟[5]神司雨露，自昔韩公有祷辄应，守敬遣官告之于神。守以一身之罪付之城隍，而以万民之命请之太湖。守之望不逭韩公，而为潮守一也；神之灵赫于有唐，而视今潮民亦一也。若泽于唐，靳于今，守即自分不足格神，民亦憾神不足泽物，岂曰守盭，亦神之羞。惟神亟图之。谨告。[6]

——录自《粤草》卷十《杂著》、《潮中杂纪》卷三、顺治《潮州府志》卷十二《古今文章部·文部·下帙》

---

① "万历十三年……龙潭之神曰"句：《粤草》缺，据《潮中杂纪》补。

② 至三旬：《粤草》作"王二旬"，似不通，据《潮中杂纪》径改。

③ 逊：古同"逃"。

④ 辠：古同"罪"。

⑤ 竟：古同"境"。

⑥ 谨告：此二字《粤草》缺，据《潮中杂纪》补。

谢晴文

维万历十年夏四月，潮州知府郭子章谨以清酤腵修之奠，祭于城隍之神①：

黎正御轨，屏翳降殃。连天倒河，弥月未央。徒鞭阳石，反类金障。潦水洊湃，城闉梯航。麦化为蛾，禾耳而僵。楚声謷謷，比屋泱泱。殷念痌瘝，起眎勛勷。内盟涤省，外恳磔禳。天睨以廓，羲驭彷徨。既殪黑蜧，式詹爥龙（叶）。民瘼可瘳，大有在望。蠛忱报虔，骏力何忘。尚飨②！

——录自《粤草》卷十《杂著》、顺治《潮州府志》卷十二《古今文章部·文部·下帙》

告城隍逐疫文

维年月日，潮州知府郭子章谨告于城隍神之灵：

惟神司直秉灵，庇民卫国，潜驱独鬼，生缚祅③人，娄示奇④应，翊我畺⑤土。迩者漳闽之竟⑥，天灾流行，逆气为殃，殲及士类，福淫⑦且爽矣。潮郡邻⑧壤，闻而怪之。

念我蒸庶，预切禳灾，谨斋心命爇，誓告于神。惟神速诃⑨禁之，使不得近数百里内，以护生灵苍赤。章等固不敢缓休养之政，冀神其终冥赞之。谨告。

——录自《潮中杂纪》卷三、顺治《潮州府志》卷十二《古今文章部·文部·下帙》

祭潮尉高仁文

嗟乎！尔以才役，彼不才者逸；尔以才死，彼不才者生。茫茫昊天，余将安问？虽然物有必至，期不可逃，余⑩不死白沙，必死潮阳，死妇人女子手耶？孰能传君勤事之名，来⑪余无从之涕乎？矧夫无择北人贞也，而死清冷；卞随、务光廉也，而死桐⑫庐；灵均正直也，而死汨罗；尾生信也，而死圯下；李白才也，而死采石；陆君实、张大⑬傅忠也，而死厓门。古今贤才，不讳死水。尔灵有知，亦可以自慰。

——录自《青螺公遗书》卷二十九《文》⑭

---

① “维万历十年……城隍之神”句：《粤草》缺，据《潮中杂纪》卷三《谢晴文》补。
② 尚飨：《粤草》缺，据《潮中杂纪》卷三《谢晴文》补。
③ 祅：古同“妖”。
④ 奇：顺治《潮州府志》作“征”。
⑤ 畺：古同“疆”。顺治《潮州府志》作“疆”。
⑥ 竟：古同“境”。顺治《潮州府志》作“境”。
⑦ 淫：浸淫，引申为润泽。
⑧ 邻：《潮中杂纪》与顺治《潮州府志》均作“僯”，盖“邻（鄰）”之误，径改。
⑨ 诃：同“呵”。
⑩ 余：疑为“尔”之误。
⑪ 来：疑误。
⑫ 桐：原作“梮”，径改。
⑬ 大：通“太”。
⑭ 该文为友人陈嘉顺兄提供。

五　策论

保甲[1]

治国者，譬之医然。病有三候，故药有三变。善医者审于其候，而投之剂，则病已而人寿。病之起，阳遂[2]阴争，内皷外绝，急候也。一转一代，埶[3]不得不搦髓解肌以治标，已而形静藏支，脉来神还，生候也。一起一伏，埶不得不晞汗和卫以固元，稍适阴阳，遽置医药，血气交错，精神暴灭，若疾若愈，复候也。埶不得不聚毒视护，以期于十全。今之治东越者，大氐[4]若是矣。愚以为此亦若疾若愈之候，未可裹囊而逐医也。[5]

当嘉靖之季，倭毒海滥，寇讧山都，似病之初。草薙兽狝，其谁曰威。隆万之际，呻吟甫息，疮痍暂起，似病之已。宽文简宪，蠲租赦眚[6]，抚而孩之，其谁曰爱。山海之谧，及[7]今十馀年矣，阛阓稍聚，已生戎心；奸孽少壮，旋萌故念。此岂非病者之复候乎？不药之则病，药之则不病。此越人所以有请于桓侯，而蚤从事也。

试言其方，将挟经秉枹、挺皷播铎以厉兵乎？是试折肱之术于无妄之疾也，越之盗不可谓有也；将定革隐刃、偃旌戢矢以去兵乎？是倾上池之水于无射之门也，越之盗不可谓无也。以若有若无之病，投之以不厉不去之方，而可以延五岭表亿万之命，诒两越人百年之安，[8] 则无若执事所云保甲者，是上医之完计，而生死人之鸿术也。

议者曰："越之病，孰与山海二寇。水寨起南澳，至白沙，星屯海屿；陆路起潮惠，至罗旁，棋列山箐。年来海波不扬，夜犬不吠，则水陆二师[9]为之蔽也，而安所事保甲？"嗟乎！以家为乡，乡不可为也；以乡为国，国不可为也；以国为天下，天下不可为也。以家为家，以乡为乡，以国为国，以天下为天下，则民亲；民亲，则奸寝而不起；奸寝而不起，则寇无与召而毒吾竟。彼水师御海似矣，而无能保海寇之不来；陆师防山似矣，而无

① 该题《明经世文编》作"保甲"，下有注"东越保甲"四字。
② 遂：通"坠"。
③ 埶：通"势"。下同。
④ 大氐：即大抵。
⑤ "病有三候"至"未可裹囊而逐医也"一段，《明经世文编》删节。
⑥ 眚：《粤草》作"青"，《明经世文编》作"眚"，当是，径改。
⑦ 及：《明经世文编》缺。
⑧ "将挟经秉枹"至"诒两越人百年之安"一段，《明经世文编》删节。
⑨ 《明经世文编》有旁注"始终映带水陆二师"。

能保山寇之不张。海寇之来也，不尽倭与蛋[1]也，乡[2]导者为之奴，接济者为之主。保甲者，所以讥[3]奴者、主者之奸，而塞海之源也。山寇之张也，不尽猺与黎也，强梁者为之倡，狐鼠者为之附。保甲者，所以察倡者、附者之诡，而杜山之隟也。练兵于民而无骇睬听，不得言厉。民自寓兵而不离坛宅，不得言去。此之谓聚毒视护，以期十全，盖对病之药，相时之医也。[4]

今保甲之令岁岁下矣，保甲之册邑邑具矣，乃奸盗如故。讥察鲜效，十甲联籍，填注姓字，非不悉也，间捕一盗，按籍而稽，姓非所姓，名非所名，即欲治以不报之罪，固已晚矣。十甲为保，互援有约，非不严也，一家被寇，九室闭户，未闻保内械送一贼，即欲治以不援之律，亦已晚矣。其不报者，非真顽不率；不援者，非真悍不顾也。守望无虞，填入户口；邻圉有警，动辄征发。民即有死，不尽报。阖门下楗，罪止入锾；午夜出闘，生死呼吸。民岂肯以死博金哉？故罪之益严，而匿之益深；治之愈急，而援之愈缓。其埶[5]然也。偷吏慢若刍狗，睬为文具者，固不足诛；良吏行无左验，辄勑而弃去。而上之人，不假之岁月，不宽之文法，故亦卒罔成功，而保甲之说穷矣。

愚尝反复惟之，岂其法之罪哉？法不法古，行法不法古，奈之何其治。古也疑后者察之前，不知来者视之往。说者谓始于宋相王安石，当时攻之如拯溺捄焚，而宋以罢[6]。以为镂冰彩脂[7]，未可必行，而不知非始于王也。姬公用之周矣，五家为比，使之相保；五比为闾，使之相受；四闾为族，使之相葬；五族为党，使之相捄；五党为州，使之相赒。此周之保甲也，而武以王。管子用之齐矣，五家为轨，故五人为伍；十轨为里，故五十人为小戎；四里为连，故二百人为卒；十连为乡，故二千人为旅；五乡一师，故万人为一军。祭祀同福，死丧同恤；人与人畴，家与家畴。此齐之保甲也，而桓以霸。鲁成公为齐难，作丘甲，三甸增乘，每乘增甲，则鲁恃此以败齐，而归汶阳之田。郑公孙侨听郑政，都鄙有章，庐井有伍，与忠俭，毙泰侈，则郑恃此以抗晋楚，而存桓武之祀。商君相秦，令民为什伍，而相收司连坐，告奸者赏同斩敌，匿奸者罚同降敌，而孝公之后日强，此图伯之石画也。苏威相隋，五家为保，保伍为闾，闾四为族，皆有正；畿外置里正比闾正，党长比族正，以相检察，而开皇之业日隆。此混一之前筹也。仲长统之说，虽未行之汉，而论则挚矣。其曰："丁壮十人之中，必有堪为其什伍之长；推什伍已[8]上，则百万人；又十取之，则佐史之才已上十万人；又十取之，则可使从政者万人。以筋力用者谓之人，人求丁壮；以才智用者谓之士，士贵耆老。充此制以用人，人将有储。"故其法在明版籍以相数阅，审什伍以相连持，益君长以兴政理，简精悍以习师田。则犹周秦之遗法也。王安石之法虽未究之宋，而言则具矣。其曰："今天下之人，凫居雁聚，散而之四方，而无禁也，数千百年矣。一旦使之什伍相维，邻里相属，察奸而显诸仁，宿兵而藏诸用，苟非

---

① 蛋：《明经世文编》作"蜑"。
② 乡：通"向"。
③ 讥：《广雅》："讥，问也。"
④ "练兵于民"至"相时之医也"一段，《明经世文编》删节。
⑤ 埶：《明经世文编》作"势"。
⑥ 罢：古同"疲"。
⑦ 镂冰彩脂：此四字《明经世文编》删节。
⑧ 已：《明经世文编》作"以"。

其人，急而行之，民心摇矣。”故其法十家为保，五十家为大保，十大保为都保，选众所服者二人，为都保正副，凡保丁听自置弓箭，习武艺。则犹周、齐之馀术也。

自周迄宋，法之法殊，大都自为什伍，互相讥纠[①]。今之法，非不令讥纠，而粉饰牌籍，漫存守战，则法不若古之精，犹之药论禁书不受读、不解验，而徒欲决人死生也。行法之法殊，大都严于匿奸，更相连坐，而制律稍轻，槩从末减。则行法不若古之严，犹之汤熨针石不五入，不分减，而徒欲取外阳会也。故今之议保甲者，其为法病不备，而其行法病在不必。民固雍于疎而彻于密，骄于爱而听于威矣。蛇虺鼯鼠，伏藏堂栋，虽有虮虱，不得宿短发者，其栉比也。布帛寻常，庸子不释，铄金百镒，盗跖顾而不掇者，其手縻也。故善为治者，在备其法而必其刑也。今之法其未备者，牌籍具矣，而老弱隶籍，丁壮漏名，则家户贵核也；保甲设矣，而强宗袖手，贫子荷戈，则劳逸宜均也；保伍联矣，而剑戟不利，部队无制，则训练宜精也；捄援约矣，而钲鼓不闻，烽燧不举，则封畺[②]宜画也；子弟兵矣，而追呼搔[③]之，征调烦之，则抚恤宜勤也。庶几比落众白之徒，皆习于攻杀止齐之方，虽绝成陈，虽散成行，众可合而不可离，力可用而不可疲。则吴子所名父子之兵也。[④]

今之行法，其未严者，事忌动众，民难虑始，则骚扰之谤宜禁也；贼已就捕，纷员保结，则党恶之条宜绳也；匿奸不举，罪止议杖，则连坐之法宜峭也；寇至荼毒，连罚众保，则坐视之律宜深也；郡邑选愞，不行其野，则降罚之格宜申也。庶几正罚立威之欵不宽于陇亩，锄櫌之夫赴之若鹜，用之若狂，国车不出于阃，组甲不越于橐，则子牙所云耒耜之守也。[⑤]

夫法不备，即必行之威，无以收苟且之效；行法不严，即已备之法，无以胜姑息之弊。惟弊之而行，行之而必，甲以外，乡[⑥]导者无所归，接济者无所出，而海寇之源杜；甲以内，强梁者无敢跃，狐鼠者无敢啸，而山寇之隟塞。窃意今日东粤之病，舍是无以为十全之方矣。

虽然，什伍[⑦]奸察，埶[⑧]无所容于陆，不得不荡于舟。越之东西，其川居而艇渔者强半，愚以为溪渚舟保之联，当犹之陆焉。舟可联保，不可畜众，伏险于顺，藏动于静。愚以为溪渚哨兵之船，当防之焉，密察绳纠[⑨]，几见渊鱼而化海，教道不若鸾凤。愚以为蓝田吕氏之约，当习之乡焉。粤习六博，爰及干楯；子未胜冠，弁髦诗书；萌芽未剪，遂廑斧柯。愚以为古者社学之制，当讲之社焉。事制曲防，縻盗手足，天灾流行，饥馑荐臻，蜂拥蚁屯，孰恶能制。愚又以为朱子义仓之法，当刱[⑩]之保焉。辟之于方，保甲，君也；

---

① 纠：《粤草》《明经世文编》俱作“糺”，乃“纠”之误，径改。下同。
② 畺：古同“疆”，《明经世文编》作“疆”。
③ 搔：《明经世文编》作“骚”。
④ “庶几”至“父子之兵也”一段，《明经世文编》删节。
⑤ “庶几”至“耒耜之守也”一段，《明经世文编》删节。
⑥ 乡：通“向”。
⑦ 什伍：《明经世文编》删。
⑧ 埶：《明经世文编》作“执”，盖误。
⑨ 当防之焉，密察绳纠：《明经世文编》作“当防之密焉，察绳纠”，盖误。
⑩ 刱：同“创（chuàng）”，“首创”“创举”。下同。

保舟、哨兵、乡约、社学、义仓，佐也。君以主之，佐以使之，夫然后药良而病已也。

或曰：若是则风俗同矣，巧拙齐矣，性情亲矣，鬭讼弭矣，农战不索权，救守不索助，而水陆二师不几于疣赘乎？嗟乎！众已聚者不虚散，兵已屯者不徒归，是未可遽议撤也。保甲之行，命之曰土著，以资墨守，而止如堵墙；水陆之师，命之曰客子，以备输攻，而动如风雨。攻守之形不相兼也。顾久之则兵埶[①]稍轻，兵祸稍销。何也？粤自寇难以来，人之望兵，如禾黍之望阴雨也；而兵亦自恃其力，曰“东南室家，非我辈莫保。”有司浚[②]民膏脂，奉如骄子，调发则所过蹣轹，毒如虐寇；安居则啸呼营伍，挟压官司。顷者柘林之乱、东山之变，盖殷鉴矣。有如保甲威严，团练精良，乡遂皆卒，比伍胥徒，彼一脱巾，吾则擐甲，如子弟捄父母，又安所不克乎？则是役也，不直可以防外寇，且以阴折客兵不肖之心，轻其埶[③]于方张，而销其祸于未衅也。愚故曰：上医之完计，而生死人之鸿术也。嗟嗟！惟此时为然也。

——录自《粤草》卷七《策》、《明经世文编》卷四百二十《郭青螺文集》二《杂著》

钱法[④]

盖经国理人者，有众与富之患，而亦有既众既富之患。古今所患者，曰生齿未繁、积藏未丰，此二者，近虑浅衷，少之乎之为患者也。古之人十年生聚，十年教训，何忧于不众？惟林林种种而众矣，饥之则乱，食之则费，故众之患，甚于未众者，在弭乱而经费也。一年馀三年之积，三年馀九年之积，何忧于不富？惟熙熙穰穰而富矣，专之则怨，分之则竭，故富之患，甚于未富者，在释怨而捄竭也。此有天下者之所最忌而豪杰之士所为愁心积虑而讲者，莫如食而分之。食而分之云者，非朝饔之，夕飧之，家给而户赐之也。盖自有利民之大道在焉。而在今日，则钱法所宜亟讲者，钱法行，而处其国于不倾之壑，藏其民于不竭之渊。天下之众，可以无饥；国家之富，可以长守矣。

古昔盛时，匹夫授田百亩，馀夫二十五亩，卿大夫圭田五十亩；凡食盐之数，一月丈夫五升少半，妇三升少半，婴儿二升少半，今之田与盐能一一计口而授之乎？古之掌老者，年七十，三月馈肉；八十，月馈肉；九十，日馈肉。掌幼者，家有三幼，无妇征；四幼，尽家无征；五幼，又予之葆受二人之食。今之老与幼，能一一计口而养之乎？则古之民寡而今之民众，其故可知也。古之富分于下，而今之富藏于上，其故又可知也。

天下之地，止有此数，田不能益毛矣，海不能益鹾矣，而国中之老者幼者递死递生，以蕃以滋，巧历不能算，隶首不能料矣；而田赋盐筴日输于上，徒以实官帑而盈公庾，此而不食而分之，以振其匮乏，不乱则怨；徒食而分之，而短于经计不费则竭，司计者之忧也。

国家之兴二百馀年，高皇帝仁厚植国，俭勤训子孙；列圣培养休息，至于今日；主上圣明，留神循抚，加意节缩，可不谓郅隆全盛哉。自玉牒之蕃，以及间阎，生齿日息，不

① 埶：《明经世文编》作“势”。

② 浚：《明经世文编》作“朘”。

③ 埶：《明经世文编》作“势”。

④ 该题《明经世文编》作“钱法”，下有注“钱法利弊”四字。

可谓不众；自太仓之积，以及省直库藏日盈，不可谓不富。众在于下，埶[①]不得不仰于上；富在于上，埶[②]不得不给于下。然必罄国家之积，厚苍赤之生，其生也无涯，其积也有涯，以有涯待无涯，财日以殚而生日益瘠。[③]

故[④]钱法者，不收之田，不计之海，不出之府库，无大损于国贮，而博利于民生，诚今日捄弊之急务也。考之《列星图》曰："天钱十星，在北落西，岂天之所布不可变而法[⑤]，天下者当因之与？"夏铸历山，商铸庄山，成周圜法泉府，其制独详，则先王所籍也。汉自元狩至元始，成五铢钱二百八十亿万库；开元中，天下七十馀炉，岁入钱百万；宋元丰中，天下五十三监，岁入钱千万。则后王所赀也。国家百典，上稽三代，下陋汉、唐、宋，乃独铸钱一事，自洪、永迄今，阻格不堪[⑥]行，而欲其富之埒古人乎？此愚所未解也。铸之不得其方，用之不尽其法，一或龃龉，辄曰钱法难行，吁亦过矣。

愚请悉言之，其说有六：一曰收铜之权，二曰固铜之源，三曰开铜之利，四曰精钱之制，五曰广钱之涂，六曰耑钱之官。古今议铸，无若西汉二贾，谊之言曰"铜毕归于上"，山之言曰"民不应与主共柄"。今天下奸民私铸，阴持主柄，以厉公钱，果如谊言，上收铜，勿令布，民安所得铜而私铸之？故收铜之说，人主持柄息奸之要术也。高皇帝神智洞爝，止令军民铸鉴及军[⑦]器，一切废铜，并听官收，毋令私藏，即二贾意也，后寝不行，至于今，铜布于下，极矣。浮屠佛像，及民间钟磬盂炉之类，比比皆铜。今欲收之，无故而夺民铜，则民乱；尽贸之以金，则国困。愚意两京各立一收铜厂，督以司空之属，外省责之藩臣，外郡责之府倅，每月定期，与民市铜。每铜若干，估直予[⑧]钱若干，其私藏者罚如律。大约一岁，收尽民铜，则民以无用之铜，易有用之钱，既可为私家之利，而又得免于私藏之罪，其谁不欣然而输之官？官以既铸之钱，易未铸之铜，既可为续铸之赀，而略无费于公帑之金，又何惮而不收之民？况藏铜于民，铜皆铜也，而私铸有訾；铜一入官，铜尽钱也，而国家日富，圣主所以独持大柄而利天下者，无出于此。

故铜之权，不可不收也。铜器收矣，铜源未固，民得滥取，其私铸犹故也。防水者，先源后流；披木者，先根后枝。铜山者，钱之根源也。黄帝封山，令十里外乘者行，行者趋；桓公封山，令犯者左足入刖左，右足入刖右。禁至严矣。乃今滇中之铜商得私贩，盗掘铜锡，罪止戍边，则私铸之贼，何虑无铜。今欲禁私铸，当先禁私贩；欲禁私贩，当先封铜山；欲封铜山，当先严盗掘之律。铜源一绝，即有项梁参木之徒，无自而逞。故铜之源，不可不固也。

或曰：天地之利，不导之开而反封之，何也？曰：非终锢而不开也。公钱未布，则闭之以塞奸；公钱既流，则开之以疏利。顾今之铜，止路南一隅，亦云隘矣。《山海经》曰：

---

① 埶：通"势"，《粤草》原作"執"，盖误，径改。下同。

② 埶：《明经世文编》作"势"。

③ "盖经国理人者"至"财日以殚而生日益瘠"四段，《明经世文编》删去。

④ 故：该字《明经世文编》删。

⑤ 法：《明经世文编》作"治"。

⑥ 堪：《明经世文编》作"甚"。

⑦ 军：原文漶漫，据《明经世文编》补。

⑧ 予：《明经世文编》作"子"。

"海内铜山四百六十七。"汉邓通铸于严道，吴王铸于豫章，唐铸[①]于陕、宣、衢、信铜冶九十六，宋铸于诸路铜冶百三十六。国初令天下藩司设宝泉局，文皇帝遣官于江、浙、闽、广铸钱，宣德间始罢信饶铜场，则亦非止滇南一路也。若尽藉天下铜山仿汉、唐、宋故事，随山掘铜，设监[②]鼓铸，则天地之铜，尽为国计。故铜之利，不可不开也。善乎孔顗之言曰："民之盗铸，严法不能禁者，由上惜铜爱工也。"[③]

或[④]曰："铸钱利国。先以耗国。钱成之利。不以偿工。"其识末矣。王者以四海为家，费百万以铸百万，则二百万；费千万以铸千万，则二千万。一生二，二生四，四生八，生生不已，铸铸无穷，何契契[⑤]乎铢锱之较也。第顗之说，容有未尽者。不惜铜，似矣，不择铜而定其衡，则杂；不爱工，似矣，不择工而峻其防，则疏。铜者，钱之质也。苍则苍，黄则黄，而谁能违之？轻重者，钱之衡也。四铢则太轻，六铢则太重，而谁能准之？工者，钱之范而弊之薮也。模不模，范不范，而谁能核之？故惟不杂以锡，镮之铜以亏其肉好，而独流五铢之制，以一其目，择二局之良者，分布天下以为之工师，而高其垣圉，严其防检[⑥]，以稽其私挟。故曰钱之制贵精也。

夫钱，泉也。流于下而壅于上；行于贱而塞于贵。即日肆诸人于市，无以为也。今自折俸募役外，朝廷不入，赏赉不予，是自贱之也。自贱之而欲人贵之，其埶[⑦]焉得？《志》曰："天用莫如龙，地用莫如马，人用莫如龟。"此言用钱之涂，不可狭也。汉隆虑主以钱千万为其子赎死，今锾金[⑧]独不可入乎？汉律人出一筭[⑨]，筭百二十钱，今[⑩]民赋独不可入乎？汉募豪民入粟县官，而内钱于都内，今开纳独不可入乎？汉馆陶主为其子求郎不许，赏钱千万，今赏赉贵戚阉尹，独不可予乎？汉胡降者，赡以少府禁钱，今各边夷市，独不可予乎？汉时时出内库钱赐军士，今养军独不可予乎？[⑪]

夫钱下而不上，则其权在市井上；而下下而上，则其权在朝廷。诚用之如循环，行之如流水。上辟其出之涂，若赏赐，若俸薪，若顾[⑫]募之类，无不以下；下辟其入之涂，若军兴，若榷税，若锾赎之类，无不以上。银用其六，钱用其四，又何不行之足虑乎？故曰钱之涂贵广也。

虽然，治法治人，相为表里，钱法之行，原非细故。内责之二局，外办之藩司，事权不重，稽核未严，奈之何其卒行之也。周公、太公、管敬仲、孙叔敖则宰相主之，唐赐炉止世民、元吉，则亲王领之，晏、琦以侍郎领铸钱使于江淮，杜镐等以秘阁校理讨铸钱故

---

① 铸：《明经世文编》作"置"。

② 监：《明经世文编》作"置"。

③ "民之盗铸"句：出自《资治通鉴》卷一百三十七永明八年条："民所以盗铸，严法不能禁者，由上铸钱惜铜爱工也。""也"，《粤草》原作"者"，《明经世文编》作"也"，径改。

④ 或：《粤草》原缺，据《明经世文编》径补。

⑤ 契契：《明经世文编》缺。

⑥ 检：《明经世文编》作"捡"。

⑦ 埶：《明经世文编》作"势"。

⑧ 金：《粤草》原作"今"，《明经世文编》作"金"为是，径改。

⑨ 筭：古同"算"，《明经世文编》作"算"。下同。

⑩ 今：《粤草》原作"金"，《明经世文编》作"今"为是，径改。

⑪ "汉时"句：《明经世文编》删。

⑫ 顾：古同"雇"。

事于禁苑，惟其利溥而用巨耳。今宜略仿古制，令两京领于工部侍郎，各省添设督铸司道，岁终严考成之法，差竣正举刺之典，薄恶者黜，壅塞者黜，自点污者黜，纵民开山藏器者黜，纵民盗铸者黜，又何不行之为虑乎？故曰钱之官贵耑也。

夫收铜之权，则利不散之委巷；固铜之源，则商贾无所牟于山泽；开铜之利，则地不爱宝；精钱之制，则民铸不得乱其形；广钱之涂，则下不贱钱；耑钱之官，则法必行而民重于犯刑。盖虽管、贾之馀谈，而国家之完计，何以易此。嗟乎！海内宗室，瞉食者半；百官秩薄，埶[1]将渔民。边海闾左，动至脱巾；水旱天行，民室县[2]磬。当此之时，使公钱之贯，山积帑藏，则以亲亲，重其禄可也；以劝百官，加其秩可也；以养兵，增其直可也；以存百姓，减其筭可也。不食之而人饱，不分之而家给，弭其乱而经其费，释其怨而捄其竭，籍民之众以为疆，守国之富以为封，则犹所谓霸王之本也哉。

考之载籍，二百馀年不大被兵革，未有逾于今日，故其众日蕃，钱法之壅而不行，亦未有逾于今日。故其铜日滋，意者其事与时相待以成乎？范子曰：“府仓实，民庶殷。无旷其众，以为乱梯。时将有反，事将有间，必有以知天地之恒制，乃可以有天下之成利。”[3] 嗟呼！使范子生今之时，谭今之事，其所谓恒制成利者，必曰钱法也。

——录自《粤草》卷七《策》、《明经世文编》卷四百二十《郭青螺文集》二《杂著》

弭盗（壬午广东乡试程策）

今天下言粤事者殊矣，异日者岭东西间莽为盗区，海以外诸孽勾引外夷躏中土，主上南顾，廑宵旰筹之。比者文武大吏奉上威灵，庙堂指筭，刬苪而芟夷之，今其时势大殊往昔，山菁不揭竿，瀚海无波民，耒耜徧山谷，岛屿商帆络绎来薄，即伏波、楼船而在，且卷舌不道临蔡将梁事，盖称底定已，迺执事犹斤斤然，度势议时，辨征剿之利患，校水陆之存留，此治世之先忧，忠臣之长虑也。而愚何敢无说以对。

盖闻之，战无论大小，识时者胜；兵无论众寡，因地者强。时者，战之机也；而地者，兵之形也。机之所伏，有微有著，故其战殊。有勍敌逋寇，千人成权，万人成武，而溪肆称雄者，不可以小吻之；有乘隟窃发，匿形坳泽，却笠山林，而随扑随灭者，不必以大诛之。各随其机之所宜而已。形之所在，有险有夷，故其守异。有平原广壄，无羊肠锯齿之险，进不必郭圉，退不必亭障，而可以不失其险者，不必以多守之；有洪泽巨海，无通邑大都之堑，我可以往，彼可以来，而不能不失其险者，不可以寡守之。各随其形之所宜而已。不伺其机之微著而槩议征诛，烦则民罢[4]，是梯乱也，而何以议战？不顺其形之险夷，而多置什伍，什伍众则帑竭，是坐困也，而何以议守？故善战者重用大，而善守者重用众。

尝观之《司马法》矣，其曰：“大军以固，多力以烦。”而又曰：“凡诛以明武，有杀

---

① 埶：《明经世文编》作“势”。

② 县：古同“悬”。

③ “府仓实”句：语出《国语·越语下》，“民庶殷”之“庶”作“众”。

④ 罢：古同“疲”。

一人而三军震者，有杀一方而万人喜者。”[1] 则战之大小无常已。其曰：“用兵之道，用众治众利正。”而又曰：“一而当十，十而当百，百而当千，千而当万，此守法也。”则兵之众寡亦无常已。宜大而大，而毋故翕之以自屻；宜小而小，而毋故张之以自疲；宜众而众，而毋自寡其众以来敌之侵；宜寡而寡，而毋故众其寡以耗天之聚。既度其时，又度其地，如斯而已矣。

今之议粤战者，曰粤之内地，重冈复岭，悬崖密栅，所繇入者隘，所从归者迂，彼饱可以待我之饥，是故方马埋轮不足以践其迳也，五火不足以燔其林也，五间不足以携其党也，非大举兵而尽创之，无以震明威而夷乱窟。至其据阪背险，半隐半出，名曰抚民，有隙即内讧者窜在林藪，蟠于菹泽，短钬卫前，积弩陪后，以伺我出入，雕剿不加，恐与巨贼连耳。嗟乎！此二说者，东粤之战也，其在嘉隆之际则然；今日之粤，无有逆主令者，可以战，可以无战。故其议战也，异于昔日必战之时。

今之议粤守者，曰粤之外地，表海限澳，方舟联舰，所临者瀚波，所备者番夷，彼突可以冲我之逸，是故广堑深坑，不足以杜其入也，飞桥不足以遏其锐也，天浮不足以击其渡也，非多征兵而拒守之，无以圉跳梁而实舟航，至其绝岸遮垒，且战且守，名曰陆兵，有警即堵截者，屯在海镇，界于山谷，昼登云梯，夜设云火，以伺贼出入，士卒不多，恐诒内地忧耳。嗟乎！此二说者，东粤之守也，其在嘉隆之际则然；今日之粤，毋敢攻我土者，可以守，可以无守。故其议守也，异于昔日必守之时。

盖尝以秦汉事参之。秦并天下，略定扬粤，置南海、象郡，以谪徙民，粤渐以乱；任嚣首事，赵佗阻兵，驯至嘉德，函封汉节，粤大乱矣。元鼎之初，楼船戈船，出师十万，定为九郡，粤渐以治，其后辑宁，终汉不叛。至建武间，蛮里[2]张游，来献白雉，封归汉君，粤大治矣。夫十万之师，可以攻元鼎之虏，而不可征于建武之际；楼船之将，可以斩乱越之吕嘉，而不可加于归汉之张游。繇斯以谈，而今日粤中之战守，其槩可论已。

夫粤岂忘战之国哉？而当久创之馀，民始息肩，则雕剿不可废，而大征不可屡。何以明之？四面合围，兽穷之攫，可虞也；千里挽车，脱巾之呼，可戒也；飞霜匝地，兰艾之尽，可隐也。况自用兵以来，山菁海氛，次第荡覆矣，即欲大举，将焉用之？间有顽梗未销，山谷时警，一夫横行，折其首而贷其丑；一方怙强，夷其畺[3]而赦其邻。既不黩兵，亦不縻廪，此雕剿之法所当讲乎？非谓剿之胜于征也，今昔之时异也。

夫粤岂忘守之国哉？而当暴露之后，民始安堵，则陆兵不可增，而水备不可撤。何以明之？反侧甫宁，而干戈且寻，是疑寇也；土著可练，而客兵未捐，是縻饷也；关梁既辟，而甲楯不释，是塞货也。况自平寇以后，民壮弓兵旋复增额矣，即欲再增，将焉用之？若夫海氛暂屏，夷情叵测，东连暹罗，番舶之往来宜稽；南逋日本，悍卤之出没宜防。内严下海之禁，外缉句引之奸，此水兵之防所当严乎？非谓水之加于陆也，山海之地殊也。

往者剿伐不加，专事姑息，乱萌不折，逆党盈野。勤于剿，不轻于拊，则小寇渐夷，

---

① “凡诛以明武”句：语出《尉缭子·武议第八》：“凡诛者所以明武也，杀一人而三军震者，杀之；杀一人而万人喜者，杀之。”

② 蛮里：亦作“蛮俚”。

③ 畺：古同“疆”。

不敢滋蔓。故其议剿也，即所以议征也。内寇陆梁，踯躅林莽，实与海寇声势相倚。吾严于外，俾不得入，则内寇益孤，莫为羽翼。故其备水也，即所以防陆也。

夫朱明长嬴，不能尽其所以为温也，必随之以揫敛之气而为秋；玄武沍阴，不能尽其所以寒也，必随之以尃[①]荣之气而为春。孰为此者，天也。天不能常秋而不春，而况于人乎？窃尝辟[②]之，病者当其耳鸣鼻张，目眩舌桥，斯时也，厉三阳之针，和五分之熨，甚则割皮解肌，搦髓揲荒，无所爱于其肤，何也？其势迫也。迨其少间，桥引案机，调饮饭，择晏日，车步广志，以适筋骨，柔血脉，以泄气。法不当砭灸，则气逐而笃。今之粤，其少间之时乎？而论者一切曰大征也，益兵也，是毒熨镵石于病起之馀，其笃立见。《脉法》曰："二阴应外、一阳接内者，不可以刚药，入则邪气流行，为重困于俞。"[③] 嗟乎！治粤者奈何使其俞而重困也。

——录自《粤草》卷七《策》

---

① 尃：古同"敷"。

② 辟：通"譬"。

③ "《脉法》曰"句：语出《史记》卷一百五《扁鹊仓公列传》："《诊法》曰：'二阴应外，一阳接内者，不可以刚药。'刚药入则动阳，阴病益衰，阳病益箸，邪气流行，为重困于俞，忿发为疽。"俞，古同"愈"。下同。

六　文移

予初莅潮，以明一法令，整束吏民，不可以亡教也，作七教（内有司教四，府领、县佐以下各官教一，校官、诸生教一，诸役教一）①。其后因事建白，或关于教化，或系于防守，其巨者，得十议焉，因并附于左。②

诸有司教四条

今天下犹一人，然心役身，身役臂，臂役指。县，指也；道、府，臂也；两院，身也；朝廷，心也。然使指自指，不从臂使，臂且无如指，何况上而身而心乎？《周书》曰："左右手各握五，曰枝。"③ 故枝于人身，重也。今朝廷严考成之法于两院，事未竣，辄比稽而罚俸，上忧下辱，吾辈庸得坐视，温温晏晏如胡越人乎？顾事之淹速，其端倪在县；县之淹速，其绾毂在吏。事稍重大，老吏滑胥袖为奇货，左枝右梧，而故淹之。令阘茸者坠其穽中，莫之觉悟，曰："事未可岁月了，何操切也。"令高朗者寄于声歌，逸于游览，曰："簿书期会，俗吏耳。"此其罪睎阘茸者，盖邮④甚焉。轻法令，卑⑤上官，则将焉用彼令为矣。今与诸贤约：本府不敢有一介之使，以溷于县；县不得有一日之违，以缓于府。借诸贤之敏手，逭本府之尸旷。共期不负朝廷责成至意。其非然也，本府将于令于吏乎重谴之矣。

昔之居官者，曰清、曰宽、曰勤，以为道当尔；今明例甚严，其埶⑥有不得不尔。昔也贪酷，不过褫职。比者一经论列，贪夫追赂如数，甚谪戍；酷吏死无辜民者谪戍，甚抵死，其已经荐剡封赠者追夺。夫戍与死，至不令也；追夺制勅，至不孝也。纵不身之爱，独无爱父母乎？昔也不及，止议调降；今一槩报罢，不叙用。敢自媮⑦乎？本府窃谓此以愤夫、不肖者而严束之耳，豪杰之士，岂以此故后贤哉？顾挽近之俗，趋侈淫声色，而旷达之材，不明法令，侈费财，即欲清焉得？声色费神，即欲勤焉得？法令不明，犯者盈

---

① 括号内"内有司教"句：《粤草》缺，据《潮中杂纪》卷六增补。

② "其后因事建白"句：《潮中杂纪》缺，其于"七教"四篇之后则作"《公移》：公移，载在往谍不录，录子章建白数事，然亦槩其有关于教化亟于地方者，不能枚记也，堇撮十议以附七教"。

③ "《周书》曰"句：语出《逸周书·武顺》："左右手各握五，左右足各履五，曰四枝。"孔晁注："四枝，手足。"

④ 邮：通"尤"。

⑤ 卑：《潮中杂纪》作"甲"，盖误。

⑥ 埶：通"势"。

⑦ 媮：同"偷"。

庭，即欲宽焉得？故俭所以济清也，严法所以成宽也，远声色所以助勤也。本府与贤有司共斤斤焉，以毋戾于明宪也。

摇木者一一摄其叶，张网者一一摄其目，则劳而不徧。故拊其本而叶徧落矣，引其纲而鱼已囊矣。诸有司，民之本、纲[①]也。语曰："正其本，万事理。"[②] 又曰："纲举则目张。"[③] 故诸有司之贤否，本府所注心蒿目日夕图之也。诸有司贤乎，本府大愿；脱[④]其中有不肖者乎，本府眎之，亦子弟之不中不才，岂不欲委曲制割削缝之，冀不远复以底于治。今令甲责成，又谆谆矣。县庇护至二人，府庇护至三人，皆有重戾；一微有声，人耳而目之矣。本府宁独不敢庇，且不能庇，何也？荐贤即贤，不必其身之贤也；庇不肖即不肖，不必其身之不肖也。故愿诸有司之皆贤，而亡一不肖者参其间也。令他人毋能吹毛求之，而本府毋蒙庇护之让，不亦休乎？

潮阳昔常、韩二公过化之乡，称文献区。嘉靖中，赤子弄兵，四郊多垒。今议者论国大埶[⑤]，辄曰北卤[⑥]南潮。夫埒潮于卤，此亦地方之厚辱也。本本原原，始于不良。有司敚[⑦]民货赂，以产其祸。谚曰："命亨通，官广东。"其甚者，则有坐万之号。嗟乎！官命通，民生戕矣；官坐万，民立槁矣。此所谓百姓饿而奸吏富，亦士大夫之厚羞也。比数年来，寇盗稍夷，安养掩拊，正在今日。辟[⑧]其犹病瘥者初起枕，弟[⑨]血脉筋力未甚强固，和其五藏[⑩]，刚其四枝[⑪]，属之良医，乃克有济。若复耗其元气，投以峻剂，则病加小愈，终不可为矣。今之潮亦和五藏、刚四枝之时也，本府愧非良医，尚赖诸良有司，悉心讲求所以劳来休养之方。凡地方利所当兴，患所当除，疮痍未尽复，风俗未尽变，盗贼未尽夷，躬自采访，调停参酌，毋委吏胥，毋蹈故陈，一一为本府告；本府视之如获拱璧，当次第举而行焉。为地方复文献之旧，为仕宦释亨通之嫌，所望于诸良有司不浅鲜也。

——录自《粤草》卷九《公移》、《潮中杂纪》卷六

府首领、县佐以下各官教

本府责成各官至意，大都前四条悉之矣。其自府首领、县佐而下人言，官秩薄，资格卑，纵自竖立，前涂不修，此为诸君谋，殆疎矣。昔也首领、佐贰不置荐剡，今槩荐矣；昔也贡涂不列京衔，今起家台省部寺纷员矣；昔也吏员止列杂职，今递迁府佐、运同矣。此诸君所目睹也。诸君第自立，上之人知之若烛照，喜之若怀璧，朝廷何尝不破格大用之

① 纲：《粤草》原作"网"，《潮中杂纪》作"纲"，径改。
② "正其本"句：语出张九龄《应道侔伊吕科对策三道·第一道》："正其本者万事理，劳于求者逸于使。"
③ "纲举则目张"句：语出郑玄《诗谱序》："举一纲而万目张，解一卷而众篇明。"
④ 脱：假若。
⑤ 埶：通"势"。
⑥ 卤：通"虏"。
⑦ 敚：古同"夺"。
⑧ 辟：通"譬"。
⑨ 弟：古同"第"，但。
⑩ 藏：古同"脏"。
⑪ 枝：通"肢"。

乎？且诸君亦曾见有贪墨淫刑、纵鹰犬噬民者，能令终归去乎？何苦为掇烁金自糜乎也；纵能善纯缘，盈囊而归，亦曾见其子孙能长享不消歇乎？何苦为后人马牛也。今朝廷法令甚明，贤者用，视昔之涂甚宽；不肖者黜，视昔之网甚密。诸君不于宽涂厝足，而投身密网，此听人言过也。试思之，本府之为诸君谋与人言孰忠焉？

——录自《粤草》卷九《公移》

校官、诸生教

昔夫子曰："民可使由，不可使知。"[①] 孟子曰："士无恒产，有恒心。"[②] 岂不谓民难治、士易治哉？一邑之中，士几何？民几何？数相悬也。县官治民，多不过四人；校官治士，府五人，县三二人。官相埒也。以四县官治难治之民而众也不治，以三五校官治易治之士而寡也亦不治，曷以故焉？则教官、诸生之责均也。彼众而难，吾寡而难，则他日何以肩其众者而治之？教官之耻也；彼民难，吾士易难，则士亦民也，诸生之羞也。

潮自文公过化以来，赟赟[③]称海邦邹鲁矣。明兴，岁大比，士与广州参半，廼今数之岁诎于广；曩者师徒诿之海氛未息，士罢[④]于戈楯，不暇治礼义，今何如乎？诸生知韩文起八代之衰，未知其所以文，毋论其他文。其来潮也，为佛骨一疏；其入潮也，有驱鳄一文。此诸生所习也。即《易》所谓"有孚""外比""信及豚鱼"[⑤]，吾儒所谓诚也。夫天下岂有不诚之文哉？是口心不相摄而繁[⑥]枝叶也。居家不孝不弟，处友不忠不信。其操心积虑，非蛊于货赂，则溷于声色；非矜激于意气，则凌猎于名分，未有能专致奋发为文者。纵能之，不过影似偶合耳，非韩子所为文也。韩子之文根于诚，原于道德，泽于仁义，其言烨如也。故愿诸生习其文，先立其诚，宁惟韩子，夫子曰"修辞立诚"，其教人文也"约之以礼"[⑦]，诸生而诚乎？虽学孔子可也。

——录自《粤草》卷九《公移》

诸役教

告尔吏胥、门皂一切人等，诸吏奉法，三考得官，以荣尔父母妻子；诸役奉法，岁给工食，以食尔父母妻子。朝廷何负尔辈哉？一不奉法，重者军，妻为军妻，子为军馀，邻

---

① "民可使由"句：语出《论语·泰伯》："民可使由之，不可使知之。"

② "士无恒产"句：语出《孟子·梁惠王章句上》："无恒产而有恒心者，惟士为能。"

③ 赟赟：或假借为"斌斌"。

④ 罢：古同"疲"。

⑤ "有孚"句：语见《易·比》："初六：有孚比之，无咎。""六四：外比之，贞吉。"《易·中孚》："豚鱼吉，信及豚鱼也。"

⑥ 繁：《潮中杂纪》卷六作"枯"。

⑦ "夫子曰"句："修辞立诚"语出《易·乾》："修辞立其诚，所以居业也。""约之以礼"语出《论语·雍也》："君子博学于文，约之以礼，亦可以弗畔矣夫。"

佑[1]为解户；轻者徒[2]，身系缧绁，父子不相保。嗟哉！尔辈欲官乎？食工食乎？父母妻子日相聚乎？欲军乎？徒乎？父母妻子日相离乎？诸役宜三省之！其父母妻子日诵一遍，父告尔子，妻告尔夫，兄告尔弟，邻佑时相劝勉曰："毋他日累门户也！"

——录自《粤草》卷九《公移》

复参将议[3]

潮州海圉[4]多盗之区，程乡又山寇出没之薮，自正统末以来，原设总兵一员，驻札[5]程乡兴宁，所以为程乡虑者深矣。嘉靖四十三年，始奏移潮州驻札。四十五年，裁革勋臣，始移镇守广州。则广东之总兵，其初固为程乡兴宁设也。自总兵移镇之后，参将一员驻潮州，守备一员驻长乐。长乐、程乡接壤，所以防之者犹为近也。万历八年，始议革参将，移长乐之守备驻札府城[6]。今守备札付信地，止载海阳等六县，而程乡、平远二县，遂无所属矣。夫始之所以防程乡者甚严，临以总兵之节钺，不以为重；今之所以防程乡者甚疎，则虽守备之信地遗而不载，驯致今日遂有钟贼[7]之变。则革参将而专恃守备之过也。且漳、潮、惠三郡辅车相依，唇齿之邦也。以地言，潮视漳、惠延袤甚长；以盗言，潮视漳、惠巢穴甚夥。漳、惠之参将不革，而潮可革乎？废参将，易守备，守备之官去参将亦无几何，而体统不若参将之崇，弹压不若参将之威，号令不若参将之迅。今营卫各兵统之守备者犹然在也，跟从各役属之守备者犹然在也；废之亦不甚省于潮，复之亦不甚费于潮。合无比照漳、惠事例，仍设参将，驻札潮城，专守一方。当出汛则巡行澄海、潮阳各县，以备海寇；及汛毕，则巢存[8]程乡、平远各县，以备山寇。庶几将权隆重，事体归一，而多盗之地，得恃以无恐矣。

——录自《粤草》卷九《公移》、《潮中杂纪》卷六

复通判、县佐等官议[9]

潮州府佐，原设清军、海防同知各一员，督捕、督粮通判各一员，推官一员；近将清军同知一员、督捕通判一员裁革。

夫清军，祖制也；海防，近因多寇设也。以近议废祖制，而海防又驻海上，一卫十所，版籍屯田，不无妨阁。然犹曰广中十府俱同知一员，可兼摄也。

---

① 邻佑：同"邻右"。下同。
② 徒：徒刑，古代刑法名。即拘禁使服劳役。
③《潮中杂纪》题作"请复参将议"。
④ 潮州海圉：《潮中杂纪》作"潮州系海边"。
⑤ 札：同"扎"。
⑥ 府城：原作"付城"，《潮中杂纪》作"潮城"，"付"或通"府"，径改。
⑦ 钟贼：《潮中杂纪》作"五月"。
⑧ 巢存：《潮中杂纪》作"巡行"，应以"巡行"为是。
⑨《潮中杂纪》题作"请复通判、县佐等官议"。

至于督捕通判，决难[①]议裁矣。潮之多盗，甲于天下，弄兵二十馀年，近民间稍枕枕上，而比者山寇一发，白昼劫城，此岂可以无盗目之，而废捕盗官乎？况潮故有广济桥一座，岁可榷万馀金，桥利孔也，不有府官司之，弊将滋深。往府佐五员，季轮一官，季终则易；近因裁革太多，而海防[②]同知驻澄海，推官又时时查盘他郡，止通判一员，既督粮，又督捕，又督桥，其务益纷拏不理。然不缺官时，犹可言也；近缺官半年，至借他郡官管理，则裁通判之弊也。况惠州通判二员不议裁，而潮独裁乎？潮之盗、潮之粮俱多于惠，又益之以桥，而惠之官反多于潮，其说诚莫之解。此捕盗通判一员之当复也。非独为盗计，亦以为桥也。

至于各县之官，在揭阳，则谓其延袤五百馀里，岁米二万五千有奇，埒于海阳、潮阳，而官属[③]之革，至于一知一典，不能比于新设之澄海，议欲复主簿一员。在潮阳，则谓其旧本全设，地方沿海，倭寇、山寇、海寇间一动发，则力不能支，议欲复主簿一员。在饶平，则谓其辖地散僻，民习悍顽，往年县有一丞，临都追粮，今知县一手不能独理，粮多拖负[④]，议欲复县丞一员。职[⑤]谓此三县者，皆剧邑而多盗者也，平居无事，犹足相制，脱有急，下城闉之楗，则一门一官犹歉其少，而况可以一知一典治乎？近揭阳知县以行取行，典史以大察去，而揭阳一县寂无一官，甚至借他县官署印，则其弊可见，而势[⑥]不得不议复矣。

——录自《粤草》卷九《公移》、《潮中杂纪》卷六

崇祀名宦议[⑦]

本府近因学道按临，检阅名宦册籍，间稽[⑧]往牒，先贤其[⑨]已崇祀者，无容复议，顾其间有大功德于潮而未入祀典者，于汉得二人焉：海阳侯摇毋馀，从汉高帝灭秦破项，为东越功臣之最；揭阳令安道侯史定，以全城归汉武帝，民脱锋镝之苦。

于唐得二人焉：中书侍郎同平章事、潮州刺史杨嗣复，在潮易十七寒暑，勤于吏事，民称神明；吏部侍郎同平章事、襄武县侯、潮州司户参军李宗闵，以宰相贬潮，闭阁思过，潮人怜之。

于宋得十四人焉：参知政事、左丞相、许国公吴潜，以论奸臣丁大全徙于潮州，寻徙化州；枢密使、谥武襄公狄青，以破侬智高，取道梅州，秋毫毋犯；右丞相、信国公文天祥，初复梅州，继复潮州，寻被执于潮阳之五坡岭；左丞相兼知潮州陆秀夫，死事崖山，子孙流寓潮州，墓在饶平之南澳；少傅、越国公张世杰，由泉州恢复潮州，其后航海死于

---

① 决难：《潮中杂纪》于其后增“以”字。

② 海防：《潮中杂纪》作“海阳”，盖误。

③ 属：《潮中杂纪》作“独”。

④ 负：《潮中杂纪》作“欠”。

⑤ 职：《潮中杂纪》于其后增“窃”字。

⑥ 势：《潮中杂纪》作“其□（该字耗夺）”。

⑦ 《潮中杂纪》卷六题作“请崇祀名宦议”，顺治《潮州府志》卷十二题作“请从祀名宦议”。

⑧ 间稽：此二字《粤草》缺，据《潮中杂纪》径补。

⑨ 其：此字《潮中杂纪》缺。

厓门[1]；兵部侍郎邹㵯，文丞相书吏萧资，俱死难于潮阳；进士陈龙复，宣教郎、带行军器监簿刘子俊，权惠州通判林琦，丞相客许浒，正将徐榛，俱同丞相被执于潮阳，寻俱死难；架阁监军萧明哲，国子监丞、添差梅州通判曾凤，俱同丞相督幕于汀、梅，寻俱遇害。

于元得二人焉：潮州路总管丁聚，创廨舍，置学田，史称良吏；潮州教授虞士龙，立杏坛，凿泮池，加意风教。

于国朝得六人焉：广东布政司参议王纲，洪武间以潮寇弗靖，单舸往谕，潮民感悦，而竟死于增城之贼；广东按察司佥事、谥忠襄毛吉，天顺间分巡惠潮，擒贼程乡，而竟创于新会之寇；潮州知府王源，宣德间有建广济桥之功；潮州知府刘湛，正统间有平三饶贼之勋；潮州府同知、升工部员外郎、赠光禄少卿刘魁，在潮多惠政，其后建言世庙，系狱六载，隆庆改元，始得褒赠；潮州府知府、升云南按察司副使郭春震，在潮三载，重修文庙，学碑可纪，再修《府志》[2]，文献足征。

以本府所考镜者如此，则其所遗佚者必多。不一崇祀典于学宫，何以慰忠魂于泉壤[3]？伏乞下之该学，细加核实，如果公议允协，相应崇祀，以光俎豆。[4]

——录自《粤草》卷九《公移》、《潮中杂纪》卷六

查渔课议[5]

查得程乡县河泊所米原额二千石[6]，今虚悬米七十五石[7]，已据该县，查将河泊所地铺税，及鸬鹚户船只贴银，凑补完解，无容别议。其潮阳县河泊米原额一千四百石[8]，今虚悬米五百馀石[9]，澄海县鮀浦、东陇二河泊米原额四千八十石[10]，今虚悬米二千二百馀石[11]，所存之米又多负不内[12]。然而鱼油料价胥于此出，文武官俸钞胥此乎赖[13]，今料价不完，本府移借解京，卫所官多空乏[14]，至有经年不得领钞者，皆此米之未清查故也。

今奉明文查议处补，据潮、澄[15]二县议将通县有业无课船只通行查补，但查船以补虚课，犹之丈田以补虚粮，查之无法，行之匪人，则其弊有不可胜言者。占籍于势豪，则隐

---

① 死于厓门：《潮中杂纪》作“死节”。

② 府志：《潮中杂纪》作“志书”。

③ 泉壤：《潮中杂纪》作“泉台”。

④ “细加核实……以光俎豆”句：《潮中杂纪》作“通查史书志书，凡有功在潮未入祀典者，一槩查出，细加核实，如果公议允协，相应崇祀施行”。

⑤ 《潮中杂纪》题作“请查渔课议略”。

⑥ 二千石：《潮中杂纪》作“二千石七斗七升”。

⑦ 七十五石：《潮中杂纪》作“七十五石七斗七升”。

⑧ 一千四百石：《潮中杂纪》作“一千四百一十九石四斗”。

⑨ 五百馀石：《潮中杂纪》作“五百八十七石九斗”。

⑩ 四千八十石：《潮中杂纪》作“四千八十八石六斗”。

⑪ 二千二百馀石：《潮中杂纪》作“二千二百七十四石二斗有奇”。

⑫ 多负不内：内，古同“纳”。《潮中杂纪》作“多拖负不纳”。

⑬ “然而鱼油……胥此乎赖”句：《潮中杂纪》作“而鱼油料价及文武各官俸钞胥此乎赖”。

⑭ 卫所官多空乏：《潮中杂纪》作“卫所之官贫乏甚多”。

⑮ 潮、澄：《潮中杂纪》作“潮阳、澄海”。

船而不报；出没于海岛，则藏舟而无考。此奸豪之难稽也。官吏朋奸则虚者未必除，除者未必虚；吏卒搜索则入金[①]者以赂免，无金者以实报。此骚扰之易滋也。查之严，则搜剔之谤遂起豪家；查之宽，则隐漏之弊旁落老胥。此毁誉之易夺[②]也。以致有司日缓一日，而今则半失额至于大坏矣。

及今不查，后将何抵？本府厘为款目：一曰委府官以重事权，二曰酌樑头以定税额，三曰定日期以便号集，四曰先报名以稽多寡，五曰严隐瞒以苏贫户，六曰足原额而不溢米，七曰除虚米以苏民困，八曰刻船梢以寓稽察，九曰置册籍以明消长。条悉上请，如鄙议可采，乞下之委官，再加酌议，务使上不失公家之正课，下不扰船户之生计。

——录自《粤草》卷九《公移》、《潮中杂纪》卷六

定惠来县五都赋议[③]

惠来一县，原系潮阳、海丰二县[④]分割成邑，其间税粮各有等则，惠来、酉头、大坭、隆井四都割自潮阳，每田一亩，科米八升、五升不等，本潮阳则也，虽其中亦有一升者，然八升、五升、三升居多矣；龙溪一都割自海丰，每田一亩，科米一升，本海丰则也，虽其中亦有八升、五升者，然一升居多矣。据县申酉头等四都之田，每种一石，收税三十、二十至十五石为止；龙溪之田，每种一石，收税三石、五石至八石为多。盖岁入单俭者其田瘠，故制赋不得不轻；岁入丰盈者其田饶，故制赋不得不重。当时草创之初，则壤成赋，岂无所见而漫为轻重哉？

该县自新造以来，各项粮差俱照本府各县，通以米石人丁科派。后因米色不同，各都小民讦告，嘉靖十九年，奉院道明文定议，除均平均徭二项难依米石数目，俱照田亩编派，每田一顷，折丁三丁；其京料仓粮并民壮驿传等项，悉照通例，皆以米石起科。业已为定规，别无异议矣。

近因万历九年奉文清丈，酉头四都，原额田一千三百八十五顷八十二亩，丈过田一千四百七十九顷八十二亩，内多馀田九十四顷；龙溪一都，原额田七百七十四顷五十一亩，丈过田九百九十三顷六十七亩，内多馀田二百一十九顷一十六亩，而纷纷之议遂从兹起矣。在酉头四都，则曰四都之田多馀不能百顷，龙溪一都之田多馀二百馀顷，我田狭而赋重，彼田广而赋轻，是不均也，遂欲以四都之重者析[⑤]而轻之，与龙溪融为一则。在龙溪一都，则曰龙溪馀田虽多，而其田瘠，每十亩不足以当四都之一；四都馀田虽少，而其田肥，每一亩亦足以当龙溪之十。今欲融为一则，则四都无故而轻粮，龙溪无故而增粮，此必争也。以故二三年来，五都纷纷，莫之能定。

本府再四审之于民，又再四惟之于心，其祸原[⑥]实胎于丈田，故四都因馀田而争轻其

---

① 入金：《潮中杂纪》作“有金”。
② 夺：《潮中杂纪》作“奪”，为“夺”之异体字。
③ 《潮中杂纪》题作“请定惠来县五都赋议”。
④ 潮阳、海丰二县：《潮中杂纪》作“惠、潮二府属县”。
⑤ 析：《潮中杂纪》作“折”。
⑥ 原：《潮中杂纪》作“源”。

赋；其隙端实始于四都，故龙溪因加赋而争复其旧。四都均一之议似矣，同一县而则异，同一民而赋殊，其论似出于公，不知四都之重非特四都为然，举潮阳通县皆然也；使当时不割四都为惠来，而仍属潮阳，又将何以懲其重而改为轻乎？而况乎其田饶、其入厚，虽重而未尝重也。龙溪一都之田丈馀虽多，制赋稍轻，视四都似若便宜，不知龙溪之轻非特龙溪为然，举海丰通县皆然也；使当时不割龙溪为惠来，而仍属海丰，则其轻固自若，而四都又安得羡其轻而加重之乎？而况乎其田薄、其入少，虽轻而未尝轻也。

今日该县之议，事须仍旧，政戒纷更。西头等四都丈出之田，仍还四都均摊；龙溪一都丈出之田，仍还龙溪均摊。递年京库仓粮并民壮驿传等项，悉照原额米石多寡起科，西头四都原带八升、五升、三升不等，毋得摊入龙溪一都；而龙溪一都原带一升之粮，亦毋得摊入西头四都。均徭均平二项，照依嘉靖十九年明文，照田编派，每田一顷，折丁三丁；西头四都额田一千三百八十五顷八十二亩，龙溪一都额田七百七十四顷五十一亩，俱以原额之田折丁，而不以丈出多馀之田增丁。条鞭册内自十二年为始，合行改正。

本府又进四都而语之曰：尔四都赋稍重，然自尔祖宗时已重，非今重之也，今一旦欲摊之龙溪，是犹息己之肩而令人负也，人将弗堪；龙溪赋稍轻，然自彼祖宗时已轻，非今轻之也，今加以四都之粮，是犹人久安闲而一旦代人任担也，彼必不甘。四都之民自相慰籍①，而龙溪之争亦自息矣。

——录自《粤草》卷九《公移》、《潮中杂纪》卷六

城普宁县议②

普宁之城不决者十八年矣。本府③今承严委，随同④堪舆家博士曾鹤翕亲抵该县厚屿，时方大雨如注，职冒雨入署，乘橇登城，四顾洄洄，满目萧然。且山水内出，潮水外溢，交夹横流，街市寖灌。民欲奠居，置之何所？幸其城未三雉，即完且固，民亦不聚，何也？以其卑湿，未足栋宇也。国依于民，民生不聚，城将何守？厚屿当迁，不待智者而决矣。

次日入棉湖，雨水夹一市，气薄水走，无险可恃，犹在厚屿下。及至安仁，北自大林而入，南自小桥而来，逶甚迂回，土亦深厚。左依大山，右阻长河，前亘横湖，后枕诸洲。树林茂密，可以卜气之王⑤；原野衍旷，可以定民之居。潮阳、揭阳道里适中，商贾可聚，输纳不远。访之父老，质之形家，佥曰："地吉。"或者病江流太直，职与赵知县、邓教官及曾鹤翕，从舟而下，溯流而上，则二大洲直眠江上。东岸小洲，亦若相向；回视二洲，似一门阙。

况厚屿成邑十有八年，至今居民未满百烟；安仁一村已有百室，陈、蔡二氏当二里

① 籍：古通"藉"。
② 《潮中杂纪》题作"请城普宁县议"。
③ 本府：此二字《潮中杂纪》缺。
④ 随同：《潮中杂纪》作"随该本府遵就七月二十六日同"。
⑤ 王：通"旺"。

役[①]，胜厚屿远矣。若鲤湖、平寨，山迳羊肠，民萌输将，惧其太远。平寨大而无当，露而不翕；鲤湖成市而小，近水而溜。无若安仁风气环萃，可以立国；山水险阻，可以为守。官民两便，似可以垂久而无议者。敢具图上进，惟左右者裁焉。[②]

——录自《粤草》卷九《公移》、《潮中杂纪》卷六

请捄荒议[③]

本府今年春旱，民甚惶惧；至四月八日，大雨如注，禾则尽起，民始有秋。及今七月，晚稻初秧，雨旸不愆，苗茎已青，民复可望市。村米价，每米一石，银三钱三分，价不腾踊，民无窜徙。

第今岁四方俱旱，粤中偶雨，救荒之策，诚不可不亟讲者，除东省已试成法着实修举外，偶有一得之愚，列为六款：

一曰行社仓之法。社仓之法，创自朱子，行之建阳，大有成效。潮自受寇以来，邑里萧条，诚不可行。近寇稍夷灭，民渐宁居，亦宜仿之，遍行属县。城中分厢，乡鄙分都，每厢每都，择佛刹古庙，设为社仓，籍彼厢、都有身家义民，佥为仓长，原朱子遗法，则以官谷借社仓，各社以仓谷借贫民，每岁纳息若干，待数年后息谷渐增，则以息谷为母，以官谷还官。此其法之大槩也。但潮中之谷，其价颇饶；预备官谷，为数不多。姑于各厢各都中，劝借乡宦、举监、富户，各出谷若干，贮之社仓，设印簿二扇，一存该县，一存社长。每岁青黄不接之时，无问岁丰岁凶，社长禀官开仓，出谷赈贫；及秋敛之际，贫民还谷，纳利少许，以备折耗，亡许拖欠勺合，以累社长。如社长侵盗者，令一赔十，重绳以法。至于看仓人役工食，每岁若干，当于息谷内处给，县官止督令出纳，毋擅支用，亦毋得开报委官查盘，贻累无已。

二曰酌出陈之例。潮州府县预备仓谷大约四万六千有奇，自卑职待罪三年以来，未闻有出陈易新者。其说有二：一谓已经查盘，仓有定数，倘出折耗，谁为赔偿？一谓谷贵，出陈可备折耗；倘秋荒不敛，何以补仓？故郡县有司不敢倾困而出陈者，势也。至于查盘委官，每临郡县，不出三五日，毋敢久驻，以远嫌疑；而郡县又无馀仓空所，即欲倒廒，置之何处？万一天雨湿浥，为害更巨。故查盘官不能倾困而盘谷者，亦势也。审如是，则陈陈相因，即有谷，谁食其馀？今宜明开出陈之例，每郡委府佐一员、举人署教官二员，临仓细查实谷若干，折耗若干，应赔补谷若干，作何处补？毋偏累见任都县，毋偏累当年斗级。谷贵出陈，谷贱易新。如出五石，入六石于内，可补折耗若干，亦毋得令吏书、斗级侵匿。倘夏出陈，秋荒不敛，或于他郡买补，或候下年买补，亦毋得罪有司擅出。以后著为令甲，或一岁一出陈，或二岁一出陈，毋许延久不出，以滋折耗。则积之仓廒者，岁岁皆新谷，倘遇凶荒，蒸民乃粒矣。

三曰别富户之等。明文通邑大户，当计积稻者，先籍其名，俱谕令量留十分之三报

---

① 里役：《潮中杂纪》作“排年”。

② “敢具图上进”句：《潮中杂纪》作“此皆宪台经略早定，睿藻洞察，亦普宁成聚成邑，机在今日，其不可后。敢具图上进，请裁”。

③ 此篇《粤草》缺，据《潮中杂纪》录入。

官，临时备粜，馀乃听其自行发卖。诚已试之成法、捄荒之上策也。职于此复有虑焉：良有司视富民如腻如脂，若将浼乎其身；不肖有司籍其姓名，阴而媒利者，不敢保其尽无，而吏胥人等阴喝阳吓，乡落守钱虏百计求脱，则又势所必至。故贫民未赈，而富人已累矣。职意未籍之前，当揭明文，通示城都，使知上意，止在捄荒，毋重疑虑。既籍之后，当列为上中下三等，明示某都某富民量留谷若干备粜，使自知留谷之数，不为吏书人等诓骗，而县令、县佐以下，亦宜叮咛，令其洁己爱民，毋得假籍富民名色，阴受贿赂，自干宪典。

四曰严出竟[①]之谷。潮中土颇饶沃，一岁再熟，不惟东省赖之，即漳、泉邻郡亦仰给焉。王政视邻国即吾国，齐桓之霸，首禁遏籴，秦缪公归粜于晋，《春秋》予之。职意谓岁定民安，有无相济，何不可者；即邻国荐饥，我土和熟，亦无不可者。若彼此俱凶，或我土尤甚，谷价渐腾，则亦安得自枵其腹，以食邻人，瘠吾民而趣之盗乎？故平时通粜，籍为谷饷可也，设岁□□[②]，今春民间谷价渐贵，亦宜县自为贮，无许他郡□□[③]巨舰满载出竟航海，此非遏籴而饥邻人也[④]已，先后之义则然也。以今春稍旱，初夏得雨，而程乡不逞者俱假饥为名，弄兵窥城邑，况有凶于此岁，而恶得不曲为之防乎？

五曰抽稻船之谷。潮中之谷常以赀漳、泉，贾客航海乘潮而来，军门严于察奸，先年因起谷饷，以助军兴，每百石抽银三钱，制也。或沿或革，载在故籍，可稽也。职谓岁平抽银，制有定额，无容喙者；设岁或水旱，势将饥馑，请得于每船半抽银若干，半抽谷若干，或全抽谷若干，郡县官将谷贮之仓以备赈，而于库中措处应赈之金，折还谷饷项下，以备兵食。则饷金如故，官谷稍充，有司可恃以无恐，亦潮中备急之一策也。

六曰被海城之储。郡县之饥，官籍备仓，民籍富户，或犹可以相保，不即委命沟壑。潮中水陆官兵共四千馀名，此皆不耕而食者，脱岁饥，即帑金时给，将安所乞粜，势不得不脱巾而噪。此甚可虑也。虽然，外无寇盗，彼迫于饥，此犹可以抚谕而定者。至于岁凶其竟，寇环其疆，则祸可胜言哉？矧水兵据南澳城，孤悬在海；陆兵屯河渡门，城周遭俱水。万一寇薄我垒，外援不继，此辈将仗而立乎？故职谓潮中兵食尽倚办饷金，而无颗粒之储，非计之完也。顷者叶参将亦曾议及此矣。或谓一岁出水陆兵粮一二月之金，乘收熟之候，官依时估平，粜民谷贮之二城，以供防汛之急。寇至，则食而守；汛毕无寇，则散给以当一二月之粮。或谓南澳山田宜专委府佐一员查核，每岁尽数纳谷上仓，略仿古者屯田之意，以备固守之需。《军法》曰："养生处实，是谓必胜。"又曰："军无粮食则亡，无委积则亡。"此亦潮兵胜亡之机也。

谨条上采览，本府未敢擅便，合行请夺，伏乞照详施行。

——录自《潮中杂纪》卷六

---

① 竟：古同"境"。下同。

② □□：此二字漫漶，后一字疑为"给"。

③ □□：此二字漫漶，疑为"贾客"。

④ 人也：原作"也人"，于义不合，二字疑乙，径改。

囚粮议[①]

伏睹《大明律》内一款：凡狱囚应请给衣粮、医药而不请给，司狱官、典狱卒笞五十。因而致死者，若囚该死罪，杖六十；流罪，杖八十；徒罪，杖一百；杖罪以下，杖六十，徒一年。提牢官知而不举者，与同罪。《大明令》一款：凡牢狱禁系囚徒无家属者，日给仓米一升，冬给絮衣一件，夜给灯油，病给医药，并令于本[②]处有司系官钱粮内支放，狱官预期申明关给，毋致缺误。

窃惟罪之有囚，桎之械之，杀以止杀，义也；囚之有粮，饮之食之，死而未死，仁也。载在令甲，达之宇内，国家于狱囚之命亦甚重矣。职[③]自入潮以来，查府县见监狱囚，俱无月粮，寻稽往牒，万历初年犹月支米，不知其后因何裁革？既关惠州，亦无此项钱粮，窃以为东省俱未之议也。二三[④]年来，间为曲处，少活[⑤]涸辙，顾已不能周矣。

近准[⑥]肇庆府关，见在监囚九十三名口，每名日支米八合，每月支米二斗四升，每斗折银四分，系在高要县解米仓粮银内支给，则知广东之囚，其未议[⑦]月米者，特岭以东二[⑧]郡也。职[⑨]待罪三[⑩]年，请给迟后，已犯明律，罪不容逭[⑪]矣。

伏乞推广律令之仁，近比肇庆之例，下之司道，再加查议，俾令本府囚徒一体平施，每名每月支米若干，折银若干，或照孤老事例，每年派在永丰仓内支给，庶岭东之囚无向隅之泣，而国家之恩洽圜土之民矣。

——录自《粤草》卷九《公移》、《潮中杂纪》卷六

开盐路议[⑫]

南盐、汀盐皆系潮产，南盐从潮浮海至南雄太平桥，汀盐由海入江至潮州广济桥，俱经纳饷；南盐从雄州度庾岭，汀盐从古城度瑞金，并至赣州货卖。正德年间，南赣军门缺乏军需，题准潮盐许行袁、临、吉三府，在后袁、临二府改[⑬]食淮盐，无容再议。又于嘉靖四十五年赣商王守、万历五年郭嘉等把持汀盐货界，潮商李、张、宋、蔡利等具告，查

---

① 《潮中杂纪》题作"请囚粮议"。
② 本：《粤草》原作"大"，疑刊印缺笔，据《潮中杂纪》径改。
③ 职：《潮中杂纪》作"卑职"。
④ 二三：《潮中杂纪》作"一二"。
⑤ 活：《潮中杂纪》作"有"。
⑥ 近准：《潮中杂纪》作"近关各府准"。
⑦ 议：《潮中杂纪》作"岁"，"议"为是。
⑧ 二：《潮中杂纪》作"一"，疑刊印缺笔。
⑨ 职：《潮中杂纪》作"卑职"。
⑩ 三：《潮中杂纪》作"一"，疑刊印缺笔。
⑪ 容逭：《潮中杂纪》作"究追"，盖手民之误，《粤草》为是。
⑫ 《潮中杂纪》题作"请开盐路议"。
⑬ 改：《潮中杂纪》作"买"。

申两广军门[1]，移咨[2]南赣军门[3]开复疏通，咨称："赣厂道[4]关行盐，近例止行赣属地方及吉安一府，又经奉有南赣军门刊刻榜示，大庾、南康、上犹、崇义、信丰、龙南、安远、定南等县，俱食南盐，赣县、瑞金、石城、兴国、雩都、会昌等县，俱食汀盐，永为遵守。今赣南阻塞汀盐，不许入赣，则潮之盐至汀而止，岂惟上违明文，抑且下阻军需。又查得潮州盐饷，先年岁计一万二千两，至隆庆六年额增一万八千馀两，载入章程，以充兵饷，立法森严，亡容负欠。今塞汀盐，则潮之饷将无从出，而潮之商日益坐困矣。"据潮商王佃等所告，意在复旧疏通，由汀抵赣，会南盐并行，以及吉安。情似相通，例亦无碍。合无申乞转详两广军门，移文南赣军门，照旧疏通，仍令潮商得由汀入赣，于汀、赣之界，镌立石碑，永各遵守，庶免混争。

——录自《粤草》卷九《公移》、《潮中杂纪》卷六

增盐甲补京银议[5]

本府所辖潮阳、揭阳、饶平、惠来、普宁五县，原欠京银，自万历元年至九年，共银一万八千六百两有奇，近奉明文，催征期逼，参罚法严。本府与各县[6]日夕怀惧，心力俱殚。

只缘潮州积逋与他郡不同，潮自嘉靖四十一年以来，苦遭剧贼吴平、张琏、刘兴策等相继流劫，燕巢林木，民死锋镝。万历元年，惠潮之界始平，贼首蓝一清、赖元爵、马祖昌、黄氏[7]泰、曾廷凤、黄鸣时、李仲山、卓子望、叶景清、曾仕龙、刁世兴、邹加儒等，俘斩一万二千二百馀名颗，大贼首六十一人，次贼首六百馀人，贼属、牛马无筭。万历二年，始平叛贼朱良宝，俘斩一千二百五十名颗，良宝死刃下，男妇不计。是年海贼寇潮阳，县丞黄时春死之。平远抚恶丘经、郑胜、古梓、丘德威等复叛，劫知县滕表章，支解民壮伍善等。三年，始平海寇林凤，获贼徒男妇八千馀人，凤走外夷。六年，林道乾复回河渡门，潮人震动；寻复出海，至今生死叵测。七年以后，寇渐骚除，民渐耕耨。则六年以前，潮中莽为盗区，而潮、普、饶平三县为甚，故今之逋负亦惟三县为甚。

职以为金花之逋，七年以后，逋在民也；六年以前，逋在贼也。逋在民者，当责之民而不可借口于贼；逋在贼者，民毋奈贼何，而今并责之民，追呼稍急，万一地方摇动，损伤非细。职于此盖"一夕肠九回"[8] 矣。

近奉布政司颁示晓谕[9]，随据黄兴利等佥呈增饷先期纳补京银一节，本府细查广济桥盐商原有七甲，一甲十人，递年共纳饷银一万八千馀两，尽此一岁之需，亦足用矣。今于

---

① 两广军门：《潮中杂纪》后增"凌"字，即凌云翼。
② 移咨：《潮中杂纪》作"移告"。
③ 南赣军门：《潮中杂纪》后增"江"字，即江一麟。
④ 道：《潮中杂纪》作"过"。
⑤ 《潮中杂纪》题作"请增盐甲补京银议"。
⑥ 令：《潮中杂纪》作"县令"。
⑦ 氏：《潮中杂纪》作"民"，当是。
⑧ 一夕肠九回：语出《汉书》卷六十二所录司马迁《报任安书》："是以肠一日而九回。"
⑨ "近奉"句：《粤草》缺，据《潮中杂纪》径补。

七甲之外，又愿增立一甲，每年照例纳饷银二千六百馀两，以补各县原欠京银之数，不六七年，欠数可尽完足。无损于军饷，而大益于内帑；不扰于闾阎，而复通于盐客；使府县官又得免于督责，一举而数利附[①]焉。此不待筭而决者[②]。

——录自《粤草》卷九《公移》、《潮中杂纪》卷六

南澳、程乡议

潮州海寇多从南澳入，山寇多从程乡起，此二镇者，实潮中要害。故二总兵之建罢，关系匪细。

以南澳言之，镇设副总，最为得策。今议者不谙，猥云海外斥卤，何烦重兵？而将士苦涉风涛，乐于撤戍，又从而和之。此寒俭小人之议，未睹守[③]国之大计也。以子章权之，为利者四：

澳昔称饶野，田五千亩，自贼穴其地，粮悬潮籍，以桥盐利，岁时代内[④]。今兵环其外，农耕其壄，即不能尽补虚税，而岁入稍稍少济兵饷，使会稽得人，可收充国、孔明屯田之利。一也。

澳面海背山，往吴平、许朝光据之，缓则入山，出寇郡县；急则下海，要结倭奴。今夷为兵营，贼失其窠。二也。

往海寇之来也，腹困咸水，其力不劲；舟乏火器，厥焰不扬。潜薄澳下，以俟内贼接济，给以米粮，假之硝黄，而后整搠戈楯，入寇我疆。今重兵守之，外贼欲泊以窃淡水，则惮兵而不敢登岸；内贼欲出为之接济，则惮兵而不敢放舟。故自设镇以来，海不扬波。三也。

澳跨闽越之交，往分畺[⑤]而屯，分将而营，彼此推诿。今总以一将，闽越一家，手足相捄。四也。

嗟乎！守金陵者不守淮泗，则长江失险；守雷廉者不守琼崖，则门庭受寇。夫南澳亦漳潮之淮泗、琼崖也，恶可弃也。

以程乡言之，国初总兵镇程乡矣，镇潮城矣，其后长乐复设伸威道矣，岂非以长、兴、程、平之间，如边圉盗贼之区乎？何其防之周也已。总兵移镇会城，革而为参将矣，伸威道革而归守巡矣，其后参将复革为守备矣，又其后守备信地不载程、平矣，岂非以长、兴、程、平之间如中原邹鲁之乡乎？何其防之疎也。癸未五月，程乡之变，虽曰其地多盗，亦人谋未臧使然。故盗平之后，子章请复参将，援总兵旧镇程乡为辞，卒得所请。

嗟乎！此谓病急则治其标也，拔本穷源，总兵不必复设，而广东巡抚当设之惠潮，伸威固应复设，而程乡诸县当割为梅州，则庶几山盗无复跳梁乎。何者？机密则纷丝理，栉

---

① 附：此字《潮中杂纪》缺。

② “此不待”句：《潮中杂纪》作“相应俯从施行”。

③ 守：此字《粤草》夺，据民国《南澳县志》卷二十一《艺文上·论序》所载郭子章《南澳设镇论》补，该论乃摘自《南澳、程乡议》。

④ 内：古同“纳”。

⑤ 畺：古同“疆”。

比则乱发齐也。呜呼！防南澳则海寇亡自入，防程乡则山寇亡自起。乃今详于海而略于山，是重裘以御寒暑而自枵其腹也，非计之完矣。

——录自《粤草》卷九《公移》

给冠带文[①]

潮州府为开读事。承奉广东等处承宣布政使司札付前事，差生员罗开先赍捧书到府开读外，欵开一天下儒学生员有食粮年深、挨贡不前者，许告给冠带，俱免本身杂泛差役，并蒙提学道副使刘[②]案验为学政事，欵开一廪生未经停降、告给冠带者，比考贡例，亦许准给。并先蒙提学道副使支[③]案验为岁考事，册开告养亲生员一名，据本县申称生员周光训有母郑氏，年八十有七，情愿辞廪就养缘由到道，已批仰候。案发去后，看得本生孝友著闻，准给衣巾终身，行学除名，仍给照量免本身差役，具由申报。

今奉前因，查得廪生周光训原系潮阳县儒学生员，具告辞廪一节，已经申详抚按并各司道，俱批奖励外，为照廪生周光训孤介独持，孝友双懿。急流勇退，解老氏止足知止之几；陟屺顾瞻，重诗人生我鞠我之训。庶几人伦之表，不独学士之程。况逢旷恩，尤宜特奖。合行给冠带。

为此除行本县制扁，大书“恩优儒臣”四字礼送外，帖付本生收执，照依事理，即便查照冠带，荣身施行，仍免本身杂泛差役，毋得违错。须至帖者。

万历十一年九月廿六日。

——录自周笃庆编《周玉泉先生孝廉赠录》[④] 卷二《文移》

---

① 原题作“本府知府郭给冠带文”，今题为笔者所拟。

② 提学道副使刘：即刘应麒，江西鄱阳人，明万历八年（1580）任广东提学道副使。

③ 提学道副使支：即支可大，江苏昆山人，明万历九年（1581）任广东提学道副使。

④《周玉泉先生孝廉赠录》，明·周笃庆编，清光绪十一年（1885）派孙周春熙等翻刻本，广东省立中山图书馆藏。

七　考辨

潮州象纬解[1]

予读黄文裕公《广东通志》，纤悉具备，而独缺于分野，毋亦以天道远而叵测乎？顾三才之故，即一郡不可不备也，作《潮州象纬解》。

太史公曰："天有列宿，地有州城。三光者，阴阳之精，气本在地，而圣人统理之。"[2] 是故体国经野，必先别其分星，而分星以斗牛为首，日月五星起于斗宿，由斗牛以纪星，故曰星纪。所以考淑慝而诏修应也。潮隶东广，东广在汉为南越地，在春秋为百越地，在禹贡为扬州之域。其次为星纪，其宿为牵牛，其辰丑，自星经残阙，漫不可考。

余读明高皇帝《分野书》曰："唐贞观中，淳风撰《法象志》，因《汉书》十二次度数以州县配焉。"而僧一行独谓天下山河之象，存乎两界，两界之纪，分为南北，河源自北纪之首，循塞垣北，东及海，为戎狄；江源自南纪之首，循岭徼南，东及海，为蛮越。观两河之象，与云汉之所始终，而分野可知矣。

潮故南纪也，其分野则始见于《周礼》，大司徒以土宜之法，辨十有二之名物；保章氏以星土，辨九州之地。所封封域，皆有分星，以观妖祥。郑玄注云：分野之占，星纪为吴越。又云：岱宗为十二诸侯受命之府，下流得婺女，为九河末流，比于星纪，与吴越同占南斗牵牛星纪也。吴越扬州，分野南斗，在云汉下流，当淮海间，为吴分。牵牛去南海浸远，自豫章迄会稽，南逾岭徼，为越分。是吴越星野，若兼分合，言之矣，后世说天者，因之渺无定据，范晔志星纪，起斗十二度，至须女七度，于辰在丑。吴越之分野，属扬州焉。费直星纪，起斗十度，终婺女五度。蔡邕星纪，起斗六度，终婺女二度。一行星纪，起九度，终婺女四度。其语斗、牛、女，为吴越之分一也，吴越之越，盖合于越、南越言之也。

潮，南越枝郡也。尝考南斗六星，距西第三星，去极一百一十九度，主南夷，牛六星，近在河岸头，头上两角，腹少一脚，牛上三河鼓[3]，鼓上三星，号曰织女。古雅云河鼓，谓之牵牛。《宋中兴天文志》："女，一名婺女。"《左传·昭公十年》："有星出于婺女。"杜预注："婺女为既嫁之女，织女为处女也。"《史记·天官书》亦云："南斗为庙，牵牛为牺牲，其北河鼓，河鼓大星，上将；左右，左右将。"婺女，《尔雅》释须女，谓

① 《潮中杂纪》题作"象纬解"。

② "太史公曰"句：语出《史记·天官书》："天则有列宿，地则有州域。三光者，阴阳之精，气本在地，而圣人统理之。"

③ 皷：古同"鼓"，《潮中杂纪》径作"鼓"。下"皷"字同。

之婺女。由此观之，则斗、牛、女之辰次彰彰矣，而其为吴越之分星，若联络而不可分者。乃《春秋元命苞》[①] 曰："牵牛流为扬州，分为越。"《班志》："吴斗分野，越牵牛、婺女分野。"宋"天市垣"，东蕃十一星，南二曰南海，六曰吴越。则又岐星纪为二，而其分野又自有别者。以事变之应，验之汉孝景元年正月癸酉，金水合于婺女，婺女，粤也。又为齐二年七月丙子，火与水晨出东方，因守斗。十二月水火合于斗，斗，吴也，又为粤。故三年，七国反，遣大将军周亚夫讨平之，吴王亡，走粤，粤攻而杀之。元鼎中，荧惑守南斗，南斗越分也，其后越相吕嘉杀其王及太后，汉兵诛南越。梁大通六年夏四月丁卯，荧惑在南斗，其十二月，兰钦帅兵破魏将，取北梁州，而岭南贼起。大同五年冬十月辛丑，彗出南斗，其后李贲称帝于交州，发吴越兵讨之。盖斗、牛、女越分野丑次也，故其兵应大历如此。星纪之在吴越，似又不可分矣。

按，夹漈郑氏谓牛、女在东南，鄱阳马氏谓牛、女属扬州，扬州虽可言东南，而牛、女在天，则北方宿也。《汉・天文志》："日有中道"，"南至牵牛，去北极远"。"冬至至于牵牛，远极，故晷长；立八尺之表，而晷景长丈三尺一寸四分。""《星传》曰[②]：'月南入牵牛南戒，民间疾疫。'"杜老诗亦云："牵牛出河西，织女处其东。"是言牛、女者，或指东南，或云西北，然要之星纪在北，而光烛于南，其以吴越当之者，从星纪之所烛，与一行所论，星纪分野自庐江、九江，负淮水之南，尽临淮、广陵，至于东海，又逾南河，得汉丹阳、会稽、豫章，西滨彭蠡，南涉越州，尽苍梧、南海。古百粤之国，而以星之与土精气相属，不系于方隅。由此言之，则越之分野，其著于前闻者，类不可执已。

我《明一统志》及《分野书》，闽越诸郡俱牛、女分野，独惠州专属须女，而潮州专属牵牛，岂星纪之次本有定分，而潮、惠所应，又有不可混而无别者与？古之辰次与节气相系，各据当时历数与岁差迁徙不同，而台历司察其分主，而以潮州属牵牛与？或旧《志》牛、女之分，其说然与？

嗟夫！扬州分野，堇天下之半，而潮州不足以当其百一，区区星纪之说，芒芴不可质度。潮嘉隆之间乱钦矣，是谁星为之？而说者咎之不良有司所致，则官邪乱民，星曷与焉？如曰某星属某州，待其变临于上，而后修省于下，有如"宿离不忒，无失经纪"，此又可肆而亡忌乎？《传》曰："君子有令图，天所赞也。"[③]

——《粤草》卷十《杂著》、《潮中杂纪》卷一、顺治《潮州府志》卷一《地书部》

潮州沿革考[④]

予读《三阳志》，其所叙沿革颇有据，而惜其不详于周秦之间；予族大父春震《嘉靖志》，又略于宋元之际；黄文裕《图经》，是时平、普诸县未邑也。予并采而芟润之，作《沿革考》。

潮州府，《禹贡》：扬州之域，春秋时为扬越。《舆地考》：吴兼楚，及南越之交，潮

---

① 《春秋元命苞》：又名《元命苞》，"春秋纬"之一种，其书已佚，仅存遗编残图。纬书代表作。
② 曰：《粤草》《潮中杂纪》与顺治《潮州府志》均作"日"，盖误，据《汉书・天文志》径改。
③ "君子"句：语出《左传・昭公元年》："臣闻君子能知其过，必有令图。令图，天所赞也。"
④ 《潮中杂纪》题作"沿革考"。

阳属越。《史记》：秦始皇三十三年，略定扬越，置南海郡，潮为郡东境。裴渊《广州记》云：秦守五岭，其一揭阳，即府治。秦末，赵佗据郡，属佗。《史记》：南海尉任嚣病且死，召龙川令赵佗，属以尉事，佗乃聚兵守五岭，击并桂林、象郡，自称南越武王。

汉高帝因佗平南粤，使陆贾奉印玺，以南越王之。初高帝乃以长沙、豫章、桂阳、南海立番君，为长沙王，若南海于长沙为郡，则揭阳亦长沙属矣。考当时之意，岂亦遥以南海为番君封哉？高后称制，佗弗内贡职。文帝元年，使陆贾谕旨，佗称："臣自汉兴，皆属南越。"武帝元鼎元年[①]，南越反[②]，东越王馀善请以卒八千人，从楼船将军击吕嘉等，兵至揭阳，以海风波为解，不行。揭阳即今治也。五年秋，使卫尉路博德为伏波将军、都尉杨仆为楼船将军，会番禺。六年冬，败越，复南海郡，揭阳令史定闻汉兵至，自降。新室[③]更为南海亭，东汉又名揭阳城。

晋咸和中，分南海，立东官郡，隶于东官。义熙五年，分东官，立潮为义安郡，属县五：海阳、绥安、海宁、潮阳、义昭。宋、齐因之。梁兼置东阳州，后改曰瀛州。又陈罢州。隋平陈，改置潮州。炀帝大业三年，罢州，复为义安郡。唐武德间，改郡，复为潮州。天宝元年，为潮阳郡。乾元元年，复为州。凡五易，然后州名定。

自陈、隋间，南海为一都会，唐初置十五部，隶江南道。开元二十一年，置福建经略使，以州隶之。明年，复隶岭南。天宝元年，又隶福建。越九年，又隶岭南焉。柳宗元作《愚溪对》，元和间也，时州已属岭南。恶溪，粤所有也，宗元乃曰闽有水曰恶溪。杜佑作《通典》，亦曰古闽越地。则未可以岭外视之。

州所领县，在义熙间，有海阳、绥安、海宁、潮阳、义昭等五县。至大业间，绥安、义昭废，有程乡、万川二县，合为五。永徽初，省潮阳县；先天初，复置；乾元间，乃罢其馀，独有海阳、潮阳、程乡三县。伪汉刘鋹时，割程乡，置敬州；宋开宝四年，改梅州；熙宁六年，废梅州，复以程乡隶潮；元丰复梅州，以程乡归之；至绍兴六年，犹熙宁之制；九年，复元丰之制。潮止二县矣，乃置揭阳县。初卜治留黄村，至绍兴二年，改卜于玉窖村，始有"三阳"之称。唐韩愈刺潮之日，又尝建揭阳楼，故《图经》以为今之韩亭即其地，是必有据者。元至元十五年，改潮州路，后改总管府。

大明洪武二年，省梅州，改为潮州府。国初，领县四：海阳、潮阳、揭阳、程乡。成化以来，增县六：饶平、惠来、大埔、平远、澄海、普宁，共十县。其山揭岭，其水三河。附郭曰海阳县，有韩山，其下韩江之水汇焉。西一百四十里曰潮阳县，有东山，练江在其南，东南入于海。西北八十里而近曰揭阳县，有揭阳之山，飞泉之岭。西北三百里而遥曰程乡县，有百花之洲，山下有水环之。东二百里而遥曰饶平县，后有尊君山，其下有三澳海。西南三百里而遥曰惠来县，山为文昌，溪为光华。东北百六十里曰大埔，有茶山，及漳溪之水出焉。西北五百五十里而最遥为平远县，有凤山、绿水湖焉。西南百四十里而遥曰普宁，有铁山，有鲤湖水，与揭阳合。东南六十里而近曰澄海，有莲花山，有苏湾、鮀江合而入海焉。

---

① 元年：应作"五年"，详见《史记·东越列传》。
② 反：《粤草》《潮中杂纪》均作"及"，盖误，据《史记·东越列传》改。
③ 新室：王莽篡汉，国号曰新。后因称其王朝为"新室"。

夫潮非纯越也，盖在闽、越之介焉。闽制府设福州，越制府设端州，俱远在二千里外，猝有警，能遥制之乎？固宜其多盗也。嘉靖间，不得已隶南虔，顾亦遥矣。考殷司马平寇时，惠、潮特设制府，比于西粤，未几寻罢。考宋时，循州在龙川，梅州在程乡，潮州在海阳，鼎足而峙。明兴，省梅，分惠、潮二府，故长乐、程乡之间，二郡边鄙也，恶能禁亡盗？夫人卫耳目而缓于足，非爱足不若耳目也，足远于耳目也，吾潮不幸为闽、越之足也。复惠、潮制府；复梅州，而潮割程、平，惠割兴、长，虔割长宁隶之。此二说者，制潮之上策，俟后君子考镜焉。

——《粤草》卷十《杂著》、《潮中杂纪》卷一

韩公二祠沿革

苏文忠曰："潮人焄蒿凄怆，若或见韩公。"① 其专祠固宜。今祠有二：一在河东韩山上，一在城南。韩山祠近林麓，杂迹樵苏；城南祠虽集诵读，裂为蓬荜。皆守臣责也。予守潮，严韩山祠门禁，无故不许擅辟；复命海阳典史林汝瀚督工修葺城南祠，以光俎豆。顾二祠沿革，近《志》未备，即王翰林思《韩祠录》亦未载，特详著之。

按：《三阳志》：韩山书院，地在州城之南，昌黎庙旧址也。淳熙己酉，丁允元以溪东之山乃韩公登览之地，手植木在焉（昌黎手植木，他山所无，土人呼为韩木）。乃建庙于其地，而城南遂墟。庆元己未，沈杞即墟刱亭，曰"盍簪"。淳祐癸卯，郑良臣以韩公有功于潮，书院独缺，相旧地而开创焉。外敞二门，讲堂中峙，扁曰"城南书庄"，后堂扁曰"太山②北斗"，公之祠在焉。旁立天水先生赵德像，翼以两庑，四辟斋庐，曰"由道"、"行义"、"进学"、"勤业"。山长、堂长位于祠堂之左右，仓廪、庖湢并厕悉庀复。拨置田亩山地，为廪士之计，租入附于学库收支，董以佥幕。洞主，郡守为之；山长，郡博士为之；职事则堂长、司计各一员，斋长四员，斋生以二十员为额。春秋二试，则用《四书讲义》，一如郡庠规式。春秋二祀，则用次丁，郡率僚属，以牲币酒醴献，工歌东坡祀公诗以侑之。此书院创始之规模也。淳祐乙巳，陈圭来守是邦，尤切加意，春秋躬亲命题课试诸生，讲明《四书》及濂洛诸老议论，以示正学之标的；捐金市朱文公所著书，实于书庄，以广诸生之见闻；拨钱一千五百贯，置田益廪；增塑周濂溪、廖槎溪二先生像，并祠其中，以濂溪持节按临，槎溪尝为郡倅，继而为本路宪帅，故并祀焉。越路之东，对望有亭曰"南珠"，祀本郡九贤。至元戊寅兵火后，亭院无遗。迨二十一年甲申，复建书院，山长一员以主之。寻复立夫子燕居室于公祠之前，神位皆西坐东向，因地势也。泰定间，仍构庙于书院燕居之南，徙公之旧祠遗像，北坐南向。至顺辛未夏，郡守王元恭议改刱新祠，迁公像于燕居室之后，以天水先生赵公德、文惠陈公尧佐坐堂上，左右配享。两庑之东西，则以前代贤守王涤、李迈、丁允元、廖德明、郑良臣、林寿公、陈圭从祀，所以表有功也；书院之前，复刱旧南珠亭，祀本郡九贤，所以崇有德也。书院后有池，广十馀丈，深亦丈馀，复僦工填塞，建堂于其上，扁曰"原道"。堂之两庑，辟二斋，西曰

---

① "潮人焄蒿凄怆"句：语出苏轼《潮州韩文公庙碑》："而潮人独信之深，思之切，焄蒿凄怆，若或见之。"
② 太山：即泰山。下同。

"由道"，东曰"进学"，以为诸生肄习之所。董是役者，海阳宣差忻都、山长陈文子、直学郭宗苏。

又云：忠佑庙，即韩文公庙也。咸平二年，陈文惠公倅潮，辟正室之东为公祠，寻迁于金山。元丰七年，诏封昌黎伯，乃跻从祀。元祐五年，王涤迁于城南五里，苏文忠公为记。淳熙己酉，丁允元又迁于州东韩山之麓，盖昌黎游览之地，手种橡木犹存。庆元丁巳，赐今额。己未，进封公爵。泰定三年，郡长亚中马合马委教授何民先重建。至正甲申，郡守张弼建思韩亭，总管[1]张宗元记，今碑犹存。

由此言之，今韩山祠即《三阳志》所谓忠佑庙，城南祠即《三阳志》所谓书院也。

由元入国朝，韩山祠，永乐十三年，知府雷春偕郡庠训导邓祐复修。宣德丁未，佥事馀姚顾立重修，教谕袁钧哲记。正统己未，知府王源增修，自记。天顺壬辰，参政刘炜立石华表，题曰"韩文公之祠"。成化戊子，知府陈瑄修韩山清趣亭。成化甲辰，御史广平徐瑁重修，侍讲江朝宗记。弘治十七年，知府叶元玉重修，三山林廷壂[2]记。嘉靖二十五年，知府郭春震修葺，易土垣以石，扁曰"泰山北斗"，并修清趣堂及曲水流觞亭。万历乙亥，副使金淛重修，布政刘子兴记。

城南祠，元至元间，郡守王用文创，祀韩文公、赵天水先生、陈文惠公。国朝永乐甲申，增塑宪佥梁公像，指挥赖洪重建斯院，前有池亭，扁曰"鸢飞鱼跃"。天顺癸未，参政龚毅市地广基，院宇一新。万历五年，巡道副使夏公道南重修后堂，曰"明经馆"，潮阳林大春书。四围起书房以馆士，置田租六百石以赡士。万历七年，以士散逸，归田学庠为学租，而祠规复废，诸生至以蓬荜夹祠为书肆。万历十一年，子章重葺之，查田租既入府学，偶因军民争田，查匿田八十四亩，上之巡道副使郑公岳，批发祠中，并祠前塘租，永为修葺之訾[3]。其春秋祠事，海阳县另费，不在此内。工竣，郑公来祀，扁其堂曰"三代遗英"，对联云："道振有唐，千载心传光不坠；泽遗滨海，百年禋祀报无穷。"其旧对云："声教迄长存，三代斯民还此地；斗山应共仰，百年吾道更何人？"后仍为明经馆，子章扁其堂曰"浩然堂"，对联："跃虎凤，翔蛟龙，斯文百代雄山斗；尊孔孟，排佛老，正气千年配鲁邹。"浩然堂左右官房为斋宿所。

前门内贮二碑，一刻苏文忠公手书《韩庙记》，元总管灵武王那木罕立，碑阴刻元至正丙午《重修韩山书院记略》，晋安刘嵩记，张泰书；一刻吴临川澄《韩庙记》，碑阴刻文信国题双忠庙《沁园春》，词、字并佳妙。向俱寝蓬荜，今始蔚为大观。门前仍扁"韩文公祠"，门外新砌屏，扁曰"泰山北斗"，潮阳林大春书，屏外为巨塘，岁入租以修葺者。

庙中原有文公并赵天水二土像，子章以其似浮屠，敬为藏之，易以木主，而告以文。其文曰："呜呼！天下读《唐书·佛骨疏》，而知公刺潮；天下读苏文忠《韩祠碑》，而知潮庙。公移太山于岭外，揭北斗而南耀。公于潮重矣。子章守潮，三日庙见，睹公之貌，俨若浮屠。退而思之，窃不谓然。土偶桃偶，载在《国策》；金人法轮，梦自汉明。故土

---

① 总管：顺治《潮州府志》作"知事"。

② 廷壂：《潮中杂纪》作"廷壂"，顺治《潮州府志》作"廷壂"，"壂"乃"壂"之误，径改。另，"廷壂"，《福建通志》《明清进士题名碑录索引》俱作"庭壂"。

③ 訾：通"赀"，顺治《潮州府志》作"赀"。

木形骸，佛之馀也。公一生精力酷排二氏，至其殁而俎豆，乃桃土其形，金碧其貌，袭佛之迹，受世供养，此必非公所欲也。天水赵公潮产也，守潮者即世异，犹邦大夫；而赵公以乡先生箕踞于旁，坐受其献，此亦非赵公所安也。肃皇帝时议礼贞教，洗刷元习，凡学宫贮孔子像，悉毁而易木主。而二公以孔子之徒，犹然安胜国之故；而守潮者亦諄于从周之义，无能改其旧，则亦非王制所宜也。且神之格思，不可度思。故君子三日齐[1]，思见所祭者，今一举目而颀乎口耳，逢乎衣冠，则亦非鬼神之为德也。权此四者，谨因修公之庙，藏公之像，新易木主，肃将祀事，庶几上以遂公排佛老之心，下以安赵先生居乡党之义，明以昭国家典礼之制，幽以顺鬼神幽黯之意，且令潮人亦知子章非乐于纷更也。[2]谨告。”

田塘租数[3]岁久恐湮没，并刻于后[4]：

一张天显入官田八十四亩，坐落土名戴姐坡，每田一亩带租一石六斗，共该谷一百三十四石四斗，每谷七石折银一两，共该银一十九两二钱，内每年除一两付张天显纳粮并杂差。

一旧塘一口，在祠前，岁纳租银九两。每年给二两为守祠人工食，五钱为香灯费，馀留修理本祠。

——录自《潮中杂纪》卷四、顺治《潮州府志》卷十二《古今文章部·文部·下帙》

韩祠从祀

《韩祠录》载，正祠祀韩公，配天水赵公；祠之南东室，祀名宦唐常怀德、常衮以下三十九人；祀[5]之南西室，祀乡贤南齐程旼以下二十五人。夫祀公而配以天水，天水与公同时，且曾序公文，犹之可也；名宦、乡贤俱应在文庙，奈何祀于公侧？而况程公、常公皆公先进乎。今俱撤之为是。但韩山祠至今犹以陈公尧佐配，陈公在潮建祠祀韩者耳，今北面若弟子，恐亦非所安也，似当并撤。

——录自《潮中杂纪》卷四

城南书庄

□□《成化志》[6]云：“城南书庄在郡城南，韩昌黎诲子韩符读书，置庄于此。”郭子曰：“非也。”《韩集》有“符读书城南”诗，樊汝霖解曰：“城南，公别墅；符，公之子。

① 齐：古通“斋”，顺治《潮州府志》作“斋”。

② “呜呼！天下读《唐书·佛骨疏》”至“且令潮人亦知子章非乐于纷更也”一段，全引《潮中杂纪》卷四《告韩文公藏土像易木主文》，以引文不长，为保全貌，故不删节。

③ 数：顺治《潮州府志》作“谷”。

④ 后：顺治《潮州府志》作“石”。

⑤ 祀：疑为“祠”之误。

⑥ □□《成化志》：前三字夺，“成”据字义径补。《潮州杂纪》卷七《艺文志上·书目》载：“成化十三年志，不知为谁著，止载海、潮、揭、程四县事，其字颇小。”

孟东野诗有《喜符郎诗有□》[①]《城南韩氏庄》[②] 之作。按公《墓志》及《登科记》，公子曰昶，登进士第，在长庆四年。此云符，疑为昶之小字也。”由此观之，《集》中“符读书城南”，公家城南之□，非潮城南□□潮人因《集》有此诗，而韩公之祠又在潮城之南，因□附会之与？

——录自《潮中杂纪》卷四

韩文公与大颠书及别传辩[③]

韩公与大颠三书，今刻《外集》中，盖自宋欧阳公以来，辩之娄[④]矣。欧公直以为韩语，取“非所恋著，则山林閒寂，与城郭无异”之句，非韩公不能道。乃苏子直凡鄙之，谓退之家奴亦无此语。朱子又疑有脱误，以为僧徒所记，不成文理，而直指韩公崇信佛法。明[⑤]潮郡丞车份谓韩《答孟简书》云：“自山召至州郭，未尝言以书请之，则书疑后人假托。”潮阳林井丹大春[⑥]又谓：“车太泥，可以造庐留衣，独不可以书遗之乎？”海阳林东莆大钦[⑦]直指朱子之说，可[⑧]以折衷欧苏二家之论。黄文裕公《通志》谓《外集》皆非公作，此书正在《外集》，予意亦太泥，《顺宗实录》诸卷亦在《外集》，谓非公作可乎？

予取三书循环[⑨]读之，其高处在“劳于一来”“安于所适”“道固如是”三语，恐非出家奴、僧徒之口；一曰“奉迎”、二曰“咨屈”、三曰“劳于一来”，韩公此处极有斟酌，此与孟书所谓召也，曰“造其庐”，而先之曰“因祭神海上”；曰“留衣”，而先之曰“及至袁州为别”，则犹三书意也，但其迹则已崇信之矣。故周茂叔《题大颠堂壁》诗曰：“退之自谓如夫子，原道深排佛老非。不识大颠何似者，数书珍重更留衣。”此足为三书断案，故三书出韩无疑；而崇信之说，亦恶得为公讳哉？

至于《昌黎别传》，诬公太甚，则不可以无辩。尝考方氏崧卿[⑩]云：“世俗伪造诬谤之书，即今所谓《别传》者。洪氏辩证[⑪]云：‘《别传》载公与大颠往复之语，深诋退之，其言多近世经义之说。’又伪作永叔《跋》云：‘使退之复生，不能自解免。’吴源明云：‘徐君平见介甫不喜退之，故作此文。’”方氏又云：“周端礼曰：‘徐安国自言年二十三四时，戏为此，今悔之无及。’”然则其为徐作无疑矣。

夫以徐君平戏作之书，而今潮寺所刻者诬为孟简，既诬作欧公《跋》，又诬作虞伯生

① 《喜符郎诗有□》：《孟郊诗集》题作“喜符郎诗有天纵”。
② 《城南韩氏庄》：《孟郊诗集》题作“游城南韩氏庄”。
③ 《潮中杂纪》卷四、顺治《潮州府志》卷十二题作“韩公与大颠书及昌黎别传辩”。
④ 娄：顺治《潮州府志》径作“屡”。
⑤ 明：顺治《潮州府志》作“有明”。
⑥ 大春：此二字《潮中杂纪》、顺治《潮州府志》缺。
⑦ 大钦：此二字《潮中杂纪》、顺治《潮州府志》缺。
⑧ 可：顺治《潮州府志》于其前有“真”字。
⑨ 循环：此二字《粤草》缺，据《潮中杂纪》、顺治《潮州府志》补。
⑩ 崧卿：《潮中杂纪》作“世卿”，“世”字似夺，后人墨笔补者，盖误。
⑪ 辩证：顺治《潮州府志》作“考证”。

《赞》，而薛翰林侨序之首简，亦无一语为韩公辩诬，是何睎颠僧过高、睎退之过卑也？

嗟乎！古今戏拟问答者夥矣，至于李陵、苏武诗，犹疑为后人拟作，何潮人信徐君平之深也？

——录自《粤草》卷八《辩》、《潮中杂纪》卷四、顺治《潮州府志》卷十二《古今文章部·文部·下帙》

宋陆秀夫丞相墓辩①

予来潮二年馀，四竟②稍敉定，郡乡先生请予续《郡志》，则先檄南澳于将军，澳重镇，全越东蔽，不可以亡《志》，而遗之书曰："不佞闻宋陆丞相墓澳山北青径口，将军访其神道安在。"已，于将军报予："址石仅存，碑表芜没。"予伤之。令威不归，童牧哀歌，责在守臣，乃为伐石，题曰"有宋陆丞相君实之墓"，下令禁樵苏。

虽然，窃有疑焉。考《宋史》，宋亡厓山之日，丞相走帝舟，舟大度不得出，乃负帝昺投海中；七日浮尸，出于海十馀万人。《丞相传》：祥兴二年癸未大战，宋师乱，丞相朝服，抱帝赴水死。未载丞相墓。元至元十七年三月，潮州路总管丁聚立碑于青径口墓下，《记》曰："陆君实甲于文天祥榜，与陈宜中议不合，谪潮数载。母夫人卒于潮，不能归葬，聚为择地封其墓。坐北向东，五峰前秀。次子九郎，俊雅能文，予甚爱之，不幸继卒，附于太母之侧。聚知君实颠沛流离，随龙没波，遂给官田五顷，以赡遗孤。"亦未载丞相墓。

我明天顺五年修《一统志》载："陆秀夫墓，在府城南八十里海中屿上。"丞相墓在潮州境，其说始著。弘治十四年，渔人伐南澳墓，陆氏子孙讼之官，知府张景阳③、同知林庭④模制衣冠，迁于负郭山废庵桂林官地，而自为记。弘治十六年，南海张廷实诩修《厓山志》，贻潮守叶元玉书曰："考陆丞相墓在潮治域南海中屿上，厓山破，丞相驱妻子、负幼主赴海。前居潮时，长子繇好渔猎，逐⑤居海阳辟望砂冈，天重绝忠臣后也。《一统志》与潮府新旧《志》同，而新《志》则云：'访其碑已不存，莫得其处。'仆为叹恨。幸多方物色，以慰忠魂。"其后叶守与丞相孙陆某求之，终未得，乃立新祠于韩山之傍，而廷实为之记。今《厓山志》中所称丞相墓，说与《与叶守书》同，而末又疑其词曰："秀夫死厓山，墓乃在潮，岂浮尸出海后有负骨以畀其子，如天祥之归葬吉州者耶？"则《厓志》亦未有定论。

又考《陆氏家故》，元至顺三年，丞相三世孙海遗言："陈宜中与丞相议不合，丞相得罪，安置潮州，乃奉曾祖母及祖母赵，携父长七郎、八郎，叔九郎，弟秀甫，来家于潮之辟望港口。曾祖母、九郎连丧，知潮州军事周梅叟为营葬于南澳山，九郎附葬。景炎二

① 《潮中杂纪》卷九、顺治《潮州府志》卷十二题作"陆丞相墓辩"。

② 竟：通"境"。

③ 阳：顺治《潮州府志》作"旸"，嘉靖《潮州府志》卷五《官师志》作"旸"。

④ 庭：《潮中杂纪》同，顺治《潮州府志》作"廷"，嘉靖《潮州府志》卷五《官师志》作"廷"。

⑤ 逐：顺治《潮州府志》卷十二《陆丞相墓辩》文后所附张诩《寄潮州叶古崖太守书》作"遂"。

年，召丞相还朝[1]，赵氏、二子留潮，丞相携妾倪同幼子，家僮端儿、正儿赴召。厓山之变，丞相负主沉海。七日尸浮，端儿、正儿贮丞相尸，归葬南澳山，乡人俗名祖坟。屋地为学士馆，名田为陆处围以此。”然则廷实负骨归葬之说，岂其闻此耶？

子章反复惟之，信书外史，不如史；信人言闻，不若见。《宋史》帝昺与丞相《传》，俱不载墓，元以至元十三年灭宋，丁总管至元十七年为立南澳墓碑，距丞相死才四年耳，《记》云：“聚为择地葬太母，九郎附焉。”则南澳之墓，实太母骨。《记》又云“君实随龙没波”，若有憾焉不得归葬之意。史信书，丁总管见知，则丞相墓之在潮，其有无可槩已。张守负郭之葬，直衣冠耳；叶守失之墓，求之祠，祠韩山，盖慎之也。史称十馀万尸浮海，而陆氏二僮独生？丁总管《碑记》自择地葬太母，而陆海属之周梅叟，其说矛盾，予未敢遽谓然。而予题南澳墓必曰“丞相墓”何也？世亡不朽之骨，而有不死之灵。丞相灵在南海，而母在南澳，孤愤幽忠，随潮上下，神往神来，能不依依？予故知澳北土封，丞相魂将焉依，而墓不曰“丞相”，岂所谓弘宣教义、阐歘忠烈者乎？过首阳者哭夷齐，绝汨罗者吊灵均，而矧夫母骨子魂、若坊若斧于海之滨也？予恶知其孰为母、孰为子也？

曩予为郎金陵，入觐古帝王庙，凡创业君必祀，而元祖独阙。问之守者，守者[2]曰：“嘉靖庚戌，卤[3]薄都城，世皇帝赫然怒，令使以二甓封之金川门外，与狐兔伍。”乃丞相墓与予乡文信国墓，巍然青径、螺山之巅，伏腊守臣虔其祀，不敢不举，夫然后知“先王之头，曾不若死士之垄”[4] 也。有味哉，斶[5]之言也！郭子章记[6]。

——录自《粤草》卷八《辩》、《潮中杂纪》卷九《郡邑志补》

---

① 朝：《潮中杂纪》作“潮”，盖手民之误。

② 守者：此二字《潮中杂纪》缺。

③ 卤：通“虏”。《万历野获编》卷十七《京营操军》：“嘉靖庚戌，虏薄都城。”

④ “先王”句：先王，顺治《潮州府志》作“生王”。此句语出《战国策·齐策四·齐宣王见颜斶》。

⑤ 斶：即颜斶，战国时齐国高士。齐宣王召见，斶直言明谏，却宣王之邀。

⑥ 郭子章记：此四字《粤草》删，据《潮中杂纪》、顺治《潮州府志》补。

八　杂著

廉室铭（并序）

潮二千石署，太守燕息之所也。夫燕署，人情易肆之地，贪纵苟冒，皆由此出。小人为不善，不曰大廷，而曰闲居；君子戒慎恐惧，不曰众，而曰独。则兹署非龙见雷声之处乎？因题之曰“廉室”，取韩子“受于室则非廉”[①] 之句，而倒名之耳。室以内饮食服御，室以外民物交际，约其入以酌其出，谨其出以防其入，皆廉也。《鲁论》一书，载吾夫子受诸人者，止阳货蒸豚、康子馈药二事，至颜路请车则勿与、冉子为公西华母请粟则微与，此万世廉者家法也。予小子恶能廉持，揭之室，俾登降俛仰，触目儆心，庶几不悖吾夫子家法，而无愧于韩子之说。遂系之铭，用以告夫后之居此室者。

铭曰：仳仳有屋，蔌蔌有谷[②]。绎诗人刺，恫兹夭椓[③]。延袤千里，作是州牧。氓萌总总，我其顾复。顾之复之，几在慎独。出入以度，利义攸瞩。不为义姤，不为利黩。藴利生孽，凛乎覆悚。奉身以啬，制用以缩。贪泉可饮，越石可烛。鱼宁垂庭，马不茹粟。贤哉遐轨，诒我剩馥。巧者售腴，猾者骋諕。秉心棱厉，中流之坞。金山有石，可以砺镞。韩江有水，可以沁腹。薰岂莸混，泾毋渭浊。墨墨者败。盱盱者恧。坐此廉室，能不睅目。上帝临尔，甚于尸祝。请俟君子，共相箴勖。

——《粤草》卷五《墓志铭（铭附）》

海阳白乌[④]

宣德四年秋七月，海阳县进白乌，礼部率群臣上表称贺，上谕群臣曰：“比者广东进二白乌，卿等上表称贺，以为朕之孝诚，感兹瑞应。大抵敬祖宗[⑤]，供[⑥]养圣母，皆职分当然，何足为德？感瑞之云，良增怀愧。朕凉薄，上念祖宗付托之大，下念生民属望之众，夙夜兢兢，弗胜负荷。赖尔文武群臣，同心同力，赞辅不逮，庶几平治之世。今灵物

---

① “受于室则非廉”句：语出韩愈《潮州谢孔大夫状》：“积之于室，非廉者所为；受之于官，名且不正。”

② 此二句语出《诗·小雅·正月》：“仳仳彼有屋，蔌蔌方有谷。”

③ 夭椓：灾害。语出《诗·小雅·正月》：“民今之无禄，天夭是椓。”朱熹集传：“夭，祸；椓，害。”椓，右旁原作“豕”，盖误，径改。

④ 白乌：白羽之乌，古时以为瑞物。《东观汉记·王阜传》：“甘露降，白乌见，连有瑞应。”

⑤ 大抵敬祖宗：“大抵敬”，康熙《潮州府志》卷十二《艺文·文部二》所载《明宣宗进白乌谕》作“夫祇敬”，为是。

⑥ 供：康熙《潮州府志》卷十二《艺文·文部二》所载《明宣宗进白乌谕》作“恭”。

之臻，实荷天地鉴格，祖宗垂庆之所致也。然古之君臣，因祥致儆，卿等尚益殚乃心，相与辑宁黎庶，永安家邦，答天与祖宗之眷佑，同享太平无穷之福。钦哉！故谕。”

郭子章曰：夫乌，黑称也，而白者何？祥瑞应图，以白乌为太阳之精，至孝之应。《孝经》援神契曰：“德至鸟兽，则白乌降。”唯章皇帝孝隆圣母，化渥海壖，白乌之应，岂曰偶然？近者白鹦鹉复集海阳，郑太守国臣出以示子章，遍体冰玉，亡一杂羽，岂非今上孝养两宫如章皇帝，而白鹦鹉应之乎？子章守臣，嫌于贡谀，不敢以献。窃念张华畜白鹦鹉，知人善恶，颜延之赋《白鹦鹉》，“被素履玄”，禽鸟得声气之先；而祥于海邦，亦太平有象之征也。谨读《白乌敕》，因感而纪其事。

——录自《潮中杂纪》卷二

拟广东海阳县守臣进二白乌[①]表（宣德四年）

伏以一统□[②]图，至孝缵无疆之绪；庶征□[③]福，太平昭有道之符。盖圣德凝和，祯祥锡祐；而天心助顺，海岳効灵。协风畅于两间，神物来自百越。蠕蚊共忭，夷夏胥懽[④]。臣等诚懽诚忭，稽首顿首。

窃惟君人位天地之中，德凝二极；王者为民物之主，化洽群生。玄鸟赤龙，肆发祥于圣作；丹鹣白雉，率用享于职方。爰考綦隆，或膺景贶；于昭孝理，莫过祥乌。气禀阳精，本瑶光而散彩；性钟火德，应维星以合明。慈号哺公，仁称孝乌。种丛豫知来之智，栖富瞻爰止之能。集彼虞庭，彰玄德顺亲之意；至于周室，感文谟止孝之诚。帝业兴隆，王屋正看流火；皇居壮丽，灵台亦籍相风。锄瓜曾见萃冠，弱水更闻传食。梦丰邑而兴汉，文武昌而瑞吴。是皆灿蔚矣之文，未必悉皤如之色。惟兹灵物，有待昌期。

兹盖伏遇皇帝陛下仁孝性成，英明天植。凤麟振藻，握元命之贞符；乌兔凝华，协太和之景运。分南北以取士，义声已彻于青宫；罢交阯之征兵，仁问丕宣于赤徼。龙楼问寝，俨坤德以无违；鹤禁承欢，奉慈颜而有恪。对时茂育，与物皆昌。君心默契天心，德化潜通造化。

顾兹五岭，乃降二乌。肌骨堆霜，宛若囿中之鹤；毳毛暎[⑤]雪，何夸仙苑之鹰。素质双莹，表西方之正色；玉翎四皓，耀南服之奇观。皑皑乎纯孝之征；穆穆乎至仁之象。用摅芹献，聊展乌私。固知辽豕白头，出河东而载恧；楚翚丹质，在荆南以多惭。然希世之祥，宜扬郊庙；有生之瑞，应勒鼎彝。岂逊獒来于异域，迥逾雉贡于同文。

臣等才愧笼鹅，治惭驯鳄。德非虞溥，敢望祥乌来庭；职忝叔林，讵言吉鸟巢屋。幸遘皇仁之远播，快瞻瑞畜之呈灵。趍[⑥]鹓班而和鲁国之鹦，联虎拜而舞舜阶之兽。伏愿益修帝德，允协天休。风净狼烟，四海怙乌乌之乐；治隆麟趾，群生沐鹤鹤之风。传之圣，

---

① 白乌：白羽之乌，古时以为瑞物。《东观汉记·王阜传》：“甘露降，白乌见，连有瑞应。”
② □：该字漫漶不清。
③ □：该字漫漶不清。
④ 懽：古同“欢”。下同。
⑤ 暎：古同“映”。
⑥ 趍：古同“趋”。

传之神，百世永承燕翼；莫不王，莫不□[①]，万年同颂凫鹥。

——录自《粤草》卷七《表》

何元成字说

予同寅何大夫学闵，乙酉元日冠仲子雍于阼，而来问字郭子。郭子曰：“仲子名何以雍?”大夫曰：“某官南国子学录，国学故名辟雍。雍生而命名，盖取诸此。”郭子曰：“王制，天子曰辟雍。以制言，雍水环绕如璧；以义言，礼乐和明天下耳。《记》曰：‘乐以修内也，礼以修外也。礼乐交错于中，发形于外，是故其成也怿，恭敬而温文。’[②]故五帝大学之名，又曰成均。请字之元成。”

昔赵文子之冠也，见韩献子，献子曰：“戒之，此谓成人。成人在始与善。始与善，善进善，不善蔑由至矣；始与不善，不善进不善，善亦蔑由至矣。”[③]张老曰：“善矣，韩子之戒，可以成。”[④]此成之说也。然特论夫“始与”者耳，未若孔子之言，曰：“智如臧武仲，廉如公绰，勇如卞庄子，艺如冉求；文之以礼乐，亦可以为成人。”[⑤]此《记》所谓“恭敬而温文”者也，然而非外至之物也。喜怒哀乐，未发之中，礼之实也；发而皆中，节之和、乐之实也。是人人具也。其功在慎独，戒慎不睹，恐惧不闻，是曰致中和。致中和则天地位，万物育[⑥]，其成也大矣。

予字仲子曰成，而加之曰元。夫元者，大也。学非孔子，不得名大成。若韩献子之成，犹其小者矣。

——录自《粤草》卷八《说》

潮州建凤凰塔募缘疏

潮辖邑者十，而山川环向，轭于凤洲，则诚十邑之枢键也。枢键不固，漂漫亡统，是彻五衍之轼，而与逝波没溺也，岂所以斡旋也灵者哉？青乌氏谓宜建塔以障下流，阖郡人士具闻本府，府闻诸当道，佥韪其议。剂量所费，不下千金，盖自数年以来，几为道傍之舍。兹者两道、郡县酌办仅半，馀则令沙门弟子僧如凤、僧某某等题缘陀那，以相资给。语曰：千金之裘，非一狐之腋也；大厦之材，非一丘之木也。百世之藩篱，能无望于十同之檀施哉？谨和南礼摩诃，作《募缘疏》：

---

① □：该字漶漫不清。

② “乐以修内”句：语出《礼记·文王世子》：“乐所以修内也，礼所以修外也。礼乐交错于中，发形于外，是故其成也怿，恭敬而温文。”语句有出入。

③ “戒之”句：语出《国语》卷十二《晋语六·赵文子冠》。“亦蔑由至矣”前缺“善”字，径补。

④ “善矣”句：语出《国语》卷十二《晋语六·赵文子冠》：“张老曰：‘善矣！从栾伯之言，可以滋；范叔之教，可以大；韩子之戒，可以成。’”有删节。

⑤ “智如臧武仲”句：语出《论语·宪问》：“子路问成人，子曰：‘若臧武仲之知，公绰之不欲，卞庄子之勇，冉求之艺；文之以礼乐，亦可以为成人矣。’”语句有出入。

⑥ “致中和则天地位”句：语出《礼记·中庸》：“致中和，天地位焉，万物育焉。”

伏以天运五岭，地总三阳。屃赑通灵，珠海彻玄冥[①]之境；鸿漾奠极，金城团紫炁之墟。台引凤栖，一代人文昭橡木；溪传鳄徙，千年气运埽瘴烟。洵为邹鲁名邦，何忝东南乐土。顾长江澎湃，非砥柱曷障狂澜；而复岭纵横，必华表始称形胜。相厥阴阳之正，协彼筮蔡之从。乃于三汉之冲流，欲造九层之宝塔。盖资慈航，以镇苦海。岂崇法界，以乱淳风。遹考中洲，间承内典。周星降诞，伽蓝开白马之灵扃；汉日流光，舍利建丹鹫之法藏。既方员之异制，实雕琢之殊宜。巃九十丈之圆规，不碍魔风之撼；擎二百尺之华盖，何戒劫火之灾。此译梵之所崇观，而海寓之所式仰者也。矧兹炎徼，何靳浮图。假聚沙之宿因，踵卓锡之胜事。弘开宝地，特掇金轮。高埏遵渚，长桥卧波，象体一而参乎其上；二湖扬清，群冈拱翠，效鼎三而屹乎其中。火齐水精，浮空竞彩；黄金白玉，架迥争晖。标出海云，长光动龙蛇之窟；顶高元气，合影连鸩鹊之台。三宝玲珑，一方壮丽。功因浩大，奚私斗食之资；芘蓊夤缘，敢望布金之助。若善男，若信女，若名门巨室，念此是根本之良图；或钱币，或谷粟，或伐石运砖，知彼非身家之私计。取勺水于众派，所损几何？拔一毛于九牛，曾见多寡？破贪悭网，合发善心。植业缘根，共成义举。潮鸣水口，咽来宝铎和钧天；地拥江心，捧出玉笋曜慧日。文笔刺天表，多士题雁塔之名；武库雄岭东，万社际象池之会。岂不闻祥河辍水，尼连感通；宝树低枝，迦和应速。小孤鏁[②]彭蠡，当日九江朝宰多；六和起钱塘，于今两浙文风侈。惟能乐施，自然庆流。名重四垂，俟镌玉珉于不朽；勋隆三果，将迈尘劫而长春。

——录自《粤草》卷十《杂著》

杨主簿梦

杨主簿彩，延平人。来南澳修志，归寓潮城隍庙，宿斋所。四月十六日漏下三刻就寝，忽梦南澳兵千馀，擒缚海寇，突入庙中献馘。杨问曰："古诗在泮献馘，至此何为?"其人答曰："城隍爷缚我报捷郭公也。"杨醒，惊汗浃背，意者应于将军出汛事也。清晨起，对客言之。寻而饭罢，披衣携书出斋门，但见庙中聚观人千馀，反缚一男子，跪于庙门之外，数十人拽之不能动，云："男子从东门外广济桥上，自以己发反缚。"所言一如梦中也。守庙蔡道士先入跪禀神座前，男子遂从丹墀下入跪。男子年可二十二三岁，饶平人，不问姓名，向日来庙发誓也。噫！善恶报应，神明之理有之，白日捉人反缚，神亦灵异哉。

——录自《潮中杂纪》卷三

物产志[③]

《周礼》辨五土所生之物，各因其所宜，凡以裕民用而供毕献也。潮之絺綀紬绢，齒[④]革鱼盐，与夫嘉谷珎果，稯稯皆地之所宜者，养生贡赋，胥此焉出，载之旧《志》班班

---

① 冥：原作"寘"，为"冥"之异体字。
② 鏁：古同"锁"。
③ 按：《物产志》为郭子章先生睹记而撰者，故为辑录。
④ 齒：古同"齿"。

矣。今弗复录，略举余所睹记者十馀事，以备闻见云。

海阳大蟹

《汲冢周书》：成王二十一年春，四夷朝于成周毕，贡方物，东越海蛤，欧人蝉蛇，且瓯文蜃，若人玄贝，海阳大蟹，自深桂，蛮扬翟。《王会》：婵上南人至众，皆北向焉。注，东越则海际，蛤，文给[①]；欧人，东越比交州，蛇特多，为上珍也；且瓯在越，文蜃、大蛤也；若人，吴越之蛮，玄贝，照贝也。海水之阳，一蟹盈车；自深，亦南蛮也；翟鸟，雉之文而不华者；南人，南越人也。

五色鹦鹉

郑孝廉育渐家有一五色鹦鹉，红身黄翅，头上绿毛数茎，腹以下白，眼碧，斑斓可爱。孝廉以贶予，予以诗却之曰："頳藻缃葩下海陬，凤凰台畔和提扶。辉含火德三文并，色映金精五纬符。敢望颍川翔彩凤，那知东郡集朱乌。却将付尔南宫去，鹦鹉篇成献上都。"又郑太守国臣家有白鹦鹉；又予在金陵见一大红鹦鹉，浑身皆红，无一杂毛；在金台见一喜鹊，浑身雪白。皆奇鸟也。

芝草

葛稚川曰："芝有石芝，有木芝，有草芝，有肉芝，有菌芝。"[②] 予在潮，得芝八枝，其色紫，其枝下犹存石块，盖稚川所谓石芝也。人言凤皇深山产紫芝，多为猺人刈去。《论衡》云："土气和，故芝草生。"岂潮中当兵戈之后，正和会之期耶？

蒟[③]

《艺文类聚》曰："树如桒[④]，取其实为酱，此汉人所谓蒟酱也。"[⑤] 今广东各府俱产，广人取其叶与灰，合槟榔食之，滇人用其子合槟榔食之。广东之蒟，以潮阳县生者为佳，味辛而颇甜，如欲远携，以火炙干其叶，如茶然，亦可食。以蒟作蒌，误矣。

蒟叶之蒟字，或作蒌，或作蕾，所谓扶留者也。俗作荖，毕竟无所归。《管子》曰："山之侧，其草葍与蒌。"又曰："藋下于蒌。"蒌，蒿属也。《说文》曰："蒌，可烹鱼。"其叶似艾，白色。《汉广》之诗曰："翘翘错薪，言刈其蒌。"《大招》曰："吴酸蒿蒌，不沾薄只。"蒌多生吴楚，非今粤之蒌也。若蕾字，荖字，《字韵》俱未载，皆俗字也。余意当直作蒟。《韵》曰："蒟，果也。"蒟酱，曰浮留，状似荜拨，今岭南取其叶及藤，合槟榔食之。蒟，俱雨切。其作蒌字者，从娄来，力主切；其作荖字者，从姥来，莫补切；其作蕾者，从留来，力求切。其声相近，乡音转讹，故失之耳。蒟之实可食，滇人多用其

---

① 给：当为"蛤"之误。

② "芝有石芝"句：语出晋·葛洪《抱朴子内篇·仙药》："五芝者，有石芝，有木芝，有草芝，有肉芝，有菌芝，各有百许种也。"

③ 又见《粤草》卷十《杂著·潮俗杂纪四条》，"《艺文类聚》曰"至"误矣"一段缺。

④ 桒：古同"桑"。下同。

⑤ "树如桒"句：《艺文类聚》未见。

实，曰蒟子；其根可酱，《汉书》所谓感蒟酱则开牂牁[①]是也。

槟榔[②]

《广志》曰：槟榔出交趾，今广东琼州府甚夥，滇中亦夥，滇人连其皮食之，即大服皮也。琼州之实稍粗，滇中之实更滑。

潮阳林井丹先生曰："苏东坡有言槟榔饥可使饱，饱可使饥；醒可使醉，醉可使醒。其说似矣，犹未也。寒可使热，热可使凉。则庶几尽其妙乎。"予曰[③]："犹未也，二公论其味，予论其德。夫槟榔之始食也，若嚼木楂然，几亡遗味。既稍稍强食之，渐不欲吐；既合灰蒌[④]食之，则尽饥饱、醉醒、寒热之妙，不可顷刻离左右。其功用能下气刼[⑤]湿，固齿去腻。其外若朴，其理实文，赤白相杂，焕然成章。贵人贵之，盛以五金之器不加益；赤赤窭人子，纳之竹箪不加损。夫君子[⑥]始交也，落落难合，稍近之，则觉易从，日近之，则不忍去。色足惮，貌足敬，过予告，失予规，而君子眎贵，贫人若一，不渎不媚。夫槟榔何以异此哉？"井丹先生曰："吾东越人之旨槟榔也，无论及此，此足为槟榔忠臣。"

木屐[⑦]

潮人喜穿木屐，至妇女皆然。予初至，甚讶之。已而儿辈在署稍稍习而安之，则对予曰："屐有五便：南方卑湿，屐高远湿，一也；炎徼雪暑，赤脚纳凉，二也；所费无几，贫子省履，三也；澡身濡足，顷刻遂燥，四也；夜行有声，不便为奸，五也。此东越人所以日用之也。"予曰："何以用之妇女？"对曰："其重袿禁步之意与？"

荔枝[⑧]

《管子》[⑨] 曰："芦土之次曰五塥。五塥之状，芬焉若糠[⑩]以肥。其种，大荔、细荔，青茎黄秀。"予意，大荔即闽越荔枝，细荔，即闽越龙眼，越人称龙眼为荔奴是已。龙、荔二种，越止于韶州，至南雄则无；闽止于福州，至延平则无。大都近海之郡则生，不近海不生。如吾潮十县，程、平二县近山则无，盖生荔之郡[⑪]，意管子所谓"五塥"也，或曰《管子》所谓荔，薜荔也[⑫]。

荔枝之实，广不如闽，而闽以兴化枫亭驿者为佳，其肤厚而香，其核甚小，广不如之

---

① "《汉书》所谓感蒟酱则开牂牁"句：语出《汉书·西域传》："故能睹犀布、瑇瑁则建珠崖七郡，感枸酱、竹杖则开牂柯、越巂，闻天马、蒲陶则通大宛、安息。"

② 按：又见《粤草》卷十《杂著·潮俗杂纪四条》，"《广志》曰"至"滇中之实更滑"一段缺。

③ 予曰：此二字《潮中杂纪》原为空格，据《粤草》径补。

④ 蒌：《粤草》作"蒟"。

⑤ 刼：同"劫"。

⑥ 君子始交：《粤草》于"君子"后增"之"字。

⑦ 按：又见《粤草》卷十《杂著·潮俗杂纪四条》。

⑧ 按：又见《粤草》卷十《杂著·潮俗杂纪四条》，"荔枝之实"至"岂时异而物产殊耶"一段，《粤草》缺。

⑨ 管子：《粤草》作"官子"，盖手民之误。

⑩ 糠：《潮中杂纪》原作"糖"，《粤草》作"糠"，查《管子·地员》作"糠"，故当以"糠"为正。

⑪ 郡：《粤草》作"乡"。

⑫ "或曰《管子》"句：据《粤草》增补。

矣。唯潮唐计部伯元家园一株，与此无异。朱良宝乱时，尝令人守护之，其名大著，至今犹存。《艺文类聚》乃载荔出交州、苍梧、罗浮、僰[1]道等处，岂时异而物产殊耶？

棕竹

潮州产棕竹，可作扇骨，潮人未之知，《潮志》亦未载也。万历十二年，上取观音竹于潮，注曰“即棕竹”。既命吏入乡采取，在在皆是，里人至以编篱。竹首有棕毛叶，即棕叶，与棕树无异，故曰棕竹。深山中老而长者，色黑而文，嫩者色白而少文，海、揭、潮俱产。既而市之月港从外夷来者，则深黑而文斑，然后知潮产之不如矣。

酒

两广之酒，以梧州桑寄生酒为佳，名曰寄酒，味似北中薏苡酒，颇有烧酒气。东广之酒，韶州则以英德为佳；惠州则以龙川为佳，而龙川又以通衢驿酒为佳；肇庆细酒，颇似高邮皮酒；潮州溪酒亦有佳者，特不能远携，数日味变。

柚

《传》曰：“吴越之间有木焉，其名曰柚，树碧而冬青，实丹而味酸。”[2] 今潮州柚有二种，实白者酸，实丹者味酸而甜，其华亦甚馥，其实甚夥。潮人烧其皮，以甆[3]器覆之，用之可以引香。

柑

潮之果以柑为第一品，味甘而臭香，肉肥而少核，皮厚而味美，此足甲天下。亦有二种，其皮厚者尤佳。

瓜

潮之西瓜，其佳者产程乡，今市中实赤者，皆从漳来也。

姜

潮之姜，嫩者极佳，味脆无丝。

芋

潮阳芋形甚长，其状似大笋，其味亦佳。

紫柏

潮州有紫柏，木香而文，可作器用，多产潮阳。

---

① 僰：原作“僰”，应是“僰”的手民之误，据《汉语大字典》，“僰”同“僰”。僰，古族名。僰道，古县名。

② “《传》曰”句：语出《艺文类聚》卷八十七《果部下·柚》：“列传（御览九百七十三作列子）曰：‘吴越之间有木焉，其名曰柚，树碧而冬青，实丹而味酸，度淮北为枳。’”

③ 甆：古同“瓷”。

酱菜

潮城无酱菜，若酱瓜、酱茄、酱姜之佳者，皆出程乡。

鸡宗

云南鸡宗，潮州亦产，特质少薄，不如云南之厚耳。予同僚王司理尚吾，临安人，尝于后园中采之以供茶。

茶

潮俗不甚用茶，故茶之佳者不至潮，惟潮阳间有之，亦闽茶之佳者耳，若虎丘、天目等茶，绝不到潮。

葱糖

潮之葱糖，极白、极松，绝无渣滓。

面

自金陵而南，面色渐黑，不如江北，惟潮中之面，与江北无异。

蕉

潮之蕉有三种，一名牙蕉，黄时可食，其味甚甘，苏子所谓"于粲荔丹与蕉黄"是也；其次，味不如牙蕉，日曝之作干，其味甘而微酸，亦佳；至于布蕉，其皮可以布，其实不可食矣。

排草

排草产潮阳，以草细嫩者为佳。

白铜锁

潮阳有一铜匠，制白铜锁，每值三百钱，虽甚工致，而巧亦淫矣。

波罗蜜

潮元无此种，有人自海南遗章别驾曰慎波罗子二颗，植之十有年所，高可丈馀，枝叶扶疎，苍然可观。今年始结实，大如斗，圆如佛首，外壳上有刺，如荔枝状。稍有酸辣，气冲人鼻。以其重大，故易为风雨所摧，蚁虫所蠹。堇存二颗以贶予，剖而视之，内纯瓤，瓤中有子数十枚，如弹子大。瓤可用蜜浸，其味甘，子以火煨，去其皮用之，与熟栗子相似。

——录自《潮中杂纪》卷十二《物产志》

附录一

一　原序

《粤草》序略[①]

吴子玉

先生[②]束发游学庭，逾冠，以廪饩生高等贡对大庭，擢上卷第一，连封内史，书李建宁，水衡南都，所在有论著，岁满箧以为常。壬午，奉命守潮，有《粤草》。丙戌，陟蜀督学使者，入蜀有《蜀草》。其属得《粤草》七卷[③]刻之蜀，《蜀草》十卷刻之淛[④]。

所著或题诠名胜，或扬激先达，或标振风纪。卒业其文，气势之崆峣濩湍，足与滕领巨防敌；才力之长输弥慱，足与陆泽凤城苞；体性之沉寂矜重，足与潮穴昆井镇；结构之踔绝权奇，足与伏犀擎雷鬪；情采物色之丰蔚庵蔼，足与浣花扶荔丽。文贝无以侈，豁险不能逾。其文之气之锋，发一子长、明允之气；采色之侠，佳一长卿之色。体之雅醇，不啻昌黎之正，而注然勃然超其天弢者焉。先生之以其地名是《草》，子玉不佞，以其地之奇状切是《草》，以其地之命代名流而拟先生之《草》，孰得而昂卑之也。

第犹有言焉。尝谓豫章入明以来，功业、理学、气节，皆足为熙代韡晔，至以文章命代，当□□[⑤]生。然先生理学、气节有可称者，而功业未□□□□庐山公之门，潜心道窔。当锡贡游京师时，□家招之为其子师，先生谢不往。是先生之文，有理以为之干，有德以为之根蒕[⑥]，不特二马之宏博，而昌黎之原道，明允之恬退，子瞻之气节，有兼之者，是以其文率本原六经而持名教，读者尤当有玩于斯焉。

——录自《蠙衣生传草》卷十六《著述总目·书目上》

---

① 《蠙衣生传草》卷十六《著述总目·书目上》有其自注：“《粤草》十四卷，自留守潮时作也，名曰《粤草》。德清许侍郎孚远、休宁门人吴广文子玉序。”此为吴子玉《序》之缩略本。《粤草》十四卷本未见，传世为十卷本。

② “先生”前有“吴子序略云”。

③ 《粤草》七卷：据《蠙衣生传草》卷十六《著述总目·书目上》载《粤草》为十四卷，或以为七卷本而每卷又分上下所致。

④ 淛：同“浙”。下同。

⑤ □□：此二字漫漶，据文意，后一字疑为“先”字。

⑥ 蒕：古同“蕴”。

《粤草》序略[①]

许孚远

盖[②]昔者胡庐山公之学，以一体为宗，以无欲为本，以天则为用，以尽性为极，诚如是也，千圣恶得而易诸。先生受之矣，其造愈深，则其发愈盛，文固不止是而已也。胡公有云："文必根诸道，始为正法眼。漫欲融汉宋为一治，通古今为一辙，以为斯道传神，然力终不逮。"

嗟乎！非先生孰与继斯志哉？曩孚远守建武，随典学关中，与先生踪迹颇类，尝与先生邂逅江山之畔，班荆而语，意气如兰金。于今八载矣。先生兹来参政我两浙，属桐乡令李君梓行是编，特遗书孚远而委之序，遂不辞谫陋，谬为赞论若斯云。

——录自《蠙衣生传草》卷十六《著述总目·书目上》

蠙衣生粤、蜀二草序

周应鳌

谈士之病，病在各守其颛门学，而不批引其大宗。于是强者伐异而聚讼，弱者分曹而局趋。道几破于辩矣。道之破也，则学人之学而不自学其学也，舍然缀学于己而不惑者，不佞应鳌概乎当世，盖得三人云。日自姚江主盟，经以陆氏，而不废考亭为纬，故两家合；而韦藩剖然搦管之儒，犹弹其弱于述藻，盖合而未大也。以夓圃[③]之业，饰以西京，而融汉宋为一冶，自有衡庐而始大；然登坛之彦，犹病其漏于诸体，盖大而未化也。自有郭先生而始化。

郭先生之学，都人士谓得之衡庐而不尽衡庐，犹衡庐之学得之姚江而不尽姚江，盖自学则扃鐍我操，扃鐍我操则门庭辟，门庭辟则函夏之大，可以目穷而臆褁[④]，不则钥主于涂人，三尺之墉限之矣。然则姚江之所以合，衡庐之所以大，郭先生之所以合而大，大而化，扃鐍操也。先生之学，不可管窥。

比不佞从副墨子得其《粤》《蜀》二草卒业焉，亦似有见其扃鐍者。盖庐山先生未梦瑰时，先生尝胪诏不佞以文矣；及庐山先生捐馆舍，元年而《粤草》出，又若干年洊有《蜀草》。以《粤草》视胪诏者，则上方醍醐与玄石之酒也；以《蜀》视《粤》，直帝女天浆，总五齐而为气母者耳。

夫二《草》即颛于秋乎？然其进也，畔地而不畔楷我者之存场，此先生所为摩今古，采苞符原；本山川，极命[⑤]草木。自学其所学，而批引文章德业之大宗者也。谁谓二籍者，

① 《蠙衣生传草》卷十六《著述总目·书目上》有其自注："《粤草》十四卷，自留守潮时作也，名曰《粤草》。德清许侍郎孚远、休宁门人吴广文子玉序。"此为许孚远《序》之缩略本。

② "盖"前有"许公序略云"。

③ 夓圃：借指学宫。"夓"原作"𡕿"，字书所无，盖误，径改。

④ 褁：古同"裹"。

⑤ 命：原作"㑒"，为"命"之异体字。

非先生左券乎？先民有言：世之事其魁奇者，尝足以开人之拘挛，而得其未始有。故庖羲启画于河中，轩辕得珠于赤水；放勋问道于五星，神禹识礼于裸国；尼父老智于泰山，仓颉成书于鬼哭。无之而非师也。尝闻粤之墟麪[1]有桄榔布，有橦苍[2]；海有织绡之人，市有泣珠之女，象背有土著之国。至如三巴两蜀，控以白盐赤甲，包以玉虚金軈，烺烺象表，不可名状。而青城棉竹，更多得道不朽之士，先生旦暮遇之，而吞吐其胎魄，质以人间世之所耳食者，而得其宗慱[3]者，久也而进乎道矣。即斯以谈容，讵知曩者庖羲诸人之学，非先生学也？又安在自学者之不为学人也乎？

当世有郭夫子，步趋者且遍四瀛。不佞窃偲泥毛相者蒸食，哀家梨而复堕颛门守，故于梓二草成，以记谒之先生，而并以诏采葑者。嗟乎！中原庶民能不为先生者，乃能为先生者也。

万历庚寅夏六月六日同邑晚生周应鳌顿首譔。

——录自《粤草》卷首

① 麪：古同“面（麵）”。
② 苍：古同“花”。
③ 慱：古通“团”。

二 涉潮赠送诗文

（一）诗歌

赋渭滨渔隐为郭相奎使君尊甫寿

周光镐

姬运启元化，名世翼昌辰。卓彼磻磎叟，晦迹清渭滨。
猎卜周文考，政寓臧丈人。玉帛一以出，轩车起后尘。
潜龙跃玄渊，素书兆頳鳞。功成牧野阵，履赐东海渍。
于兹际清穆，江汉眇垂纶。爰媲师尚父，载见汾阳君。
匡阜盘幽谷，章江发浚源。夷犹玄牡合，登假太初邻。
傥乎若遗世，翛然嬗后昆。之子方从事，四牡驾朱轮。
鳞符二千石，凤藻七襄文。日以康爵修，载见章服新。
鹿毂拥丹轼，鸠筇被玉绅。猗哉旌蒲典，烂矣周玄纁。
惟翁益自啬，三命俯而循。寸肤敛若寂，甘澍布无垠。
炤炤扶桑景，淰淰渤澥春。身世檐羚艾，行藏钓泽缗。
于斯稽物理，南华有大椿。

——录自《明农山堂集》诗卷二《金陵草》

平蛮饮至之日郭相奎学宪贻赠大篇[①]，用韵酬答

周光镐

召对同称子大夫，雄材君自赴三都。西来独启传经帐，海外曾还合浦珠（相奎领海郡，有惠政）。
倒峡词源回象马，中天星斗烛鱼凫。于今揖让通邛筰，须信文翁再剖符。

① 按：先生原作已佚。

老我当年学弃𦈡，床头匣剑伴阴符。苴兰塞上收雍闿，细柳营中卧亚夫。
缚尽名王归汉阙，拓来疆土绘蛮图。独怜鬓发萧萧在，烟艇何时泛五湖。

——录自《明农山堂集》诗卷五《渡泸草》

齐王孙园饯郭相奎曹长出守潮州

欧大任

急管娇歌醉月明，寒宵犹共秣陵城。文扶八代潮州去，诗擅诸曹水部名。
南问舟航津树合，东看楼橹海烟平。不知几日王程路，何限儿童竹马情。

——录自《欧虞部集·秣陵集》卷六《七言律诗》

寄郭相奎潮州

梅鼎祚

连年兵火接炎洲，南顾深悬圣主忧。截海曾看诸将出，分符今壮使君游。
机丝夜织鲛宫冷，楼阁晴生蜃气秋。治行即看高五岭，不劳重说郭并州。

——录自《鹿裘石室集》卷十七《七言律》

金山引为潮州郭使君寿

林大春

君不见金城山，千寻奕奕高莫攀，古来贤达生其间。亦有十相来游寓，
至今声实留人寰。又不见潮阳守，千载悠悠名不朽，投檄烟波鳄鱼走。
济溺亨屯起斯文，后学先生称北斗。徽音胜迹兹已陈，吁嗟继者真何人？
汉家有道林宗侣，虎竹符分南海滨。为询有道家何处，斗牛炫赫龙光聚。
洛中曾共李膺舟，汝上论文黄叔度。一朝恩荐入彤庭，昂霄耸壑何崚嶒。
是时楚越多奇士，惟有二郭偏齐名。天子临轩亲赐策，制下争看金马客。
文学贤良三百人，滚滚登台更通籍。诏提刑狱下建州，三山九曲擅风流。
扬州再见何水部，襄阳忽借山公筹。铜鞮拍手儿童唱，山公时饮习池上。
野夫乘兴款仙扉，百遍相过亦不厌。归来岁序属新春，正值崧高降岳辰。
欲假长篇持献寿，云笺彩笔空逡巡。当筵请效南山诵，愿君去作明堂栋。
姓字行雕紫阁麟，雄辞直吐丹山凤。

——录自《井丹诗文集》卷二《七言古诗》

九日陪郭使君、梅别驾饮少峰池亭，使君有诗四首[1]，因用其韵各得一字和之

林大春

其一

熊车随别驾，戏马到山家。今夕是何夕，黄花尚未花。
长廊通露气，古木宿烟霞。独有林中叟，同来玩物华。

其二

泉源分凤渚，山色霭丹丘。姓字曾题座，风骚忆壮游。
庭芳金粟吐，池涌锦鳞浮。翦作东篱菊，聊充北海瓯。

其三

深林残暑退，宿雨乍凉天。片月弦初上，长河影渐连。
论文樽酒外，看剑斗牛边。更觉沉冥思，飘飘入紫烟。

其四

主人常爱客，座上满鸿儒。架卷三坟轴，堂开五岳图。
风流何水部，经术董江都。授简俱能赋，无惭为大夫。

——录自《井丹诗文集》卷三《五言律诗》

题《云海遥瞻卷》为郭使君

林大春

千里分符来岭峤，百年亲舍接衡庐。停车野望秋云外，露冕郊行春雨馀。
仙药[2]空中盘舞鹤，雄文海上避飞鱼。悬知梦入桃源路，为愿人间莲社居。

——录自《井丹诗文集》卷五《七言律诗》

七夕承郭使君枉过，于谢家池馆，有诗见贻，依韵奉答

林大春

明河隐映七香移，天上幽期只自知。羽骑暗沾珠露湿，霓裳轻动彩云披。
应闻夜语长生殿，重见秋光太液池。独有林宗爱清兴，仙舟何幸此追随。

——录自《井丹诗文集》卷五《七言律诗》

---

① 按：先生原作四首已佚。
② 药（藥）：疑为“乐（樂）”之误。

顷岁卜居郡南，至是始辞郭使君还山，怅然有作

林大春

凤凰春色倚匡庐，岁暮逢君此卜居。蜀郡依严非杜甫，临邛访吉岂相如？指南漫说文章在，虚左谁云礼数疏。此日予归君赴阙，可能无梦到樵渔（时使君方考绩北上）。

——录自《井丹诗文集》卷五《七言律诗》

游凤皇塔谒郭祠

林熙春

朝阳栖凤处，砥柱障川东。影落惊波鳄，光延接彩虹。
苹蘩思北斗，桃李忆春风。无限登临者，千年仰令公。

——录自《城南书庄草》卷十五《赐闲草下》

郭公祠（代家君）

林熙春

其一

昌黎一脉几千年，橡木繁花气色鲜。可是有能绳北斗，擎天玉柱九霄县①。

其二

蔚蔚棠阴海上岑，扶筇十里足行吟。凤皇塔上弦歌沸，犹忆当年露冕心。

——录自《城南书庄草》卷十五《赐闲草下》

① 县：古同“悬”。

（二）文章

潮州府平远县凿石通河碑

林大春

平远为潮之支县，盖自世庙朝用守臣议，析梅州以北建置焉。彼其地控武安，远接江藩，引七闽而拥万山，扼岩险而俯平原。群峰耸秀，绝壁飞翻。虎豹蹲其左，孔鸾翔其巅。固岭粤之门户，循梅之屏扆也。下有流泉，起青云桥，百折而东，至于石窟，喷薄蜿蜒，会于大河，直抵韩江。地脉回环，风气攸关。独其中阻积石，郁为狂澜；外涌流沙，汇为激湍。以故蛟龙不入，舟楫不可渡也。故凡自潮溯流而上者，率以旬入邑界，未至可数十里，即舍舟而徒，策蹇而趋。则见石磴云梯，迂回跋涉；鸟道羊肠，肩摩踵接。商旅为之踟躇，车马为之蹀躞。负米赍粮，推盐辇铁，轰轰钲钲，络绎不绝。渴者饮于渠，疲者休于树。若乃皇华遣使，执戟传呼；太守行春，负弩先驱。前山鼓吹，后径旌舆。或戴星以出祖，或冒雨以戒途。又如簿书羽檄，旁午交驰；汗背喘息，旷日愆期。要皆陆沉，以至于斯，斯无论已。有如一夫据险，百雉孤危，虽有飞挽，策将安施？

盖至壬午之秋，予为西游名山。一过其地，尝窃怪而叹之，以为古者丸泥可以塞关，镞羽可以穿石，故大而凿龙，小而通牛，匪独神功，亦人谋也。今邑据上游，河流经其下，反为巨石所壅，非所以运人谋以赞天工尽地力也。且夫天之生水，以利民也，川壅弗通，民罔利焉，难以为国矣。是时，有署邑郡幕廖某者，闻而韪之，方锐意举行，而邑令清漳黄君适绾绶至，即慨然以疏凿为己任。其冬会观察郑公东行县邑，君上其事，公因归语郡守郭公，公力赞焉。

于是克日下令，士民闻者莫不输粟捐赀，以佐义举，一时不期而聚者二百馀金；而先是黄、廖二君俱各捐俸入为先倡，郑、郭二公又发帑锾以继之，繇是资费足而人乐趋事。迺以明年癸未春正月肇工，越一年而工告成，计凿巨石者三，开浚砂碛滩潭之属以十数。于是，河流底平，一苇可杭，蕞尔新邑，遂焕然有金汤之固，行旅皆愿出于其途矣。

其年，黄君乃以郭公之意求碑于予。嗟乎！此予策也，乃今行之，辞可已乎？虽然，天下事有不得不举者，而举之必通乎众志；利有不得不兴者，而兴之必相乎地宜。使石不可转，虽大禹不能以施功；民所不欲，虽子产不能以强从。又使弗获乎上，当道且难之，即贤如黄君，亦未必克有济也。故予于是役也，见上下交孚，人和地利，殆两得之。以语其功，郑、郭尚矣，黄君其盛矣乎；若郡幕之始事，县尉之宣力，与夫士耆奔走督率之劳，皆不可泯者。为之铭曰：

于惟新邑，宅彼崇冈。分梅北枝，以作尔疆。下有流泉，至于大江。中阻积石，遂绝舟航。行者艰危，石磴羊肠。伊予西游，慨焉永伤。幕史闻言，经营未遑。岂知底绩，疏凿在黄。黄侯戾止，庶事维康。宪节观风，为民上章。曰咨郡公，是用赞襄。旋转坤轴，巩固金汤。白石粼粼，河水洋洋。方之舟之，千仓万厢。维石岩岩，维水泱泱。泳之游之，为旅为商。云谁之功，二公是皇。勒此贞珉，永镇遐荒。

——录自《井丹诗文集》卷七《碑铭表》

贺潮州郭使君寿序

林大春

今上龙飞厥十有二载，岁在甲申，序属先春，是为潮州使君青螺先生岳降之辰，其时境内搢绅先生之徒林子者，尝为《金山引》三百言歌以寿之矣，迺先后乡贡之士许子岸而下十九人者，复以文请。十九人者，先生之门人也。

林子问曰："若诸君子十九人者，盖皆从先生游乎？"曰："然。""亦知先生之为人乎？"曰："岸不敏，曷足以知先生乎？先生譬则高山也，望之而未陟其巅，罔以见光灵之所萃也；譬则广渊也，游之而未涉其津，罔以探神宝之所伏也。必欲发海岳之精华，绘云物之瑞气，非夫子莫之与矣。"林子避席起谢曰："夫诸君子十九人者，以东省之英，而升南郡之帐，立有道之庭，宜得先生之学以为程，先生之猷以为经者也，而犹谦让未遑若此。如不佞者，虽尝缔交先生，然其语默也殊致，其出处也殊情。先生方不日召对，翱翔禁近，为金马之岁星。而予则神游嵩少，以自托于上方之向平，将上迷乎鸿冥之影，下薄乎鸾啸之声，即有不斐之辞，其何足以辱先生？且夫金城之歌，义取葑菲，荐比苾芬，既备乃奏，亦既饫矣；兹复文焉，是重肉也，谁能食之？"许子曰："否，不然也。盖闻之，以道交者，其神孚；以言赠者，其传远。神孚故久而弥恭，传远故烦而不厌。是以扬雄赏音于桓谭，左思驰声于玄晏，故能究玄虚之奥指，殚宏丽之胜状，而文采并垂于后世也。今先生强年而剖千里之符，壮志而穷千古之绪。其神运及于无垠，其思精入于无始。是寿征也。而子文之，是山日增而高，渊日浚而深；而先生之寿，且将映紫极而等苍旻矣。唯夫子其勿辞！"于是，林子悠然而思，霍然而悟，以复于许子曰："得之矣。"迺为之序。

序曰：余尝下真州，览瓜步，见水部分署河渠书，多鸤鸠子之所论著，鸤鸠子者，先生所自命也。乃今予请得以是寿先生矣。夫鸤鸠，美淑人也；淑人君子，其道足以正四国，故其诗曰"正是四国"，"胡不万年"。故众莫众于四国，寿莫寿于万年，然必仪一心结，而后致之。苟非其人，弗与也。今观先生之政，其鸤鸠之于七子欤？教罔不孚其弗率者，则自底弗类者耳，非所谓正是国人耶？其处身也，若珠玉；其御物也，若春空之云、秋浦之月；其仪，可谓不忒矣。夫仪不忒，故四国正；四国正，故万类和；万类和，故天命集，享有万年，固其所也。

许子曰："何谓万年？"曰："立言立德，功在竹帛，是谓不朽。万载作则，寿之极也。盖登麟吐凤，余诗固前言之矣。"

——录自《井丹诗文集》卷十《序》

贺郭潮州考绩序

林大春

今宇内士以文章自命者，夫孰不自负奇为名高哉？乃其意气雄飞，词锋骏发，上祖坟丘，下友庄列，即近代名家数子，亦姑置弗屑，且讥评焉。顾独高自标揭，举世为空，曾无足与谈说者。常窃譬之，乔林巨樾，是生孔雀，鸾鹤为侣，金紫为章，非不文也，卒然被锦绣而遇之野，鲜不击矣；燕赵之墟，有女如玉，非不美也，使南威、西施与之同宫而处，鲜不妬矣。何者？恶其形已也。今之为文章家者，抑何异是？是故坟丘尚矣，列子无论已，若庄周之所著书，其言闳深奥眇，固词人之雄也，然予独惜其生于战国，而弗及见孟子也；如使得见孟子而与之语，未必不反其道而归之正。而矧之数子者，要多源流孟氏，而推本于七篇之仁义，何讵不若庄子也？顾反从而讥之，其毋乃与青螺使君之指异乎？

初君以奇文起江楚，会予东游会稽，君尝与会稽诸子者游，遂神交焉。及至来守潮州，予始获奉尺牍，通绍介，盖倾盖如故也。寻予侨居郡阁，君幸不鄙夷，时以文字相示，间或纵论千古，辄累日夜不休。虽君雅善庄生言，至谈及之数子者，未尝不敛容嗟异，断断乎以为不可参而贰；及见予不腆之辞，又谓足称一家，若将引而跻之著作之庭者。嗟乎！予奚足以当此也。且君文王玄思，精入无始，如采玉荆山，探珠合浦也，读之则见其深而不浮，乃予言浅也，君顾渊而微之；君文综百氏，多识奇字，如纫佩以兰，加锦于璧也，读之则见其华而不靡，乃予言俚也，君顾绮而丝之；君文考邃古，明习典故，如访道于崆峒之巅，张乐于洞庭之野也，读之则见其辩博而不诬，详覈而有据，乃予言甚迩也，君顾鼎而彝之。若君者，可谓洞视古今，虚己爱人，无毫发文人雌黄之态，岂非迈孔鸾以孤骞，超彼美而独步者欤？

今岁之春，予既辞君还山，君方以考绩北上，会督府、部使疏留不果，其友铁楼何君乃以僚属之意，乞言于予。何盖于君为文字交，而一时僚属诸贤，亦皆粲然有文以相接者，予故不辞而特表其所以为文者为君贺，见君之文得之虚怀者为多，其为政也得之文者为盛，非徒治行之卓越已也。

而或者谓予言不及政，不知焕乎文章，放勋之盛也，以簿书不报期会之间为大故者，俗吏之事，非大臣之致也。君今不屑屑于簿书期会，以取世俗之誉，则所以移风易俗，使人回心而向道者，将必有在，予安得不以大臣望之。若夫制下懋累封之典，岁中需不次之迁，此则国家所以待异才为有位者之劝，皆君之所能自致者。意境内搢绅先生，与岭外知言之士，必有为君颂之者矣，予是以略而须之。

——录自《井丹诗文集》卷十一《序》

潮州太守青螺郭先生考绩序

叶春及

夫孔子岂不至圣哉！周道缺，王路塞，文武之政，励励方简之中，其所宪章必是焉在，无亦天命未改，吾犹委质而臣之，故曰："苟有用我者，期月而已可也，三年有成。"自伤能兴文武之道，世混浊莫能用也。诸侯散乱，语皆道古以非今，王制律之，能免于不从之讨。

高皇帝定天下，建典则，为万世程，以三十一章修饬郡邑之吏，吏随牒至，奉法令检式，展采错事，三年上于主计，书能按职与否，以胥后令，四海附离而事天子，非但方简之文武，士业屈首受书，皆孔子之微言也。居常惛惛不辨，便文自营，非为公家忠计，至陈功见伪增实，执空文以謲主上，此夫名为委质，实格诏无尊用之心，不从之罪，宁独道古非今者？

青螺郭先生，学孔子之道，则自筮仕，一奉高皇帝甲令，及守潮，三十一章尽贯行之，出教告令丞尉、文学博士，愿诸君卿佐太守为治；又出教敕掾史，毋以身试法；百姓及恶少年皆有化条。推其至诚，训词隽永，无不洒然改容易虑者，化行俗善，弊祛利兴，先生德政遍十邑矣。而博士某等欲石洞序先生绩，则遣弟子某某以来，故详学校事。

夫潮，韩子所治也。当韩子时，文事未显治，进士独有赵德，因以为师。今博士三十馀人，师不独德，缙绅大夫学古之道，文章轶于西京，射策甲科，褎然常为举首，应书之士满公车矣。不独德治进士，先生广厉以孔子之道，则轻车之王良哉。余闻世儒，道尧舜而法文武，道法离而叛官离次之臣众矣；内心性而外文章，内外泮而约礼博文之教荒矣。先生兼道法，合内外修。起学宫，陈钟鼓筦籥、诗书礼乐之教，下达里闾。治韩子书堂，群十邑弟子讲业其中，自为删润，切磋究之。尝与僚佐、博士弟子摩挲韩木，曰："橡也。韩子植橡，百千年犹韩之；余植士，改柯易叶，十年不中椽，二十年不中屋，百千年而不郭，羞乎？"诸生业封殖此树，以无忘先生之德。

故事上计吏，皆得自见，上必问何以治潮，显擢之以示天下。今第以计簿往，亦必擢。即未得如渤海亲受命于其君，三年而成，孔子所希冀而未能也。《易》曰："观乎人文，以化成天下。"非先生孰望之！不佞何敢与知。手植松桂，月计不足，岁计有馀，此不佞之计也。

——录自《石洞集》卷十三《序二》

报郭青螺

林大春

曩自旌节未离岭左也，全粤人士固已颙颙然望得师矣，乃久之不果，竟待今日始有西川之命，岂锦江、玉垒奇出沧海、罗浮之右，而马卿、扬云其文远逾张、崔，非公不足以当其盛耶？要之西有闻人，东有同心，宇内一家，即在彼犹在此也。顾生之所为私恨于门下者，则以方舆之广，知己渐稀，蜀道之难，老者不入，叹流光之易迈，怅晤语之无期，望美一方，辄为有力者所据，是以不能不为之兴悲耳。

得报之日，计文驾且西，宜有问讯，须求顺庆便鸿致之。讵期翰使忽临，不远千里，读之恍若面对，对之不觉神驰。悠悠我思，曷维其已。忆在往岁，雅咏留别山中，至今在簏，时发而扬之，清风盈把，乃今惠扇良佳，可无一辞。其绿石文绮之贶，用情尤至。第愧无可为报者，旧服金丝奇南金带一束，辄附使往，倘可比于古人解佩之义，至或所不弃也。馀情未罄，统希鉴存不备。

——录自《井丹诗文集》卷十五《书》

上太守郭公请营建普城启[1]

邓修贤

伏以棠阴坐惠，提五马之麟符；丰芑贻谋，重千年之燕翼。玄[2]菟倚胜算，白鹿伏先麾。恭维台台，道园陟玉几之巅；宰府奠金城之固。搜罗潮语，记志远同班迁；垒土[3]韩山，培植更坚舆盖。聿崇定鼎，旁及弹丸。普宁割置十馀年，未有完廓；厚屿分符二八载，尚议营迁。枥下按图，道傍筑室，民心汹汹，士论嗷嗷。敢迓台轩，拥熊轼以胥宇；欲借法眼，爰龟正而卜居。望景跨丘[4]墟，向背审茔域。则大墉临断岸，黄金坚百雉之城；荒邑驾长云，紫玉[5]壮层峦之牒[6]。宫墙屹立，绅绥接羽，环桥带砺，盟深闾巷，恬熙[7]比屋矣！童叟[8]争驰竹马，吏属各执蒲鞭。伏冀蚤临，以正舆图，以慰苍赤。某不任翘瞻。谨启。

——录自万历《普宁县志略》卷九《遗文上》、乾隆《普宁县志》卷十《艺文志·启》

右司马螺川郭公前守潮郡凤皇塔生祠记

周光镐

今右司马泰和郭公，故以南司空郎出守于潮，在今上龙飞壬午，距兹三十年所矣。潮人德之，业举祠祀。然祠有三贤，有二贤，族而未特，都人士犹若缺[9]焉者。会郡丞西粤杨使君可成，观凤塔鳄渚之胜，间谘于众曰：“若郡名擅文献，非昉之韩乎？十百禩来，继韩者孰右于郭？矧斯梵塔彫盘，裨益法界无量，何韩特祠而郭未尸奥也？”众遂兴起，就寺构祠，奉公俎豆。

---

① 万历《普宁县志略》题作“请营城启”。

② 玄：乾隆《普宁县志》作“元”。

③ 土：万历《普宁县志略》原作“圡”，为“土”之异体字，径改。

④ 丘：乾隆《普宁县志》作“邱”。

⑤ 玉：乾隆《普宁县志》作“土”。

⑥ 牒：乾隆《普宁县志》作“堞”。

⑦ 恬熙：乾隆《普宁县志》作“熙恬”。

⑧ 童叟：乾隆《普宁县志》作“儿童”。

⑨ 缺：原作“缺”，为“缺”之异体字，径改。

一日，乡缙绅都谏林君某、督学黄君某、兵宪张君某、大令夏君某，驰椷所从游孝廉吴君某，问不佞纪言。不佞辞不获，乃作而问曰："昔公守潮，余分符剑北，递役秦陇关塞久之，未悉二千石治状。然而闳猷浚惠，敷教作人，则从津津谈者耳之。已乞归林壑，足不入郡廨，未识风刹景檠。然闻韩山东走，二水分流处，创建浮屠，砥柱颓波，形家言'于人文地势大有裨益'。诚然，则布慈云、标法象于沧溟浩劫，公其一大导师乎？今特尸祀兹土，依兰若祝厘，在公当年为有相功德，邦人今日为无碍胜因，畴曰不宜？顾不知丽牲之石，将为司马碑乎？抑为郡侯碑乎？司马底定勋名，旗常钟鼎，无事海陬磨勒；郡侯则五载共治，十封优渥，碑于口者不翅碑于石，亦何庸戋戋为？"

噫嘻！潮蟠粤一隅，自西京李唐来，风气习爽，至昌黎始章地纪，乡校一牒，人文骎骎丕宣，迄今山川草木，皆姓以韩。读苏文忠碑语，谁与媲隆？继此代岂乏守，语循良治行，则族举血食者多；党[1]为政，要之风猷声檠，足使人景慕兴起，无庸思议者，则螺川其庶乎哉？

谭者谓韩驱暴鳄，郭牒神去独鬼，均言异政；韩三访大颠，留衣白牛岩，郭取诸废寺千产，立僧凤裔常住，均为慈悲广大慧力。嗟嗟！此肤论也。贤者分符出治，宰物制变，可同可异，可不必同不必异，惟闻道者，作用自别，不则炫耀诡卓，终为有漏。予观昌黎《原道》《原性》诸篇，宋儒谓其佐佑六经，表里轲、雄，得矣；郭之蠙衣瀐论诸著述，亹亹博衍阐微，排异立帜，退之所言"物何深而不镜，理何隐而不抽"[2]，若将为相奎发者。以故抒道术，著功用，韩于元和间，以行军司马，佐晋公平蔡；郭则以中丞秉钺，定黔八番，寻晋右司马。此其后先光大事业，实相颉颃，正其迹不同，遇不同，而其可垂者道则同也。

嗟嗟！因纪郭而溯韩，因纪循良而述道教，俾朝[3]阳寺片碣，百世后知海邦撮土，有峥嵘二典午在。不腆之言，良有愧于子瞻云。

——录自《明农山堂集》文卷十《文·记类》

答郭青螺学宪端阳[4]

周光镐

某频从赤羽，远在朱提。槐序惊心，榴花照眼。慨兵符之未辟，躏寒柳以戏军牙；仰文印之亲持，振芳藻而悬水镜[5]。文章五色夺目，竞濯锦之丝；恩宠九重被体，羡金鱼之袭。日符天数，福倍阳畤。敬采南涧之蒲，爰奏巴中之曲，羞微芹于角黍，介康酌于尨浆。薄写我心，愿蒙台瞩。

——录自《明农山堂集》文卷二十一《文·启类》

---

① 党（黨）：为"傥（儻）"之本字。
② "物何深"句：语出韩愈《别知赋》。
③ 朝：应作"潮"。
④ 原正文题目有自注"蜀中稿"。
⑤ 水镜：疑为"冰（氷）镜"之误。

与郭青螺虞部

周光镐

顷者一望颜色，立而分袂，谓之曰会不可。别去倏尔，春又暮矣。引领中都，寤寐陵寝，思使君宣猷丕作，壮哉役也。暇则冯高舒眺，引目中原，问漆园、卞和之故迹，遐思涂山、濠濮于千古。寓之感慨，发为诗歌，不翩翩乐哉。丈夫用世尔，何论赫赫，顾有补于国家之大，则胼胝可以奏绩，不龟可以分符。虽陆沉犹赫赫也。如仆尺鷃卑栖，荒屯什五，梦不离廪囷，事不出糠秕，令人奄奄气尽。尊眷过此，不能一伸款意，歉歉！敬以不肖神躯，偕倌人驰驱境上，惟左右鉴照之。山陵侵暑，珍重寝兴。

——录自《明农山堂集》文卷二十二《文·尺牍类》

谢郭青螺贺平蛮

周光镐

某谬乘戎役，幸藉门下宠灵，建越两地，尽芟刈大憝而克平之。是皆督抚之威猷，大将军之勇略，二三同事者之筹帷，区区不佞，庶几因人不偾事，幸矣。乃其三时露刃，六月服成，不敏之罪，胡可胜诛。门下领章缝，从容于礼殿绛帷之中，谭经醳蓺[①]，广德心而定民则，其所以折冲尊俎，俾千里外桓桓征夫，执丑献馘于泮宫之泽，此又不佞之深感所自也。远辱台使，猥承奖借，媿[②]汗袭踵；宠贶之临，敢不拜嘉。倥偬报命，未悉所云。

——录自《明农山堂集》文卷二十二《文·尺牍类》

与郭青螺中丞

周光镐

弟逃岩穴五载矣，目不覩[③]邸报，手不作当路贵人书，惟以播酋关边陲大事，老丈秉专征大役，故每每向人问之。自去秋得荡平音，大为击节，乃知元老壮犹[④]，当不在吉甫后；而茅胙之锡，熙朝又一文成矣。毋论同籍宠光，其为史牒辉映甚盛。嘅[⑤]自闽省一通闻问，嗣遂阔焉，生平荷提携雅谊，即显晦涂殊，而此衷宁无惓惓也。兹有友人林大策者，以蜀西循良制归，起补滇云荒徼，道出黔中。向公祖在郡时，曾荷青瞩，兹拟伏谒辕门，傥推念旧编氓，又不肖弟与故选部唐仁卿同志友也，与其进而指示之，万里荒陲，何言二天。幸甚幸甚！

——录自《明农山堂集》文卷二十四《文·尺牍类》

---

① 蓺：古同“艺”。
② 媿：古同“愧”。
③ 覩：古同“睹”。
④ 犹：通“猷”。
⑤ 嘅：古同“慨”。

独鬼记

林　崇[1]

万历九年五月，城南有鬼腾趯[2]于杨氏家，侵其女而淫之，自称曰“独”。女坐鬼坐，女行鬼行，女卧鬼卧，亡日夕离，阖家大惊。一日请巫禳之，有呼者，有喟者，有鸣锣者，有击鼓者，有吹哨角者，有上表章者，展尽伎俩。鬼亦掷石投瓦，耀光现怪，倏而孩儿在梁上坐，倏而衣服在笥亡，倏而饭盂尽泥沙，倏而空中累磁器，闪烁若雷霆，作祟万状。而后巫者莫不称雄颂圣，叩头请罪；杨氏莫不胆落魄丧，逃遁无地；观者如堵，亦莫不股慑心怖，缩颈吐舌。鬼乃陡然声如乳虎曰：“天曹地藏可出入，酆都鬼国可麾使，风伯雨师可呼唤，彼巫何能为！”

已而诉于城隍之神，鬼曰：“若诉城隍，彼城隍复何能为！第顺吾意，毋□吾怒。山珍海错，悉羞以饱吾欲，若曹当安枕而卧矣。不则亡能为也。”杨如其言，肃庀饮食，设香案，掩以竹壁，从鬼与女寝处。时或攘窃财宝，排列炫观，旋即化去，不知所之；言祸福幽隐事乳如响。郡中来占休咎者门如市，随叩随答，人甫动念，鬼每先言，亡不征验。鸡黍炰羞置于几，少顷食罄；或分与某某食之，都无灾害。自是老少与之狎，相戏谑如家人然。

有府学生吴某者，父乳名阿隣，往筮来秋某试事，鬼诓曰：“郎君高捷。”阿隣谢而出。杨诘之，鬼曰：“吾故绐之。阿隣行最市井，亡封君之福□，子明年登阎王榜矣。”壬午赴试，果卒于省。其言多中，未易缕述。

十月，郡守郭公青螺入觐，次舟三河，闻其妖，移文驱之。鬼语所私女曰：“郭使君正人也，有牒严驱，当疾走不敢复留此矣。”独鬼灭踪，盖在十月十二日也。

林崇曰：国家兴亡，必有祥妖。而至诚先知，至诚如神。旨哉言也。闻之父老，嘉靖丁巳，马骝精奔腾，磷火夜飞，变幻异形，入人家，侵妇女，逾旬乃去。戊午，倭奴内讧，嗣兹盗贼猖獗，所至屠烧，积骸如山，赖天子威灵，以次剿平。予以为独鬼之妖，不减于马骝精，况鲸鲵丁时，业已见告其灾眚，当不独祸杨氏，乃郭公尺牍贤于百万甲兵远矣。假非天幸，锡以名卿，挽回阳九而拆乱萌，则戊午、己未之变不复作哉。夫播州之酋，国家一大关系也，公平播开疆拓土，天地为烈，诚何有灭绝魔幺而永奠海国也邪？岂《传》所称至诚者哉？而昌黎驯鳄，亡足异矣。予谬，方皋比[3]于公，而独鬼之情状颠末，知之独稔，不惴搦管，详纪于篇，或亦窃比戮鳄之陈尧佐也哉。

子章按[4]：予守潮时，果有驱独鬼一事，其文刻于《粤草》。当其时亦不知其详。万历丙辰，门生林崇入燕，过予山中，书示是《记》甚详，因刻之《偶记》，恐读者传讹耳。

——录自《蠙衣生传草》卷八《续偶记》

---

① 林崇：海阳人，万历年间贡生，仕教谕。

② 趯：古通“跃”。

③ 皋比：即虎皮。古人坐虎皮讲学，后因以指讲席。原文缺“比”字，据文义补。

④ 子章按：此三字为笔者所加。

附录二

郭子章先生守潮事迹系年

先生姓郭，名子章，字相奎，号青螺，又号蠙衣生，江西吉安府泰和县人。隆庆五年（1571）进士，授福建建宁府推官，升南京工部主事、署郎中事主事，历任潮州府知府、四川按察司提学副使、浙江右参政、山西按察司按察使、湖广右布政使、福建左布政使、都察院右副都御史巡抚贵州，官至兵部尚书兼都察院右都御史。

康熙《广东通志》卷四十一《名宦志・各府四・明潮州府》：“郭子章，庐陵人，进士。万历间知潮州，有才名，政尚整肃，吏畏民安。著《潮中杂记》，补前志所未备。学者称为青螺先生。”

《黔草》卷八《奏本职给由疏》：“奏为给由事。照得臣见年六十岁，江西吉安府泰和县人。由隆庆五年进士，本年六月内除授福建建宁府推官。万历三年三月，内升南京工部虞衡清吏司主事。七年十二月，内奉本部札付为修理祖陵，工完，题奉钦依升俸一级。八年十一月，内升本部都水清吏司署郎中事主事。九年十一月，内升广东潮州府知府。十四年五月，内升四川按察司提学副使。十七年四月，内升浙江布政司右参政。二十年七月，内升山西按察司按察使。二十一年闰十一月，内升湖广布政司右布政使。二十三年二月，内升福建布政司左布政使。二十七年四月初十日，准吏部咨为缺官事，该本部等衙门会推，题奉圣旨，郭子章升都察院右副都御史、巡抚贵州，兼督理湖北、川东等处地方军务，写勑与他。钦此。钦遵。于本年五月二十二日，抵臣抚属湖广沅州地方接管受事，扣至三十年四月二十一日止，连闰实历正三品俸三十六个月，三年考满，例该给由。缘臣奉命巡抚贵州地方，不敢擅离，伏乞勑下吏部查例议覆，上请定夺施行。臣不胜惶惧俟命之至。为此，谨具奏闻，伏候勑旨。”

《明神宗实录》卷四百九十五：“（万历四十年五月丁酉）兵部以贵州路、山两苗功擒斩四千馀级，非常大捷，请加叙录。得旨：郭子章升兵部尚书，兼都察院右副都御史，给与应得诰命终养，仍与原荫儿男上升一级，世袭，赏银四十两，大红飞鱼衣一袭。”

《明熹宗实录》卷十：“（天启元年五月庚申）赐原任贵州巡抚、都察院右都御史加升兵部尚书郭子章祭葬如例，仍以军功加祭一坛。”

明神宗万历九年辛巳（1581）　三十九岁

是年十一月，先生以南京工部都水清吏司署郎中事主事出守潮州。

《黔草》卷八《奏本职给由疏》：“（万历）八年十一月，内升本部都水清吏司署郎中事主事。九年十一月，内升广东潮州府知府。十四年五月，内升四川按察司提学副使。”

将赴任，同僚欧大任集于南京城齐王孙园饯别。

《欧虞部集·秣陵集》卷六《齐王孙园饯郭相奎曹长出守潮州》："急管娇歌醉月明，寒宵犹共秣陵城。文扶八代潮州去，诗擅诸曹水部名。南问舟航津树合，东看楼橹海烟平。不知几日王程路，何限儿童竹马情。"

按：欧大任（1516—1596），字桢伯，号仑山，广东顺德人。师从黄佐，长于辞赋。历官江都训导、光州学正、国子监助教、大理寺评事等职。万历九年（1581）秋，任南京工部屯田司主事，后以南京工部虞衡郎中致仕。工诗文，与梁有誉、吴旦、黎民表和李时行称"南园后五子"。著有《欧虞部文集》二十二卷、《百越先贤志》四卷。

齐王孙园：在南京，为明太祖第七子齐王朱榑裔孙所建。园依城隅，多竹，望之阴森蔽日。(《秦淮夜谈（第4辑）》)"万历中有承綵者，亦榑裔。齐宗人多凶狡，独承綵颇好学云。"(《明史》卷一百十六《诸王传一》）此齐王孙者，或即朱承綵。

冬，过芜湖，王之楫等请撰《芜湖王氏族谱序》。

《粤草》卷一《芜湖王氏族谱序》："予曩以摧事莅芜……王之桀、仪钥、之楫、之稷四生者，受学于予，予以故闻王多耆旧，以礼义孝友范其家，以诗书谷其子孙，芜人睎为仪槼。今年冬，予出守潮阳，道芜，会王谱成，之楫等介族诸彦谒予序。"

约其时过江西，韶州府属以是冬为韶州知府周嘉谟父母齐封并寿之辰，谒先生请赠序为祝，为撰《周松岐先生暨刘恭人齐封并寿序》。

《粤草》卷三《周松岐先生暨刘恭人齐封并寿序》："予同年友周明卿甫三十，以计部郎出守韶州，是时封大夫松岐先生暨刘恭人方艾年……甫三年，野无奥草，民鲜县耜，国有班事，文毋胜□，俗不佞佛，涂绝辇石，治行为粤东第一，两台交疏于上。上嘉其能，下玺书褒之，诰封翁官如韶州，母晋恭人。是年冬，翁年方耆指使，恭人少翁几岁，而诞与翁同月。韶州越在岭外，不得绝汉水为寿，意且嗛嗛。会章出守潮阳，便过豫章，其属某某谒刍议为祝。韶州，予兄弟，中道义心，知予睎翁、恭人，丈人行也，祝延曼寿，岂后曲江诸君。"

按：周嘉谟（1546—1629），字明卿，号敬松，汉川（今属湖北）人，隆庆五年（1571）进士。除户部主事，历韶州知府。万历十年（1582）五月升为四川副使，累迁兵部右侍郎，巡抚云南。万历末，官吏部尚书。光宗即位，旋疾笃，受顾命，辅皇长子即位，正色立朝，中外倚以为重。光、熹相继践祚，嘉谟大起废籍，耆硕满朝。忤魏忠贤削籍。崇祯初，起南京吏部尚书，二年卒于官。

同年冬或明年初，同年、顺庆府知府周光镐赋诗为先生父祝寿，言及先生将出守潮州。

周光镐《明农山堂集》诗卷二《赋渭滨渔隐为郭相奎使君尊甫寿》："之子方从事，四牡驾朱轮。鳞符二千石，凤藻七襄文。"

按：周光镐（1536—1616），字国雍，号耿西，潮州府潮阳县人。嘉靖四十三年

（1564）举人，隆庆五年（1571）进士，授浙江宁波府推官，先后兼署府属奉化、象山、慈溪三县事。历南京户部主事，调南京吏部主事，升南京吏部郎中。万历九年（1581）三月，升四川顺庆府知府，守顺庆府五载。后以四川建昌兵备道副使兼平建（昌）越（嶲）夷监军，升调陕西按察使，整饬临邛兵备。万历二十一年（1593），加都察院右佥都御史衔，巡抚宁夏。万历二十三年（1595）十一月升大理寺卿，未赴任，辞官回乡，从事地方公益活动，并授徒讲学。著有《明农山堂汇草》四十九卷（诗草十五卷、文草三十四卷）及《泗水周氏宗乘》诸作，康熙《潮州府志》称"为岭南文献云"。

明神宗万历十年壬午（1582）　四十岁

正月，先生便道还泰和，过家为父亲寿。

《粤草》卷三《康母宋太安人八十序》："予既捧檄而潮阳也，便还豫章，过家为家大人寿。"

同卷《宗伯母曾孺人六十序》："孺人以今年正月寿六十矣，会不佞出守潮阳，过家为家大人寿，已登孺人堂，斟兕觥为孺人寿。"

复为外祖母杨安人八十六岁上寿。

《粤草》卷三《外太母萧安人九十序》："当嘉靖乙丑，子章为诸生，内子王母杨安人，年七十，子章前上兕觥为寿。……辛巳冬，予出潮，复过家，为安人寿，安人八十有六，内子坚不欲之越，留事安人，安人促之曰：'儿第去！予年尚赊，太守秩满即迁，倘昼绣里中，予犹得以鲐背黄耇之老妇，游而膳饮南海之珍羞，顾不侈与太守事夥政严。幸善佐刀匕，议酒食而身衣布裙，以养夫君廉，奈何以老妇故濡滞乡园也？乙酉六月，安人年果满九十。……子章少贱，先恭人见背。安人遴里中儿，夺群议以孙女女子章……安人生名阀，不移樊华，妻于右族，谨祗榛栗。在杨为女士，在萧为少君。身跻上寿……余舅久谢青衿，日侍北堂，庶几家不从政之义，而又特创新室，以怡颜承欢。"

按：先生妻萧氏之祖母即先生外祖母，"在杨为女士，在萧为少君"，意即其外祖母为杨家女、萧家媳。先生与妻萧氏为表兄妹。

先生过庐陵时，谒封太史习易庵，时其子修撰习孔教坐贬归里，先生稍引譬慰藉。

《粤草》卷三《封太史习易庵先生八十序》："万历中，重人柄国无令，擅为恣所私以凌宇内……吾吉三四君子窃忧之，始同年傅御史思善首发其毒，刘御史国基继弹其私，欲节收其权。星变后，邹进士尔瞻谔谔诤之，习学士时甫引馆阁诸臣又诤之……无几何，三君被重罪去，学士斥瓯闽，瓯闽谗者忖忌者意，设飞语中之，学士坐归里。子章时由金陵入粤，过螺川，谒封太史易庵先生，稍引譬慰藉。先生笑曰：'世好膻恶焦，若行不膻世，嗜甘逆苦，若言独苦，宁得无困？且又恶知夫龁草饮水者之不便于义台，而刍菽太庙者之不短于牧埛乎？此寄去耳，毋嗟不乐也！'子章闻而识之。……今年秋，子章由粤入蜀，学士以司成请告，不获。迟回邑里，别予螺江上，且曰：'所为恋恋不即去者，以老父春秋高，明春届八十。欲从览揆之辰，执兕觥为寿，子何以教我寿?’予尝读《荀子》矣，其言曰：‘欲观千载，则审合日；欲知亿万，则审一二。’子章侍易庵先生久，岂第一二可颂?”

按：习孔教（1536—1597），字时甫，号豫川，江西庐陵（今江西吉安）人。隆庆二年（1568）进士，选庶吉士，授翰林院检讨，参与纂修世宗、穆宗实录。升编修、修撰，纂修《大明会典》，充经筵讲官。以逆权相张居正，被劾回家闲住。后被荐复起，历南京郎中、春坊、谕德，掌南京翰林院事。会亲丧归家。复起为少詹事，升南京礼、吏二部侍郎，俱不赴，卒。按例，习孔教不得祭葬，但因其“抗论权奸，遗直足嘉，故重之”。

易庵，为孔教父，名不详，待考。

泰和人康梦禹为潮州通判，来书趣驾，并托先生存问其母。

《粤草》卷三《康母宋太安人八十序》：“康伯子子成，别驾潮阳，书来趣予曰：‘某所不即拂衣去，俟子来，共振衣金山之椒，俯睇大海。子为我存老母，母儿聚匪朝伊夕耳。’予过凤冈，登康太安人堂，纳屦拳韝，侍酒于前，为安人寿，安人春秋高，齿八十矣。予以伯子语语安人，安人曰：‘异日在横序米廪，孺子雁行先子；子今且兄，孺子而弟之，犹家督然，出入仕处，子其以义裁之，毋恣孺子意。……子今且往，出朋心合犹谭理议政，入而抵掌道六戚、话四隐，亦宛然在枌巷。予闻谋得于胸，动适于彼，故心得而听得，听得而事得，事得而功名得。愿子为孺子之孰谋之也。’子章敬诺。”

按：康梦禹，字子成，泰和人。选贡，潮州府督粮通判。

在泰和，进贤人、太史舒芬之孙教谕舒伯献出示所手校其祖文集及《太极绎义》《周官定本》等书。

《粤草》卷二《赠舒伯献上春官序》：“庐陵故刻有文信国《成仁稿》，进贤舒太史公为之编次，余髫龄时得而卒业之，读其序，慨慷激昂，泣数行下，愿为之执鞭不可得。……今年春，余出守潮阳，便还西昌，则公之孙伯献先生，俨然为西昌士师，出其所手校公集，并以公平日所著《太极绎义》《周官定本》等书示余，余然后知天之于公，未尝不闵其死而遽斩其泽也。”

按：舒芬，字国裳，号梓溪，江西南昌府进贤县人。正德十二年（1517）状元，授翰林院修撰，敢言直谏，谪福建市舶副提举。世宗时复官，嘉靖六年（1527）大礼议伏左顺门哭争。下狱廷杖，夺俸如初。旋遭母丧归，卒于家，年四十四。万历中，追谥文节。著有《舒文节公全集》（又名《梓溪文钞》）。

舒伯献，舒芬孙，泰和教谕。

时母舅萧其坤夫妇合窆，先生执绋会葬，诺为撰《墓表》。

《粤草》卷五《赠文林郎萧挹淇先生墓表》：“故勑赠文林郎、广东东安县知县萧公讳其坤字顺龄别号挹淇，以隆庆二年正月卒于家，且葬矣；后十二年，元妃太孺人严氏卒，又几年始葬于源头里。维时子章以虞部郎出守潮州，便还邑屋，执绋会葬，问文林公墓所，京兆君舍杖，语公墓在龙目山，乞《铭》于胡庐山师，既内《铭》，始被东安命孤欲表之墓侧，敬自吾子。予先恭人出萧处士强醒先生女、进士黄州别驾孙女，于公兄弟行，予是以详于萧之世……子章诺京兆之委，复三年所，会入蜀过家，而表于其墓。”

在里中，为乡人、同学王傅之父王序郁撰《王隐君传》。

《粤草》卷六《王隐君传》：“吾乡有隐君子王彬斋先生，不佞髫年从戚属兄两江师受《易》，隐君介余从叔鹇，遣子傅修质，与余共砚席。是时，隐君以笃行起家，业已推里中祭酒，而资富能训，又非猰㺄斗智敚时者，私心甚乡往焉。比释褐，宦游闽吴越十年所，迺出牧潮州，过家门，而隐君窅然仙逝。呜呼！隐君死矣，而其不死者存，作《王隐君传》。隐君姓王氏，名序郁，字汝质，彬斋其别号也。”

是月为宗伯母曾孺人六十寿诞，先生撰《宗伯母曾孺人六十序》以祝寿。

《粤草》卷三《宗伯母曾孺人六十序》：“予宗食指不下万人，内政肃穆，代以贤节著称。若今梅浯天谷弟母氏曾孺人其一焉。孺人出龙丘曾，为邑闻家，年十六笄，而字梅池君。……孺人以今年正月寿六十矣，会不佞出守潮阳，过家为家大人寿，已登孺人堂，斟兕觥为孺人寿。”

约正月末，先生入潮境。

郭孔延《资德大夫兵部尚书郭公青螺年谱》（下称《青螺年谱》）：“壬午十年公四十岁，春正月，迁潮州太守，莅任作教议约法吏民。”

周光镐《明农山堂集》文卷十《右司马螺川郭公前守潮郡凤皇塔生祠记》：“今右司马泰和郭公，故以南司空郎出守于潮，在今上龙飞壬午，距兹三十年所矣。潮人德之，业举祠祀。”

二月初旬，莅任潮州府知府。

按：据《粤草》卷三《外太母萧安人九十序》：“乙酉六月，安人年果满九十，而子章以二月初旬投满牍于司大夫。”知先生于万历十三年（1585）乙酉二月初旬莅任满三年，回推则莅任在万历十年（1582）壬午二月初旬。

莅潮三日，谒城南韩文公祠，睹公之貌，俨若浮屠。退而思之，窃不谓然。

《粤草》卷十《告韩文公藏土像易木主文》：“子章守潮，三日庙见，睹公之貌，俨若浮屠。退而思之，窃不谓然。”

《潮中杂纪》卷四《韩公二祠沿革》：“苏文忠曰：‘潮人焄蒿凄怆，若或见韩公。’其专祠固宜。今祠有二：一在河东韩山上，一在城南。……城南祠，元至元间，郡守王用文创，祀韩文公、赵天水先生、陈文惠公。……万历十一年，子章重葺之，……前门内贮二碑，……门前仍扁‘韩文公祠’，……庙中原有文公并赵天水二土像，子章以其似浮屠，敬为藏之，易以木主，而告以文。”

先生晤康梦禹，以康母勉励语告之，后应同僚、商民之请，为撰《康母宋太安人八十序》以为康母寿。

《粤草》卷三《康母宋太安人八十序》：“子章敬诺。辞而之潮阳，又以安人语语伯子，伯子曰：‘是母志也，非子志也。’予曰：‘母志，志也；子志，志也。抑母以就子，孰与夫屈子以信母？’伯子嘿然无以应。……于是，伯子闻诸君语，始坚决不去，潮之商民大悦，讙舞称百岁。诸君又晋商民语之曰：‘是太安人令，而守赞之也，商民又称太安人百岁。’子章于是次第其语，以复太安人；太安人大悦，为加一匕箸。伯子闻而诣予曰：‘善哉，子之为吾母寿也！’”

派员致候其房师王一岳于连江，不意其已捐馆；比讣至，先生为位祭奠。

《粤草》卷五《奉政大夫王载南先生墓志铭》：“岁庚午大比，穆皇帝命故侍郎丁文恪公，暨今元相少师申公，以学士主顺天试，而连江王载南先生以襄城谕分校《易》房，得士共十九人，俱一时名士，如晋江李尔张、海宁郭舜举、万安朱可大、获鹿崔献可、宛平浦良弼及子章后先成进士，二学士称襄城谕得人，繇是海内翕然称王先生水镜云。公以万历壬午繇思明犇赠君洞樵公丧，返连江。子章以是年出守潮阳，走一介上公垩室，而公已捐馆，比赴至，子章为位哭。”

按：王一岳（1530—1582），字镇甫，别号载南，福建连江人。嘉靖戊午（1558）举于乡，三对公车不偶，乃谒选，授襄城教谕。隆庆元年（1567）分校顺天乡试《易》房，得士十九人，俱一时名士，先生为房下士。无何，擢广西上林令。万历元年（1573）以征古田功，徙守万州。六年（1578），迁思明府同知。十年（1582）奔父丧，十一月卒病庐次，享年五十有三。

署邑事照磨廖汝栢以父老开平远新河之议报闻，先生甚韪之。

《粤草》卷四《平远县开新河记》：“此平邑新河之议所由起也。予壬午春入潮，时照磨廖汝栢署邑事，以父老议闻，予甚韪之。民方剚耜耒，趋芸壅，不给。”

按：廖汝栢，潮州府照磨，万历间任，署平远县令。

潮州颇号樊剧，簿书鼅午，先生亲自裁决。

《蜀草》卷九《学约》：“本道昔李于闽，既出守于越建州、潮州，颇号樊剧，簿书鼅午，犹守自裁决，彼吏胥即众佣书耳。”

莅任作七《教》，约法吏民。

《青螺年谱》：“壬午十年，公四十岁，春正月迁潮州太守，莅任作教议，约法吏民。《公移》：‘余初入潮，以明一法令，整肃吏民，不可以亡教也。作七《教》，其后因事建白，或关于教化，或系于防守，其巨者得十议焉。《诸有司教四条》《府首领、县佐以下各官教》《教官、诸生教》《诸役教》《崇祀名宦议》《查渔课议》《定惠来县五都赋议》《城普宁县议》《囚粮议》《开盐路议》《增盐甲补京银议》《南澳、程乡议》，全具《粤草》。”

按：诸《议》作于不同时期，详后。

先生母晋赠安人，敕至潮州，作《勅赠先安人告文》以告庙。

《青螺年谱》："（壬午十年正月）王母萧孺人晋赠安人，勅至潮阳，公作文告庙。"

《粤草》卷十《勅赠先安人告文》："万历十年岁次壬午某月某日，南京工部都水清吏司郎中、今升广东潮州府知府、不肖男子章，谨办牲醴处，告于勅赠孺人、晋赠安人显妣萧氏神主：子章待罪虞衡，曾未几时，会上嘉礼成，覃恩百工，得晋赠母安人。……兹复叨荫，出守潮阳，过家便省老父，父以皇嗣诞恩，得晋四品服色，并告老母幽明共驩。"

是月，崇祀潮州名宦，先生为文告诸公，自海阳侯而下迎主崇祀于学宫之左偏室。撰有《告文》。

《粤草》卷九《崇祀名宦议》："本府近因学道按临，检阅名宦册籍往牒，先贤其已崇祀者，无容复议，顾其间有大功德于潮而未入祀典者，于汉得二人焉……于唐得二人焉……于宋得十四人焉……于元得二人焉……于国朝得六人焉……以本府所考镜者如此，则其所遗佚者必多。不一崇祀典于学宫，何以慰忠魂于泉壤？伏乞下之该学，细加核实，如果公议允协，相应崇祀，以光俎豆。"

《粤草》卷四《程乡县凌风楼记》："今来守潮，上书督学大夫，请公及同死义者入祀名宦。"

《粤草》卷十《崇祀名宦摇毋馀、史定、杨嗣复、李宗闵、吴潜、狄青、文天祥、陆秀夫、张世杰、王纲、毛吉、刘湛、刘魁诸公告文》："子章承乏潮州，窃稽宦迹，以为法程，则自海阳侯而下，或启华风，或苏民瘼，居则拊循，变则致命，豺虎屏迹，闾阎案堵。主今考，信古志，炳炳乎麟麟乎。……兹奉督学大夫檄，诹吉迎主，崇祀春秋，以启我后人，以福我黔首，则子章之上愿也。惟神灵监之。"

《青螺年谱》："（壬午十年）二月，崇祀潮州名宦摇毋馀、史定、杨嗣复、李宗闵、吴潜、狄青、文天祥、陆秀夫、张世杰、邹渢、萧资、陈龙复、刘子俊、林琦、许浒、徐溱、萧明哲、曾凤、丁聚、虞士龙、王刚、毛吉、王源、刘湛、刘魁、郭春震诸公。令甲郡国有祠祀名宦以死勤事？以劳定国、法施于民、御灾捍患者咸在祀典。公为文告诸公，自海阳侯而下迎主崇祀于学宫之左个。"

三月丙戌，惠州河源、博罗大水，四月初滥于海阳，韩江内外堤畔崩塌溃决。

《明神宗实录》卷一百二十二："（万历十年三月丙戌）惠州河源、博罗大水。"

《粤草》卷四《愿丰亭记》："我潮蕞尔，辟在东岭，沿河治堤，自宋迄今，长岐、城北、南桂、登隆、东津、秋溪、上莆、下莆，在在而堤。郡以上崇冈复岭，田多在岭迳河壖。河水自大埔、程乡三河而下，如建屋瓴，埶直射田；郡以下百里外，南临裨海，海水潮汐寖灌，雄风卷浪，醎水漫汗，厥田不秋，遂成舄卤。故内堤防河，以亡受其迅流之射；外堤防海，以拒其咸流之入。潮之堤，如户枢楗，如身毡裘，楗不下则盗入之，裘不重则寒侵之，堤不厚则水啮之，其可以死一也。万历十一年夏，惠阳大水，漂自长乐，滥于海阳，两河堤畔崩塌溃决。"

按：《记》称"万历十一年夏"，盖误，应为"万历十年"。

春，王一岳次子美中持状来征铭，先生为撰《奉政大夫王载南先生墓志铭》。

《粤草》卷五《奉政大夫王载南先生墓志铭》："今年春，公长子执中令仲子美中持黟令吴公应乾状来征铭。呜呼！余尚忍铭余师。……（万历）十年三月，赠君卒于家。赴至，公自太平奔丧……居于庐，寝苫枕土。十一月病……以十七日卒庐次，享年五十有三。……执中等以今年七月某日葬赠君瑚瑶，跨龙山，背辛面乙，而附公窆于左。"

《传草》卷二十《王载南先生继配陈孺人墓志铭》："隆庆己巳，予同温陵大学士李尔张先生以恩贡入成均，明年庚午顺天乡试，俱幸入彀，又同出连江王载南郡丞先生门。郡丞时为襄城谕，已迁粤西上林令，再迁珠厓万州守，三迁思明郡丞卒。予守潮州，公子美中来乞铭，并铭官巷陈孺人共窆于磁窑江店桥畔，予业已铭且镌矣。"

四月，奠祭城隍神，有《谢晴文》。

《潮中杂纪》卷三《谢晴文》："维万历十年夏四月，潮州知府郭子章谨以清酤腶修之奠，祭于城隍之神。"

五月七日，先生五女生，名曰贞文。

《青螺年谱》："（壬午十年）夏五月七日，五妹生，公命名曰贞文。"

水灾后潮中泥沙漫田，草芜野生，潮民复芟芜植谷，夏收大有。

《粤草》卷十《潮州府告城隍驱独鬼文并跋》："自知府三月入竟，屡祈神佑。五月，惠州大水，稽天寖灌我潮，神驱水入海，民免鱼鳖。既而泥沙漫田，草芜壄生，神芟芜植谷，年称大有。"

按：《文》称惠州大水在五月，据《明实录》则在三月末，浸灌于潮当在四月初。《文》称"神芟芜植谷"，而劳作者实潮民也，此归美于神尔。

约是年，鉴于所辖潮、揭、饶、惠、普五县自万历元年至九年拖欠京银，近奉明文催征，先生据盐甲黄兴利等呈增饷先期纳补京银一节，撰《增盐甲补京银议》。

《潮中杂纪》卷六《增盐甲补京银议》："本府所辖潮阳、揭阳、饶平、惠来、普宁五县，原欠京银，自万历元年至九年，共银一万八千六百两有奇，近奉明文，催征期逼，参罚法严。本府与各县令日夕怀惧，心力俱殚。……（万历）七年以后，寇渐骚除，民渐耕耨。则六年以前，潮中莽为盗区，而潮、普、饶平三县为甚，故今之逋负亦惟三县为甚。职以为金花之逋，七年以后，逋在民也；六年以前，逋在贼也。……近奉布政司颁示晓谕，随据黄兴利等佥呈增饷先期纳补京银一节，本府细查广济桥盐商原有七甲，一甲十人，递年共纳饷银一万八千馀两，尽此一岁之需，亦足用矣。今于七甲之外，又愿增立一甲，每年照例纳饷银二千六百馀两，以补各县原欠京银之数，不六七年，欠数可尽完足。无损于军饷，而大益于内帑；不扰于闾阎，而复通于盐客；使府县官又得免于督责，一举而数利焉。相应俯从施行。"

按：该《议》撰写时间不详，据文中所称“原欠京银，自万历元年至九年”，则该《议》当作于万历十年，故暂系于此。”

约是年，鉴于程乡、潮阳、澄海三县渔课虚悬米石，呈议九款，成《查渔课议》。

《粤草》卷九《查渔课议》：“查得程乡县河泊所米原额二千石，今虚悬米七十五石，已据该县，查将河泊所地铺税，及鸬鹚户船只贴银，凑补完解，无容别议。其潮阳县河泊米原额一千四百石，今虚悬米五百馀石，澄海县鮀浦、东陇二河泊米原额四千八十石，今虚悬米二千二百馀石，所存之米又多负不内。然而鱼油料价胥于此出，文武官俸钞胥此乎赖，今料价不完，本府移借解京，卫所官多空乏，至有经年不得领钞者，皆此米之未清查故也。……及今不查，后将何抵？本府厘为款目：一曰委府官以重事权，二曰酌樑头以定税额，三曰定日期以便号集，四曰先报名以稽多寡，五曰严隐瞒以苏贫户，六曰足原额而不溢米，七曰除虚米以苏民困，八曰刻船梢以寓稽察，九曰置册籍以明消长。条悉上请，如鄙议可采，乞下之委官，再加酌议，务使上不失公家之正课，下不扰船户之生计。”

按：该《议》撰写时间不详，以其与上条同涉税课，故暂系于此。

潮人喜穿木屐，先生初至，甚讶之，已而儿辈在署稍稍习而安之，以为屐有五便，妇女用之或有重袿禁步之意。

《潮中杂纪》卷十二《物产志·木屐》：“潮人喜穿木屐，至妇女皆然。予初至，甚讶之。已而儿辈在署稍稍习而安之，则对予曰：‘屐有五便：南方卑湿，屐高远湿，一也；炎徼雪暑，赤脚纳凉，二也；所费无几，贫子省履，三也；澡身濡足，顷刻遂燥，四也；夜行有声，不便为奸，五也。此东越人所以日用之也。’予曰：‘何以用之妇女？’对曰：‘其重袿禁步之意与？’”

七月，倭船潜住闽海，因风逆而未入寇。

《粤草》卷十《潮州府告城隍驱独鬼文并跋》：“（万历十年）七月，倭奴四十艘潜住彭湖，震于其邻，神反风御寇，十邑安堵。”

八月，以试事入省，校士粤闱。该科为同年、广东巡按罗应鹤主持，先生得斟酌朱卷，多士入彀，得魁者三，如李廷大、黄文炳、林熙春、温可贞、张凤翼、黄琮、姚叔明皆隽贤书，录文多出先生手。

《粤草》卷四《愿丰亭记》：“万历十一年（应为‘十年’）夏，惠阳大水，漂自长乐，滥于海阳，两河堤畔崩塌溃决。不佞秋以试事入省，冬以觐入燕，未及筑砌而去。”

《粤草》卷一《〈潮中杂纪〉序》：“入潮三月，校士于帘。越月，入觐于燕，逾年始还潮。”

《粤草》卷十《潮州府告城隍驱独鬼文并跋》：“八月，知府滥与棘闱，神默助文昌，多士入彀，得魁者三。”

《青螺年谱》:“(壬午十年)秋八月,公校士粤闱,赋秋夜诗。是年罗文野御史为政,公以同年得斟酌朱卷,如李延(廷)大、黄文炳、林熙春、温可贞、张翼凤(凤翼)、黄琮、姚叔明皆隽贤书,翩翩知名,俱门下士。录文多出公手。既望之夕,公赋诗云:‘愿言得佳士,持以报明君。’”

按:“入潮三月”疑误。先生正月末入潮境(详见上文万历十年“约正月末,先生入潮境”条),至八月已有六七个月矣。先生所附诗仅剩摘句。

罗文野即先生同年罗应鹤,文野为号。《兰台法鉴录》卷十九《万历朝》:“罗应鹤,字汝中,直隶歙县人。隆庆五年进士。万历五年由黄岗知县选福建道御史,六年巡茶陕西,九年巡按广东,十一年提学北畿,十二年升大理丞,累升佥都巡抚保定。丁忧。”

李廷大,乐昌县人。万历十年(1582)举人,二十年(1592)进士,柳州府推官。《青螺年谱》作“延大”,误。

黄文炳,字子吉,号元宇,海阳人。万历十年举人,授新兴县儒学教谕,擢国子学录,升兵部司务,累迁至户部郎中,历任云南副使、贵州参政、云南按察使,仕至广西左布政使。赠祖直谅、父南瑛俱参政,祀乡贤。

林熙春,字志和,别号仰晋,海阳人。万历癸未进士,授巴陵令。以内艰归,服阕补将乐县。寻擢户科给事中,历任礼科、兵科,至工科都给事中,多所建白。乙未冬疏救言官,左迁茶陵州判官,遂引疾去。丙午量移贺县,未赴。天启初恩诏起废,以南仪曹转光禄少卿,累迁至户部左侍郎,予告。著有《城南书庄草》等行世。卒年八十,谥忠宣。(光绪《海阳县志》卷三十八)

温可贞,东莞人。万历十年举人,授亳州知州。中蜚语,左迁云南南安,后升思南府同知。

张凤翼,字元辉,号惺初,澄海人。万历十年举于乡,由学博转国子监,历升刑部郎中,升云南按察使副使,滇人德之。其文词工骈俪,有《四六剩言》行世。卒年八十。祀乡贤。(康熙《澄海县志》卷十五《孝友》)《青螺年谱》作“翼凤”,误。

黄琮(1552—1640),号玉田,海阳人。万历二十六年(1598)进士,授大理寺评事,出治饶州府,寻移繁临江,俱多异政。升云南督学,擢福建按察使,转布政使。卒年八十有九。(光绪《海阳县志》卷三十八)

姚叔明(1561—1592),字国显,号星华,潮阳人。由县学以《诗经》领万历壬午科乡荐。年三十二卒。

拟壬午广东乡试程策《弭盗》。

《粤草》卷七《弭盗(壬午广东乡试程策)》:“今天下言粤事者殊矣,异日者岭东西间莽为盗区,海以外诸孽勾引外夷躏中土,主上南顾,廑宵旰筹之。比者文武大吏奉上威灵,庙堂指筭,刬茀而芟夷之,今其时势大殊往昔,山箐不揭竿,瀚海无波民,耒耜徧山谷,岛屿商帆,络绎来薄,即伏波、楼船而在,且卷舌不道临蔡将梁事,盖称底定已,廼执事犹斤斤然,度势议时,辨征剿之利患,校水陆之存留,此治世之先忧,忠臣之长虑也。而愚何敢无说以对。”

十六日，夕赋诗。

《青螺年谱》：“（壬午十年秋八月）既望之夕，公赋诗云：‘愿言得佳士，持以报明君。’”

秋，林大春西游罗浮，过平远县见河道为巨石所阻，舟楫不通，亦倡议疏凿。

林大春《井丹诗文集》卷七《广西左布政使见湖刘公墓表》：“先是壬午之秋，予与客为罗浮之游。”

同卷《潮州府平远县凿石通河碑》：“平远为潮之支县……下有流泉，起青云桥，百折而东，至于石窟，喷薄蜿蜒，会于大河，直抵韩江。地脉回环，风气攸关。独其中阻积石，郁为狂澜；外涌流沙，汇为激湍。以故蛟龙不入，舟楫不可渡也。故凡自潮遡流而上者，率以旬人邑界，未至可数十里，即舍舟而徒，策蹇而趋。……盖至壬午之秋，予为西游名山。一过其地，尝窃怪而叹之，以为古者丸泥可以塞关，镞羽可以穿石，故大而凿龙，小而通牛，匪独神功，亦人谋也。今邑据上游，河流经其下，反为巨石所壅，非所以运人谋以赞天工尽地力也。且夫天之生水，以利民也，川壅弗通，民罔利焉，难以为国矣。是时，有署邑郡幕廖某者，闻而韪之，方锐意举行，而邑令清漳黄君适绾绶至，即慨然以疏凿为己任。”

按：据先生《平远县开新河记》：“予壬午春人潮，时照磨廖汝栢署邑事，以父老议闻，予甚韪之。”知是年（万历十年壬午）春，廖汝栢先以父老开河之议闻，而林大春倡议则在其后。

林大春（1523—1588），字邦阳，号井丹、石洲，潮阳县廓都人。嘉靖二十九年（1550）进士。严嵩招致之，不应。授行人，晋户部主事，奏绩，谒严嵩于直庐，投刺惟具官而已。出为湖广佥事，丁内艰，起补睢陈佥事，以大计调。后二年，高拱免相，起苍梧佥事，改浙江提学副使，深为太宰杨博所知。迨高拱复相，罢归。家居十八年，杜门诸书，不事干谒。至邑有利病，则必昌言之。修《潮阳县志》，深得司马氏之意。著有《井丹诗文集》行世。祀乡贤。府、县志有传。

约是时，先生至潮阳，代南都行人沈瑞临传书币于林大春，会其西游，未遇。

《井丹诗文集》卷十六《报沈懋锡二首》其一：“比舍弟还省自北……舍弟言诸君相厚，无殊手足，而约庵沈君尤为悬至，其言论风旨，可想也。今舍弟已之三水，濒行，属曰：‘有如北上翔便者，幸毋忘沈君也。’不佞常深念之。会贡士周君行以告，周君曰：‘石华向尝言大行沈君，公记之乎？’”其二：“昔在壬午之秋，敝郡郭使君至，得接吾弟书币，寄自南都。其时会区东游海外名山，往返迨及半岁。比归，遇使君北上于途，以故卒卒未有以报也。”

按：东游海外名山，据林大春《潮州府平远县凿石通河碑》：“盖至壬午之秋，予为西游名山。”时林井丹游罗浮诸山，罗浮于潮为西，故“东游”应为“西游”之误。

沈懋锡：当为沈瑞临，字梦锡、孟锡（懋锡或为别字，或笔误），号约庵，浙江仁和人。万历五年（1577）进士，授行人，历司正，奉命册封，馈遗悉绝。进南工部郎中。升四川按察司佥事，分巡上川南道。时杨应龙煽动，瑞临练兵训武，以计拊循之，终瑞临任，应龙不敢叛。晚年识诣超卓，著《易义》十卷、《经解》二十卷，探析精微，学者争传习之，称曰约庵先生。卒年七十有二。（雍正《浙江通志》卷一百七十五《人物五·儒林上》）

据《报沈懋锡二首》称“约庵沈君”“大行沈君”“寄自南都”，知其时沈瑞临任南京行人。《报沈懋锡二首》其一所称“舍弟”，指林大春之弟林有声；其二所称“吾弟”，乃指沈瑞临，因瑞临为林大春门下士，故以弟子视之。

谒潮阳东山双忠庙，有《双忠庙》诗。

顺治《潮州府志》卷十一《古今文章部》：“郭子章《双忠庙》：‘练水睢阳千万浔，忠魂绕缭此山岑。潮来海对县城阔，日落云封古庙沉。生负刚肠寒贼胆，死为厉鬼竭臣心。英雄壁上题犹湿，读罢悠悠泪不禁。’”

复有诗咏《张许二公铜铰》。

康熙《潮阳县志》卷二十《艺文·诗》：“郭子章《张许二公铜铰（俗云铜锟）》：‘二公守睢阳，□为东山上。忠魂随潮来，铜铰出山傍。生为□羯殒，没与明神伉。谁知千秋后，匈奴更飞飏。读罢《沁园春》，收泪空惆怅。’”

约是时，先生与巡按广东监察御史罗应鹤、潮阳知县章邦翰同为敕封南京吏部主事周孚先立牌坊，曰“德范垂芳”，曰“海南山斗”。

《泗水周氏宗乘》谱乘六《第宅志·牌坊》：“一在县治有曰‘德范垂芳’，曰‘海南山斗’，巡按广东监察御史罗应鹤、潮州知府郭子章、知县章邦翰为敕封南京吏部主事周孚先立。”

按：周孚先（1491—1542），先生同年周光镐父。顺治《潮州府志》卷六《人物部》有传：“字克道，潮阳人。初举正德己卯乡试，赴春官不第归，遂有志于性命之学。尝从湛若水于白下，又居近薛俊之门，相与讲论不倦，不复为进士举矣。其事亲甚孝，出入必告，随归隐桃溪山中，以力田养母终其身。所著有《桃溪吟稿》，后以子光镐贵，赠参政。”

章邦翰，光绪《潮阳县志》卷十六《宦绩列传》有传：“字公佐，南昌人。万历庚辰进士。知潮阳，正直明决。值丈田之役，单骑履亩，定上、中、下三则，豪右无敢隐。复洋、溅二都之旧，抑强扶弱，民食其福。历官至山东布政。祀邑名宦。”

约于省试后，为《广东壬午乡试录》代拟后序。

《粤草》卷一《拟〈广东壬午乡试录〉后序》：“今年秋，天下复当大比士，某实应御史聘，来主东粤试。事竣，士既籍奏，谨序诸末简。”

约是秋，梅鼎祚有诗《寄郭相奎潮州》。

梅鼎祚《鹿裘石室集》卷十七《寄郭相奎潮州》："连年兵火接炎洲，南顾深悬圣主忧。截海曾看诸将出，分符今壮使君游。机丝夜织鲛宫冷，楼阁晴生蜃气秋。治行即看高五岭，不劳重说郭并州。"

按：梅鼎祚（1549—1615），字禹金，安徽宣城人。其父梅守德，嘉靖二十年（1541）进士，官给事中，以忤严嵩出知绍兴府，累迁至云南参政，归建书院讲学，世称宛溪先生。鼎祚自幼笃志好学，十六岁廪诸生，以诗文名扬江南，善交游，与汤显祖为莫逆交。失意科场，后归隐，致力诗文戏剧，有《鹿裘石室集》及杂剧数种等著作。

秋，先生将入觐，同知何敢复、推官王国宾就平远开新河事宜覆议，上之惠潮兵备道郑岳，报可，并出镪金倡之，平民亦响应云集。

《粤草》卷四《平远县开新河记》："予壬午春入潮……秋，予入觐，郡丞何君敢复、司理王君国宾，覆议上之观察郑公，公报曰可，出镪金倡之，平民子来云集。"

按：郑岳，字峻甫，又字永翰，号谦斋，福建长乐县人。隆庆二年（1568）进士，授华亭县知县。五年（1571），授工科给事中。万历元年（1573），升吏科右给事中，同年改刑科左给事中。三年（1575），改云南副使，九年（1581），迁广东副使，分巡惠潮兵备道。十二年（1584），官至云南右参政。

何敢复，字学敏，号铁楼，广西兴业人，世纶子。领嘉靖乡书。万历间官驾部员外郎，遇事刚直，不为同官所容，谪判姑熟，九年迁潮州海防同知，是年裁清军，以海防兼之。清介自矢，嘉惠学校。置市租于海阳以佐祀；建韩昌黎祠于澄海，进诸生课业其中。所至皆有惠政，后配祀韩祠。雍正《广西通志》卷八十《乡贤》本传作"敦复"，盖为"敢复"之误。

王国宾，字尚吾，云南蒙自人。举人，潮州府推官。

是年，惠来县巨镇村朱、林二氏争莲台寺塘之利，先生覆审，以为所争者在取塘之水以灌田，断塘中之利，尽以予林氏，代纳粮差；塘中之水，听朱氏随田灌注，林氏不得阻勒。

康熙《惠来县志》卷三《山川》："莲台寺塘：在县西三十里巨镇村，周围八里，塘中多生莲实，灌田百馀顷。《旧志》：知县游之光云：查前塘原代米二十一亩，万历八年丈量，复折米四十九亩六分三厘一毫二丝。万历十年，朱思怡、林一隆等讦告军门各衙门，知县蒋一清查照印信给管，将原额照数分派，林一隆等原塘一十九亩，应得一十九分，朱思怡等原塘二亩，应得二分，具由详府。知府郭子章覆审云：'朱、林二氏之所争者，不在塘而在取塘之水以灌田，林氏塘多而田少，朱氏塘少而田多。断塘中之利，尽以予林，代纳粮差；塘中之水，听朱氏随田灌注，林氏不得阻勒。'详允在案。越今十馀载矣，又复告争不结，究厥所由争，不在水而在取莲启衅也。惠俗好讼，见小贤者不免，他不足责矣。因并纪之。"

冬，甘露降澄海县莲花山左右松柏之上，凡几夜许，远近观者咸采而食之。先生载之《潮中杂纪》。

《潮中杂纪》卷九《郡邑志补·甘露》："万历十年冬，甘露降澄海县莲花山左右松柏之上，凡几夜许。其地系生员刘炎、寨民陈敬等祖茔之所，远近观者咸采而食之。"

十月初，入觐，刘子兴、李思悦出饯于郊，适逢林大春游罗浮归，会于韩水之上。

《井丹诗文集》卷七《广西左布政使见湖刘公墓表》："先是壬午之秋，予与客为罗浮之游……其冬归，过凤城，会郡公北上，公与李户曹出饯于郊，遇予于韩水之上，与语甚欢。"

按：刘子兴，字宾之，号见湖，海阳人。登嘉靖辛丑（1541）进士。授临海知县，有廉名。迁兵部主事，历福建按察使，晋广西左布政使。致仕居官，端介自持，为潮士大夫所推重。所著有《见湖遗稿》藏于家。（顺治《潮州府志》卷六《人物部·海阳县》有传）

李思悦，字子传，号仰山，海阳人。嘉靖三十五年（1556）进士，任寿昌、无锡知县。于寿昌任上，修造县学宫，重修《寿昌县志》十二卷。后官至南京户部郎中。享年七十五。

初五，舟驻三河，闻独鬼作祟，作《驱独鬼文》，牒何敢复、康梦禹、王国宾告于府城城隍神以驱之。

《潮中杂纪》卷三《驱独鬼文》："府城之南有一独鬼，潜住三年，予入觐始闻，乃为文告城隍以驱之。其文曰：'万历十年十月初五日，潮州府知府郭子章入觐天子，舟驻三河，谨牒同知何敢复、通判康梦禹、推官王国宾，敢告于潮州府城隍之神……潮用兵以来，知府不入觐者四十馀年，今知府始复修觐典，亦以兵革既隐，疮痍渐起，持太平牍入奏天子。辞神之夕，有来告知府者曰：'城南一鬼，自称曰"独"，日暮能言，占人祸福。'知府意谓此物之偶然者，亡足异也。登舟三日，又有来告者曰：'独鬼依杨氏家，不直言语，且能饮食，投之饭则饭，投之酒则饮，投之炰羞，亡不罄者。'知府意谓此或杨氏神其事，以荧惑齐庶耳，亡足异也。舟至三河，又有来告者曰：'鬼夜现手足，淫及其婢；间持金帛，以赂其主。今且二年，莫计其去。'已得二三僚友同书曹恶，知府始艴然愤怒，恨不回舟按剑斩之。……知府即行，日昔望神之反乎其常焉。如神依违不即驱除，知府还潮，奉圣天子之三尺，鼠磔之，支祈鎖之，神亦何颜以临知府乎？惟神亟图之。谨告。"

《青螺年谱》壬午十年冬十月条下："万历九年五月城南有鬼，腾趯于杨氏家，侵其女而淫之。自称曰：'独鬼'。女坐鬼坐，女行鬼行，女卧鬼卧，亡日夕离合。家大惊，请巫禳之不能除，诉于城隍，亦不能除。时公入觐，次舟三河，闻其妖，移文城隍驱之。鬼语女曰：'郭使君正人也，有牒严驱，当疾走不得复留此矣。'独鬼灭迹。文刻《粤草》。"

十月十二日，独鬼灭踪。

林崇《独鬼记》：“（万历十年壬午）十月，郡守郭公青螺入觐，次舟三河，闻其妖，移文驱之。鬼语所私女曰：‘郭使君正人也，有牒严驱，当疾走不敢复留此矣。’独鬼灭踪，盖在十月十二日也。”（郭子章《蠙衣生传草》卷八《续偶记》）

先生以秋省试、冬入觐，韩江崩堤未及筑砌而去；府同知何敢复署府事，集工筑堤，起竹篙至浐溪，共长若干丈。

《粤草》卷四《愿丰亭记》：“万历十一年（应为‘十年’）夏，惠阳大水，漂自长乐，滥于海阳，两河堤畔崩塌溃决。不佞秋以试事入省，冬以觐入燕，未及筑砌而去。同知何君署郡篆，日惟堤是棘。相其阴阳，观其流泉，乃自负薪，塞其隟窦。令下甫旬，百姓驩趋，起竹篙至浐溪，共长若干丈，阔若干丈，卫堤以内，田共若干为畞，不樊官帑，崔然石蓝。公乃筑庙其上，……公名敢复，郁林州人，以司马郎谪治潮。”

是月，便道还乡，舒伯献以造士大有功，两台交荐于朝，且俶装上春官，先生应兄子祯众友人索赠言，为撰《赠舒伯献上春官序》。

《粤草》卷二《赠舒伯献上春官序》：“是时伯献承家学造士大有功，两台交荐于朝，秋仲，予以入觐复返邑屋，伯献且俶装上春官，予兄子祯众友人独孤、元某等索言为赠。”

过庐陵，复谒习易庵，以其子孔教召起翰林为贺。

《粤草》卷三《封太史习易庵先生八十序》：“无几何，重人败，国是稍定，刘氏之冤雪，傅、邹二君召还台省，学士起鹭洲，趋直鸾坡。子章时由粤入觐，过螺川，复谒易庵先生再拜贺甚休。”

冬，分巡岭东道按察副使郑岳行县，时署县事廖汝栢以忧去，平远新县令黄郁桂上开新河议，郡丞何敢复、司理王国宾以平远覆议上之，报可。

《粤草》卷四《平远县开新河记》：“此平邑新河之议所由起也。予壬午春入潮，时照磨廖汝栢署邑事，以父老议闻，予甚韪之。民力剸耜耒，趋芸壅，不给。秋，予入觐，郡丞何君敢复、司理王君国宾，覆议上之观察郑公，公报曰可，出镪金倡之，平民子来云集。廖以忧去，今令黄君郁桂来，督典史张廷章日夕开批，彻壅通堙，遂竟厥工。”

林大春《井丹诗文集》卷七《潮州府平远县凿石通河碑》：“是时，有署邑郡幕廖某者，闻而韪之，方锐意举行，而邑令清漳黄君适绾绶至，即慨然以疏凿为己任。其冬会观察郑公东行县邑，君上其事。”

按：黄郁桂，漳浦人，恩贡。明平远县知县，万历十年（1582）至十四年（1586）任。（顺治《潮州府志》卷四《官师部》、嘉庆《平远县志》卷二下《职官》）尝参与校阅先生所纂《潮中杂纪》。

与辰州知府赵健共入觐，待计铨部，尝与会面。

《黔草》卷十一《赵梅峰先生语录序》："赵方伯行吾昔为辰州，予为潮州，共入觐，待计铨部，见蔑之面矣，未见其心也。"

按：赵健，字行吾，号梅峰，南直隶泾县人。万历五年（1577）进士，任主事、员外郎，出守湖广辰州府。教民纺织，政简刑宜，颇著政声。万历十八年（1590）十月升江西左参政，累迁陕西按察使，福建、江西右布政使，云南、贵州左布政使。宽严相济，抚御有方。后任光禄寺卿，升通政司使，辞而未就。天启元年（1621）起南太仆寺卿。未久，忤魏忠贤归。刻其父赵仲全《道学正宗》十八卷行世。

十二月二十五日，先生四十初度，时待计在京。

《青螺年谱》："明世宗嘉靖二十一年壬寅十二月二十五日子时公生，王父、赠尚书两峯公请名于曾王父、赠尚书云塘公，命名曰子章，字相奎。"

同上："（壬午十年）十二月，公四十初度。"

小除夕，梦母语墓地未佳，有诗。

《青螺年谱》："（壬午十年）小除夕，公梦王母语墓地未佳，有'滕城铭未勒，燕市梦相催'之句。"

按：该诗仅剩《年谱》摘句。

待计在京，黄植庭、钱继山过访，与二公饮于燕市双塔寺中，有诗。

《青螺年谱》："（壬午十年十二月）是时待计长安，黄植庭、钱继山二公过访，公又有'半生清吏苦，独有故人知'之句，与二公饮于燕市双塔寺中。"

按：黄植庭，福建建阳人。隆庆四年（1570）顺天乡试举人。据《青螺年谱》己巳三年条，先生有"《易经文》二卷，同年黄植庭应槐序"，知黄植庭名应槐。

钱继山，其名及行履未详，待考。

时先生与嘉兴知府龚勉同入觐在京，至万历辛卯十九年先生应请为撰《龚刺史文集序》。

《日本现藏稀见元明文集考证与提要》：龚勉撰《尚友堂文集》五卷，卷首有四序：……三、《尚友堂文集序》，署"万历辛卯岁仲秋既望友弟泰和郭子章相奎甫谨撰"。序曰："曩与交欢龚子勤金陵六年所，子勤出守槜李，予守潮阳，连镳入计长安，已后先官吴越潘臬，盖事子勤十馀年矣。子勤喜吟咏，工著述，以尚友堂名其集，属予校而序之。"

按：龚勉（1536—1607），字子勤，号云屋，又号毅所，无锡人，隆庆二年（1568）进士。授浙江嘉兴县令，改吴桥县令，升南京刑部主事，迁郎中，万历九年（1581）出为嘉兴府知府。累升浙江右参政，浙江、山东按察使，官至浙江右布政使。

约年底或明年初，韩江堤成，何敢复筑庙其上，以祠水神。筑亭庙傍，名曰“愿丰”。

《粤草》卷四《愿丰亭记》：“公乃筑庙其上，以祠水神。筑亭庙傍，名曰‘愿丰’，意以堤固，则水不盗浸；水不盗浸，则田不殚为河；田不殚为河，则民得稻黍茭牧其中，而乐其室家。嗟呼！公之所以为潮民挚矣。”

明神宗万历十一年癸未（1583）　四十一岁

正月，平远新河开工。新令黄郁桂督典史张廷章集工开建。

《粤草》卷二《平远县开新河记》：“廖以忧去，今令黄君郁桂来，督典史张廷章日夕开批，彻壅通堙，遂竟厥工。河起东门青云桥，至石窟，会濂子渡，入三河，凡二万三千一百馀丈。凿湍峰梗险，凡三巨石，开乌战眼、紫葛藤石、头横石、杨仙、杨船、合溪七里，犂壁沙石凡十滩，遡地防挑浚土石，凡七千六百六十七工，会费劳匠，募民凡二百三十馀金。经始于万历十一年春正月，已事于明年三月，凡四百四十六日。”

正月乙亥，同年韩绍由兵科左给事中升为广东分守岭东道参议。

《明神宗实录》卷一百三十二：“（万历十一年正月乙亥）升……兵科左给事中韩绍于广东，山东道御楫于四川，各参议。”

按：韩绍，号怀愚。浙江湖州归安人。隆庆五年（1571）进士。授福建宁德知县，调长乐。万历五年（1577）擢刑科给事中，转吏科右、兵科左，忤张居正，出为广东参议，转广西副使，备兵府江，迁湖广参政，终太仆寺卿。子敬，万历三十八年（1610）状元，授翰林院修撰，次年会试因受考官汤宾尹挈友之累，贬为行人司副。

觐还，仍守潮。过苏州，先生父遣人逆之，属其撰序为外祖母刘太孺人上寿。

《粤草》卷三《外王母刘太孺人七十序》：“万历癸未春，子章繇粤入觐承明，待计铨部，上不以其无状，赐勑令还守潮。家大人遣人逆之姑苏，且诏曰：‘孺子知女（即“汝”）刘外王母挂帨之辰乎？木难火齐、朱提文幕，非其好也，闻孺子日操觚作古人语，辄沾沾喜。夏四月三日齿七十隟，则抒一言以祝。’子章唯唯。”

约三月，经钱塘，闻韩绍分守岭东道，时方持节吴兴，先生畏简书而未往谒，趋金华，造其房师赵志皋，志皋以岭东擢先生及绍莅任为得人。

《粤草》卷三《少参韩怀愚年丈寿序》：“万历癸未，子章繇潮阳守觐主上，陛辞还东越，历金焦，绝钱唐，则闻今少参韩公繇谏议大夫分守岭东。是时公方持节出封大藩，昼绣吴兴，子章畏简书，无能迂涂还谒，直趋金华，造赵太史先生，赵先生故子章与公共严事为师者。……先生曰：‘谏议有岭东之命，吾道幸甚，地方幸甚！吾子幸厚哉。子守潮三月而觐，未谙潮理，予承匮东越三年，于潮详矣。枕山面海，昔称憝国，今其民萌距城而舍，耕野废著，皆昔斩木揭竿未尽骚除者，诘盗而孚豚鱼难，俗樊侈，不幸以富，闻前守迁迁墨败，上疑易缁，……子姑务为诘盗、孚豚鱼之政，有谏议在，即疑子者，子行且获之，……予昔坐浮丘，窥南海，教化未东渐，今以副二君，吾道东矣，□□□也，行之而后为臧。'子章唯唯，辞赵先生，度庾岭还潮。"

按：先生于今年（万历十一年）四月由觐还粤（详见下文万历十一年"四月，由觐还粤"条），入潮不久韩绍到任岭东分守道，巡视至潮，其时距先生过金华"不浃月"（《少参韩怀愚年丈寿序》），则先生觐还过金华约在今年三月。故暂系于此。

赵志皋（1524—1601），字汝迈，号瀔阳，浙江兰溪人。隆庆二年（1568）一甲第三名进士，授翰林院编修。万历初迁侍读，因忤逆张居正，贬为广东副使，于广州城西浮丘建吹笙亭，与粤中士大夫赋诗。历任国子监祭酒，吏部左侍郎。官至礼部尚书兼东阁大学士，入参机务，万历二十年（1592）为首辅，二十九年（1601）卒于官。谥文懿。

遵瞩为赵志皋撰《六虚堂记》。

《粤草》卷四《六虚堂记》："吾师瀔阳先生起东浙，慨然以斯道自任。子章弱冠受学于燕。……先生在词垣，以不得于时相，出臬东粤，已拂衣归金华，天启斯文，付之六洞，虚明玲珑，盘纡豁彻。旧三洞名白云、紫霞、涌雪，僧堙其三，未有名，至是悉属先生。先生诛茅结庐其间，颜其堂曰'六虚'。会诏召先生入备顾问，而子章侍堂中，先生顾谓子章记之。……子章请得以虚虚实实之说明之。"

按：《记》称"子章侍堂中"，则在此次趋金华谒赵志皋之时，《记》即作于其时。

归途与江西建昌知府许孚远相遇于浙江兰溪县兰江和江西信州之间江畔，孚远有诗《江边同郭青螺太守登眺》。

许孚远《敬和堂集》卷十三[①]《江边同郭青螺太守登眺》："愧杀李膺舟，何期郭泰游。论文同藉艸，酾酒更临流。云净千山丽，春深万木稠。风尘存傲吏，高谊薄封侯。"

按：该诗之前有诗题《壬午[②]仲冬宿杨庄纪事》《将上兰江访徐鲁源提学》，其后有诗题《信州访杨止庵符卿留赠二首》，则孚远此行为万历十年（1582）冬上计，十一年（1583）春回任建昌知府，在浙江兰溪县兰江和江西信州之间江畔与先生登眺。诗称"愧杀李膺舟，何期郭泰游"，则孚远时舟行江中，以东汉名士郭泰比拟先生。"春深万木稠"，则时在三月。

许孚远（1535—1604），字孟中，号敬庵，浙江德清人。嘉靖四十一年（1562）进士，授南京工部主事，调吏部主事。因讲学为尚书杨博忌，称疾归。隆庆初，高拱荐其为考功主事，出为广东佥事。神宗立，拱罢政，王篆为考功，诬孚远党拱，谪两淮盐运司判官。历兵部郎中，出知建昌府。万历十二年（1584）八月擢陕西提学副使。二十年（1592）升右佥都御史，巡抚福建。二十三年（1595）擢南京大理卿，调兵部右侍郎，旋

① 许孚远《敬和堂集》全十三卷，万历二十二年（1594）刊本，日本内阁文库藏本之缩微胶卷，台北"国家图书馆"藏。第十三卷由何镇喜编辑提供。

② 壬午：即万历十年。

改北部左侍郎。道中被劾，乞休。又数年，卒于家，谥恭简，赠南京工部尚书。

便道回泰和，会伯父龙洲于四月年届七十，先生撰《世父龙洲翁七十序》为寿。

《粤草》卷三《世父龙洲翁七十序》："家大人甫逾六十，而世父龙洲翁以今年四月届七十，弟兄庞眉，共隐云亭。……子章从潮入觐，觐而归，省执兕觥，进灵寿杖为世父寿。"

四月三日，为外祖母刘太孺人七十诞辰，先生便道还家，撰《外王母刘太孺人七十序》，执兕觥为外祖母寿。

《粤草》卷三《外王母刘太孺人七十序》："子章会自觐还，取路过家，得随家大人、母安人后，执兕觥为太孺人寿，始从家大人令以道祝，既从母安人好又以佛祝。"

《粤草》卷五《外王父刘宾山翁暨元妃欧阳孺人合葬墓志铭》："呜呼！子章守潮入计者二。始计之年，外王母欧阳孺人寿七十，家大人趣辞以佐觞。"

按：刘太孺人生日"四月三日"，详见上文万历十一年（1583）"觐还，仍守潮"条。

在泰和时，适逢该邑重修养贤堂，先生应诸同学友所请，为撰《重修养贤堂记》。

《粤草》卷四《重修养贤堂记》："泰和在庐陵，称忠义文献区，二百馀年由廪射策取高第，比比可数，蔚为硕儒，显为名卿，故会食亡所。嘉靖间，邑王侯创尊经阁，出馀植建廪堂。……隆庆间，邑某侯葺而斥之，中为堂，颜曰养贤，左右为二楹，前为门，后为讲舍，共横若干丈，长若干丈。丁卯，予从诸君后，讲业其中。己巳，奉恩诏入国学，寻圮。万历壬午，邑尹侯来治西昌，度贞废举，留意弦诵，捐俸出镪，伐材重构，鼎于故城，靓于旧制。而属其事二尹陈侯，又不欲泯前侯意，仍厥堂名，而属其记子某，子某谢不敏，诸君以昔共讲业，故娄趋之。……子某先诸君而出尸素吴越，扭恩十有三年，揣揣焉戴不肖之容，以附于贤士大夫之林，重为吾邑忠义文献之玷。故推广养贤之说在先自养，正与诸君子交淬砺焉。"

按：尹侯来任泰和令在万历十年（1582）壬午，先生称"先诸君而出尸素吴越，扭恩十有三年"，则从隆庆五年（1571）中进士后出仕算起，时为万历十一年（1583），故暂系于此。

四月，由觐还粤，闻程乡诸钟贼乱，趋榜人绝龙川，至受观察郑岳方略，布岭之东四远，日缚其戍首，浃旬程乡大敉定。

《青螺年谱》："（癸未十一年）夏四月，公繇觐还粤，入罗浮，闻程乡诸钟贼乱，趋榜人绝龙川，至受郑观察方略，布岭之东四远，日缚其戍首，浃旬程大敉定。"

《粤草》卷四《程乡县凌风楼记》："万历癸未，余繇觐还越，入罗浮，闻程乡诸钟贼乱，趋榜人绝龙川。至则观察郑公业已讨贼剪逆，扶伤捄死，拊辑黎甿，招徕胁从，予与司理王君国宾及钱丞谷，受郑公方略，布岭之东，四远日缚其未尽殲者绎至。月馀，程大敉定。”

郑岳语及平远开新河事，先生力赞焉，并出锾金为倡。

《井丹诗文集》卷七《潮州府平远县凿石通河碑》：“公（郑岳）因归语郡守郭公，公力赞焉。于是克日下令，士民闻者莫不输粟捐赀，以佐义举，一时不期而聚者二百馀金；而先是黄、廖二君俱各捐俸为先倡，郑、郭二公又发帑锾以继之，繇是资费足而人乐趋事。”

登程乡县城南门，摘文天祥诗“楼角凌风迥”之句，颜曰“凌风楼”，撰《程乡县凌风楼记》，并刻于城楼南门上。

《粤草》卷四《程乡县凌风楼记》：“因念公（文天祥）所云‘梅州都统顽不循法’，以今观之，岂其习俗倡乱，从昔以然耶？形家又言城南门抱负少诐，门外河流湍悍，失其故道，是用梯乱。予登之怅然，因摘公诗‘楼角凌风迥’之句，颜之曰‘凌风楼’。”

《潮中杂纪》卷八《艺文志下·碑目·程乡县》：“《凌风楼记》碑，郭子章撰（刻县城南门）。”

还潮城，翌日祀城隍毕，进祝史问独鬼状，何敢复、王国宾告以捧檄告神，独鬼已惧而遁，并谓当镌其文于庙，以昭神功，因立《驱独鬼文》碑。

《粤草》卷十《潮州府告城隍驱独鬼文并跋》：“予既入觐，辞陛下还潮，翼日，淳濯飨醴，祀城隍毕，进祝史问独鬼状。僚友何君、王君曰：‘某等捧公檄，祓除告神。明日，独鬼语所私杨氏女曰：“郭使君正自三河以牒告城隍，城隍怒而将缚我，我去矣。”自是，杨氏女复为人妇。’予再问祝史，祝史亦云云。予再拜谢神。二君谓当镌其文于庙，以昭神功，且以杜独鬼之腾趠。”

《潮中杂纪》卷八《艺文志下·碑目》：“《驱独鬼文》碑，郭子章撰。”

四五月间，韩绍巡视潮州，复致房师赵志皋语以互勉。

《粤草》卷三《少参韩怀愚年丈寿序》：“子章唯唯，辞赵先生，度庾岭还潮。不浃月，公实节钺临之，子章从文武吏受约束。后公复致赵先生语，且曰：‘吾与君共僶俛加志，毋忘先生训也。’”

按：先生觐还在四月（详见上文万历十一年“四月，由觐还粤”条），“不浃月”而韩绍至潮，则其时在四五月间。

约是时，潮州守备陈经翰卜地于潮州卫左，重建关云长祠，会先生觐还，应请题曰“汉寿亭侯祠”，并为撰《重建汉寿亭侯祠碑记》，泐之于石。

《粤草》卷四《重建汉寿亭侯祠碑记》：“潮故有侯祠，在卫东角，湫隘喧溷。南海陈将军经翰守备潮州，谒侯祠，叹曰：‘噫！非所以肃明威而荐抱蜀也。’卜地于卫左，长若干丈，横若干丈，饬材鸠工，经始于某年某月某日，已事于某年某月某日。中为祠，祀侯；左右为两翼，前为池梁；其上以通于门。会不佞自觐还，将军属记不佞，并请题其庙，题曰‘汉寿亭侯祠’，一切武安、壮缪等号捐不书。”

郭子章《潮中杂纪》卷八《艺文志下·碑目·潮州府》：“《潮州卫汉寿亭侯祠碑记》，郭子章撰。”

按：陈经翰，字忠甫，增城人，泉州通判尧典次子。起家金吾，迁狼牙把总，行都指挥事。以却倭功，晋潮州守备，为先生所器重。归隐后，创来鹤亭，招客赋诗，讌游其中。有《游燕》《游岳稿》诸书行于世。经翰为人孝友惇笃，倜傥仗义，声如洪钟，善谈论，笔下兼众体，千言立就，有古儒将风。周《府志》作“南海人”，误。（嘉庆《增城县志》卷十四《人物·武略》，民国《南澳县志》卷十八《古迹·陵墓》、卷十九《金石》）

夏，大水复自惠州漫来，韩江两岸新堤坚固完好，潮州未受其害。

《粤草》卷四《愿丰亭记》：“不佞（万历十年）秋以试事入省，冬以觐入燕……明年夏，水自惠来如故，而潮无逢其灾害，两岸坚堤，垂垂如长虹，南东亩其彧彧。”

按：据上所系，先生“以试事入省”在万历十年（去年）秋，其冬入觐，则“明年夏”为万历十一年（今年）夏。

五月二日，为郑岳生辰，先生与僚属以郑岳赴省抵暮始返潮州，仅以官属礼见，因谋之林大春，倩其撰《贺郑岭东寿序》以赠。

《井丹诗文集》卷十《贺郑岭东寿序》：“郭使君之为潮州也，且三年矣，其于岭东观察郑公也，奉教惟谨；郑公之观察岭东也，亦已三年矣，其于郭使君及寮属诸君子也，接遇甚殷，盖严而不苛，宽而有制，奉行而弗阿，侃侃然，訚訚然，殆庶几‘靖共尔位，正直是与’者矣。然而岁时厉修谒之禁也，吉事绝称庆之文也。廼今五月二日，实值公悬弧之辰，会公先如省会，归故迟之，抵暮始至，于是使君及诸君子者，仅以官属礼见。因退而谋诸林子曰：‘仆等之受知于公也，盖殊遇也，然仆之所为报公者至浅鲜矣。兹遇令节，正仆等所藉以抒诚悃之日也，顾举已后时，币弗敢将也。无已，其以言乎？夫言弗酬，而德弗报，是诸大夫之愧也；言弗克以致吾子，亦诸大夫之愧也。惟吾子图之。’林子曰：‘于戏休矣！夫士生逢明圣，并为王臣，以共济一方也，亦一时希遘也。乃指趣不同，操舍或异，体貌虽隆，中怀疑贰者，比比也，又乌有相尚以道如诸公者乎？然公雅论文，每及使君，未尝不称奇也，今必欲以言进，诚莫如使君者矣。’使君谢曰：‘公之道尊矣，仆于分属也，言为近谀，是故必得吾子。’于是，林子廼为之序。”

五月，程乡县草贼钟大魁拥众入城，出狱囚，劫帑金，执知县蒋蒙吉，乱刺几死。贼旋为民兵所败。

《潮中杂纪》卷九《郡邑志补》：“《程乡贼变》：万历十一年五月，程乡县草贼钟大魁拥众入城，出狱囚，劫帑金，执知县蒋蒙吉，乱刺几死。贼旋为民兵所败。”

程乡之变平定后，先生请复潮州参将，当出汛则巡行澄海、潮阳各县，以备海寇；及汛毕，则巡行程乡、平远各县，以备山寇。有《请复参将议》。

《潮中杂纪》卷六《请复参将议》："潮州海圉多盗之区，程乡又山寇出没之薮，自正统末以来，原设总兵一员，驻札程乡兴宁，所以为程乡虑者深矣。嘉靖四十三年，始奏移潮州驻札。四十五年，裁革勋臣，始移镇广州。则广东之总兵，其初固为程乡兴宁设也。自总兵移镇之后，参将一员驻潮州，守备一员驻长乐。长乐、程乡接壤，所以防之者犹为近也。万历八年，始议革参将，移长乐之守备驻札潮城。今守备札付信地，止载海阳等六县，而程乡、平远二县，遂无所属矣。……合无比照漳、惠事例，仍设参将，驻札潮城，专守一方。当出汛则巡行澄海、潮阳各县，以备海寇；及汛毕，则巡行程乡、平远各县，以备山寇。庶几将权隆重，事体归一，而多盗之地，得恃以无恐矣。"

《潮中杂纪》卷二《广东总兵驻札潮州勅》："癸未五月程乡之变，虽曰其地多盗，亦人谋未臧使然。故盗平之后，子章请复参将，援总兵旧镇程乡为辞，卒得所请。"

按：该《议》撰写时间不详，以文中称"盗平之后，子章请复参将，援总兵旧镇程乡为辞，卒得所请"，则该《议》当作于是年（万历十一年）五月程乡盗平之后，故暂系于此。

复上《请复通判、县佐等官议》，提议督捕通判不能裁，揭阳、潮阳议欲复主簿一员，饶平议欲复县丞一员。

《潮中杂纪》卷六《请复通判、县佐等官议》："至于督捕通判，决难以议裁矣。潮之多盗，甲于天下，弄兵二十馀年，近民间稍枕枕上，而比者山寇一发，白昼劫城，此岂可以无盗目之，而废捕盗官乎？况潮故有广济桥一座，岁可榷万馀金，桥利孔也，不有府官司之，弊将滋深。……况惠州通判二员不议裁，而潮独裁乎？潮之盗、潮之粮俱多于惠，又益之以桥，而惠之官反多于潮，其说诚莫之解。此捕盗通判一员之当复也。非独为盗计，亦以为桥也。至于各县之官，在揭阳，则谓其延袤五百馀里，岁米二万五千有奇，埒于海阳、潮阳，而官独之革，至于一知一典，不能比于新设之澄海，议欲复主簿一员。在潮阳，则谓其旧本全设，地方沿海，倭寇、山寇、海寇间一动发，则力不能支，议欲复主簿一员。在饶平，则谓其辖地散僻，民习悍顽，往年县有一丞，临都追粮，今知县一手不能独理，粮多拖欠，议欲复县丞一员。职窃谓此三县者皆剧邑而多盗者也，平居无事，犹足相制，脱有急，下城闉之楗，则一门一官犹歉其少，而况可以一知一典治乎？近揭阳县以行取行，典史以大察去，而揭阳一县寂无一官，甚至借他县官署印，则其弊可见，而其势不得不议复矣。"

按：该《议》撰写时间不详，以文中称"比者山寇一发，白昼劫城"，则该《议》亦是作于程乡盗平之后，故暂系于此。

是月，谒城南韩文公庙。

《青螺年谱》："（癸未十一年）五月，（公）谒韩文公庙。"

按：据《年谱》，先生是月既"谒韩文公庙"，又"竖苏子瞻所书碑"，以苏碑复竖于城南祠（详下），则其所谒当为城南韩文公庙。

重修城南韩山书院。

叶春及《石洞集》卷十三《潮州太守青螺郭先生考绩序》："（先生）治韩子书堂。"

《潮中杂纪》卷四《韩公二祠沿革》："城南祠虽集诵读，裂为蓬荜。……复命海阳典史林汝瀚督工修葺城南祠，以光俎豆。"

雍正《海阳县志》卷三《学校》："韩山书院：在城西南，宋元祐五年，知州王涤建，额曰'昌黎伯庙'。淳熙十六年知州丁允元迁于东山，庆元五年知州沈纪复建旧址。淳祐三年知州郑良臣改称祠堂，建斋舍，课诸生。元至顺间，总管王元恭改为城南书院。……（万历）十一年，知府郭子章修，堂名'浩然堂'。"

按：据《青螺年谱》："（癸未十一年）五月，（公）谒韩文公庙，竖苏子瞻所书碑。"则下条"于城南韩公祠得苏轼所书碑于厨灶墙内，复竖之庙中"在今年（万历十一年）五月。苏碑竖于城南祠，可知重修城南韩山书院亦在五月，修祠而及竖碑。

于城南韩公祠得苏轼所书碑于厨灶墙内，复竖之庙中。

《潮中杂纪》卷四《韩公二祠沿革》："城南祠……前门内贮二碑，一刻苏文忠公手书《韩庙记》，元总管灵武王那木罕立，碑阴刻元至正丙午《重修韩山书院记略》，晋安刘嵩记，张泰书；一刻吴临川澄《韩庙记》，碑阴刻文信国题双忠庙《沁园春》，词、字并佳妙。向俱寝蓬荜，今始蔚为大观。"

《青螺年谱》："（癸未十一年）五月，谒韩文公庙，竖苏子瞻所书碑。潮州韩文公庙，宋咸平三年迁于金山，元丰七年诏封文公为昌黎伯，赐额忠祐，苏文忠公为记，手书于碑。淳熙已酉又迁于韩山，庙碑久不存。公守潮，得于厨灶墙内，犹幸碑字不向火边，乃取而竖之庙中。"

按：据《韩公二祠沿革》，知先生所竖苏文忠手书碑乃在城南祠。

约是时，先生查书院田租已入府学，适因军民争田，查匿田八十四亩，报经郑岳批准，将该匿田并祠前塘租，永为书院修葺之资。

《韩公二祠沿革》："万历十一年，子章重葺之，查田租既入府学，偶因军民争田，查匿田八十四亩，上之巡道副使郑公岳，批发祠中，并祠前塘租，永为修葺之訾。其春秋祠事，海阳县另费，不在此内。"

工竣，郑岳来祀，扁其堂曰"三代遗英"，并撰对联。

《韩公二祠沿革》："工竣，郑公来祀，扁其堂曰'三代遗英'，对联云：'道振有唐，千载心传光不坠；泽遗滨海，百年禋祀报无穷。'其旧对云：'声教迄长存，三代斯民还此地；斗山应共仰，百年吾道更何人？'"

堂后仍为明经馆，先生扁其堂曰“浩然堂”，并撰对联；浩然堂左右官房为斋宿所。

《韩公二祠沿革》：“后仍为明经馆，子章扁其堂曰‘浩然堂’，对联：‘跃虎凤，翔蛟龙，斯文百代雄山斗；尊孔孟，排佛老，正气千年配鲁邹。’浩然堂左右官房为斋宿所。”

门前仍扁“韩文公祠”，门外新砌屏，扁曰“泰山北斗”，林大春书。

《潮中杂纪》卷四《韩公二祠沿革》：“门前仍扁‘韩文公祠’，门外新砌屏，扁曰‘泰山北斗’，潮阳林大春书，屏外为巨塘，岁入租以修葺者。”

惧田塘租数岁久恐湮没，刻《韩祠祭田记碑》于石。

《韩公二祠沿革》：“田塘租数岁久恐湮没，并刻于后：一张天显入官田八十四畝，坐落土名戴姐坡，每田一畝带租一石六斗，共该谷一百三十四石四斗，每谷七石折银一两，共该银一十九两二钱，内每年除一两付张天显纳粮并杂差。一旧塘一口，在祠前，岁纳租银九两。每年给二两为守祠人工食，五钱为香灯费，馀留修理本祠。”

《潮中杂纪》卷八《艺文志下·碑目·潮州府》：“《韩祠祭田记碑》，郭子章撰。”

庙中原有文公并赵天水二土像，先生以其似浮屠，敬为藏之，易以木主，而告以文。

《潮中杂纪》卷四《韩公二祠沿革》：“庙中原有文公并赵天水二土像，子章以其似浮屠，敬为藏之，易以木主，而告以文。”

《粤草》卷十《杂著》：《告韩文公藏土像易木主文》：“呜呼！天下读《唐书·佛骨疏》，而知公刺潮；天下读苏文忠《韩祠碑》，而知潮庙。公移太山于岭外，揭北斗而南耀。公于潮重矣。子章守潮，三日庙见，睹公之貌，俨若浮屠。退而思之，窃不谓然。土偶桃偶，载在《国策》；金人法轮，梦自汉明。故木土形骸，佛之馀也。……谨因修公之庙，藏公之像，新易木主，肃将祀事。庶几上以遂公排佛老之心，下以安赵先生居乡党之义；明以昭国家典礼之制，幽以顺鬼神幽黯之意，且令潮人亦知子章非乐于纷更也。”

尝作《韩文公与大颠书及别传辩》，以为与大颠三书出韩愈无疑，《昌黎别传》则为伪造诬谤之书。

《粤草》卷八《韩文公与大颠书及别传辩》：“予取三书循环读之，其高处在‘劳于一来’‘安于所适’‘道固如是’三语，恐非出家奴、僧徒之口；一曰‘奉迎’、二曰‘咨屈’、三曰‘劳于一来’，韩公此处极有斟酌，此与孟书所谓召也，曰‘造其庐’，而先之曰‘因祭神海上’；曰‘留衣’，而先之曰‘及至袁州为别’，则犹三书意也，但其迹则已崇信之矣。故周茂叔《题大颠堂壁》诗曰：‘退之自谓如夫子，原道深排佛老非。不识大颠何似者，数书珍重更留衣。’此足为三书断案，故三书出韩无疑；而崇信之说，亦恶得为公讳哉？至于《昌黎别传》，诬公太甚，则不可以无辩。……夫以徐君平戏作之书，而今潮寺所刻者诬为孟简，既诬作欧公《跋》，又诬作虞伯生《赞》，而薛翰林侨序之首简，亦无一语为韩公辩诬，是何晾颠僧过高、晾退之过卑也？"

按：先生作《韩文公与大颠书及别传辩》具体时间不详，以其此前重修城南韩山书院（详见前文万历十一年五月"重修城南韩山书院"条）、因韩庙中之文公土像似浮屠而藏之（详见上条），意当考及韩文公与僧人大颠事，故暂系于此。

约夏间，为海阳令徐申《窗稿》作序，该书刻于海阳署中。

《粤草》卷一《〈徐进士窗稿〉序》："既捧檄而越越，海阳令为吴中徐君。徐君故以博士语甲东吴，……盖五年所而政成，民日夜恐其去，而孺慕不置。……徐君名申，吴人，成丁丑进士，所为博士家语若干首，刻之海阳署中。"

按：徐申，字维岳，苏州府长洲人。万历五年（1577）丁丑进士，授海阳令。性侃直，豪右敛戢。辛巳大成殿坏，申倡修之。万历十一年（1583）十月考选为试监察御史，累官至南京通政使。（顺治《潮州府志》卷四《官师部》、光绪《海阳县志》卷三十二《列传二》）

徐申为万历五年进士，观政后授海阳令，到任约在万历六年（1578）初，先生撰此文时，徐申"盖五年所而政成"，则其时约在万历十一年四月先生觐还潮州（详见上文万历十一年"四月，由觐还粤"条）之后，故暂系于此。

约是时，与徐申为新科进士林熙春立"进士"石匾。

杨启献《潮汕林氏·潮安庵埠宝陇林氏家庙（明）》："该祠规模大，建筑艺术具明清特色，祠之东邻又幸存刻着'进士，潮州知府郭子章、海阳知县徐申为万历癸未登科第林熙春立'之石匾，作为名臣诞生地与故乡的标志，故古祠堪称潮汕历史文化一宝。"

按：林熙春今年（万历十一年）春登第，而今年年底海阳知县徐申离任，柯茂竹接任（详见下文万历十一年"约年末，莆田进士柯茂竹来任海阳令"条），则立匾疑在上半年，故暂系于此。

约是时，梅鹫以国子先生升任潮州府粮捕通判。

《粤草》卷二《赠梅道源别驾致政序》："余读楚《石门志》，吴永安中山石砉然开，若门阙，高三尺，孙休祥之，置天门郡。东入澧水，西通邛崃。说者谓地脉奇秀，多纾之贤儁。及予守潮二载，而石门梅道源以国子先生别驾于潮。"

按：梅鹫任通判在先生守潮二载，则在今年（万历十一年）。据《赠梅道源别驾致政序》，其到任时，"潮剧盗已夷"，至八月，梅鹫已同先生校士韩山（详见下文万历十一年八月条），则其到任约在今年夏季，故暂系于此。考之《赠梅道源别驾致政序》所称"今为人牧又二年"，"万历十三年春三月十日"梅鹫之名尚见于《祈雨太湖文》，亦可证梅鹫在万历十一年（1583）夏间入潮。

梅鹫，字道源，石门县人。隆庆岁贡。任监利教训，升国子监学政，特简内阁侍读。升任潮州府粮捕通判，在潮二年，致仕去。

约是时，先生以去年皇嗣诞覃恩，梅鷟父得赠如其官，为撰《梅登仕公传》。

《粤草》卷六《梅登仕公传》："梅登仕公者，楚岳州石门人，其先殷梅伯苗裔也。名应才，字廷用，自号云溪。……伯子鹰，早坳；仲鷟，即于僚友、今潮州别驾也。叔鹍、季鹏，俱有声横序。别驾初起家明经，征入为国子学正，万历壬午（十年），会皇嗣诞，覃恩百官，别驾疏请，得赠公登仕郎，如其官，故称登仕公云。"

约是时，先生尝与推官王国宾论及长辈所训"霜雪不加之郡"，适逢朝廷有赦罪隶之典，与国宾循环稽察，获赦出狱多人，潮人称诵。

《粤草》卷三《王母段太安人八十序》："比出守潮，家大人又申前戒曰：'是王父所云霜雪不加之郡也。'不佞敬诺。入潮，与司理王君抵掌谭理道，术先王父语，司理曰：'天有大阴，有少阴，在人亦然。天之行阴气也，少取以成秋，其馀以归之空；圣人之行阴气也，少取以明刑，其馀亦以归之空。'不佞跃然，何哉君之说与先王父券合也。司理曰：'滇故霜雪不加之乡，先人读《易》，晰于阴阳之旨，间与某兄弟诵说，某时方在孺未解，而家安人从旁窃闻之。某今幸理于潮，家安人辄援以为训。'不佞曰：'善哉王安人之训子也！'……东越故事，监察有稽囚簿，臬司有刑名簿，而比岁幸遘旷典，赦罪隶。不佞循环稽之，司理君出踣市者若干人、闾左若干人、奴男子若干人、女子入舂稿若干人，潮人诵司理岂弟父母，而恶知皆父母教也。"

以明年为王国宾母段太安人八十，同知何敢复、通判梅鷟、守备陈经翰交征言，先生为撰《王母段太安人八十序》。

《粤草》卷三《王母段太安人八十序》："明年，安人寿八十，司理局于官，不得戏膝下为驩。于是同寅何君、梅君与陈将军交征言不佞，不佞故术昔理于闽，与司理今理于潮，其学皆出祖父、父母，而不佞家世世多寿考，以是卜安人之日犹尚羊之维也。"

按：该文撰写时间不详，以其时何、梅、陈三人俱在任，故姑系于此。

约夏秋间，重修府署。

《潮州志补编·古迹志》卷一《署·潮州府署》："一在新街，明洪武初通判张杰创建。……万历十一年，知府郭子章重修。"

按：重修府署月份不详，以是年（万历十一年）九月立"太山北斗"坊于府治前（详见下文万历十一年九月条），则府署当修成于该月之前。暂系于此。

七月，却举人郑育渐所献鹦鹉，有《却鹦鹉诗》。

《青螺年谱》："（癸未十一年）秋七月，却献鹦鹉。公记云：'陈眉公《太平清话》，成化间海南进鹦鹉朱衣翠裳，沈石田图之。予在顺天市上见二红鹦鹉、二白喜鹊，少选宦官市而进献矣。在潮州，郑孝廉育渐献一五色鹦鹉、一白鹦鹉，予玩而却之。'是时公有《却鹦鹉诗》。"

《潮中杂纪》卷十二《五色鹦鹉》："郑孝廉育渐家有一五色鹦鹉，红身黄翅，头上绿毛数茎，腹以下白，眼碧，斑斓可爱。孝廉以贶予，予以诗却之曰：‘赪藻缃葩下海腴，凤凰台畔和提扶。辉含火德三文并，色映金精五纬符。敢望颍川翔彩凤，那知东郡集朱乌。却将付尔南宫去，鹦鹉篇成献上都。’又郑太守国臣家有白鹦鹉；……皆奇鸟也。”

按：郑育渐，字德进，号丹木，揭阳人，广西右布政使郑旻冢子。中万历丙子《春秋》房亚魁。旻卒于官，育渐匍匐万里扶榇，不拜赠赙一文钱。遥授都察院都事。（顺治《潮州府志》卷六《人物部》）

其后，白鹦鹉复集海阳，邑人、思恩府知府郑国臣出示，遍体冰玉，无一杂羽，先生以嫌于贡谀，不敢以献。读宣德皇帝《白乌敕》，因感而纪其事，为《海阳白乌》。

《潮中杂纪》卷二《海阳白乌》：“宣德四年秋七月，海阳县进白乌，礼部率群臣上表称贺，……近者白鹦鹉复集海阳，郑太守国臣出以示子章，遍体冰玉，亡一杂羽，岂非今上孝养两宫如章皇帝，而白鹦鹉应之乎？子章守臣，嫌于贡谀，不敢以献。窃念张华畜白鹦鹉，知人善恶，颜延之赋《白鹦鹉》，‘被素履玄’，禽鸟得声气之先；而祥于海邦，亦太平有象之征也。谨读《白乌敕》，因感而纪其事。”

按：白羽之乌，古时以为瑞物。《东观汉记·王阜传》：“甘露降，白乌见，连有瑞应。”

郑国臣（1520—1584），字嘉邻，号钦斋，海阳县鲲江乡人。嘉靖二十二年（1543）第八名举人，四十四年（1565）赴部铨选，授广西横州知州。翌年到任，治尚节简，厘剔宿弊。隆庆四年（1570）九月，诏加正五品服俸。同年，擢湖广宝庆府同知。万历六年（1578），擢广西思恩府知府，十一年（1583）告归。增复鲲江郑氏大宗祠祭业，修订家规。翌年病故。（郑喜胜：《东凤明乡进士墓道碑追踪记》，潮州市地志办：《潮州》2014年第4期）

或于是时，复撰《拟广东海阳县守臣进二白乌表》。

按：《粤草》卷七收录《拟广东海阳县守臣进二白乌表（宣德四年）》一文。

八月壬戌，广东巡抚郭应聘上奏草贼劫程乡县狱库，伤知县蒋蒙吉，诏罢知县闲住，卫所官住俸，戴罪缉捕，务尽数拿获。

《明神宗实录》卷一百四十：“（万历十一年八月壬戌）广东草贼劫程乡县狱库，知县蒋蒙吉被伤，抚臣郭应聘以闻，诏罢知县闲住，卫所官住俸，戴罪缉捕，务尽数拿获。”

《潮中杂纪》卷九《郡邑志补·程乡贼变》：“万历十一年五月，程乡县草贼钟大魁拥众入城，出狱囚，劫帑金，执知县蒋蒙吉，乱刺几死。贼旋为民兵所败。”

八月，先生偕同知何敢复、通判梅鹜、推官王用宾与众文学诸生讲业韩山之阳，取其文分校之，集成《韩山校士录》三卷，自序，刻郡署。

《青螺年谱》：“（癸未十一年）秋八月，公校士韩山，刻文三卷，序载《粤草》。”

《粤草》卷一《〈韩山校士录〉序》："癸未秋月，予偕二三僚友苍梧何君敢复、石门梅君鹜、滇南王君用宾，臬诸文学诸生，讲业韩山之阳。……诸文学湛思若有深省，予与三君取其文，四分校之，约曰：'最其橡者，殿其非橡者，进之则周之莲、曾之枣也，又进之则孔之黍也。'嗟乎！夫使予登黍矣，又毋论橡矣。"

叶春及《石洞集》卷十三《潮州太守青螺郭先生考绩序》："（先生）治韩子书堂，群十邑弟子讲业其中，自为删润，切磋究之。"

《潮中杂纪》卷七《艺文志》："《韩山校士录》，郭子章集，自序，刻郡署。"

按：《韩山校士录》三卷，已佚。

九月廿六日，给予潮阳县生员周光训冠带，行潮阳县授匾"恩优儒臣"，并撰《给冠带文》。

周笃庆编《周玉泉先生孝廉赠录》卷二《给冠带文》："潮州府为开读事。……今奉前因，查得廪生周光训原系潮阳县儒学生员，具告辞廪一节，已经申详抚按并各司道，俱批奖励外，为照廪生周光训孤介独持，孝友双懿。急流勇退，解老氏止足知止之几；陟屺顾瞻，重诗人生我鞠我之训。庶几人伦之表，不独学士之程。况逢旷恩，尤宜特奖。合行给冠带。为此除行本县制扁，大书'恩优儒臣'四字礼送外，帖付本生收执，照依事理，即便查照冠带，荣身施行，仍免本身杂泛差役，毋得违错。须至帖者。万历十一年九月廿六日。"

按：周光训，字国敷，号玉泉，大理寺卿周光镐从兄。乾隆《潮州府志》卷三十九《人物·孝友》有传称："潮阳诸生，性至孝，母久病思食梨，时严冬，训泣祷梨树下，越宿不花而实者五枚，母啖之，病愈。事兄恭谨，自少至老，家事必禀命乃敢行。瓜田一蒂三实，人谓和气所钟云。"

九月，先生与何敢复、梅鹜、王国宾为韩愈立"太山北斗"坊于府治前，林大春书丹。

乾隆《潮州府志·坊表》："十相留声坊，在府治前新街，为唐宰相常衮、李宗闵、李德裕、杨嗣复，宋宰相陈尧佐、赵鼎、吴潜、文天祥、陆秀夫、张世杰建。太山北斗坊，在府治前，为唐韩愈建。"

按："十相留声"与"太山北斗"为同一坊，该坊北额"十相留声"，下镌十位宰相姓名同上，还有款"明嘉靖十年仲夏，潮州知府邱其仁，通判黄洪建"。南额"太山北斗"，下镌"唐潮州刺史韩愈，明万历癸未季秋之吉，泰和郭子章、苍梧何敢复、石门梅鹜识，滇南王国宾题，潮阳林大春书"。

约是年，登韩山，题诗《韩公手植木》。

康熙《潮州府志》卷十六《艺文·诗部》："郭子章《韩公手植木》：'南登昌黎山，俯视昌黎木。结实垂离离，开花郁簇簇。千载握文机，兴衰从此卜。庾岭张相松，雷阳寇公竹。其人虽已亡，不已者谡谡。'"

按：先生"守潮，严韩山祠门禁"（《潮中杂纪》卷四《韩公二祠沿革》），以先生今年（万历十一年）重修城南韩山书院（详见上文万历十一年五月条）及为韩愈立“太山北斗”坊（详见上条），知其实为尊韩，则其“严韩山祠门禁”及登韩山题诗亦应在今年，故暂系于此。

以韩山祠近林麓，杂迹樵苏，先生严韩山祠门禁，无故不许擅辟。

《潮中杂纪》卷四《韩公二祠沿革》：“韩山祠近林麓，杂迹樵苏……予守潮，严韩山祠门禁，无故不许擅辟。”

是年，潮州四境稍敉定，郡缙绅请先生续修《府志》，先生下令搜十邑之故而来其籍，并先檄南澳副总兵于嵩修《南澳志》。

《潮中杂纪》卷九《陆丞相墓辩》：“予来潮二年馀，四竟稍敉定，郡乡先生请予续郡志，则先檄南澳于将军，澳重镇，全越东蔽，不可以亡《志》。而遗之书曰：‘不佞闻宋丞相墓澳山北青径口，将军访其神道安在。’已，于将军报予：‘址石仅存，碑表芜没。’予伤之。令威不归，童牧哀歌，责在守臣，乃为伐石，题曰‘有宋陆丞相君实之墓’，下令禁樵苏。”

《〈潮中杂纪〉序》：“年馀，日稍隟，始修博士叔语，下令搜十邑之故而来其籍，至贮之于簏，堇堇耳。”

按：《〈潮中杂纪〉序》称“年馀”，乃从“入觐于燕，逾年始还潮”计起，与《陆丞相墓辩》“予来潮二年馀”所指为同一时间。

于嵩，号肖泉，少保于谦承嗣裔孙，浙江杭州人。隆庆六年（1572）十二月壬戌，由邳州守备指挥同知升为为署副留守，铨注中都留守司佥书；万历三年（1575）十一月壬戌，为中都守备太监廖钦所论，革任回卫；四年（1576）八月甲戌，起任福建行都司、掌印署都指挥佥事；六年（1578）六月己亥，升广西永宁参将；九年（1581）三月乙亥，升南澳副总兵，倡修《南澳志》；十二年（1584）二月辛未，升署都督佥事充总兵官镇守福建，三月庚辰，升中军都督府都督佥事；十四年（1586）正月癸亥，以科道纠拾，革职。十九年（1591）七月甲子朔，起补五军营左副将；二十三年（1595）七月癸酉，由南京中府添注佥书升为后府佥书署都督佥事。（《明神宗实录》）

致书于嵩，属访陆秀夫丞相墓于南澳青径口。

《陆丞相墓辩》：“而遗之书曰：‘不佞闻宋丞相墓澳山北青径口，将军访其神道安在。’”（详见上条引文）

先生复疑丞相墓乃为其母赵氏墓，乃作《陆丞相墓辩》，并泐于石。

《陆丞相墓辩》：“虽然，窃有疑焉。……丁总管《碑记》自择地葬太母，而陆海属之周梅叟，其说矛盾，予未敢遽谓然。而予题南澳墓必曰‘丞相墓’何也？世亡不朽之骨，而有不死之灵。丞相灵在南海，而母（赵氏）在南澳，孤愤幽忠，随潮上下，神往神来，能不依依？予故知澳北土封，丞相魂将焉依，而墓不曰‘丞相’，岂所谓弘宣教义、阐勬忠烈者乎？……乃丞相墓与予乡文信国墓，巍然青径、螺山之巅，伏腊守臣虔其祀，不敢不举，夫然后知‘先王之头，曾不若死士之垄’也。有味哉，yes之言也。郭子章记。”

郭子章《潮中杂纪》卷八《艺文志下·碑目·潮州府》：“《陆丞相墓辩》碑，郭子章撰。”

是年，嘉禾产南澳地，普宁教谕邓修贤、应聘来南澳修志之贵池主簿杨彩作《嘉禾颂》。

《潮中杂纪》卷九《郡邑志补》：“《嘉禾》：‘万历十一年嘉禾产南澳地，教谕邓修贤、主簿杨彩作《嘉禾颂》。’”卷三《杨主簿梦》：“杨主簿彩，延平人。来南澳修志”。

按：二《颂》已佚。

邓修贤，乾隆《普宁县志》卷五《职官志·宦绩·明》有传：“邓修贤，南海人。举人。神宗中任本学教谕。时分县未久，学校诸兴作徒具绵蕞。修贤至，为减苜蓿，葺门桥，阃堵复，制笾豆，给传注，治科贡，扁以劝士，肇启人文，能尽师儒之职。以两台荐，擢国子博士。”

乾隆《普宁县志》卷十《艺文志》录邓修贤诗有《题洪山纱帽石》《题前山旧石础》《刘中丞平山寇》《又（刘中丞平山寇）》《铁山歌》及《凯歌》，文有《普宁儒学题名记》和《上太守郭公请营建普城启》。

杨彩，据乾隆《延平府志》卷二十一《选举·贡生·尤溪县学》：“杨彩，贵池主簿。”卷三十六《艺文·明》：“杨彩：《考古群玉编》。”民国《尤溪县志》卷六《选举下·隆庆间贡生》：“杨彩，南平籍，直隶贵池主簿。见《人物》。”是杨彩乃为贵池主簿也。卷七《人物·文苑·明》：“杨彩，字怀奇。少有才名。隆庆改元，贡入太学，与修《世庙实录》。广东巡抚郭子章重其才，聘修《湖州府志》。有《考古群玉编》行世。”郭子章时任潮州知府，在万历九年（1581）至十四年（1586）间，并非广东巡抚，其任贵州巡抚则在万历二十七年（1599），聘修者为《南澳志》，而非《湖州府志》。

同学友康用光受聘为儿辈师，多有诗作，先生以其讲业郡斋隟圃荔枝亭下，因题曰《荔枝亭稿》。

《粤草》卷一《〈荔枝亭稿〉序》：“予守潮，郡斋隟圃故有荔枝亭，予延友人康用光为儿辈师，讲业亭下。用光自潮还豫章，自豫章入潮，往来有感，抒之乎诗。一日解其囊于亭下，示予，骨神稜爽，音响玲珑，采光陆离，枝叶扶疎，繇贞元、大历而上，溯于建安、黄始（应作‘初’），亡不擥镜而融结之。……予朗吟用光诗，提如意舞，鹿鸣鹤和，恍若有解。蕙风时畅，荔子垂垂，如绀珠火齐，飘然欲声。因题之曰‘荔枝亭稿’。”

《传草》卷之又二《吾友康高行先生墓碑》：“比予守潮，太、陵二子稍长，又礼公为师。公入潮，馆于荔枝亭下，有《荔枝亭稿》。其后，予之蜀，之吴、越、晋、楚以及闽、黔，昕夕不能离公，公亦不能离予。……公名祥卿，字用光，别号瑞麓，享年七十有二，己酉夏五月卒于正寝。”

按：康用光（1538—1609），名祥卿，字用光，别号瑞麓，泰和人。与先生同学，数不偶，失意场屋，自是一意讲学注经。先生宦南水部，其二子建、延稍长，延为师。四方从先生游者，争与友，诗益宏丽。及先生守潮，先生二子太、陵稍长，又延为师，馆于荔枝亭下，有《荔枝亭稿》。其后，先生飏历四方，用光之昕夕不能离公，筹画居多，诗文日富，所至有吟草，汇为《天游草》，并著有《义肥堂存草》若干卷，《天游山人赋》一卷行于世。

是年十一月前，两广总督郭应聘题复潮州参将，革守备。

顺治《潮州府志》卷一《地师部》：“《文武官员沿革考》：‘潮州参将一员：潮州原设参将一员，管领陆兵，嘉靖四十五年，设南头参将兼理惠潮；后因设总兵驻潮，还改惠潮陆路参将为惠潮把总；后因南京兵科给事中李崧条陈惠潮二府当设参将，总督都御史李公迁题复；万历八年，总督侍郎刘公尧诲题革；十一年，总督侍郎郭公应聘题复。守备潮州指挥一员：隆庆六年，提督侍郎殷公正茂题潮惠守备一员驻扎长乐县；万历八年，总督侍郎刘公尧诲奉部咨议题革潮州参将，乃改本官专备潮州府属，移驻潮城；万历十一年，因程乡之寇，守备札付遗载程、平，总督郭公应聘题复参将，革守备。’”

按：郭应聘于是年（万历十一年）十一月改任南京都察院右都御史（详见下条），则其题复参将当在十一月之前，故暂系于此。

十一月辛丑，改郭应聘为南京都察院右都御史；甲辰，刑部左侍郎吴文华升为两广总督兼广东巡抚。

《明神宗实录》卷一百四十三：“（万历十一年十一月）辛丑，改总督两广右都御史兼兵部右侍郎郭应聘为南京都察院右都御史。”“（甲辰）升刑部左侍郎吴文华为右都御史兼兵部右侍郎，总督两广兼巡抚广东。”

按：吴文华（1521—1598），字子彬，号小江，晚年更号容所，福建连江人。其父吴世泽，曾任府江兵备副使。嘉靖三十五年（1556）进士，任南京兵部主事。万历三年（1575）升右副都御史，巡抚广西。万历十二年（1584）至十五年（1587），以兵部右侍郎、右都御史兼任两广总督。后任南京工部尚书。卒谥襄惠。

年末，两广总督郭应聘改任南京都察院右都御史，先生撰《赠督抚郭华溪先生入掌南院序》。

《粤草》卷二《赠督抚郭华溪先生入掌南院序》：“今司马郭公总制百越，积有勋伐，五岭九真，□□□覆。上特念公久岭外，召掌南宪。不佞闻，作而言曰（略）。”

按：据《明神宗实录》卷一四三：“（万历十一年十一月）辛丑，改总督两广右都御史兼兵部右侍郎郭应聘为南京都察院右都御史。”知郭应聘入掌南院在本年（万历十一年）十一月，至万历十二年（1584）正月乙酉，升南京都察院右都御史郭应聘为南京兵部尚书，参赞机务。（《明神宗实录》卷一四五）则该《序》当作于本年末。

约年末，莆田进士柯茂竹来任海阳令，出所为举子业，以式潮士，先生为其《窗稿》撰序。

《粤草》卷一《〈柯尧叟窗稿〉序》：“余时方捧直指使者檄，都试莆生，则推高尧叟。

尧叟弱冠，著为《柯论》等书类，曰‘闻之先王父’。……尧叟来令海阳，出所为举子业，以式潮士，抒之五内，泽之六气，而御正于《四经》，举业即秋苑小鸣耳而已。若是，是得而大衍之，以及于仁圣立达、一贯忠恕、格物致知之旨，不治而辩，不言而嬗，与世之凑学者异矣。语曰‘针成幕，蔂成城’。余知柯氏之论不局于史也，卜诸其所小鸣者也。”

《井丹诗文集》卷十一《赠柯尧叟明府初政奖异序》：“先是两庠师生亦已得其所为举子业梓之，而请郭公为序，于是全潮远近靡不翕然同风，口诵其文，家传其学矣。”

按：柯尧叟，名茂竹，字绳希，尧叟为号，福建莆田人，户部主事柯维骐孙，维骐著有《宋史新编》。万历十一年（1583）进士，授海阳知县。有《柯亭诗文初稿》四卷，又《柯论》六卷。（《千顷堂书目》）

《井丹诗文集》卷十六《书》另有《报柯绳希》。

柯茂竹接徐申任，徐申于是年（万历十一年）十月考选为试监察御史（详见上文万历十一年“约夏间，为海阳令徐申《窗稿》作序”条），则柯茂竹到任海阳约在年末。

约今年，先生合郡邑诸生季考，作《〈潮州府季考录〉序》。

《粤草》卷一《〈潮州府季考录〉序》：“余来守潮，校官、诸生有《教》矣，会文、社学有《约》矣。及校士韩山，刻其文，序之矣。大都引之诵法韩子，进之孔子，而要之立诚，辟之橡，登之黍，而归之惇实。顾未合郡邑诸生都试之也，及今试之矣，尊令甲也。……嗟乎！颜子三月不违仁，不违礼也，予试诸生且三月矣，将复举令甲从事，辨诸生之违不违何如颜子，诸生亦幸自闵免，毋宜自处于‘日月至焉’者。”

按：《〈潮州府季考录〉序》称：“余来守潮，校官、诸生有《教》矣，会文、社学有《约》矣。及校士韩山，刻其文，序之矣。”则该《序》作于诸《教》（详见上文万历十年二月“莅任作七《教》”条）、《约》及《〈韩山校士录〉序》（详见上文万历十一年八月条）之后。

先生试诸生，得程乡熊端蒙文，大异之，为一县魁元。

《熊氏复贞传》：“迨余（疑缺“守”字）潮时，以一日试儒童，得熊君文大异之。撤弥封，则固县元立潮中士矣。嗣是，屡试屡高第，汇考饶，可成帙行世。”（1996年续修熊氏族谱理事会编委会《（梅州）熊氏族谱》续修本）

按：熊端蒙，字复贞，程乡人。万历二十五年（1597）丁酉科举人，《易》房亚魁。后久困场屋，谒选授浙江台州府黄岩县知县。政不逾期，即成台南治最，人无以干其私。中蜚语归。先生尝高其义，应请为撰《熊氏族谱序》和《熊氏复贞传》。

先生约于今年（万历十一年）合郡邑诸生季考（详见上条），熊端蒙为儒童（即童生、诸生），意其时当与试，故暂系于此。

其后，先生每贻书熊端蒙，以修德勉之。

郭子章《〈熊氏重修家谱〉序》：“方熊君在诸生时，余每贻书勉之曰：‘吾赏子不独以文，以修德也。’”（1996年续修熊氏族谱理事会编委会《（梅州）熊氏族谱》续修本）

镇平宋翰年十八见知于先生，以童子试拔第一，累试冠军，咸以科第期之。

顺治《潮州府志》卷二十三："宋翰，镇平人，字义梧。家贫嗜学，年十三，游闽从学。年十八，见知郡守郭青螺，以童子试拔第一，累试冠军，咸以科第期之。念经生章句学无益，遂隐山中，究心理学，著有《四书管窥》《五经疏义》。"

按：宋翰见知于先生未知何年，可能就在此次季考，暂系于此。

惠来詹一纲弱冠补博士弟子，受知于先生。

康熙《惠来县志》卷十四《人物·宦迹》："詹一纲，字肃宇，一惠从弟。幼孤，生母林氏茹蘖孀守，嫡母方氏性峻严，纲恪谨承顺。与嫡兄分庐产，受其敝且脊者。弱冠补博士弟子，受知于郭青螺先生。以万历癸巳（二十一年）遴贡胄学，己酉谒选得保定通判，督宣府粮饷，驻赤城，肃边防，布子惠。西人砻感。及报最，赠父如其官。晋迁广西河池州知州，驯格猺獞，广兴文学。解组归里，州民建祠尸祝之。林下三十馀载，光跻宾筵一十八次。尝刻《太上感应篇》劝诲乡人，至今思之。"

按：詹一纲补博士弟子时间不详，以先生约于今年（万历十一年癸未）季考，同系于此。

漳浦人刘廷蕙收其亡弟廷兰遗文付枣，廷兰为先生任福建推官时所取士，为撰《〈刘国征文集〉序》。

《〈刘国征文集〉序》："予始为闽李，初得晋江苏君禹，以词相镇，以义相攻，驩甚。已直指孙使君檄都试郡诸生，之莆得柯尧叟，之漳得刘国征，国征复介君禹，倾所为博士家语示予。予卒业之曰：'甚矣，刘生之言，似君禹也！'已国征起家，如君禹、尧叟成进士，及读二生古文词，间尝窃评国征文如干将、莫邪不可向，迩即丰狱延水，愈湛愈久。尧叟清厉峭急，如丝弦登焦桐，听之爽人耳，偲其易绝。及予守潮，尧叟来令海阳，国征读礼还漳浦，相距寻常间，词镇义攻，亦如君禹，予又驩甚。不逾年，国征赴来，尧叟寻坳。……刘长公计部急收其弟遗文刻之，国征之大存矣。"

按：刘国征，名廷兰，福建漳浦人。万历四年（1576）丙子科解元，万历八年（1580）进士。张居正专政，灾异见，而中外方竞颂功德。廷兰上书座主申时行，劝之补救。时行不能用。廷兰兄廷蕙、廷芥亦皆举进士，有名。世所称"漳浦三刘"者也。廷兰服父丧，竟死不及官，士林嗟叹。（《明史》卷二百三十二《魏允贞传》附传）

刘长公，名廷蕙，廷兰从兄，万历八年（1580）进士。尝任户部署郎中，云南提学佥事、右参议，广西右参议。刘廷芥，廷兰兄，官至绍兴知府。

苏君禹，名浚，号紫溪，晋江人。万历元年（1573）癸酉解元，万历五年（1577）丁丑会魁，初授南刑部主事，忧归。起补工部。寻改礼部，擢浙江督学佥事。评品精详，众服公明。迁陕西参议，领商洛道。迁广西按察副使，备兵苍梧，寻转参政，领桂林道。政尚简易，兴文化俗。移贵州按察使，不赴。万历二十七年（1599）卒于家。有《紫溪集》三十四卷。

约年末，先生生辰将至，林大春有诗《金山引为潮州郭使君寿》。

《井丹诗文集》卷二《金山引为潮州郭使君寿》："君不见金城山，千寻奕奕高莫攀，古来贤达生其间。亦有十相来游寓，至今声实留人寰。又不见潮阳守，千载悠悠名不朽，投檄烟波鳄鱼走。济溺亨屯起斯文，后学先生称北斗。徽音胜迹兹已陈，吁嗟继者真何人？汉家有道林宗侣，虎竹符分南海滨。为询有道家何处，斗牛炫赫龙光聚。洛中曾共李膺舟，汝上论文黄叔度。一朝恩荐入彤庭，昂霄耸壑何崚嶒。是时楚越多奇士，惟有二郭偏齐名。天子临轩亲赐策，制下争看金马客。文学贤良三百人，滚滚登台更通籍。诏提刑狱下建州，三山九曲擅风流。扬州再见何水部，襄阳忽借山公筹。铜鞮拍手儿童唱，山公时饮习池上。野夫乘兴款仙扉，百遍相过亦不厌。归来岁序属新春，正值嵩高降岳辰。欲假长篇持献寿，云笺彩笔空逡巡。当筵请效南山诵，愿君去作明堂栋。姓字行雕紫阁麟，雄辞直吐丹山凤。”

按：据下条所引《贺潮州郭使君寿序》，林大春以为先生明年（万历十二年）春生日，遂先于今年（万历十一年）年末撰《金山引为潮州郭使君寿》相贺，详见下条。

林大春复应先生门人许子岸等之请，为撰《贺潮州郭使君寿序》。

《井丹诗文集》卷十《贺潮州郭使君寿序》：“今上龙飞厥十有二载，岁在甲申，序属先春，是为潮州使君青螺先生岳降之辰，其时境内搢绅先生之徒林子者，尝为《金山引》三百言歌以寿之矣，廼先后乡贡之士许子岸而下十九人者，复以文请。十九人者，先生之门人也。……许子曰：‘何谓万年？’曰：‘立言立德，功在竹帛，是谓不朽。万载作则，寿之极也。盖登麟吐凤，余诗固前言之矣。”

按：据《青螺年谱》谱首，先生生辰在十二月二十五日，而大春《序》则称万历十二年（1584）早春，盖误，兹据其生辰系于万历十一年（1583）年末。

许子岸，疑为揭阳人许公著，守愚子，公望弟。万历贡生，仕合浦训导。待考。

约是年，惠州知府黄时雨新开海丰县杨桃岭路，先生同年陈汝凤来令海丰，伐石筑土，工竣，先生应请撰《海丰县新开杨桃岭路记》。

《粤草》卷四《海丰县新开杨桃岭路记》：“万历壬午，姑苏黄公时雨繇比部郎出守惠州。期年，政平化通。下令除道，而丰父老以杨岭道梗状闻。黄公乃捐适金，檄别驾木君某董其役。未竣，而予同年陈君汝凤来令是邑，批岩突砥逆拆，伐石筑土，程日核工。盘纡二十馀里，列树置亭。五达六达，比于康庄。陈君谓是役也不可无纪，而属言子章。”

按：黄时雨，字润寰，常熟人。万历二年（1574）进士，以刑部郎知惠州府，宽以平法，严以锄奸。履亩核田，膏腴无匿赋，斥卤皆减额，罢铁税八百金。岑冈寇乱，设奇剿平。在惠六载，多惠政。历迁云南参政。（光绪《惠州府志》卷二十九《人物·名宦上》）

陈汝凤，乐安举人，万历十一年（1583）任海丰知县，万历十六年（1588）由赵尔震接任。乾隆《海丰县志》卷下《词翰》有陈汝凤《照墙铭》。

约是年或明年，先生著有《赌诫》二卷，柯茂竹序，刻于潮州郡署。

《潮中杂纪》卷七《艺文志》：“《赌诫》二卷，郭子章著，自序。海阳知县、莆田柯茂竹序。其后刻郡署。”

《粤草》卷一《〈赌诫〉序》：“潮故无博，起于二三豪家，浸淫成俗。嘉靖间，倭奴入寇，山贼内讧，民捄死扶伤不赡，毋暇博。隆、万以来，竟内稍敉定，又以制钱雍滞，遂竞出钱赌，名曰‘益宝’，即古掩钱意，至于今，填闾巷、蔽市井矣。识者称‘盗往往从博徒起’，余忧焉。始严栅门之禁，以遏夜博者之无所归；继严庙寺场窝之禁，以散昼博者之无所聚。……爰集古今博事，厘为上、下二篇，起大明律，至左祥复，凡五十九条，皆圣贤厉博禁语；下篇起井公，至《樗蒲经》，凡六十四条，皆愚不肖罹博祸语。命之曰‘赌诫’，而刻之郡中。”

按：《赌诫》已佚。柯茂竹是年（万历十一年）到任（详见上文万历十一年“约年末，莆田进士柯茂竹来任海阳令”条），明年卒（详见下文万历十二年“约是年夏，柯茂竹卒于任上”条），则其序当作于今、明年间。暂系于此。

约是年，以万历九年惠来县五都丈田纷争，二三年来莫之能定，为作《定惠来县五都赋议》以断。

《粤草》卷九《定惠来县五都赋议》：“惠来一县，原系潮阳、海丰二县分割成邑，其间税粮各有等则，……该县自新造以来，各项粮差俱照本府各县，通以米石人丁科派。后因米色不同，各都小民讦告，嘉靖十九年，奉院道明文定议，除均平均徭二项难依米石数目，俱照田亩编派，每田一顷，折丁三丁；其京料仓粮并民壮驿传等项，悉照通例，皆以米石起科。业已为定规，别无异议矣。近因万历九年奉文清丈，酉头四都，原额田一千三百八十五顷八十二亩，丈过田一千四百七十九顷八十二亩，内多馀田九十四顷；龙溪一都，原额田七百七十四顷五十一亩，丈过田九百九十三顷六十七亩，内多馀田二百一十九顷一十六亩，而纷纷之议遂从兹起矣。……以故二三年来，五都纷纷，莫之能定。本府再四审之于民，又再四惟之于心，其祸原实胎于丈田，故四都因馀田而争轻其赋；其隙端实始于四都，故龙溪因加赋而争复其旧。……今日该县之议，事须仍旧，政戒纷更。酉头等四都丈出之田，仍还四都均摊；龙溪一都丈出之田，仍还龙溪均摊。递年京库仓粮并民壮驿传等项，悉照原额米石多寡起科，……条鞭册内自十二年为始，合行改正。”

按：该《议》称自“万历九年奉文清丈”，“二三年来，五都纷纷，莫之能定”，并称“条鞭册内自十二年为始，合行改正”，则该文当作于今年（万历十一年），姑系于此。

明神宗万历十二年甲申（1584）　四十二岁

正月，先生登罗浮山，读其先祖宋集贤学士之美公《罗浮山记》，赋诗。

《青螺年谱》：“（甲申十二年）春正月，公登罗浮山，读先集贤学士之美公《记》。公诗序云：‘先宋集贤学士公之美出判惠州，爱罗浮山水之胜，续为《山记》，自序之，文存《家谱》。既读《文献经籍考》，载此书为庐陵郭某撰文。及某守潮，托博罗令陈君鸿渐求仁（笔者按：“仁”疑为“归”之误，“归”指“归善县”）志亦载此《序》。’是时公赋诗有：‘如何集贤之书文且核，长与七二相瀰渃’之句。”

按：陈鸿渐，字顺羽，福州长乐人。嘉靖四十三年（1564）举人，万历十年（1582）任博罗县令，十六年（1588）升广州府同知，二十四年（1596）升肇庆府知府，醇谨温厚，所至能宜其民。

约是月，韩绍为政惠潮满一年，适当生日之际，先生应潮郡倅及十邑长之请，撰《少参韩怀愚年丈寿序》以寿。

《粤草》卷三《少参韩怀愚年丈寿序》："公为政惠潮甫期月，道德造物，政教适民，不暇枚举，兹举其巨者，皆券合于赵先生云云。……公以是月廿四日为览揆之辰，潮郡倅及十邑长晋而告子章曰：'当以词祝。'……子章不佞请括吏民语，而以潮之江山草木，昔受名韩昌黎子者，着为公颂三章，章六句。颂曰：韩之山，维石岩岩。岂弟君子，畏是民碞。君子万年，伊耇杖函。韩之江，维水淙淙。岂弟君子，循是海邦。君子万年，申甫岳降。韩之木，维橡谡谡。岂弟君子，民顾民复。君子万年，永绥百禄。"

按：韩绍分守岭东道在万历十一年（1583）正月（详见上文万历十一年正月乙亥条），至此适逢政满一年。

约年初，于嵩修《南澳志》二卷成，自序，刻于南澳官署。

《潮中杂纪》卷七《艺文志上·书目·潮州府》："《南澳志》二卷，明副总兵、钱塘于嵩著，自序。刻存南澳署。"卷三《杨主簿梦》："杨主簿彩，延平人。来南澳修志"。

按：《潮中杂纪》称《南澳志》二卷为于嵩著，实为主修于于嵩，而纂编于杨彩。于嵩任职南澳副总兵起讫见于《明神宗实录》卷一一〇："（万历九年三月乙亥）升广西永宁参将于嵩充副总兵，协守潮漳等处地方，专驻南澳。"卷一四六："（万历十二年二月辛未）敕于嵩升署都督佥事充总兵官镇守福建。"卷一四七："（万历十二年三月庚辰）升潮漳副总兵于嵩为中军都督府都督佥事。"而杨彩修志在万历十一年（详见上文万历十一年"是年，嘉禾产南澳地"条），则该志约刻于明年十二年（1584）初。该志已佚。

春，先生与何敢复、梅鹜、王国宾、陈经翰泛舟韩江，登堤亭，以敢复病愈，酌酒为其寿，并撰《愿丰亭记》，勒石河堤，以纪敢复筑堤之功。

《粤草》卷四《愿丰亭记》："万历十一年（应为'十年'）夏，惠阳大水，漂自长乐，滥于海阳，两河堤畔崩塌溃决。不佞秋以试事入省，冬以觐人燕，未及筑砌而去。同知何君署郡篆，日惟堤是棘。相其阴阳，观其流泉，乃自负薪，塞其隟窦。令下甫旬，百姓驩趋，起竹篙至浐溪，共长若干丈，阔若干丈，卫堤以内，田共若干亩，不樊官帑，崔然石畜。公乃筑庙其上，以祠水神。筑亭庙傍，名曰'愿丰'，意以堤固，则水不盗浸；……明年夏，水自惠来如故，而潮无逢其灾害，两岸坚堤，垂垂如长虹，南东亩其彧彧。……又明年春，公病瘳。不佞众公及别驾梅君、节推王君、守备将军陈君泛舟韩江，登堤亭，酌兕觥为公寿。……公名敢复，郁林州人，以司马郎谪治潮。其丰吾民甚伙，堤其大者。故不佞为公大书，以纪诸河之堧。"

《潮中杂纪》卷八《艺文志下·碑目·潮州府》："《愿丰亭记》，郭子章撰。"

二月辛未，敕于嵩升署都督佥事，充总兵官，镇守福建。

《明神宗实录》卷一四六："（万历十二年二月辛未）敕于嵩升署都督佥事，充总兵官，镇守福建。"

按：《国榷》卷七十二《神宗万历十二年》作“（三月辛未）于嵩为署都督佥事总兵官，镇守福建”，应作“二月辛未”。

约二月，林大春以避俗卜居潮州城南。

按：据林大春《井丹诗文集》卷五《顷岁卜居郡南，至是始辞郭使君还山，怅然有作》句“凤凰春色倚匡庐”，《向以避俗居郡下者一年，辱城中搢绅诸老时时见过，招邀不勌，盖经岁如一日也，至是辞归，因作此为别》及《旅馆春日怀归，预别城中交游诸君子》，知林大春卜居潮州城南始于今年（万历十二年）春，卜居时间约有一年。大春十三年（1585）春返潮阳棉城，隐居东山郊居，据同卷《和卢方伯暮春见访郊居出示家藏二首》，则大春返于暮春前，约在十三年二月，故避居郡城约于十二年（1584）二月。

三月庚辰，升潮漳副总兵于嵩为中军都督府都督佥事，镇守福建。

《明神宗实录》卷一四七：“（万历十二年三月庚辰）升潮漳副总兵于嵩为中军都督府都督佥事。”

按：于嵩二月升署都督佥事，充总兵官，镇守福建；此时复升中军都督府都督佥事，当仍充福建总兵。故林大春于其赴任时赠诗《送于总戎镇八闽》，详见下文今年（万历十二年）夏条。

三月辛巳，裁潮州守备，复设参将。

《国榷》卷七十二《神宗万历十二年》：“（三月辛巳）裁潮州守备，复设参将。”

三月，平远县开新河工竣。

《粤草》卷四《平远县开新河记》：“经始于万历十一年春正月，已事于明年三月，凡四百四十六日。观察公复令造官舫四，置守者二，以代邮递。守道韩公行县，复命凿大峰、剑门二滩，以夷水道。”

林大春《井丹诗文集》卷七《潮州府平远县凿石通河碑》：“平远为潮之支县，盖自世庙朝用守臣议，析梅州以北建置焉。……迺以明年癸未春正月肇工，越一年而工告成，计凿巨石者三，开浚砂碛滩潭之属以十数。于是，河流底平，一苇可杭，蕞尔新邑，遂焕然有金汤之固，行旅皆愿出于其途矣。”

黄郁桂来谒，以工成告，且征言以记其事，先生为撰《平远县开新河记》；约其时，林大春亦应黄令请，为撰《潮州府平远县凿石通河碑》，并泐之石。

《粤草》卷二《平远县开新河记》：“河既济，予适从觐还。黄令来谒，以工成告，且征言以记其事。……故是役也，不独通商贿，引灌溉，而并以塞盗源。此其所急于民者，犹在蜀与郏上。某不佞会觐去，无能执役，坐享事成，则无爱一语，以书藩臬二公之伐，昭郡邑诸君之勤劳、父老子弟之辛苦，而又以告后之吏民，时时浚之俾勿堕。嗟乎！此亦贤者之法式，不可更也。”

《井丹诗文集》卷七《潮州府平远县凿石通河碑》：“其年，黄君乃以郭公之意求碑于予。嗟乎！此予策也，乃今行之，辞可已乎？”

《潮中杂纪》卷八《艺文志下·碑目·平远县》：“《开新河碑》二首，郭子章、林大春撰。”

是月，讼庭间有侧生槟榔，疏二则。其一记及尝与林大春论槟榔，大春论其味，先生论其德，大春誉其足为槟榔忠臣。

《青螺年谱》：“（甲申十二年）三月，讼庭间有侧生槟榔，疏二则。”

《潮中杂纪》卷十二《物产志·槟榔》：“潮阳林井丹先生曰：‘苏东坡有言槟榔饥可使饱，饱可使饥；醒可使醉，醉可使醒。其说似矣，犹未也，寒可使热，热可使凉。则庶几尽其妙乎。’□□（予曰）：‘犹未也，二公论其味，予论其德。夫槟榔之始食也，若嚼木楂然，几亡遗味。既稍稍强食之，渐不欲吐；既合灰蒌食之，则尽饥饱、醉醒、寒热之妙，不可顷刻离左右。其功用能下气刼湿，固齿去腻。其外若朴，其理实文，赤白相杂，焕然成章。贵人贵之，盛以五金之器不加益；赤赤窭人子，纳之竹簟不加损。夫君子始交也，落落难合，稍近之，则觉易从，日近之，则不忍去。色足惮，貌足敬，过予告，失予规，而君子睎贵，贫人若一，不渎不媚。夫槟榔何以异此哉？’井丹先生曰：‘吾东越人之旨槟榔也，无论及此，此足为槟榔忠臣。’”

约是年春，何敢复以考绩最得诰赠其父潮州同知、奉政大夫，铨曹移文下，先生荣而为《题何学闵诰命后》。

《粤草》卷十《题何学闵诰命后》：“国家于名爵敬戒之甚重如此。而予僚友何君学闵娄得之，以宠其先人。英德公始为国子先生，勑赠英德公文林郎；今同知潮州，诰赠英德公潮州同知，称大夫。母蔡氏宜人，则又宜若无难焉。”

《粤草》卷五《赠奉政大夫何公墓志铭》：“予来守潮，与何大夫学闵共事三年。大夫以考绩最，得赠其先大夫古田公如大夫官，铨曹移文下大夫，予荣而跋其后。……癸未，驾部以潮州上绩最，复得赠公奉政大夫、潮州府同知。”

按：《赠奉政大夫何公墓志铭》撰于万历十二年（1584）甲申，《墓志铭》称“予荣而跋其后”，则《题何学闵诰命后》作于《墓志铭》之前。《赠何学闵郡丞还郁林序》称“其先大夫封诰滞于燕，不果来，君迟之年馀”。该《序》大约作于万历十三年（1585）春夏间（详见下文万历十三年约春夏间“末几，海防同知何敢复亦解组去”条），回推年馀，则大约在今年（万历十二年）春季，故暂系于此。

四月十六日晚，杨彩于南澳修《志》毕，归寓潮城隍庙，宿斋所，梦南澳兵擒缚海寇，入庙中献馘；翌日，有饶平男子自我反缚入跪神座，如梦中然。

《潮中杂纪》卷三《杨主簿梦》称：“杨主簿彩，延平人。来南澳修志，归寓潮城隍庙，宿斋所。四月十六日漏下三刻就寝，忽梦南澳兵千馀，擒缚海寇，突入庙中献馘。杨问曰：'古诗在泮献馘，至此何为？'其人答曰：'城隍爷缚我报捷郭公也。'杨醒，惊汗浃背，意者应于将军出汛事也。清晨起，对客言之。寻而饭罢，披衣携书出斋门，但见庙中聚观人千馀，反缚一男子，跪于庙门之外，数十人拽之不能动，云：'男子从东门外广济桥上，自以己发反缚。'所言一如梦中也。守庙蔡道士先入跪禀神座前，男子遂从丹墀下入跪。男子年可二十二三岁，饶平人，不问姓名，向日来庙发誓也。噫！善恶报应，神明之理有之，白日捉人反缚，神亦灵异哉。"

四月，喜皇太子生，赋诗。

《青螺年谱》："（甲申十二年）四月，喜皇太子生，赋诗云：'前星横少海，协气丽天潢。元鸟鸣商禖，苍龙梦汉祥。鸾旗纷列仗，奚戟快分行。汎扫文华地，重开大本堂。铜楼通象辂，丙殿锁仓琅。未论标天策，还应戒□囊。丝纶传岭外，歌舞遍炎荒。'"

是月，以陆丞相墓址碑表芜没而伤之，乃为伐石，题曰"有宋陆丞相君实之墓"，命陈经翰书之，立于墓前右侧，下令禁樵苏。

《陆丞相墓辩》："而遗之书曰：'不佞闻宋丞相墓澳山北青径口，将军访其神道安在。'已，于将军报予：'址石仅存，碑表芜没。'予伤之。令威不归，童牧哀歌，责在守臣，乃为伐石，题曰'有宋陆丞相君实之墓'，下令禁樵苏。"

民国《南澳县志》卷十九《金石·石类·明》："陈经翰书陆丞相墓碑：在墓前右侧，碑高逾七尺，中书有'宋丞相君实陆公之墓'，左右两行书'明万历十二年岁次甲申孟夏吉立'，'潮州府知府郭子章命守备陈经翰书石'。字体在欧柳之间（同上）。谨案：经翰字忠甫，增城人，泉州通判尧典子。工文词，通阵法，尤善于书。从军有边功，累官潮州守备，为子章所器重。迁狼牙镇总兵。著有《游燕》《游岳稿》《山中志怀》诸书，称儒将焉。周《府志》作南海人，误。"

陈经翰以潮州守备改设参将，将赴部待次，林大春有诗《答陈将军留赠二首》。

《井丹诗文集》卷五《答陈将军留赠二首》："投笔何人本姓班，曾随飞将出云间。平居幕府心如水，生缚名王气若山。阵转东南回斗极，旗翻岭海压尘寰。何期重枉夷门驾，逸兴飘飘不可攀。"

按：据《国榷》卷七十二，万历十二年（1584）三月裁潮州守备，复设参将。陈经翰以潮州守备改设参将故，将赴部选调（详见下引《赠陈忠甫还南海序》），时约在三月之后，故暂系于此。

陈经翰得代还南海，先生有《赠陈忠甫还南海序》。

《粤草》卷二《赠陈忠甫还南海序》："陈将军忠甫者，南海人也。……遂起家金吾，出把总狼牙，行都指挥事。以却胡功，进守备潮中。是时潮中山海颇敉定，而予少时亦习将军诸好，隙与将军泛韩江，登金山，矢口捉笔，文而文，诗而诗，书而书，黄老而黄老。……将军备潮中且二年，程乡之变，地非其辖，而大司马议复参将，有诏趣将军赴部。将军行，予与二三僚友祖之凤城。将军谓：‘某发种种矣，不能迟司马门，归而寻浮丘，宅朱明，以求侣于黄且老者，而间以其隙，娱于声律楮画以自老。’予曰：‘将军如以国恩重、温陵公志未抒也，出而毕力于忠孝，惟将军；如浮丘、朱明移文且至，则诗赋、黄老之好，将军之素也，知当不以彼易此。’”

陈经翰尝罹岩墙之厄，作有《岩墙记》，先生尝为文跋其后。

《粤草》卷十《题陈忠甫〈岩墙记〉后》：“陈将军几罹岩墙之厄，何以异于厕中、堂邑时，而余蒙两人谒，以收守者、骑郎之功，岂非天哉？”

按：该《题后》未详撰于何时，以先生撰序赠行，故并系于此。

林大春有《送潮州陈守戎代还待次序》，复赋诗七律赠别。

《井丹诗文集》卷十二《送潮州陈守戎代还待次序》：“（陈经翰）擢守潮州，禁戢奸萌，拊循士卒，横戈而赋，有屯胡退虏之志焉。乃今特更置之，俾之待命于南海之滨，行吟于泱莽之野，藉令异时有诏起而用之，不过补一校、寄一旅，其不足以鼓其气而尽其才，亦明矣。……初将军居潮，能得士大夫心，会余卜宅城南，而将军得代且去，屏骑从过余，余既赠之以诗矣，复因士大夫之请而为之序其事如此。”

《井丹诗文集》卷五《陈守戎得代别，赋此为赠，兼致意于乃兄少参君》：“细雨青霄独骑过，临岐慷慨为悲歌。天家讲武君须赴，海国论文孰更多。秋浦扬帆思玉塞，凉风卧簟看银河。池塘梦后宽相忆，应向从行问薜萝。”

按：陈经翰之兄，名未详，曾官参议，待考。

约是时，先生编有《云海遥瞻卷》，林大春赠诗《题〈云海遥瞻卷〉为郭使君》。

《井丹诗文集》卷五《题〈云海遥瞻卷〉为郭使君》：“千里分符来岭峤，百年亲舍接衡庐。停车野望秋云外，露冕郊行春雨馀。仙药空中盘舞鹤，雄文海上避飞鱼。悬知梦入桃源路，为愿人间莲社居。”

按：《井丹诗文集》之诗基本是按七律、五律等分类，并大致按时间先后排序，《题〈云海遥瞻卷〉为郭使君》次于《答陈将军留赠二首》（见上文）和《陈守戎得代别，赋此为赠，兼致意于乃兄少参君》（见上条）之间，则该诗当作于同时，故暂系于此。

夏，于嵩赴任福建，先生应其僚友及水陆二寨将领之请，为撰《赠于肖泉总戎八闽序》。

《粤草》卷二《赠于肖泉总戎八闽序》：“万历拾年，予出守潮阳，公嗣孙肖泉将军席公荫，副总兵于南澳，周旋且三年。将军坐楼船，利橹楫，九上九下于巨浸雄风之表；而予深沟增垒，曳柴裹粮，以赞将军于城隍。所谓同舟济而遇风相援若左右手，予与将军似焉。……主上念将军久海屿，下诏就南澳拜大都督，总八闽兵，假节钺，敕符便宜行事。将军行，予二三僚友及邑长吏交驩将军者，佥曰宜有言；将军之属水陆二寨帅及诸万户长，佥曰故事当乞言，而交征于予，予无以应也。……将军其毋忘家长者之训哉，予言赘矣。”

按：据《明神宗实录》卷一四六与一四七，今年（万历十二年）二月，于嵩升署都督佥事，充总兵官，镇守福建；三月，升为中军都督府都督佥事。则其起行当在三月后，故暂系于此。

林大春有诗《送于总戎镇八闽》。

《井丹诗文集》卷五《送于总戎镇八闽（总戎肃愍公之后也）》：“南天万里净氛埃，西汉楼船海上来。尽道忠贞今世笃，谁知疆理自君开。风烟东接蓬莱岛，舟楫西通滟滪堆。此日全闽暂移镇，还看平步上云台。”

其后刘大勋来任南澳副总兵。

按：《明神宗实录》未载刘大勋到任岁月，彼既为于嵩接任者，当于万历十二年（1584）三月于嵩去任（详见上文万历十二年三月庚辰条）后不久到任。刘大勋去任时间见《明神宗实录》卷一七六：“（万历十四年七月辛酉）升协守潮漳等处副总兵刘大勋为镇守福建福兴、泉漳、延建、邵武、福宁并浙江金温地方总兵官。”

公馀，刘大勋尝出视《刘氏忠贞录》，请序于先生。

《粤草》卷一《〈刘氏忠贞录〉序》：“《忠贞录》者，六安《刘氏家谱》也；《谱》曷以《录》？《录》曷以‘忠贞’？吾邑欧阳文庄公守六时，颜刘氏堂曰‘世笃忠贞’，《录》从堂名也。《录》中不直载刘家系掌故，并纶綍典言毕书，故不曰《谱》，曰《录》也。《录》作于今大将军大勋，刘之八世苗裔也。公总戎潮漳，秉节钺，制暹倭。予承乏守潮，会有天幸，海若不波，鲸鳄徙万里，沈楼船，偃干草。而公说诗敦礼，悛悛一儒者，稍隙，出是《录》视予，且匄予序，予卒业之。”

以南澳、程乡二镇为潮中要害，以为南澳设副总兵最为得策，而程乡诸县当割为梅州，以杜寇乱，作《南澳、程乡议》。

《粤草》卷九《南澳、程乡议》：“潮州海寇多从南澳入，山寇多从程乡起，此二镇者，实潮中要害。故二总兵之建罢，关系匪细。以南澳言之，镇设副总，最为得策。今议者不谙，猥云海外斥卤，何烦重兵？而将士苦涉风涛，乐于撤戍，又从而和之。此寒俭小人之议，未睹守国之大计也。以子章权之，为利者四。……以程乡言之……癸未五月，程乡之变，虽曰其地多盗，亦人谋未臧使然。故盗平之后，子章请复参将，援总兵旧镇程乡为辞，卒得所请。嗟乎！此谓病急则治其标也，拨本穷源，总兵不必复设，而广东巡抚当设之惠潮，伸威道应复设，而程乡诸县当割为梅州，则庶几山盗无复跳梁乎。”

按：该《议》撰写时间未详，以文称“子章请复参将，援总兵旧镇程乡为辞，卒得所请”，则该《议》成于潮州复设参将（详见上文万历十二年三月辛巳条）之后，故暂系于此。

夏，以同年薛梦雷由广东海北道佥事升本省参议，仍分守雷廉，先生应同年雷、廉二州知府陈宗谟、沈献夫之请，撰《赠薛鸣宇年丈晋少参序》以称贺。

《粤草》卷一《赠薛鸣宇年丈晋少参序》："万历甲申夏，东越海北观察薛公以奏绩最，晋秩少参，仍分守雷廉二郡。公隆庆辛未进士，是时同年守郡为公属者三人：雷州陈宗谟、廉州沈献夫、潮州郭子章。雷廉二州昕夕事公，束身受约，辟咡待诏，相与聚谋曰：'故事，观察大夫迁秩，属郡率邑长众其父老称贺，珠玑瑁瑇，象齿文犀，翠羽菌鹤，南方之献也。而公不敬贵南海人言，窥公不俏，孰与吾三人者言？三人者言，孰与潮州同公卒业成均，同公举顺天，日游燕市而衽连足踋于碣石金台者之为狎也？'于是，使人致命潮州曰：'子宜有言。'"

按：薛梦雷（1546—1611），字汝奋，号鸣宇，福清人。隆庆辛未进士，知江山县。擢御史，视盔甲厂，奏劾巨珰冒破状，为政府所忌，出为广东佥事。历官云南按察使、左布政，升都察院右副都御史、巡抚云南、兼督川贵。天启中遣官谕祭，赠工部侍郎。

陈赞，字宗谟，南昌人。隆庆五年（1571）进士，尝官雷州知府。

沈应科，字献夫，常熟人。隆庆五年进士，授山东沂州知州，升南京兵部员外郎、郎中，万历十一年（1583）至十四年（1586）任廉州知府，升福建按察司兴泉道副使、广西布政使司左参政。以子卒，移疾归家，居三十年，阖门扫轨，抚养孤孙。享年八十有六。（钱谦益《牧斋初学集》卷六十六《广西布政使司左参政沈公墓表》）

约是年夏，柯茂竹卒于任上；林大春有诗《海阳柯明府挽辞》。

《井丹诗文集》卷五《海阳柯明府挽辞》："走马京华引骏髦，飞凫岭峤试牛刀。才名蚤已夸天目，家学遥应接地曹。海气侵人诗骨瘦，江城作客壮心劳。濒归不洒长沙泪，应化祥云五色高。"

按：林诗在《井丹诗文集》中次于《送于总戎镇八闽》（详见上文万历十二年夏"林大春有诗《送于总戎镇八闽》"条）之后，《七夕承郭使君枉过，于谢家池馆，有诗见贻，依韵奉答》（详见下文万历十二年七夕条）之前，则该诗作于万历十二年（1584）夏间，故暂系于此。

五月，宝积寺告落成，先生与二三僚友避暑其上，咏诗《重建宝积寺》，刻于石。

《潮中杂纪》卷八《艺文志下·碑目·海阳县》："《题宝积、南山二寺》碑，郭子章撰。"

光绪《海阳县志》卷三十一《金石略二》："《郭子章诗》：《游宝积新寺（有序）》：潮之南宝积寺废久矣，僧道裔谋复之，予韪其请，今年夏告落成，予与二三僚友避暑其上，或言大颠之交贻讥后世，得毋为灵山之游乎？因噱而咏之诗：卓锡重开劫外缘，化城奕奕凤城前。琱宫旖旎莹珠蕙，绀宇玲珑卧水莲。韩木晨滋花散雨，金山夜静铎鸣禅。息心暂向丹邱地，莫笑当年访大颠。万历甲申夏五庐陵郭子章（建阳刘昭刻）。

右刻在郡城南宝积、南山二寺内，草书，惟建阳一行五字正书。谨案：郭子章字相奎，号青螺，江西泰和人，辛未进士，万历十年任潮州知府。见《阮通志、周志·宦绩》有传。刘昭，字建明，四川富顺贡生，万历三十四年任潮州通判。见《周志》，与子章仕不同时，意子章书之，后刘昭刻之耳。”

《潮州志补编·古迹志》卷七：“宝积寺：在南厢一里（《金通志》）春城楼内。（《韩江记》）即古静乐寺。元至元二十三年建，（《金通志》《吴府志》）后废。（《周府志》）明万历甲申（《韩江记》）僧道裔修复之，夏落成。（郭子章诗《序》）明季倾圮。”

按：先生《游宝积新寺（有序）》落款“万历甲申夏五”，则其时为万历十二年五月。

约六月前，惠潮兵备道郑岳三年考满，先生撰《赠观察郑谦斋先生考绩序》。

《粤草》卷二《赠观察郑谦斋先生考绩序》：“今年夏六月，我惠潮观察郑公考臬大夫满。始公以谏议大夫出臬于滇，既读礼三年，起补于越，而分察惠潮二郡，其为年劳深而任久矣。故事：臬司满，檄所部郡县书所事事为牍，以上之铨部，入奏天子。公檄甫下，子章聚二三郡倅、十邑长吏，以及水陆二帅、诸卫万户长，而进之曰：‘公为政于潮有年矣，辟诸星焉，星掌发，发为风，风而三年，即隐窾且入；辟诸岁焉，岁掌和，和为雨，雨而三年，即硗陋且漏其细者。其循故者，其无所利患于竟者，置勿论；其巨政宏犹，下寿百姓，而上和国家者，诸君各以职事告子章，子章请备书之。’”

按：郑岳于万历九年（1581）任广东副使，分巡惠潮兵备道（乾隆《潮州府志》卷三十），三年考满，则为万历十二年，且今年（万历十二年）十一月郑岳升为云南右参政（《明神宗实录》卷一百五十五），先生于郑岳考满之前赠序，故系于今年六月之前。

七月初一，先生撰《祭潮尉高仁文》，遣程乡吏目方昕致祭潮尉高仁。

《青螺年谱》：“（甲申十二年）七月朔日，公遣程乡吏目方昕致祭潮尉高仁。尉为输公赋毕，登舟告祖坠水而亡。有《祭文》。”

《青螺公遗书》卷二十九《祭潮尉高仁文》：“嗟乎！尔以才役，彼不才者逸；尔以才死，彼不才者生。茫茫昊天，余将安问？虽然物有必至，期不可逃，余不死白沙，必死潮阳，死妇人女子手耶？孰能传君勤事之名，来余无从之涕乎？……古今贤才，不讳死水。尔灵有知，亦可以自慰。”

七夕，先生访林大春于谢家池馆，赠以诗，大春依韵奉答。

《井丹诗文集》卷五《七夕承郭使君枉过，于谢家池馆，有诗见贻，依韵奉答》：“明河隐映七香移，天上幽期只自知。羽骑暗沾珠露湿，霓裳轻动彩云披。应闻夜语长生殿，重见秋光太液池。独有林宗爱清兴，仙舟何幸此追随。”

按：该诗后有《中秋前二日访章别驾名园听琴》《予适有凤城之游，辱何郡丞示以〈病中喜雍见至〉之作，依韵和之》。今年（万历十二年）春至明年春一年间，林大春避俗卜居郡城城南（详见上文万历十二年“约二月，林大春以避俗卜居潮州城南”条），该诗及郡城诸作大都作于此一时期。

谢家池馆疑为谢绍祖园林。绍祖，字小沧，海阳县人。嘉靖三十一年（1552）举人，三十六年（1557）任如皋县教谕，三十九年（1560）纂《重修如皋县志》十卷，每篇皆有小序，出绍祖手笔，赞论以从善惩恶为鉴。卷末有绍祖跋。天一阁藏有传本。四十一年（1562）升广西融县知县，迁兴化经历。四十三年（1564），擢知宁州。后终岷王府长史。

七月八日，为两广总督吴文华诞辰，先生代吴文华某同年撰《督府吴小江先生寿序》。

《粤草》卷三《督府吴小江先生寿序（代）》："不佞自嘉靖丙辰溷迹南宫，至于今三十年矣，中更三圣，和洽八埏，官无隐事，国无遗利……而不佞同籍称兄弟者，今按而数之，两都列卿堇堇十馀人，今两越督府御史大夫吴公其一焉。……起越西，晋御史大夫，总制百越。……而七月八日，维公诞辰，某不佞请一酌赤海之水，上母太夫人称千岁，再酌上公兄，又称千岁。于是，岭以东惠潮二郡守黄生某、郭生某等，是不佞语，合二郡士民，三酌而上，又群然称千岁。"

按：此文为先生代作，吴小江名文华，时为两广总督。文中称"而不佞同籍称兄弟者"，则先生代笔者为吴文华之同年，嘉靖三十五年（丙辰）曾官礼部（南宫），疑为岭东兵备分巡道副使卢仲佃，其时辖岭东，惠潮二府为治下，先生代笔，亦无不可。然卢仲佃出仕授晋江县令，与"不佞自嘉靖丙辰溷迹南宫"不符，若谓尝观政礼部，则迹稍合。暂存疑，待考。

重阳节，先生与林大春、梅鹜饮于章曰慎家中池亭，先生有诗四首，大春赓其韵和之。

《井丹诗文集》卷三《九日陪郭使君、梅别驾饮少峰池亭，使君有诗四首，因用其韵各得一字和之》："其一：熊车随别驾，戏马到山家。今夕是何夕，黄花尚未花。长廊通露气，古木宿烟霞。独有林中叟，同来玩物华。其二：泉源分凤渚，山色霭丹丘。姓字曾题座，风骚忆壮游。庭芳金粟吐，池涌锦鳞浮。翦作东篱菊，聊充北海瓯。其三：深林残暑退，宿雨乍凉天。片月弦初上，长河影渐连。论文樽酒外，看剑斗牛边。更觉沉冥思，飘飘入紫烟。其四：主人常爱客，座上满鸿儒。架卷三坟轴，堂开五岳图。风流何水部，经术董江都。授简俱能赋，无惭为大夫。"

按：先生原作四首已佚。林大春自今年（万历十二年）二月左右起卜居潮州城南一年（详见上文万历十二年"约二月，林大春以避俗卜居潮州城南"条），而梅鹜约于万历十三年（1585）春夏间致仕归（详见下文万历十三年"约春夏间，通判梅鹜致仕归"条），则此诗当作于今年重阳。

章曰慎，字汝淑，号少峰，海阳人，广西按察佥事章熙子。隆庆元年（1567）恩贡，荐入太学，官云南曲靖通判。

十月，僧如凤葺修南山寺，先生与二三僚友问俗至寺，僧拭壁索题，因咏诗《重建南山寺》泐于石，以壮其成。

《潮中杂纪》卷八《艺文志下・碑目・海阳县》："《题宝积、南山二寺》碑，郭子章撰。"

光绪《海阳县志》卷三十一《金石略二》：“《郭子章诗》：《题重建南山寺（有序）》：潮城东宜塔，南宜梵寺，以壮形胜，予因士民请资建塔于凤洲之东。城南故有宝积、南山二寺，业已劫灰，顷僧道裔复宝积矣，南山未兴，僧如凤葺修之。世尊有言，能补故寺，二梵之福。时与二三僚友，问俗至寺，僧拭壁索题，因咏以壮其成（诗略）。万历甲申孟冬庐陵郭子章书。

右刻在郡城南宝积、南山二寺内，草书，惟建阳一行五字正书。谨案：郭子章，字相奎，号青螺，江西泰和人，辛未进士，万历十年任潮州知府。见《阮通志、周志·宦绩》有传。刘昭，字建明，四川富顺贡生，万历三十四年任潮州通判。见《周志》，与子章仕不同时，意子章书之，后刘昭刻之耳。”

《潮州志补编·古迹志》卷七：“南山寺：在南厢，距城一里，宋绍兴间建（《阮通志》）。明洪武年□□□寺废，成化间重建（刘兴学《重兴南山禅寺记》）。寻寺毁僧散，遗址寖以侵灭（《重修南山禅寺记》）。万历十二年，知府郭子章令僧如凤葺之。清康熙六年，知府宋征璧重建（《阮通志》《周府志》）。久无僧住，满目荒凉，将为废寺（《韩江记》）。惟知县金一凤所书寺匾委弃地上，今址赁为华侨瓷厂矣（《征访册》）。按：《金通志》《吴府志》《海阳张志》均作‘明洪武间建’，误，盖据里人刘兴学《重兴南山禅寺碑记》。然《记》叙寺缘起云：‘其岁月弗可考’下字句残缺，有‘洪武年’三字。然玩其词意，上既云岁月不可考，则下虽有‘洪武年’等字，断非言其创始也。是洪武间寺为重建或重修，非始建矣。”

是月，破潮阳劫贼虏童案，剧盗敛迹。

《青螺年谱》：“（甲申十二年）十月，潮阳城外一夕贼至人家书馆，虏二童去，明日揭榜令其父来赎，二父备六百金，始归二童。公知之，按其受金处东西南北十里内以兵围之，遂得贼，而原金还失主家。是时剧盗敛迹，畏公发奸神异若此。”

十一月壬寅，升广东左参议韩绍为广西副使。

《明神宗实录》卷一百五十五：“（万历十二年十一月壬寅）升广东左参议韩绍为广西副使。”

十一月己丑，升广东副使郑岳为云南右参政。

《明神宗实录》卷一百五十五：“（万历十二年十一月己丑）升广东副使郑岳为云南右参政。”

十二月十五日，先生六女生，命名曰“贞玉”。

《青螺年谱》：“（甲申十二年）十二月十五日，六妹生，公命名曰‘贞玉’。”

冬，刻其师胡直《衡庐精舍藏稿》三十卷于官署，并为《〈衡庐精舍藏稿〉序》；刻竣，会胡直起补福建按察使征书至，胡直有复先生书。

《粤草》卷一《〈衡庐精舍藏稿〉序》："予师胡正甫先生生于其间，自号庐山，名其居曰衡庐精舍。……子章自少从先生游，得而卒业焉。间请付之剞劂，先生曰：'非吾志也。吾名吾书，曰藏之衡庐耳。'子章曰：'有藏则有副，以俟后世圣人君子。'乃谋之二三子而刻之。"

《粤草》卷六《先师胡庐山先生行状》："当江陵柄国日，先生上书触其忌，寻疏病归，归十馀年而江陵败，上录旧臣，起先生八闽按察使。时子章刻《衡庐全集》甫竣，上之先生，先生以书报曰：'不谷初学文，止欲与时好争雁鹜行，后浸知学问，发明竟不越是。而占人文，必根诸道，始为正法眼，漫欲融汉宋为一冶，通古今为一辙，以为斯道传神，然力终不逮。虽然，亦取其略窥古人绪馀少泽于道而已。'又曰：'不谷灰心世涂，吾子所悉，缪荷当宁再录畎亩，自顾朽劣，势难复越越簿书期会间，即日赴江闽界，投檄而返，遂为从姑之游。'……甲申冬起闽中按察使征书且至，先生犹坚卧舍中。"

《中国版刻综录》："胡直《衡庐精舍藏稿》三十卷，《续稿》十一卷，郭子章万历官刻。"

《中国古籍善本书目》："明万历十二年郭子章刻，二十三年庄诚补刻本，天图藏。"

按：据《明神宗实录》卷一百五十三："（万历十二年九月）丁酉，起原任广东按察使胡直补福建按察使。"胡直九月起补，约十月闻命，则《衡庐精舍藏稿》刻竣之日，故系于此。

胡直（1517—1585），字正甫，号庐山，明吉安泰和人。嘉靖丙辰进士。初授比部主事，出为湖广佥事，领湖北道。晋四川参议。寻以副使督其学政，请告归。诏起湖广督学，移广西参政、广东按察使，起福建按察使，卒于任上。

庄诚，号致庵，成都人。中隆庆丁卯乡试，教谕公安，奖拔袁宗道，士皆服之。移令徐丰，多善政。擢赵州知州，迁潮州同知，卒于官。行橐萧然，赖赙始得归榇。有《韩山汇稿》二卷，现南京图书馆藏。

近年，先生父将葬祖云塘公于某山，胡直应先生请，为撰《云塘郭公墓志铭》。

胡直《衡庐续稿》卷八《云塘郭公墓志铭》："工部君（笔者按：即先生父元鸿）将以某年月日葬公某山某向之兆，以潮州游余门，属为铭。余尝读潮州所为《编年》，而知公六行与六艺之兼备也。为之铭曰：孰浚其先，亶集贤之名阀嫣然；孰绳其后，亶潮守之文采翩然。于铄云塘，上则懿孙，下乃文祖。不为长河之沛，胡停涵为沱潴；不为应龙之升，胡泽雾为豹武。洸洸乎，矫矫乎，将导为溟海，翔为灵雨。不在其躬，在后众甫。踔潮守兮，前锋而鼓。"

按：《铭》中称先生"潮州"，则作于先生守潮时，具体年月未详，因述及为其师胡直刊《衡庐精舍藏稿》（详见上条），故暂系于此。

是年，神宗命吏取观音竹于潮，注曰即棕竹。既命吏入乡采取，在在皆是，里人至以编篱。

《潮中杂纪》卷十《物产志·棕竹》："潮州产棕竹，可作扇骨，潮人未之知，《潮志》亦未载也。万历十二年，上取观音竹于潮，注曰'即棕竹'。既命吏入乡采取，在在皆是，里人至以编篱。竹首有棕毛叶，即棕叶，与棕树无异，故曰棕竹。深山中老而长者，色黑而文，嫩者色白而少文，海、揭、潮俱产。既而市之月港从外夷来者，则深黑而文斑，然后知潮产之不如矣。"

是年，推官王国宾补刻《韩文》四十卷于郡署。

《潮中杂纪》卷七《艺文志上·书目·潮州府》："《韩文》四十卷，唐刺史韩愈著，门人李汉序。明知府括苍何镗刻郡署，有序；万历甲申，推官蒙自王国宾补刻。"

按：《韩文》约在嘉靖四十一二年间由潮州知府何镗刻于郡署，今年（万历十二年甲申）潮州府推官王国宾补刻，按《潮中杂纪》书目著录体例，大都书刻于何处，因《韩文》初刻于郡署，此处不再书刻处，则刊刻处当仍在郡署。

约是年或明年初，编辑《稀痘方集》二卷，自序，刻于郡署。

《潮中杂纪》卷七《艺文志上·书目·潮州府》："《稀痘方集》二卷，明知府、泰和郭子章集，自序。刻郡署。"

按：该集已佚，其序《粤草》亦未收，疑该集或刻于先生守潮后期，故暂系于此。

是年，以南澳副总兵刘大勋母有贞行，六安士民上请而旌之，先生应大勋请，为撰《刘母方太淑人传》。

《粤草》卷六《刘母方太淑人传》："余守潮，六安刘将军大勋来副总南澳，天幸海邦，琉珠臣，吕宋款，倭、暹诸奴寝伏，岛屿楼船馀艎，岁不一二出。刘将军时时过予郡斋，予过将军署，排闼径入，止一二苍头司阍。……异日者，又言：'刘氏将谱其世，太淑人劳苦拮据，未有《传》。'又言：'六李大夫志六，为《太淑人传》，堇堇其槩。'子章乃次第将军语而述之。……万历十二年，六士民上淑人贞行于部使者，部使者下之州核而旌之。会温陵李大夫《六志》成，传淑人，大书曰'节母'。"

是年，何敢复将以其父赠官告墓，先生为撰《赠奉政大夫何公墓志铭》。

《粤草》卷五《赠奉政大夫何公墓志铭》："予来守潮，与何大夫学闵共事三年。大夫以考绩最，得赠其先大夫古田公如大夫官，铨曹移文下大夫，予荣而跋其后。大夫曰："先公新被命，未阐于珉，置之幽闼，宗祊何稽？"而征言子章。……癸未，驾部以潮州上绩最，复得赠公奉政大夫、潮州府同知。……嘉靖壬寅，诸子奉公柩葬凤岭，乙巳奉蔡宜人柩葬绿阴山，越庚戌十二月十一日，改卜合窆于高祖茔铺背岭原之侧。万历甲申，以公赠官告墓，而子章为之铭。"

约是年，漳闽之境疫病流行，先生有《告城隍逐疫文》告于城隍神之灵以呵禁之。

《潮中杂纪》卷三《告城隍逐疫文》：“维年月日，潮州知府郭子章谨告于城隍神之灵：惟神司直秉灵，庇民卫国，潜驱独鬼，生缚祆人，娄示奇应，翊我疆土。迩者漳闽之竟，天灾流行，逆气为殃，殲及士类，福淫且爽矣。潮郡邻壤，闻而怪之。念我蒸庶，预切禳灾，谨斋心命爇，誓告于神。惟神速诃禁之，使不得近数百里内，以护生灵苍赤。章等固不敢缓休养之政，冀神其终冥赞之。谨告。”

按：文称“生缚祆人”，则当作于今年（万历十二年）四月十六日杨彩梦缚海寇入城隍庙中献馘（详见上文万历十二年四月十六日晚条）之后，故暂系于本年。

约是年或明年初，辑韩愈、苏轼、文天祥及王思涉潮文章为《四贤潮语》四卷，自序，揭阳知县陈时霖序，刻于揭阳县署中。

《潮中杂记》卷七《艺文志上·书目·揭阳县》：“《四贤潮语》四卷，郭子章辑，自序，知县浮梁陈时霖序。刻邑署。”

《粤草》卷一《〈四贤潮语〉叙》：“四贤者何？韩公愈、苏公轼、文公天祥、王公思也。韩、文、王三公寓潮语潮，苏公寓惠语潮也。古今寓潮惠者多矣，宁独四公？寓潮惠语者亦多矣，宁独四公？贤不必文，文不必贤，贤而文则四公也。四公之文亦富矣，弃其全而堇堇潮语，何也？……余与韩、苏同宦其地，而文、王，余乡先也，旧国旧邑，望之畅然，矧其人也，见见闻闻者也，是子章所为刻《潮语》也。”

按：陈时霖，江西浮梁人，举人，万历十二年（1584）任揭阳县令，十三年（1585）创建寅宾馆，十五年（1587）复建钓鳌桥，十六年（1588）重修孔庙两庑和启圣祠。潮阳林大春有《贺揭阳陈明府考绩序》。后未知何故降为照磨。

《四贤潮语》已佚，陈序亦未见。该书著录于《潮中杂纪·艺文志》中，《潮中杂纪》编成于明年（万历十三年）五月（详见下文万历十三年“五月，先生撰《潮中杂纪》十二卷成”条），而陈时霖万历十二年（1584）来任揭阳县令，则该书约撰于今年（万历十二年），至迟在明年初。故暂系于此。

莆田林生入潮来谒，先生应请为撰《〈书法三昧〉序》。

《粤草》卷一《〈书法三昧〉序》：“林生自少工书，游京师，入中秘；不偶，出丞孝丰；又不偶，归闽。而临武刘尚书填抚三山，爱其书，辟之左右。予时为闽李，林生以予粗知点画，间就予论书，始繇文太史，入赵承旨，杂之黄涪翁，而以己意综洒于笔。已乃集古今书法，自下笔至用笔，曲尽临池之妙，名曰‘三昧’，刻之莆中，而来问序于潮。”

按：林生，福建莆田人，工书，尝入中秘，出为孝丰县丞。查光绪《孝丰县志》未载。待考。

因该序在《粤草》中编于《〈四贤潮语〉叙》（详见上条）之后，或作于同时，故暂系于此。

明神宗万历十三年乙酉（1585）　四十三岁

正月初一，何敢复冠仲子雍于阼，而来问字于先生，为撰《何元成字说》。

《粤草》卷八《何元成字说》："予同寅何大夫学闵，乙酉元日冠仲子雍于阼，而来问字郭子。……予字仲子曰成，而加之曰元。夫元者，大也。学非孔子，不得名大成。若韩献子之成，犹其小者矣。"

是月，先生作《潮州象纬解》《沿革考》。

《青螺年谱》："（乙酉十三年）春正月，公作《潮州象纬解》《沿革考》。《象纬考》略云：'余读黄文裕公《广东通志》，纤悉具备，而独缺于分野，毋亦以天道远而叵测乎？原三才之故，即一郡不可不备也，因作《潮州象纬解》。'《沿革考》略云：'予读《三阳志》，其沿革颇有据而惜不详于周秦之际，予族大父春震《嘉靖志》又略于宋元之际，黄文裕公《图经》是时平、普县未邑，余并采而芟润之，作《沿革考》。'"

是月庚辰，以金花银积逋夺先生及通判梅鹙月俸有差。

《明神宗实录》卷一百五十七："（万历十三年正月庚辰）以金花银积逋夺直隶苏州府知府朱文科、通判张东旸，广东潮州府知府郭子章、通判梅鹙月俸有差。"

二月初旬，先生投满牍于司大夫。

《粤草》卷三《外太母萧安人九十序》："乙酉六月，安人年果满九十，而子章以二月初旬投满牍于司大夫，司大夫署其考上上，令子章仍守官海上，驰吏奏阙下。"

约二三月间，推官王国宾中蜚语，遂解绶归，先生祖之韩江上，撰《赠司理王尚吾终养序》以饯行。

《粤草》卷二《赠司理王尚吾终养序》："潮司理王尚吾，滇蒙自人也。……司理初谒选部，授潮郡，辄欲具疏内禄，归休于樊。滇士大夫止之，曰：'虽有骊骕，仰刍于主，不得辞千里；母命入官，不官而返初服，俱无可。'司理闻而就道。……殉诚廑事，毕力于民。……无几何，谗者偲司理肮脏，不惠其慝，飞为恶语闻上。司理咲曰：'是吾谒选日初志也。'于是庀车秣马，行且有日，会家使者自滇来，传太宜人以少子殀，于恸之甚，令司理还持门户、谷孙子。司理曰：'吾以一官，遂諮人之口；而諮人以其口，遂吾之高。是两幸也。'竟解其绶以去。……诸僚友、邑长闻不佞语，不复强留，司理举白挟膳，与之别河梁，而不佞次第其说为序。"

《粤草》卷二《赠梅道源别驾致政序》："先是司理王尚吾君以母老乞休归滇，予祖之韩江上；不洽月，别驾归楚，予又祖之韩江上。"

按：王国宾乞休之日不详，考梅鹙去职在今年（万历十三年）三月十日之后（详见下文万历十三年"约春夏间，通判梅鹙致仕归"条），而国宾去潮在梅鹙之前"不洽月"，则其时约在二三月，故暂系于此。后先生官贵州巡抚，其子行甫携卷谒先生于贵阳，先生为赋《王尚吾司理潮阳，以谗归，予为书卷寿其太孺人，比予入黔，兵戈扰扰，不得一问司理。亡几何，司理卒，有子行甫访予贵阳，出卷示予，不觉潸然，因赋二绝，以当絮酒》《送王行甫还滇》绝句各二首（《黔草》卷十五）。

先生任职二三年来，查府县见监狱囚，俱无月粮，间为曲处，以广东全省仅岭东惠潮二府未给囚粮，故特上《囚粮议》，请照肇庆支米之例，推广律令之仁。

《粤草》卷九《囚粮议》："职自入潮以来，查府县见监狱囚，俱无月粮，寻稽往牒，万历初年犹月支米，不知其后因何裁革？既关惠州，亦无此项钱粮，窃以为东省俱未之议也。二三年来，间为曲处，少活涸辙，顾已不能周矣。近准肇庆府关，见在监囚九十三名口，每名日支米八合，每月支米二斗四升，每斗折银四分，系在高要县解米仓粮银内支给，则知广东之囚，其未议月米者，特岭以东二郡也。职待罪三年，请给迟后，已犯明律，罪不容逭矣。伏乞推广律令之仁，近比肇庆之例，下之司道，再加查议，俾令本府囚徒一体平施，每名每月支米若干，折银若干，或照孤老事例，每年派在永丰仓内支给，庶岭东之囚无向隅之泣，而国家之恩洽圜土之民矣。"

按：文中称"职待罪三年"，则该文约作于今年（万历十三年），故姑系于此。

任间，尝以赣南阻塞汀盐，汀盐皆系潮产，据潮商王佃等所告，作《开盐路议》，呈请照旧疏通，仍令潮商得由汀入赣，镌立石碑，永各遵守。

《粤草》卷九《开盐路议》："南盐、汀盐皆系潮产，南盐从潮浮海至南雄太平桥，汀盐由海入江至潮州广济桥，俱经纳饷；南盐从雄州度庾岭，汀盐从古城度瑞金，并至赣州货卖。正德年间，南赣军门缺乏军需，题准潮盐许行袁、临、吉三府，在后袁、临二府改食淮盐，无容再议。又于嘉靖四十五年赣商王守、万历五年郭嘉等把持汀盐货界，潮商李、张、宋、蔡、利等具告，查申两广军门，移咨南赣军门开复疏通，咨称：'赣厂道关行盐，近例止行赣属地方及吉安一府，又经奉有南赣军门刊刻榜示，大庾、南康、上犹、崇义、信丰、龙南、安远、定南等县，俱食南盐，赣县、瑞金、石城、兴国、雩都、会昌等县，俱食汀盐，永为遵守。今赣南阻塞汀盐，不许入赣，则潮之盐至汀而止，岂惟上违明文，抑且下阻军需。又查得潮州盐饷，先年岁计一万二千两，至隆庆六年额增一万八千馀两，载入章程，以充兵饷，立法森严，亡容负欠。今塞汀盐，则潮之饷将无从出，而潮之商日益坐困矣。'据潮商王佃等所告，意在复旧疏通，由汀抵赣，会南盐并行，以及吉安。情似相通，例亦无碍。合无申乞转详两广军门，移文南赣军门，照旧疏通，仍令潮商得由汀入赣，于汀、赣之界，镌立石碑，永各遵守，庶免混争。"

按：该文撰写时间未详，暂系于此。

约二月，林大春以顷岁卜居郡南，将还东山，怅然作诗，以别先生，时先生方考绩北上。

《井丹诗文集》卷五《七言律诗》："《顷岁卜居郡南，至是始辞郭使君还山，怅然有作》：'凤凰春色倚匡庐，岁暮逢君此卜居。蜀郡依岩非杜甫，临邛访吉岂相如？指南漫说文章在，虚左谁云礼数疏。此日予归君赴阙，可能无梦到樵渔（时使君方考绩北上）。'"

按：二月初旬先生已投满牍（详见上文万历十三年二月初旬条），故林大春于诗中自注"时使君方考绩北上"。此条系于今年（万历十三年）二月，详见上文万历十二年（1584）"约二月，林大春以避俗卜居潮州城南"条按语。

二月不雷，三月不雨，先生忧心。

《潮中杂纪》卷三《祈雨太湖文》："万历十三年春三月十日辛巳，潮州府知府郭子章，同知何敢复，通判梅鸷、梁义卿，推官郑奇琭，谨遣税课司大使萧沔，以豕一羊一，昭告于太湖东龙潭之神曰：考之月令，仲春之月雷始发，声始电；季春之月，甘雨至三旬。今二月不雷，三月不雨，守大恩。"

三月六日，先生集诸生校艺于武场，惧雨为污，先期祷于城隍，幸无雨；七日，乞泽为农，幸无雺。至期俱如约。

《祈雨太湖文》："顾业已与诸生约，讲艺武场，又恩雨为污，先期祷于城隍：'六日校艺为士也，幸无雨；七日乞泽为农也，幸无雺。'至期俱如约，守谓可以逊于戾矣。"

八日，以厉祭出视原野，田亩瘠亢，桔槔纷纭，先生复忧。

《祈雨太湖文》："八日以厉祭出视原野，田畆瘠亢，桔槔纷纭，守复大恩。"

为解旱灾，先生下令到任前二年讼者置勿问，以化纷讼；出郡邑囚者若干人，以消狱冤；禁屠酤以免过于杀生；自京料完者姑停征以减催科。

《祈雨太湖文》："岂讼牒蕃与？则下令自守到任前二年讼者置勿问；岂囹圄冤与？则下令出郡邑囚者若干人；岂方春禽兽杀伤过侈与？则下令禁屠酤；岂催科勤与？则下令自京料完者姑停征。乃竟不雨，岂守之罪有出于此数者外而守不省与？若然，罪在守者，民又何辜？城隍与守朔望相临，苟可谴守，何必厉民？岂城隍所司者又不专在雨泽与？"

十日，先生访之父老，佥言潮阳太湖神司雨露，有祷辄应，因撰《祈雨太湖文》，遣税课司大使萧沔以豕一羊一，祈雨于太湖东龙潭之神。

《祈雨太湖文》："万历十三年春三月十日辛巳，潮州府知府郭子章，同知何敢复，通判梅鸷、梁义卿，推官郑奇琭，谨遣税课司大使萧沔，以豕一羊一，昭告于太湖东龙潭之神曰……访之父老，佥言潮竟神司雨露，自昔韩公有祷辄应，守敬遣官告之于神。"

按：《青螺年谱》称："（甲申十二年）六月，田野瘠亢，公为文祈雨太湖。文载《粤草》。"据《祈雨太湖文》，知祈雨在"万历十三年春三月十日辛巳"，《青螺年谱》系于十二年（1584）六月，盖误。

梁义卿，字质夫，靖州道通县人。岁贡（乾隆《直隶靖州志》卷十一《选举四·贡选·道通县·岁贡》、杜信孚《明代版刻综录》第四卷称为"举人"，误），万历三年

（1575）任潮州捕盗通判。

郑奇璪，福建大田人，贡生，潮州府推官。尝参与校阅先生所纂《潮中杂纪》（详见下文万历十三年五月“参与《潮中杂纪》校阅者”条）。

是月，司大夫署先生考上上，令其仍守原职，驰吏奏阙下。

《粤草》卷三《外太母萧安人九十序》：“乙酉六月，安人年果满九十，而子章以二月初旬投满牍于司大夫，司大夫署其考上上，令子章仍守官海上，驰吏奏阙下。便遣妻儿先还家，如期上安人寿。”

《青螺年谱》：“（乙酉十三年）三月，公投满牍于司大夫署，其考上上，令公仍守官海上，寻奏阙下。”

按：先生“投满牍于司大夫”在二月初旬，司大夫“署其考上上”在三月。

先生便遣妻儿先还家，如期上外祖母杨安人寿，先生撰《外太母萧安人九十序》以贺。

《粤草》卷三《外太母萧安人九十序》：“便遣妻儿先还家，如期上安人寿。”

按：先生外祖母杨安人为杨家女、萧家媳，详见上文万历十年（1582）正月“复为外祖母杨安人八十六岁上寿”条。

四月八日，大雨如注，禾则尽起。

《潮中杂纪》卷六《请捄荒议》：“本府今年春旱，民甚惶惧；至四月八日，大雨如注，禾则尽起，民始有秋。”

按：先生于《请捄荒议》称“自卑职待罪三年”，以万历十年（1582）正月末入潮（详见上文万历十年约正月末条）计，则该《议》作于今年（万历十三年）。

约春夏间，通判梅鹭致仕归，先生祖之韩江上，撰《赠梅道源别驾致政序》以饯行。

《粤草》卷二《赠梅道源别驾致政序》：“居无几何，别驾诣予谋致其仕以去，明日称病笃，予讶而留之……别驾曰：‘……乃某所以必去者，某为人弟子二十年，为人师十年，今为人牧又二年，力殚矣，发种种矣。神不耐剧，被土木文绣，何补民氓？且先大人力学赉志以殁，某幸邀上恩，貤赠如某官，而不躬奏诸墓下，非子也。倘归休于樊，不一日填沟壑，择粪土息教之义方，以终事主上，某又恶敢窃箕商之名于唐虞之朝？’余闻而韪之，为言之两台、二司，诸大夫交口韪之，听别驾去。先是司理王尚吾君以母老乞休归滇，予祖之韩江上；不浃月，别驾归楚，予又祖之韩江上。”

按：梅鹭“万历十三年春三月十日”尚见于《祈雨太湖文》，则其去任在三月十日之后。

约春夏间，先生今秋将考绩北上，会督府、部使疏留不果，海防同知何敢复以僚属之意乞言于大春，大春为撰《贺郭潮州考绩序》。

《井丹诗文集》卷十一《贺郭潮州考绩序》：“今岁之春，予既辞君还山，君方以考绩北上，会督府、部使疏留不果，其友铁楼何君乃以僚属之意，乞言于予。何盖于君为文字交，而一时僚属诸贤，亦皆粲然有文以相接者，予故不辞而特表其所以为文者为君贺”。

按：林大春《序》称“今岁之春，予既辞君还山”，而先生考绩北上在秋季，而海防同知何敢复（详见上文万历十年“秋，先生将入觐”条下之何敢复简介）解组约在今年（万历十三年）春夏间（见下条），因王懋中约于今年夏季接敢复任（详见下文万历十三年“约是年夏，王懋中来任潮州府海防同知”条），故系大春此《序》在春夏间。

未几，海防同知何敢复亦解组去，先生饯别韩江，并撰《赠何学闵郡丞还郁林序》以送行。

《粤草》卷二《赠何学闵郡丞还郁林序》：“余始来潮，是时同寅诸君郡丞大夫郁林何君敢复、别驾予邑康君梦禹、司李蒙自王君国宾，已而楚梅君鸶、梁君义卿、延平郑君奇瑔后先至，盖相与周旋凤城、鳄溪间，共六人，不三年，而康、梅、王三君解组去；今何君复去，归郁林。嗟乎！是何宦潮者之多隐也，予能不于邑哉！……盖自何君倅潮，上之人尉荐而奖赏之者，岁不虚牍，无不曰‘廉介贞诚’云。……君欲去久矣，而不即去，其先大夫封诰滞于燕，不果来，君迟之年馀。使者自燕负二轴至，君喜而僦装曰：‘是足归而奏之先人墓下矣。’予与二三僚友勉留之……于是抗手韩江而别。已乃次第其语为序，遗何君且以解或人之疑。”

约上半年，广东副使卢仲佃观察潮州，出示《东阳卢氏家宝卷》《黄涪翁书布袋颂》，先生为题其后。

《粤草》卷十《题〈东阳卢氏家宝卷〉后》：“子章守潮，得事今岳伯公，稍隟，出一卷示子章，谱卢之先，繇宋迄明，绳绳井井。……卷详于宋，略于汉，故子章述尚书之槩，以推原本始，非□也。太史公自序当‘唐虞之际，绍重黎之后’。沈休文溯其先少皡之裔，封诸汾川，国于沈，子古名卿右族。其本本原原类如此，则卢氏在汉唐盛际，是卷未图者多矣。”

《粤草》卷十《题〈黄涪翁书布袋颂〉后》：“东阳卢岳伯公博古精六书，太夫人郑出义门故族，尤嗜墨翰，携其家世藏涪翁书《玉泉皓禅师布袋颂》手授公，公珍之，重离寝处。其来观察潮阳，子章请得而纵观之。”

按：卢仲佃，字汝田，号怀莘，东阳人。嘉靖三十五年（1556）进士，尝官至广西右布政使，万历十三年（1585）二月丙寅，降为岭东兵备分巡道副使（《明神宗实录》卷一百五十八）。有《何莫轩集》（《千顷堂书目》卷二十四）。

约是时，卢仲佃行县至潮阳，访林大春于郊居，出示墨迹，亦为《题黄山谷墨迹》及《题东阳卢氏家宝后语》。

《井丹诗文集》卷十七《题黄山谷墨迹》："岳伯卢怀翁东行县邑，过予郊居，手出宋黄太史墨迹一卷示予，盖其卷传自其先太夫人郑而以归之公宝藏之者。夫太史书法并驾眉山，兹亡论已，独惟此卷本出太史裔孙如瑟，购求得之，而后入于义门左史郑公之家，当时讵无有爱而传之者，乃独于太夫人是属。太夫人本闺阁之秀，旁通子史，其于列女之篇，岂非寓义方之教于豪素之间，如太史所谓必胸中有道谊，又广之以圣哲之学，然后其书足重，不专在于竞点画之工、飞扬之势已耶。方太夫人在日，所以朝夕庭训，期子孙之世守者，宜不止此。而公之奉手泽，以无忘三迁之教者，要必有出于此之外，乃此卷独携之京，命工重整，又俾海内之士共观而并识之，非出于一念孝诚不能也。予故表而出之，见母之贤子之孝，而义门之风韵所从来久远，非徒世之嗜古衒奇，仅供一时清玩者比也。"

《井丹诗文集》卷十七《题东阳卢氏家宝后语》："卢之先世在汉唐多奇士，有显者，而其烨然继起列冠裳、鸣珮于赵宋之朝者，则又有此数公，至今遗像俨然，其子孙奉而藏之祖庙若大训天球，良可宝已。卢方伯公谓其题赞出朱晦庵、文文山、刘学士、方逊志四贤之手者为真，馀皆湮没不存，其在卷中者多按文易书，非手迹也。夫东坡、西山、鲁斋、草庐诸公皆巨儒也，即无手迹，而其所为文字固炳朗穹壤间，人竞诵之，而况落在搢绅家者，又乌可以非亲书而易视之。又其累朝敕玺挥洒，疑出宸翰，其文辞近古，书法亦工，不独可备一代之制，而其一时君臣相与气象，此亦足以观矣。"

约上半年，重修府学明伦堂并两庑，陈钟鼓筦籥、诗书礼乐之教，下达里闾。

叶春及《石洞集》卷十三《潮州太守青螺郭先生考绩序》："（先生）起学宫，陈钟鼓筦籥、诗书礼乐之教，下达里闾。"

康熙《潮州府志》卷三《学校・潮州府儒学》："万历十三年，知府郭子章重建明伦堂并两庑。"

撰《重修府学明伦堂记碑》以泐之石。

《潮中杂纪》卷八《艺文志下・碑目・潮州府》："《重修府学明伦堂记碑》，郭子章撰。"

按：该碑已佚，碑记《粤草》未录。

约上半年，先生应阖郡人士请建凤凰塔，闻诸当道，佥韪其议。所费不下千金，两道、郡县酌办仅半，馀则令沙门弟子僧如凤等题募。先生为撰《潮州建凤凰塔募缘疏》。

《粤草》卷十《潮州建凤凰塔募缘疏》："潮辖邑者十，而山川环向，轭于凤洲，则诚十邑之枢键也。枢键不固，漂漫亡统，是彻五衍之轼，而与逝波没溺也，岂所以斡旋也灵者哉？青乌氏谓宜建塔以障下流，阖郡人士具闻本府，闻诸当道，佥韪其议。剂量所费，不下千金，盖自数年以来，几为道傍之舍。兹者两道、郡县酌办仅半，馀则令沙门弟子僧如凤、僧某某等题缘陀那，以相资给。语曰：千金之裘，非一狐之腋也；大厦之材，非一丘之木也。百世之藩篱，能无望于十同之檀施哉？谨和南礼摩诃，作《募缘疏》。"

按：据下条引唐伯元《三贤祠碑记》："其后郡守郭公子章为塔于江之左，而郡丞王公懋中缵成之，遂因之名凤凰塔。"而王懋中约今年（万历十三年）夏始任潮州府海防同知（详见下条），且以《潮中杂纪》成稿于今年五月（详见下文万历十三年"五月，先生撰《潮中杂纪》十二卷成"条），而唐伯元《凤凰塔记》等碑记收录于《潮中杂纪》中，则修塔应在王懋中莅任及《潮中杂纪》完稿前，故暂系于今年上半年。

约是年夏，王懋中来任潮州府海防同知，为缵成之。

唐伯元《醉经楼集》卷三《醉经楼会序》："友人南城王惟一氏，与余相期远相得深也。盖自同举进士时，既十年馀，而来丞吾郡也。乃会余谪官海外。"

林熙春《城南书庄草》卷八《潮州府复澄海县官山记（丁亥）》："岁在乙酉，司戎实庵王公为潮州处守，时直指汪公正代天子狩于潮也，汪公问民疾苦，王公从中宣之，以故澄民戴胄等数十人，诣御史台，乞复官山，仁一方焉。……王公名懋中，南城人为甲戌进士，以文章名，其抚潮也，议塩钞革系行诸大德政，俱各有碑。"（康熙《澄海县志》卷一题作林熙春《复澄海官山记》）

《醉经楼集》卷三《醉经楼会序》："友人南城王惟一氏，与余相期远、相得深也。……惟一日曰：'吾吏于兹，日跂子不至也。吾好与博士李君暹谈其乡缙绅，中则毛公绍龄、蔡公汝汉、邹君迪、蔡君德璋、郑君育渐诸君子者，吾乐亲焉。惟兹城东凤凰塔称胜最，子《记》在石，吾将以公暇会诸君子及其它胜处，诸君子辱许余矣，子其毋后。'余谨诺。"

顺治《潮州府志》卷十三载唐伯元《三贤祠碑记》："盖郡治来自凤凰，山城故名凤城。当郡下流有巨洲，横于江上，自郡守侯公必登题其洲为凤凰洲，而筑台为凤凰台。其后郡守郭公子章为塔于江之左，而郡丞王公懋中缵成之，遂因之名凤凰塔。详具余所为《塔记》。"

按：前任海防同知何敢复去任约在是年（万历十三年）春夏间（详见上文万历十三年约春夏间"未几，海防同知何敢复亦解组去"条），而王懋中为接任者，当于何敢复去任后不久到任，故王氏到任约在是年夏。

王懋中，陈光烈纂《饶平县志补订》有传："王懋中，字实庵，江西南城人。万历二年进士。十三年，授潮州府海防同知。先是澳民数度迁徙，田园久荒，后虽复业，经界已紊乱十年。上台遴员清丈，深、隆两澳委澄海主簿朱是，云、青两澳委诏安主簿欧阳奎会丈。至十七年，亩数犹未定。懋中乃协同把总刘佩覆丈，经界遂清。飞搭隐匿之弊斯绝。懋中工诗文，谙治体，且常驻澳。副总兵刘茶溪大勋、白小溪玉以其勤能，咸礼重焉。以大计卓异，内升郎中。案：《阮通志·职官表》'王'作'黄'，误。"

唐伯元为撰《凤凰塔记》邓修贤撰《凤凰塔百二十六韵》，并先生所撰《凤凰塔题疏》碑俱刊于石。

郭子章《潮中杂纪》卷八《艺文志下·碑目·潮州府》："《凤凰塔记》碑，明户部郎中澄海唐伯元撰。《凤凰塔题疏》碑，郭子章撰。《凤凰塔百二十六韵》，明国子监博士南海邓修贤撰。"

按：三石刻已佚，《凤凰塔记》《凤凰塔百二十六韵》诗文俱已佚。《凤凰塔题疏》碑，《粤草》作《潮州建凤凰塔募缘疏》。

《潮州志补编·古迹志》卷六："凤凰塔：在郡城东南五里，即涸溪塔（《海阳吴志》）。涸溪塔：在郡城东南五里（《海阳吴志》），即凤凰塔。基围十四丈，高一十三丈七尺，共七层。创自明万历十四年，清康熙三十年知县金一凤修（《周府志》）。塔中透顶空虚，周围绕以石级，至二丈许即入复壁，仍有级可登塔顶。从高下望，行人如蚁（《潮梅现象》）。按：《周府志》称'距城东南三十里'，实测为八里，是三十里、五里均讹也。"

按：该塔一层大门上有石匾"凤凰塔"，有柱联"玉柱擎天，凤起丹山标七级；金龙着地，龙蟠赤海镇三阳"。俱未有署款，据称为先生所撰。二层有石匾"万代瞻依"四大字。

约四五月间，潮州府捕盗通判梁义卿合《西京杂记》《三辅黄图》二书刻之，存海阳县署。

《潮中杂纪》卷七《艺文志》："《秦汉图记》十二卷，明通判、靖州梁义卿合《西京杂记》《三辅黄图》二书刻之，存邑署。"

按：《中国古籍善本书目·史部》卷十一《地理类二》著录《三辅黄图》六卷，明万历梁义卿刻本，北京图书馆藏。《中国版刻综录》载："梁义卿万历间刊《三辅黄图》六卷。"《潮中杂纪》称合《西京杂记》《三辅黄图》二书为十二卷，《三辅黄图》六卷，则《西京杂记》亦为六卷。

顺治《潮州府志》卷四《官师部》载："潮州府捕盗通判：梁义卿，靖州人，选贡。……俱万历间任。"《中国古籍版刻辞典》称："梁义卿，明万历间靖州人，字质夫，曾任潮州府通判。刻印过晋葛洪《西京杂记》六卷、《三辅黄图》六卷。"

按：据乾隆《直隶靖州志》卷十一《选举四》，梁义卿由岁贡，于万历三年（1575）任潮州捕盗通判，其去任在万历十三年（1585）五月《潮中杂纪》稿成（详见下是月条）之后。义卿于潮州通判任间刊印《西京杂记》《三辅黄图》二书，具体时间不详，以其人录于《潮中杂纪·艺文志》，故暂系于此。

近年，海阳处士薛虞畿撰有《春秋别典》，未脱稿而下世，先生用唐伯元言，亟为序之，胪其目于《潮中杂纪》之《艺文志》中。

《潮中杂纪》卷七《艺文志上·书目》："《春秋别典》十五卷，明国子生邑人薛虞畿著，自序，并郭子章序。"

朱彝尊《经义考》卷二百三《春秋三十六》："薛氏虞畿《春秋别典》十五卷，存。

虞畿自序曰：'……题曰《春秋别典》，别于三传也。书凡一十五卷。'"

上揭书："弟虞宾曰：先仲氏辑《春秋别典》，未脱稾不幸下世，郭郡公棐用唐祠部伯元言，亟取而序之，胪其目于郡乘《艺文志》中。走复参互考订，删其繁复者什一，补其阙畧者什三。仲氏列章缝，治博士家言，出其馀力从事于此，志未信而年促，责在后人，走愧缵承，殚精极虑，聊以自塞其责云尔。"

按：序称"郭郡公棐"，乃传抄之误，郭棐实未尝任潮守，郭郡公者为子章，所谓郡乘，即《潮中杂纪》也，其卷七、卷八为《艺文志》。虞宾《序》复称唐伯元为"唐祠部"，伯元任职礼部约在万历十四年（1586）春初（据俞汝楫《礼部志稿》卷四十三《历官表·祠祭司主事》："唐伯元，仁卿，广东澄海人，甲戌进士。万历十四年由保定推官任。"知唐伯元万历十四年任礼部主事；据周光镐《明农山堂集》诗卷三《过保定寄怀唐仁卿，初仁卿以论学谪倅海州，至是擢理是郡，未至又闻召命矣》，该诗作于万历十四年春初周光镐上计返程而途经保定之时。诗称"未至又闻召命矣"，所谓"召命"者即唐伯元擢任礼部主事，则其时在春初），虞宾用此称谓疑有改易，因《潮中杂纪》成书于万历十三年（1585）五月（详见下文万历十三年"五月，先生撰《潮中杂纪》十二卷成"条），据拙作《前言》所考，《潮中杂纪》收文最迟至今年（万历十三年）九月，亦不当用"唐祠部"衔，当是《春秋别典》传世钞本后有更改。先生《序》未见于《粤草》，已佚。

薛虞畿字舜祥，祖亹，号清野；父雍，字子容，号拯庵，又号南潮。嘉靖辛卯十年（1531）举人，饶平人，居海阳。虞宾为虞畿弟，郡诸生，续成仲兄《春秋别典》。

郑育渐尝出示薛虞畿所撰死于倭乱诸烈女传，先生廉之间阎而得其实，名之曰《海滨列女传》，登之《潮中杂纪》卷九。

《潮中杂纪》卷九《海滨列女传》："余每叹潮海之乱几十馀年，倭盗两讧，妻人妇，卤人女，其中岂无守死不回如河东之柳、清河之崔者？久之，郑孝廉育渐出薛生虞畿所传诸女示余，自周淑珠以下共九人。余于是廉之间阎，而知诸女之果全其天也。命之曰'海滨列女传'。"

约是时，邓修贤召为国子博士，以所撰《铁山稿》请序，先生为撰《〈铁山稿〉小序》。

《潮中杂记》卷七《艺文志上·书目·普宁县》："《铁山稿》二卷，明普宁县学教谕、南海邓修贤著，知府郭子章序。"

《粤草》卷一《〈铁山稿〉小序》："邓希父教谕普宁三年矣，以台臣屡荐，天子召为国子博士。希父且行，手其诗文一编示予，曰：'入长安，将以此为羔雁诸公，祈弁之一言。'予卒业之。诗若开皇、贞观之际，而亡盭于志；文出入老、庄、吕、刘百家，而不诡于道；四六语绝似宋梁间，而能抒其欲吐。普宁新辟草莱，汇在菹泽，其所训诱诸生，皆三阳士，时时北面受经，若稷下、碣石。而希父读书处在铁山下，因名其所著书曰《铁山》。……希父繇所著，竟所诣，不止于孔孟，不止则佗日之用希父，与希父之用于天下，当自铁山始；不然，金山、凤城、锡泉、钱澳著于潮者，在在皆美名，希父胡独不援之自贤，而铁之好耶？希父之意远矣。"

按：以《铁山稿》入录《潮中杂纪》，则《小序》当作于《潮中杂纪》今年（万历十三年）五月完稿（详见下条）之前。

五月，先生撰《潮中杂纪》十二卷成，自序，后刻于潮州郡署。

《潮中杂纪》卷七《艺文志》："《潮中杂纪》十二卷，郭子章著，自序。刻郡署。"现有完本藏于日本东京日本国立国会图书馆，前钤'明治九年文部省交付'印；上海图书馆存有残本六卷（一至六卷）。

《〈潮中杂纪〉序》："潮州郡志，予先伯大父春震守潮时集而刻之，今四十馀年矣。比予来潮，博士叔与京手而授之曰：'是书先人笔削稍严，其故颇略。春秋弥旷，子其卒之。'子章敬诺。……年馀，日稍隟，始修博士叔语。下令搜十邑之故而来其籍，至贮之于篦，堇堇耳。闻之人言：'多备规轴，减溜大成。'备不多则成不大。又搜之山穴残碑，故族半编，久之篦盈。……遂杂次其略，凡《通志》、前《志》载者不书，书其逸者、新者若干卷，命之曰《潮中杂纪》，而托之剞劂。……万历乙酉夏五庐陵郭子章撰。"（《潮中杂纪》卷首、《粤草》卷一）

饶宗颐《〈潮中杂纪〉序》："前有万历乙酉（十三年，西元一五八五）子章自序，字大如钱；全帙十二卷，犹是万历间原刊本。前钤'明治九年文部省交付'印，知其书清时流入东瀛。"

按：先生《序》虽成于"万历乙酉夏五"，但迟至九月所撰《廉室铭》尚录入《潮中杂纪》卷八《艺文志下·碑目》中（详见下文万历十三年九月条），则该书刻成疑在九月或稍后。

参与《潮中杂纪》校阅者有通判梁义卿、推官郑奇璩、经历黄大哲、照磨杨浩、教授朱咏、普宁县教谕邓修贤，及潮、揭、饶、澄、埔、惠、普、平八邑县令。

《潮中杂纪·校阅姓氏》："潮州府通判靖州梁义卿、推官延平郑奇璩、经历桂东黄大哲、照磨进贤杨浩、潮阳县知县豫章章邦翰、揭阳县知县浮梁陈时霖、饶平县知县龙溪李士达、澄海县知县长洲王立道、大埔县知县横州施懋、惠来县知县全州文体循、普宁县知县延平赵献、平远县知县漳浦黄郁桂、潮州府教授安福朱文詠、普宁县教谕南海邓修贤。"

五月二十九日，其师胡直卒于福建按察使任上。

《粤草》卷六《先师胡庐山先生行状》："壬午，江陵败，两台交荐先生，上意方向旧臣，甲申冬，起闽中按察使。征书至，先生犹坚卧舍中。已同年邹颖泉公善、罗近溪公汝芳交书至，责先生以曾子仁为己任，元公仕不苟止之义，先生始勉就道，顾非其意也。……先生不得已，以（乙酉）四月莅任……而先生长逝矣，是为五月廿九日也。"

按：胡直万历十二年（1584）甲申冬起闽中按察使，屡辞不获，十三年（1585）四月到任所，五月二十九日卒。

六月，先生敬撰二祖、八宗、建文、康、定二帝论赞，恭读《国朝实录》及《会典》《吾学》《宪章典故》诸君敬序之词。

《青螺年谱》：“（乙酉十三年）六月，公敬撰二祖、八宗、建文、康、定二帝论赞，恭读《国朝实录》及《会典》《吾学》《宪章典故》诸君敬序之词，载《蠙衣集》。”

约夏秋间，章曰慎以波罗蜜二颗相贶。

《潮中杂纪》卷十二《物产志·波罗蜜》：“潮元无此种，有人自海南遗章别驾曰慎波罗子二颗，植之十有年所，高可丈馀，枝叶扶疎，苍然可观。今年始结实，大如斗，圆如佛首，外壳上有刺，如荔枝状。稍有酸辣，气冲人鼻。以其重大，故易为风雨所摧，蚁虫所蠹。堇存二颗以贶予，剖而视之，内纯瓤，瓤中有子数十枚，如弹子大。瓤可用蜜浸，其味甘，子以火煨，去其皮用之，与熟栗子相似。”

按：先生《潮中杂纪》序于万历十三年（1585）五月（详见上文此月条），收文最迟至九月所撰《廉室铭》（详见下文万历十三年九月条），上引文称“今年”，以波罗蜜春季开花，果实成熟于夏秋季节，姑系于今年（万历十三年）夏秋间。

约夏秋间，普宁县学教谕邓修贤以普宁设县十馀年于厚屿，未有完廓，尚议营迁，故《上太守郭公请营建普城启》，请先生莅临，选定县址。

乾隆《普宁县志》卷十《艺文志·启》：邓修贤《上太守郭公请营建普城启》：“伏以棠阴坐惠，提五马之麟符；丰芑贻谋，重千年之燕翼。元菟倚胜算，白鹿伏先麾。恭维台臺，道园陟玉几之巅；宰府奠金城之固。搜罗潮语，记志远同班迁；垒土韩山，培植更坚舆盖。聿崇定鼎，旁及弹丸。普宁割置十馀年，未有完廓；厚屿分符二八载，尚议营迁。栃下按图，道傍筑室，民心汹汹，士论嗷嗷。敢迓台轩，拥熊轼以胥宇；欲借法眼，爰龟正而卜居。望景跨邱墟，向背审茔域。则大墉临断岸，黄金坚百雉之城；荒邑驾长云，紫土壮层峦之堞。宫墙屹立，绅绥接羽，环桥带砺，盟深闾巷，熙恬比屋矣！儿童争驰竹马，吏属各执蒲鞭。伏冀蚤临，以正舆图，以慰苍赤。某不任翘瞻。谨启。”

按：《启》称“普宁割置十馀年”，若据《明世宗实录》卷五百一十七，嘉靖四十二年（1563）正月新设普宁县起，至今年万历十三年（1585），则应为二十馀年；“厚屿分符二八载”，若从万历三年（1575）普宁知县刘钝经理县城于厚屿（详见下段所引乾隆《普宁县志》卷一《城池》），至万历十三年，则为十年，与“二八载（即十六年）”不符。“厚屿分符二八载”与《潮中杂纪》卷六《请城普宁县议》“普宁之城不决者十八年矣”亦不符。邓《启》所列时间或为约数，或后世误录。

若从嘉靖四十四（1565）年首任知县到任，加上“十八年”（《请城普宁县议》），则为万历十一年（1583）；而据乾隆《普宁县志》卷一《城池》：“按旧志，设县自初，知县赵钺借居于贵屿民舍，至神宗三年，知县刘钝始经理县城于厚屿，规模略定，及泧、洋诡夺，治仅有黄坑一都。十三年议迁不果。”则称“万历十三年议迁不果”，此“议迁”者，或即先生此次莅普选址事。因《请城普宁县议》入录《潮中杂纪》，且先生九月离潮入觐（详见下文万历十三年“九月，先生入觐”条），则先生莅普选址及撰《请城普宁县议》当不迟于今年（万历十三年）九月。修贤上书在七月二十六日与先生等踏勘选址（详见下条）前，故此条暂系于今年夏秋间。

七月二十六日，先生与普宁知县赵献、教谕邓修贤、堪舆家曾鹤翁亲抵该县厚屿，次日入棉湖，其地利犹在厚屿下，复至安仁踏勘。

《潮中杂纪》卷六《请城普宁县议》：“普宁之城不决者十八年矣，今承严委，随该本府遵就七月二十六日，同堪舆家博士曾鹤翁亲抵该县厚屿，……次日入棉湖，雨水夹一市，气薄水走，无险可恃，犹在厚屿下。及至安仁，北自大林而入，南自小桥而来，迳甚迂回，土亦深厚。左依大山，右阻长河，前亘横湖，后枕诸洲。树林茂密，可以卜气之王；原野衍旷，可以定民之居。潮阳、揭阳道里适中，商贾可聚，输纳不远。访之父老，质之形家，佥曰：‘地吉。’或者病江流太直，职与赵知县、邓教官及曾鹤翁，从舟而下，溯流而上，则二大洲直眠江上。东岸小洲，亦若相向；回视二洲，似一门阙。”

按：安仁，即今普宁流沙。“教官”即普宁县教谕，其时任普宁县教谕邓姓者即邓修贤。

赵献，福建尤溪人。选贡，万历八年（1580）任普宁县令。时厚屿虽已经始，城犹未筑，文庙未立，令视事仍在贵屿。十三年（1585），献乃建文庙两庑、大成门、棂星门、儒学门，名宦、乡贤祠。十四年（1586），改拆旧料六百馀丈，移建县城，遂迁治焉。（乾隆《普宁县志》卷五《宦迹》）

以安仁风气环聚，山水险阻，可以建城，因择县址于此。作《请城普宁县议》以呈岭东道副使裁夺。

《潮中杂纪》卷六《请城普宁县议》：“况厚屿成邑十有八年，至今居民未满百烟；安仁一村已有百室，陈、蔡二氏当二排年，胜厚屿远矣。若鲤湖、平寨，山迳羊肠，民萌输将，惧其太远。平寨大而无当，露而不翕；鲤湖成市而小，近水而溜。无若安仁风气环萃，可以立国；山水险阻，可以为守。官民两便，似可以垂久而无议者。此皆宪台经略早定，睿藻洞察，亦普宁成聚成邑，机在今日，其不可后。敢具图上进，请裁。”

按：《潮中杂纪》约于今年（万历十三年）五月成书（详上），后迟至今年九月先生所撰《廉室铭》（详下）及约作于七月之《请城普宁县议》《请捄荒议》（详下）亦一并入录。

以先生升任，普宁县城改筑未及就绪，至万历三十五年，知县阮以临思改县治，检先生《潮中杂纪》，韪其议，相度安仁新坛埔建筑土城，后不果筑，其基尚存。

乾隆《普宁县志》卷八《古迹》：“大埔城基：初议迁治，太守郭青螺诣普地，与地师曾鹤翁择安仁，风气环聚，山水险阻，可以建城。已营度周遭，以升任未及就绪。其后知县阮以临见厚屿地形窪下，思改县治，因检郭青螺《潮阳杂志》（即《潮中杂纪》）已纪及此一节，乃身自相度安仁至新坛埔，得平衍高阜官地一区，建筑土城。后不果筑，其基尚存。”

乾隆《普宁县志》卷一《城池》："按旧志，设县自初，知县赵钺借居于贵屿民舍，至神宗三年，知县刘钝始经理县城于厚屿，规模略定，及泧、洋诡夺，治仅有黄坑一都。十三年，议迁不果。……三十五年，知县阮以临检郡守郭青螺《潮阳杂志》今城之不可城者甚悉，因相度安仁至新坛埔，得平衍高阜官地一区，思改筑，以向保障议隔不行。"

按：阮以临改筑城基至清乾隆年间尚存，普宁县知县萧麟趾有诗《过安仁新坛埔观阮公改筑城基》："平冈高树郁烟萝，改筑良规迹未磨。三版可虞怜赤子，一篇有纪忆青螺。不看西土营周宅，徒笑东门起宋歌。图始虑终谁与语，悠悠落日冷山阿。"

七月，先生以今岁四方俱旱，粤中偶雨而稍解灾情，然救荒之策至为亟须，因撰《请捄荒议》。

《潮中杂纪》卷六《请捄荒议》："本府今年春旱，民甚惶惧；至四月八日，大雨如注，禾则尽起，民始有秋。及今七月，晚稻初秧，雨旸不愆，苗茎已青，民复可望市。村米价，每米一石，银三钱三分，价不腾踊，民无窜徙。第今岁四方俱旱，粤中偶雨，救荒之策，诚不可不亟讲者，除东省已试成法着实修举外，偶有一得之愚，列为六款：一曰行社仓之法。社仓之法，创自朱子，行之建阳，大有成效。潮自受寇以来，邑里萧条，诚不可行。近寇稍夷灭，民渐宁居，亦宜仿之，遍行属县。……二曰酌出陈之例。潮州府县预备仓谷大约四万六千有奇，自卑职待罪三年以来，未闻有出陈易新者。……三曰别富户之等。……四曰严出竟之谷。……五曰抽稻船之谷。……六曰被海城之储。……谨条上采览，本府未敢擅便，合行请夺，伏乞照详施行。"

按：先生称"待罪三年以来""及今七月"，以其万历十年（1582）二月初旬到任（详见上文万历十年二月初旬条），则该《议》作于今年（万历十三年）七月，故系于此。

九月，先生题太守公署燕息之所曰"廉室"，有《铭》泐于石。

《粤草》卷五《廉室铭（并序）》："潮二千石署，太守燕息之所也。夫燕署，人情易肆之地，贪纵苟冒，皆由此出。小人为不善，不曰大廷，而曰闲居；君子戒慎恐惧，不曰众，而曰独。则兹署非龙见雷声之处乎？因题之曰'廉室'，取韩子'受于室则非廉'之句，而倒名之耳。……遂系之铭，用以告夫后之居此室者。"

《青螺年谱》："（乙酉十三年）九月，公题潮阳二千石公署太守燕息之所曰'廉室'，取韩子'受于室则非廉'之句而倒名之，为二千石之助，有《铭》。"

《潮中杂纪》卷八《艺文志下·碑目》："《廉室铭》，明知府泰和郭子章撰。"

先生在潮时，揭阳人、江华令吴继乔时家居，议保乡善俗事宜，先生多所采纳。先生《潮中杂纪·书目》著录其《格俗条约》一书。

雍正《揭阳县志》卷六《人物·贤品》："吴继乔字世达，号之溪，揭阳梅冈曲溪人。中嘉靖戊子亚魁。闻王明阳先生讲学苍梧，往从之游。丁内艰，御史季本谪邑簿，具百金为营葬，辞不受。本益敬之。谒选授宜章知县，时虔寇李文彪战溃，传闻匿于桂阳，官军追剿，将及无辜，乔力为营免。父讣归，起补江华。民有乔屠者为仇家诬杀民，为州守乡人，守主剿，乔议抚。抚成，守不怿，乔告归。家居二十年，讲学无怠。同年张九弼曾寄百金于乔，张物故已久，乃召其子还之。其不欺如此。有《保乡善俗条则》，前守郭子章多所采纳。卒年八十一，祀乡贤。”

《潮中杂纪》卷七《艺文志上·书目·揭阳县》：“《格俗条约》，邑人吴继乔著。”

潮阳郑元复官建宁府通判时，与先生同僚，及先生知潮州，元复家居，非公不至。郭重焉，竖亭以彰世德。

光绪《潮阳县志》卷十七《人物列传·循吏》：“郑文奎，字永章，号慎斋，县廓人，元袁州路务使佐龙六世孙……子嘉誉，含山令；孙庆宸，国子助教，俱举人。曾孙元复，嘉靖乙卯乡荐，授高阳教谕。日课诸生，贫者助其资斧，高阳相国孙承宗时方幼，试童子科，元复培植之甚至，后为一代名臣。升高阳令，有强豪活杀女婢，覆以马粪。元复亲临搜获，为权贵所惮。调建宁府通判，与郭子章同僚。及郭知潮州，元复家居，非公不至。郭重焉，竖亭以彰世德（《臧志》）。”

潮阳生员林大策尝荷先生青瞩，后于先生巡抚贵州时，林大策起补云南知州，曾由周光镐绍介，前往拜谒。

周光镐《明农山堂集》文卷二十四《与郭青螺中丞》：“兹有友人林大策者，以蜀西循良制归，起补滇云荒徼，道出黔中。向公祖在郡时，曾荷青瞩，兹拟伏谒辕门，傥推念旧编氓，又不肖弟与故选部唐仁卿同志友也，与其进而指示之，万里荒陲，何言二天。”

按：林大策，潮阳人，普宁籍，万历年间贡生，仕知州。

武定府同知薛洪为宗铠子，有父风，乡居澹泊明志，绝迹官场，先生高其行，辑卷以赠。

林熙春《城南书庄草》卷九《武定贰守梁南薛公小传》：“薛洪，字梁南，海阳人，给舍宗铠之子。……八岁能属文，督学吴鹏器之。补郡庠……选武定同知，有能声，三事不改父政。囊箧如洗，坚请乞休。……先时翁襄敏指腹乘龙，付奁千租，翁女殇，遂归其券。乡居十有八载，澹泊明志，屏迹公门，著有诗集成帙。郭青螺刺潮，高其行，辑卷以赠。观察王如水扁其堂曰清节。晚荷朝议，以预赞论劳，奉恩赐阶奉训大夫。今武定尸祝名宦。”

尝有诗贺薛洪清修纯孝。

《（潮州）凤陇薛氏族谱》之《图赞诗联》：郭子章《贺薛吕阳清修纯孝》诗：“毓秀梁河岂偶然，凤鸣玉冶庆蝉联。政声三事称能述，载石归吟绿野天。”

按：吕阳为薛洪之号。先生此诗撰于守潮期间，暂系于此。

横州知州夏建中著有《质疑录》，渊源姚江，先生称其必传者。

《城南书庄草》卷九《明奉训大夫广西南宁府横州知州东昆夏公暨元配陈宜人合葬墓志铭》：“公讳建中，字国正，初号双洲，后更东昆。……少事举子业，谓圣贤之心，赖书以传，在书已为脚注，奈何不信经而信传，复以脚注为脚注耶？以故生平学问直探理窟，《质疑》一录，渊源姚江，所为格物与善等篇，真发前人未发。大司马郭公守潮时，亟称其必传者以此。”

按：夏建中《质疑录》，《潮中杂纪》卷七《艺文志上·书目》未见著录。

尝为澄海节妇王氏旌表其门曰“烈节流芳”。

顺治《潮州府志》卷六《人物部·澄海县》之《黄、王、周、高传》：“王氏，杜一命妻。嘉靖戊辰乡酋朱良宝闻其美，率党掠之。王自经死。贼缚之弃沟中，家人购尸贮程洋庙，过者悲悼。知府郭子章旌其门曰‘烈节流芳’云。”

在潮时，尝为母党、泰和南溪萧氏忠孝堂作《炉瓶铭》。

《粤草》卷五《南溪萧氏忠孝堂炉瓶铭并序》：“南溪萧氏忠孝祠，祠支祖徵士公也。……岁时抱蜀，礼至物备，惟炉瓶未具，尚未缺典。七世孙元宗以今年秋为子应喜纳室礼，婚娶为酒食，召乡党族属以厚其别，顾力绌，不可举赢，乃剂量其费，而酌之彝器，寘之堂上，以备此缺典。族之人佥韪之，先期走潮阳请铭。……先安人出忠孝之系，不佞寻渭阳而登斯堂也，凛凛乎挹遗风而有馀慕焉，阐扬其美而明著之后世，所以广嗣服也，可无铭与？”

按：该《铭》所撰时间未详，以其“先期走潮阳请铭”，则该文作于在潮时，故暂系于此。

惠阳叶春及应潮州府学教授某等之请，为撰《潮州太守青螺郭先生考绩序》。

叶春及《石洞集》卷十三《潮州太守青螺郭先生考绩序》：“青螺郭先生，学孔子之道，则自筮仕，一奉高皇帝甲令，及守潮，三十一章尽贯行之，出教告令丞尉、文学博士，愿诸君卿佐太守为治；又出教敕掾史，毋以身试法；百姓及恶少年皆有化条。推其至诚，训词隽永，无不洒然改容易虑者，化行俗善，弊祛利兴，先生德政遍十邑矣。而博士某等欲石洞序先生绩，则遣弟子某某以来，故详学校事。……故事上计吏，皆得自见，上必问何以治潮，显擢之以示天下。今第以计簿往，亦必擢。即未得如渤海亲受命于其君，三年而成，孔子所希冀而未能也。《易》曰：‘观乎人文，以化成天下。’非先生孰望之！不佞何敢与知。手植松桂，月计不足，岁计有馀，此不佞之计也。”

九月，先生入觐，有诗《发潮州》。

康熙《潮州府志》卷十六《艺文·诗部》：郭子章《发潮州》：“一官淹瘴海，再觐上金台。绿树牵舟缆，青山照酒杯。牛羊空受牧，耳目岂皆孩？父老那堪别，潮声聒夕催。”

按：先生守潮时二度入觐，诗中称“再觐”，即系今年（万历十三年）再次赴京。

舟至三河，有《却馈玉砚、玉图书诗》。

《青螺年谱》：“（乙酉十三年九月）是月，公入觐，舟至三河，有《却馈玉砚、玉图书诗》。”

按：诗未见。

先生夜宿隬隍，有诗。

康熙《潮州府志》卷十六《艺文·诗部》：郭子章《隬隍夜宿》："产水驿前洄，隬隍路已开。海云随浪卷，竹月破窗来。猿鹤时相狎，鳄鲸不用猜。秋声飘岭树，归梦绕乡台。"

按：据诗意，先生有归隐之志，则诗当作于再觐之时，故暂系于此。

先生以考绩入会城，道惠阳，知府黄时雨、同知郑天佐出郊祖饯，并请记言，先生为撰《惠州府教场振武堂记》。

《粤草》卷四《惠州府教场振武堂记》："国初，郡郊各设教场以训戍卒，比者召募成行，主将往往即其所简练之。惠州故有场在西郊，亭堂芜塌，帷幄风雨。万历甲申，参戎洪将军至，谋于郡守黄公……黄公谋之郡丞郑公、别驾马公、司理孙公，佥韪其议，上之巡道郑公、守道韩公，报曰可。乃朋心协赀，庀工鸠材，筑台中广若干尺，长若干尺，台前建若干，楹中为堂，颜曰振武。左右为两翊，前设二垒，以崇牙旗，喧鼓角，台后为后堂。经始于某年某月，已事于某年某月。会子章以考绩入会城，道惠阳，二公出郊祖饯，谒余一言纪之。……吾知惠阳一路，皆便且习者，吾潮亦永藉蕃蔽哉。是时，黄公方建文昌祠，以州处诸生，而复相将军建振武亭，以峇治五兵，盖合文翁龚少卿治蜀颍川两施之惠阳，可不谓总文武兼刚柔者哉。黄公名时雨，姑苏人；郑公名天佐，闽人；马公名伋，孙公名鸣教，俱楚人，洪将军名梦鲤，亦闽人。"

是月，同友人王一俞哭其师胡直于张渡江干，并撰《先师胡庐山先生行状》，拟入京都乞《铭》于海内长者。

《粤草》卷六《先师胡庐山先生行状》："当江陵柄国日，先生上书触其忌，寻疏病归。归十馀年，而江陵败，上录旧臣，起先生八闽按察使。……无何，两台趣之急，先生至建昌上书辞曰……书入两台，不允，复三四上，竟不允。先生不得已肩舆入闽。……无何，未浃月而疾，弥留不可为矣。厥孤顺以某月某日自闽扶榇归，滨之浅土。子章九月入觐还里，同友人王笃庵一俞哭先生于张渡江干。追惟子章守官海屿，不得启手足，视含易箦，方驰驱世路，又不得筑室居场，以近江阳，而先生平日渊蕴清轨，又非蹇浅所能发抒。拟入长安匄《铭》海内长者，而《状》未具，谋以属之同门邹尔瞻。尔瞻曰：'某方计吏，辑毕即欲乞身侍老母。君南还，舟舆稍隟，裁悲结思，为师图不朽。'因以师《太虚轩稿》授子章，子章敬诺，乃拭泪而状之。"

十月，先生归家，怡情梧冈墨石之胜，赋诗。

《青螺年谱》："（乙酉十三年）十月，公归家，怡情梧冈墨石之胜，赋诗云：'万里赋归来，闲居避祸胎。园蔬和雨摘，池竹倚云栽。谷口藏吾拙，樗栎愧不才。明明多自负，敢拟二疏回。'"

遵父命为外祖父、外祖母合葬撰《墓志铭》，以阐幽冥。

《粤草》卷五《外王父刘宾山翁暨元妃欧阳孺人合葬墓志铭》："呜呼！子章守潮入计者二，始计之年，外王母欧阳孺人寿七十，家大人趣辞以佐觞。兹再上计，而孺人殁数易春秋矣，二舅将启外王父宾山翁陇，营合葬焉，家大人复趣《铭》以阐幽。"

约于是时，撰《赠文林郎萧挹淇先生墓表》。

《粤草》卷五《赠文林郎萧挹淇先生墓表》："子章诺京兆之委，复三年所，会入蜀过家，而表于其墓。"

按：先生出守潮州时便道回乡，尝承诺为撰《萧挹淇先生墓表》，详见万历十年（1582）正月"时母舅萧其坤夫妇合窆，先生执绋会葬，诺为撰《墓表》"条。

应父命，为浣溪族人郭叔喜撰《浣溪五祠祭田记》。

《粤草》卷四《浣溪五祠祭田记》："吾宗自唐中丞祖以来，食指几万人，州处万安、泰和之野，相距四十里，每小宗有祠，祠有田，以共觞亨、具芗萁、徼田灵于先人，毋敢后时不举。若浣溪五祠祭田，今叔喜始益拓之。……于是，族伯博士修业先生为具《仁孝永念疏》，闻之家大人，家大人命子章记之。"

按：该《记》撰写时间不详，此其事涉乡中宗族，且于《粤草》记类中编排偏后，意为是次返乡时所撰，故暂系于此。下条同。

复为游溪族人、都司经历郭子聪撰《北海祠祭田记》。

《粤草》卷四《北海祠祭田记》："余郭游溪为邑著姓，自二节妇以来，至封大理君始著。……京卫子，子聪，繇邑庠生授都司经历。……经历为诸生时，与予同横序，其为人急大义而亲亲，守天之聚而施于宜。当京卫存日，专建祠祀，引礼题曰'北海祠'，北海者，引礼君号也，京卫易箦长安舍中，绝口家事，遗勑经历拨田赡北海祠祭，以其馀课北海支孙。经历捧读感泣，恐坠先志，益推廓而增大之。……经历复虑后死者闇于敬宗收族之义，而越越焉刀圭寻尺是竞，特属予记之石。"

于泰和家中，著《粤草》十卷成。

《青螺年谱》："（乙酉十三年十月）著《粤草》十卷成。先大人守潮四载，洁己率属，孳孳得民，政和事理。至庚午春，不肖乃汇录潮事，以寄哀慕之思。其七教十议，与《驱独鬼》一檄，先大人存日，令不肖书梓以纪异，且奉治命，诵之终身云尔。"

约年末或明年初，先生为同学友、通政使杨载鸣仲子君良撰《亡友太学生杨君君良墓志铭》。

《粤草》卷五《亡友太学生杨君君良墓志铭》："先恭人之姊归龙博士南台先生，博士之妹归杨银台武东先生，君良其仲子也。予少谒博士于银台公所，君良与予俱在髫，君良蔚秀飚藻，予颇娴于词，微有声闾里，两相系慕。无何，邀予讲业城东，日以举业相镇，夜稍过刘崇敬论诗，予三人者遂结社为朋，深相欢也。崇敬一志泉石，予与君良出试有司，俱先邑士。岁己巳，予应诏入燕，会有天幸，得脱孱离蔬，而君良方垂翼豫章。……不得志以卒，盖万历甲申某月某日也。长公乾叔卜丙戌某月某日葬君良于银台公墓侧，且令季子嘉祥为后，而以刘崇敬《状》来乞予《铭》。"

按：杨君良卒于万历十二年（1584）甲申，其兄卜葬于万历十四年（1586）丙戌，则乞铭在十三、四年间，故暂系于此。

杨武东，即杨载鸣（1514—1565），字虚卿，泰和人。杨士奇裔。登嘉靖十七年（1538）进士。嘉靖中以吏部郎谪将乐典史，量移惠州推官。天性方严，砥砺节操。纂修《惠州府志》。进考功郎中，擢广东督学副使，毅然以复古道、正士风为任，其造士先行后文，首揭义利之辨，品题文行，明若观火，公若执衡，广大夫谓自魏校、欧阳铎而后盖仅覯云。官至通政使。著有《大拙堂集》九卷。（光绪《惠州府志》卷二十九《人物·名宦上》）

明神宗万历十四年丙戌（1586）　四十四岁

在京时，以休宁人吴乐山年届七十，其子婿王大元等介吴子玉（瑞穀）走书京都，请先生言以寿，先生为撰《乐山吴长公七十序》。

《粤草》卷三《乐山吴长公七十序》："今年八月廿四日，长公春秋七十之辰，其子婿王大元、方夔、曹颐中，外孙王道辉，介吴君瑞穀走书燕中，属余不佞之言以寿。……余不佞为此言时，曾大夫以入覲，亦在燕中，遂正于大夫。"

按：其时先生入覲在京，以该序置于《粤草》序中最末，疑为守潮末期所作，故暂系于此。

吴子玉（1519—1591），字瑞穀，休宁人。万历十六年（1588）贡生（康熙《休宁县志》卷五《选举·贡士》），授应天训导。子玉著有《大鄣山人集》五十三卷，其文规橅李攀龙，有《四库全书存目丛书》影印本刊行传于世。

先生两入计京邸中，时时与贵阳知府周一经促膝语，后俱升四川副使，并为周父撰《奉政公传》。

《粤草》卷六《周奉政公传》："周奉政公者，信州贵溪人也。……以子子明观察贵赠奉政大夫，故称奉政公云。……子章交驩子明于金陵者三年，子明出守贵阳，章出守潮阳，两入计长安邸中，时时促膝语，已复共陈臬巴蜀，以是知公独详挚敬，摭拾懿行，为公传。"

按：周一经，字子明，江西贵溪人。隆庆二年（1568）进士，授长洲令，万历三年（1575）补令金坛。历官南京刑部郎中、贵阳知府，万历十四年（1586）正月升四川副使，二十二年（1594）升甘肃行太仆寺卿。

三月初一日，先生妻萧氏加封为恭人，有《三封萧恭人诰命》。

《传草》卷二十二《三封萧恭人诰命》："皇帝制曰：朕观家人在中馈之由，而知内德有裨于士行。尚矣。固家课绩，疏荣恩，均伉俪，岂非义哉？尔广东潮州府知府郭子章妻累封安人萧氏，夙以令仪，嫔于良士，克襄阃政，顺正无违。尔夫功誉日起，寔尔先后之也。兹加封尔为恭人，尚敦交儆之风，永迓维新之渥。制诰。万历十四年三月初一日。之宝。”

自燕还里，刘大勋驰使再四请序，先生为撰《〈刘氏忠贞录〉序》。

《粤草》卷一《〈刘氏忠贞录〉序》：“《忠贞录》者，六安《刘氏家谱》也；……予自燕还里，乃公（刘大勋）驰使再四，固申前请。”

按：文称“自燕还里”，则当作于入觐还家之时，故姑系于此。

五月戊午，先生升四川副使，提调学政。

《明实录》：“万历十四年五月戊午，升广东潮州郭子章为四川副使，提调学政。”

《黔草》卷八《奏本职给由疏》：“十四年五月内升四川按察司提学副使。”

参考文献

［1］（明）陈子龙等选辑：《明经世文编》，明崇祯末年刻本影印本，北京：中华书局，1962年。

［2］（明）郭孔延撰：《资德大夫兵部尚书郭公青螺年谱》，民国朱丝栏抄本影印本，北京图书馆编：《北京图书馆藏珍本年谱丛刊》第52册，北京：书目文献出版社，1999年。

［3］（明）郭子章撰：《潮中杂纪》，影印本，潮州：潮州市地方志办公室，2003年。

［4］（明）郭子章撰：《蠙衣生传草》，明万历刻本影印本，《四库全书存目丛书》集部155、156册，济南：齐鲁书社，1997年。

［5］（明）郭子章撰：《蠙衣生黔草》，明万历刻本影印本，《四库全书存目丛书》集部155册，济南：齐鲁书社，1997年。

［6］（明）郭子章撰：《蠙衣生粤草》，明万历十八年（1590）周应鳌合刻本影印本，《四库全书存目丛书》集部第154册，济南：齐鲁书社，1997年。

［7］（明）郭子章撰：《青螺公遗书》，清光绪八年（1882）郭子仁刻本，南昌：江西省图书馆藏。

［8］（明）何出光、陈登云等纂，（明）喻思恂续：《兰台法鉴录》，明崇祯四年（1631）续刻本影印本，《北京图书馆古籍珍本丛刊》，北京：书目文献出版社，1990年。

［9］（明）胡广等编：《明实录》，国立北平图书馆藏红格钞本影印本，台北："中央研究院"历史语言研究所，1962年。

［10］（明）胡直撰：《衡庐续稿》，景印文渊阁四库全书本，台北：台湾商务印书馆，1986年。

［11］（明）黄一龙纂修：隆庆《潮阳县志》，影印本，潮州：潮州市地方志办公室，2005年。

［12］（明）林大春撰：《井丹诗文集》，民国二十四年（1935）潮阳郭氏双百鹿斋校刊本影印本，《潮州文献丛刊》之三，香港：香港潮州会馆董事会，1980年。

［13］（明）林熙春撰：《城南书庄草》，清乾隆五十七年（1792）《林忠宣公全集》重刻本，广州：广东省立中山图书馆藏。

［14］（明）梅鼎祚撰：《鹿裘石室集》，《续修四库全书》集部第1378、1379册，上海：上海古籍出版社，2002年。

［15］（明）欧大任撰：《欧虞部集·秣陵集》，清刻本影印本，《北京图书馆古籍珍本丛刊》第81册，北京：书目文献出版社，1988年。

［16］（明）阮以临修，（明）黄秉中纂：万历《普宁县志略》，旧抄誊印本。

［17］（明）沈德符撰：《万历野获编》，《历代史料笔记丛刊·元明史料笔记丛刊》，北京：中华书局，1959 年。

［18］（明）徐𤊹纂：《徐氏家藏书目》，《明代书目题跋丛刊（下册）》，北京：书目文献出版社，1994 年。

［19］（明）许孚远撰：《敬和堂集》全十三卷，万历廿二年（1594）刊本，日本内阁文库藏本之缩微胶卷，台北“国家图书馆”藏。

［20］（明）叶春及撰：《石洞集》，景印文渊阁四库全书本，台北：台湾商务印书馆，1986 年。

［21］（明）周笃庆编：《周玉泉先生孝廉赠录》，清光绪十一年（1885）派孙周春熙等翻刻本，广州：广东省立中山图书馆藏。

［22］（明）周光镐纂修：《泗水周氏宗乘》，广东潮阳泗水周氏宗乘编修委员会续修本，1995 年。

［23］（明）周光镐撰：《明农山堂集》，民国三年（1914）刊本影印本，曼谷：泰国周氏兴业有限公司、旅泰周氏宗亲总会，1983 年。

［24］（明）薛士彦编，（清）薛崇华续编：《（潮州）凤陇薛氏族谱》，潮州庵埠薛陇薛氏家庙藏手抄本。

［25］（清）陈树芝纂修：雍正《揭阳县志》，影印本，潮州：潮州市地方志办公室，2003 年。

［26］（清）郝玉麟修，（清）鲁曾煜纂：雍正《广东通志》，景印文渊阁四库全书本，台北：台湾商务印书馆，1986 年。

［27］（清）林杭学纂修：康熙《潮州府志》，影印本，潮州：潮州市地方志办公室，2000 年。

［28］（清）卢蔚猷纂修：光绪《海阳县志》，影印本，潮州：潮州市地方志办公室，2001 年。

［29］（清）王之正等纂修：乾隆《嘉应州志》，影印本，海口：海南出版社，2001 年。

［30］（清）吴颖纂修：顺治《潮州府志》，影印本，广州：广东人民出版社，1996 年。

［31］（清）吴宗焯、李庆荣修，（清）温仲和纂：光绪《嘉应州志》，影印本，台北：成文出版社，1968 年。

［32］（清）萧麟趾纂修：乾隆《普宁县志》，影印本，潮州：潮州市地方志办公室，2007 年。

［33］（清）臧宪祖纂修：康熙《潮阳县志》，影印本，海口：海南出版社，2001 年。

［34］（清）张秉政修，（清）张经纂：康熙《惠来县志》，影印本，上海：上海书店出版社，2003 年。

［35］（清）周恒重修，（清）张其䎗纂：光绪《潮阳县志》，影印本，台北：成文出版社，1966 年。

［36］（清）周硕勋纂修：乾隆《潮州府志》，影印本，潮州：潮州市地方志办公室、潮州市档案馆，2001 年。

[37]（清）朱彝尊撰：《经义考》，影印本，北京：中华书局，1998 年。

[38]（民国）陈光烈辑：《饶平县志补订》，影印本，潮州：印行《饶平县志补订》编纂委员会、饶平县地方志编纂委员会，2009 年。

[39]（民国）许伟斋修，（民国）陈梅湖纂：《南澳县志》，民国三十四年（1945）稿本影印本，太原：内部出版，2007 年。

[40] 黄仁生撰：《日本现藏稀见元明文集考证与提要》，长沙：岳麓书社，2004 年。

[41] 梅州市续修熊氏族谱理事会编委会：《（梅州）熊氏族谱》续修本，梅州剑英图书馆藏，梅州：梅州市印刷厂，1996 年。

[42] 饶宗颐总纂，林德侯分纂：《潮州志补编 · 古迹志》，潮州：潮州海外联谊会、《潮州志补编》整理小组，2011 年。

后　记

吾初识郭子章先生大名，乃廿年前于重编《泗水周氏宗乘》时，知吾泗水十一世祖、大理寺卿周光镐耿西公，与郭子章先生善，郭先生《潮中杂纪》记及泗水三世祖、宋潮州知州周梅叟公尝为陆丞相母及子营葬南澳事。因默识其名，多所搜讨，挹其风采，知其为耿西公隆庆辛未同榜进士，万历间尝守潮，撰有《潮中杂纪》及《粤草》诸作，俱有关潮州文献，景仰殊深。后得盥手拜读耿西公《明农山堂集》及先生《粤草》《潮中杂纪》，知先生尝为耿西公《渡泸草》制序，耿西公集中亦多见诗文赠送，惜先生与耿西公唱和诗歌及赠送文启，除《〈渡泸草〉序》外，俱失载于其传世诸《草》，无能追慕，引以为憾。静夜伏案，思接先贤，其文章功业，风流神采，跃然纸上。故于十年前尝欲仿郑 焕隆先生选编《蓝鼎元论潮文集》体例，编为《郭子章涉潮诗文辑录》，并撰其《守潮事迹系年》。爬梳既久，至2012年，蒙潮汕历史文化研究中心立项资助，并得吾妻张源、吾女濯缨协同资料录入。公馀敛足，埋首案台，严冬呵手，板凳坐寒；酷暑浃背，陋室蒸腾。其苦乐亦自得矣。拙稿粗成，颇堪慰藉。

兹拙稿复入刊《潮汕文库》大型丛书，中心领导陈荆淮先生、陈景熙副教授，中心出版办公室曾旭波兄、黄晓丹女士和林志达兄及审稿专家孙道平兄诸多支持赐教，陈嘉顺兄、孙道平兄提供佚文，暨南大学出版社冯琳编辑、何镇喜编辑悉心审校，对拙稿提出多条中肯之修改意见，匡吾不逮，何编辑且倩台北友人影印许孚远《敬和堂集》卷十三示予参考补阙，俱铭感在心，谨致谢忱！

回思郭先生守潮日，于教化民生设施多所修建，而民不知劳，泽及后世，其重修府署、城南韩祠及文庙诸建筑，数百年来历经兵燹，大都改观，至于湮没，唯韩江江畔凤凰塔依旧独标文笔，百代瞻依。久欲拜瞻无由，去冬偕社友采风龟湖，路经涸溪，不意机缘际遇，得以下车景仰，振衣高举，喜何如也。惜乎先生去后郡人依塔所建生祠已荡然无存，即耿西公勒石碑记亦不可踪迹，为之惆怅低徊。归来有诗《凤凰塔歌》以咏，兹移录于此，以志仰慕之情：

青螺椽笔扫华章，《粤草》淋漓赋三阳。凤城建塔号凤凰，十邑枢键逝波障。

吾祖同榜共翱翔，碑记韩郭相颉颃。私心仰慕搜缥缃，入潮事迹勉褒扬。
高标未上独彷徨，胸臆萦绕想昂藏。胜日嘤鸣脱长缰，龟湖拜瞻尚书王。
蓦然砥柱立沧浪，浮屠七级起慈航。昌黎徙鳄事渺茫，青螺驱鬼不可详。
惟有橡木启幽光，更擎文笔奠名邦。青乌玉尺议能倡，沙门题缘聚十方。
使君号召总其纲，百代瞻依气运长。我来攀援石凝霜，更有盘梯复壁藏。
振衣高举瞰八荒，葱茏逶迤拱崇岗。眼底清江洗烟瘴，长桥卧波共徜徉。
抱憾塔祠久消亡，寻碑不见意自伤。何日祠祀荐蕉黄，公兮骑龙白云乡。

周修东
二〇一五年八月八日